Edition AV

Zum Buch

Der Mann hetzt auf den Bahnsteig – zu spät. Der Zug rollt gerade aus der Station am King's Cross. Sekunden später zerreißt eine Bombe den Triebwagen der Piccadilly-Line.

Die Journalistin Lena Halberg recherchiert für eine Story und entdeckt Fakten, die ihre ungeheure Vermutung bestätigen: London war nur einer von mehreren Anschlägen, zwischen denen eine Verbindung besteht. Ihre Nachforschungen führen sie nach Potsdam und in ein verdecktes Labor in Haifa. Hatte der israelische Geheimdienst mit der Sache zu tun?

Als Lena versucht, die Schuldigen ausfindig zu machen, landet sie in der gefürchteten *Facility*, einem Gefängnis der militärischen Aufklärung.

Kann sie dem brutalen Verhör rechtzeitig entkommen und den Wahnsinn aufdecken? Die Spur führt zurück nach England, wo sich wieder ein ungeheuerliches Ereignis anbahnt.

Zum Autor

Ernest Nybørg studierte Musik und Literatur. Als Drehbuchautor schrieb er viele Jahre erfolgreich für Film und Fernsehen. Mit spannungsgeladenen Thrillern, die reale Geschehnisse als Hintergrund verarbeiten, erweiterte er seine schriftstellerische Tätigkeit auf das Gebiet der Kriminalliteratur. Hier erkennt man seine Leidenschaft für menschliche Abgründe und eine sichere Hand für das Genre.

London '05 ist der letzte Teil der Lena Halberg Trilogie über die Verflechtungen von Politik, Geheimdiensten und den Rüstungskonzernen. Die beiden ersten Teile – *Paris '97* und *New York '01* – sind ebenfalls im Verlag Edition AV erschienen.

Nähere Infos unter www.ernestnyborg.com

Ernest Nybørg

Lena Halberg

LONDON '05

Thriller

Edition AV

Cip-Titelaufnahme der deutschen Bibliothek:
Nybørg Ernest; Lena Halberg: London '05

ISBN 978-3-86841-130-0

Die Spekulationen rund um die Anschläge auf die U-Bahn-Linien in London im Jahr 2005 liegen der Idee zu diesem Buch zugrunde. Trotzdem handelt es sich um ein rein fiktionales Werk, das keine tatsächliche geheime Verschwörung enthüllt. Sämtliche Figuren und Ereignisse sind frei erfunden. Jede Ähnlichkeit mit echten Personen oder Geschehnissen ist zufällig und nicht beabsichtigt.

1. Auflage

Lektorat/Korrektorat: Kerstin Thieme
Umschlag, Buchgestaltung, Satz: Ernst Kaufmann
Druck: Leibi / Neu-Ulm
Printed in Germany

Das Buch wurde vermittelt durch die Literaturagentur erzähl:perspektive, München (www.erzaehlperspektive.de)

Wer Terror nur aus den Medien kennt,
glaubt, er wäre davon nicht betroffen.

2005

Diffuses Licht fiel aus den grünlichen Mattscheiben der Notbeleuchtung auf den dunklen Bahnsteig. Tom stand regungslos und keuchte schwer, sein Puls raste. Schwarzer Rauch schlug ihm entgegen, die Luft war drückend heiß. Er hatte plötzlich keinen trockenen Faden mehr am Körper und presste sein Taschentuch vor Nase und Mund.

Ein Zusammenstoß, dachte er und versuchte etwas zu erkennen, zwei Züge müssen frontal aufeinandergeprallt sein.

Nur Sekunden nach Abfahrt des Zuges, die letzten Lichter der U-Bahn waren eben in der schwarzen Röhre verschwunden, drang ein schweres, ohrenbetäubendes Geräusch auf die Plattform. Das massive Dröhnen wurde unmittelbar von einem dumpfen Schlag begleitet, der den Bahnsteig erschütterte und sich an den Betonwänden in einem erstickten Ton brach. Alle Wartenden zuckten erschrocken zusammen und duckten sich instinktiv. Augenblicklich war es auch stockdunkel, die Rolltreppen stoppten. Normale Störungen, Stromausfälle oder seltsame Geräusche war man in der überalterten Anlage gewohnt, nur dieser grobe Laut war anders gewesen – etwas Ungeheures musste geschehen sein.

Nach der gespenstischen Stille entlud sich der Schock der Menschen in einem Gewirr an Stimmen und Geräuschen – Männer riefen nach ihrer Partnerin, Kinder begannen leise zu weinen, jeder versuchte sich zu orientieren, hielt sich unbewusst am Nachbarn fest, eine Lautsprecherdurchsage mahnte zur Ruhe.

Tom lehnte sich fest gegen eine Wand, suchte an einem Mauervorsprung Halt. Zwei Leute streiften ihn unsanft, einer davon trat ihm mit voller Wucht auf die Füße. Tom stöhnte auf, der andere murmelte etwas und drängte weiter. Eine Frau rief einen Namen, jemand rannte im Dunkeln, suchte nach dem Ausgang, stürzte. Wieder eine Durchsage mit der Aufforderung ruhig zu bleiben.

Endlose Minuten später flackerten die Neonröhren und das Licht ging an. Die Menschen blickten verstört um sich, verließen panisch die Station nach draußen, fuhren mit den Rolltreppen, die mit einem Signal wieder anliefen, nach oben. Nur weg aus dieser Unsicherheit! Viele wollten hastig telefonieren und versuchten, ein Netz zu finden. Einige Männer standen vorgebeugt am Rand des Tunnels. Sie starrten in die Finsternis, aus der das donnernde Geräusch gekommen war, versuchten zu erkennen, was geschehen sein könnte, gestikulierten heftig.

Wenn es ein Unglück gegeben hatte, woran kein Zweifel bestand, musste man versuchen zu helfen. Bis Rettungskräfte von draußen kamen oder die Feuerwehr zur Stelle war, würde es für Schwerverletzte zu spät sein.

Er ließ die schützende Plakatwand los, kämpfte sich gegen den Strom der flüchtenden Menge nach vorn zur Bahnsteigkante. Kurz verständigte er sich über einen Zuruf mit den Männern auf der Plattform, sprang hinunter auf die Gleise und lief in den Tunnel hinein. Zwei aus der kleinen Gruppe folgten ihm. Es gab gerade genügend Licht, um nicht zu stolpern. Hinter ihm in der Station sprang ein Alarm an, der pulsierend bis in sein Gehirn schrillte.

Bereits nach wenigen Metern begann es nach verbranntem Gummi oder ähnlichen Stoffen zu riechen – unangenehm, scharf, beißend. Im Halbdunkel tauchten undeutlich die Umrisse eines Waggons auf. Er stand leicht seitlich geneigt auf den Schienen, die Scheiben waren geborsten.

Personen torkelten aus den Rauchschwaden auf Tom zu. Ein Mann trug einen Feuerlöscher in den Händen, damit hatte er die hintere Scheibe des Wagens eingeschlagen, um aus dem Zug zu kommen. Die Frau dahinter blutete aus einer klaffenden Kopfwunde, sie stöhnte, während sie an Tom vorbeilief. Ein junger Bursche, der am ganzen Körper zitterte, packte Tom an den Schultern.

»Weg, weg!«, schrie er dabei mit vor Angst überschnappender Stimme. »Eine Explosion, es war eine Explosion, vorn sind alle tot!«

Tom schob ihn zur Seite und hastete weiter bis zum Zug. Die Männer aus der Station, die Augenblicke zuvor noch hinter ihm waren, sah er nicht mehr. Vielleicht halfen sie den Entgegenkommenden oder sie waren aus Furcht, es könnte weitere Detonationen geben, umgekehrt. Er sah in den letzten Wagen hinein. Die Menschen dort schlugen mit verschiedenen Gegenständen die restlichen Scheibensplitter aus dem Fensterrahmen, um einigermaßen unverletzt hinausklettern zu können.

Die helfen sich schon selbst, dachte Tom und lief weiter. Durch den Geruch war ihm ziemlich übel, er hustete in das Taschentuch und presste es noch fester vor den Mund. Nicht schlappmachen, trieb er sich an, die Leute brauchen Hilfe.

Am vorderen Ende des Zugs sah es verheerend aus. Eine andere U-Bahn war nicht in Sicht, es war also kein Zusammenstoß gewesen. So wie die aufgerissene Längsseite des ersten Waggons aussah, musste es tatsächlich eine Explosion gegeben haben. Tom schlitterte über zerbrochenes Sicherheitsglas, das den öligen Betonboden wie feuchter Rollsplitt bedeckte. Er konnte nur mit knapper Mühe einen Sturz abfangen. Dabei trat er auf ein scharfes Metallstück, das in die Höhe schnellte, sich durch die Hose in sein Schienbein bohrte. Er schrie auf, riss das Teil heraus, schmiss es zur Seite und humpelte weiter.

Das Loch an der Seite des Wagens war riesig. Ganze Teile der Wand fehlten, die Aluminiumplatten der Verkleidung hingen zerknittert in den verbogenen Metallverstrebungen, so als wären sie aus dünner Folie. Stücke der Inneneinrichtung lagen herum, ein bunter Plastiksitz ragte aus einem der Fenster, eine halbe Handtasche baumelte daran. Tom schaute über die abgerissene Schiebetür ins Innere des Zugs und prallte zurück. Direkt vor ihm lag ein Mann verdreht am Boden. Die Augen starrten Tom aufgerissen an, ein Arm fehlte. Das Blut hatte eine große Lache gebildet, rann unter dem Körper weg, tropfte aus den Resten der Türverankerung auf die Gleise. Tom schob den Toten ein Stück zur Seite, atmete schwer durch und kletterte in den Wagen hinein.

Vorne hatten einige der nur leicht Verletzten die Tür zur Führerkabine aufgebrochen und sprangen angsterfüllt über die Armaturentafel hinaus in den Tunnel. Von dort liefen sie entsetzt über das Erlebte zur nächsten Station am Russel Square. Manche schüttelte es wie in Weinkrämpfen, andere wieder tasteten sich stumm vor Schrecken die Tunnelwand entlang.

Denen, die unmittelbar rund um das zerrissene Wagenteil lagen, war nicht mehr zu helfen. Tom sah sich um, es ekelte ihn fürchterlich – überall Leichenteile, zerstörte Körper, Schuhe, Taschen, angesengte Kleidungsstücke. Die massiven Stahlplatten des Bodens waren nach unten gebogen, so als hätte eine zornige Riesenfaust hineingeschlagen. Überall war Blut. Von irgendwoher kam ein Laut wie ein unterdrücktes Weinen. Tom sah sich um – es war nicht festzustellen woher, nichts rührte sich. Er taumelte einige Schritte, wie über ein Schlachtfeld, durch den Waggon zur zweiten Tür, oder was davon übrig war. Waren die leisen Töne von dort gekommen, lebte abseits der größten Zerstörung noch jemand?

Neben der hinteren Türöffnung lag eine Frau, das war an weißen Jeans und einer am Fuß steckenden Sandale zu erkennen. Ihr Bauch war aufgerissen, es sah aus, als wäre er von innen heraus explodiert, der Darm hing in Fetzen aus dem offenen Fleisch, es stank fürchterlich. Tom schlug sich die Hand vor den Mund, als er an dem Körper hochsah – die Hälfte des Gesichtes fehlte, aber über der Brust erkannte er die blutigen Reste eines hellgelben Sommertops.

Das war die Frau mit dem Mädchen an der Hand gewesen. Sie erschraken, als sich die Türen schlossen und Tom – der gelaufen kam und nicht mehr stoppen konnte – gegen die Scheibe prallte. Dann sahen sie sein verdutztes Gesicht und winkten ihm lachend. Vor Tom blitzten für eine Sekunde die heiteren Augen der Frau auf, die ihm zugelächelt hatten. Wäre er nur zehn Sekunden früher dran gewesen und hätte die U-Bahn noch erreicht, läge er jetzt neben der Frau. Tom traf der Gedanke wie ein Schlag in die Magengrube. Er wandte sich ab und übergab sich mehrmals.

Als er wieder hochblickte, sah er etwas Rotes, ein Stück Stoff. Eigentlich fiel es ihm nur auf, da die Farbe grell aus dem ganzen Dreck hervorleuchtete. Die Puppe, durchzuckte es Tom, die Puppe, die das Mädchen zuvor in der Hand hielt, mit der sie ihm gewunken hatte! Er überwand seinen Abscheu und stieg mit einem Fuß über den Körper der Frau, um an den Kunststoffteil heranzukommen, hinter dem die Puppe hervorschaute. Er hob ihn an – da lag das Mädchen. Es war nicht bei Bewusstsein, es atmete und wimmerte leise. Das war der Laut, den Tom gehört hatte. Auf der Brust unter ihrem Hals war eine große blaurote Schwellung, einer ihrer Arme sah aus, als wäre er mehrfach gebrochen und von der Stirn sickerte Blut aus einer Wunde in die blonden Haarlocken. Aber sie war am Leben, der Teil der Plastikwand hatte sie anscheinend wie ein Schild geschützt.

Tom sah, dass ein Trenchcoat zwischen zwei verbeulten Sitzen steckte. Er riss ihn heraus und legte ihn auf den Boden. Ganz behutsam fasste er das Mädchen mit beiden Händen und zog es unter dem Wandpaneel hervor. Den gebrochenen Arm presste er an den kleinen Körper und achtete darauf, nicht auf die Schwellung zu drücken. Tom hatte keine Ahnung, ob er das überhaupt machen durfte, der Erste-Hilfe-Kurs in der Fahrschule war verdammt lange her. Trotzdem hob er die Kleine über die Leiche – wobei er vermied, in das halbe Gesicht der Frau zu blicken – und legte sie sachte auf den Mantel. Er wickelte sie fest ein, um den Arm zu stabilisieren und ihre Wunde vor dem ätzenden Rauch zu schützen. Die rote Puppe, die ihn auf das Kind aufmerksam gemacht hatte, packte er dazu. Danach stieg er vorsichtig aus dem Trümmerfeld hinunter auf die Gleise und turnte über die herumliegenden Blechteile zurück zum hinteren Ende des Zugs.

Fahrgäste in anderen Waggons, an denen er vorbeimusste, hämmerten mit den Fäusten gegen die Fensterscheiben, um sich bemerkbar zu machen. Tom versuchte vergeblich, mit der freien Hand eine der Schiebetüren aufzubekommen. Er fand keinen Notmechanismus, die Rahmen waren verzogen und ließen sich kein Stück bewegen. Tom deutete den Passagieren beruhigend, dass bald Hilfe käme. Dann ließ er sich mit dem verletzten Mädchen im Arm nicht weiter aufhalten und rannte zurück Richtung King's Cross.

Diese verdammten Röhren, dachte er im Laufen bitter, der Wahnsinn des Massentransports. Drei Millionen Passagiere fuhren täglich stundenlang durch die vierhundert Kilometer langen Tunnel der Underground, die in einer Hassliebe nur als *The Tube* bezeichnet wurde.

Als Tom die Plattform erreichte, herrschte ziemliche Ratlosigkeit. Nachdem sich der Schrecken gelegt hatte, standen jetzt jede Menge Neugierige herum, die sich lautstark darüber unterhielten, was geschehen sein könnte. Mehrere Polizisten gingen auf und ab, versuchten den Bahnsteig zu räumen. Sie sprachen über Funkgeräte mit Einsatzkräften, denen sie einen Lagebericht gaben, während sie die gaffenden Leute zu den Ausgängen wiesen. Die Signale standen alle auf Rot. In regelmäßigen Abständen kam eine Durchsage, dass der Verkehr auf der Linie aufgrund eines Stromausfalls unterbrochen sei und der Bereich deshalb geräumt würde. Auch auf allen Infoscreens der weitläufigen Doppelstation blinkte die Anzeige, man möge die Station verlassen.

»Stromausfall«, murmelte Tom vor sich hin, »das sagen sie nur, um eine Panik zu vermeiden.«

Zwei Bahnbeamte in Uniform kamen ihm entgegen. Schon von weitem riefen sie, was er hier mache, welche Befugnis er habe, einfach in den Tunnel zu laufen. Glücklicherweise gäbe es einen Stromausfall, meinten sie, sonst hätte er sich verletzt, das Betreten sei gefährlich und für Zivilpersonen bei Strafe verboten.

In Tom stieg ein unbändiger Zorn über so viel Bürokratie und Engstirnigkeit auf.

»Lächerlich!«, fuhr er sie an, ohne stehen zu bleiben. »Das war kein Stromausfall! Den vorderen Waggon der U-Bahn hat es komplett zerrissen, in den Trümmern liegen jede Menge Leichen.«

»Erzählen Sie keine Märchen«, gab einer der Beamten zurück. Er zitierte einen Paragraphen aus der Bahnverordnung über das Betreten von Geleisen.

Tom zeigte empört auf das bewusstlose Mädchen. »Glauben Sie, das macht ein Stromausfall? Wenn ich nicht das verletzte Kind tragen müsste, würde ich euch zwei Idioten auf der Stelle mit einer saftigen Beschwerde bei eurem Vorgesetzten abliefern!«

Wütend schloss Tom noch einige grobe Bemerkungen an. Er merkte, wie gut ihm das Schreien tat, es befreite ihn von seiner eigenen Spannung und machte der Beklemmung Luft, die ihm seit dem Anblick der vielen Toten in der U-Bahn die Kehle förmlich abschnürte.

»Kommen Sie, ich helfe Ihnen!«, rief jetzt ein Herr vom Bahnsteig herunter, der die Szene beobachtet hatte. Er streckte Tom hilfreich die Hände entgegen. »Lassen Sie die beiden Hohlköpfe stehen.«

Tom wich den Beamten aus, warf ihnen aber einen feindseligen Blick zu. Die beiden sagten noch etwas, aber er hörte gar nicht mehr hin und ging zur Kante der Plattform. Der Mann am Bahnsteig fasste ihn beim Arm und zog ihn hoch. Er trug trotz der Hitze einen Anzug. Als sich ein Ärmel des Sakkos hochschob, fiel Tom eine Tätowierung am Handgelenk des Mannes auf, die wie ein Armband mit mehreren feinen Linien rundum lief.

Schöne Arbeit, dachte Tom, der schon öfter überlegt hatte, selbst auch ein Tattoo zu tragen. Gleichzeitig wunderte er sich darüber, dass er in dieser Situation überhaupt an so eine Belanglosigkeit denken konnte.

»Danke«, sagte er und atmete durch.

»Keine Ursache«, antwortete der Fremde, »brauchen Sie etwas? Soll ich versuchen, die Rettung anzurufen?«

»Nein, besten Dank«, gab Tom zurück. »Ich habe selbst ein Mobiltelefon, aber hier unten gibt es kein Netz. Ich schaue, dass ich oben einen Arzt finde.«

»Sie sind doch der, der sofort nach dem Knall in den Tunnel lief, um zu helfen«, stellte der Mann anerkennend fest. »Was ist mit dem Kind?«

»Ich weiß es nicht. Es war eingeklemmt, hat zum Glück aber die Explosion überlebt.«

»Explosion?« Der Fremde schaute überrascht. »Dann sind die Durchsagen über dem Stromausfall falsch?«

»Ganz sicher«, gab Tom zurück, »oder reißt ein Stromausfall die ganze Seitenwand eines U-Bahn-Wagens weg?«

Der Fremde schüttelte den Kopf.

Tom bedankte sich, drehte sich um und eilte weiter zu den Rolltreppen.

»Viel Glück für Sie und das Kind«, hörte er den Fremden noch hinter sich sagen. »Würden alle Menschen solchen Respekt vor dem Leben anderer haben, wäre vieles nicht nötig.«

Tom fand die Bemerkung übertrieben, aber zumindest war der Mann hilfreich gewesen, nicht so wie die beiden lächerlichen Bahnbeamten mit ihren Vorschriften. Er wischte sich mit einem Taschentuch den Schweiß aus dem Nacken, während er kurzatmig zum Ausgang hastete.

Die Rolltreppe war überfüllt. Tom fühlte sich in dem Gedränge unwohl. Anfang Juli stand die Luft bereits am Morgen aufgeheizt zwischen den Betonmauern und mischte sich mit den stickigen Abgasen des dichten Berufsverkehrs. Der warme, säuerliche Geruch der Menge, mit dem Aroma unterschiedlicher Sorten billiger Deo-Sprays, machte es nicht erträglicher.

Mit entschuldigenden Worten zwängte er sich an den Passanten vorbei. Die meisten wichen zur Seite aus und machten Platz, nur einige murrten. Sie meinten, alle wollen schnell nach draußen und drängen mache keinen Sinn. Sie verstummten aber, als sie das verletzte Kind sahen.

Auf dem King's Cross, der breiten Kreuzung vor der Station, war der Verkehr angehalten worden. Die Polizei begann abzusperren, um die Fahrbahnen für eintreffende Einsatzfahrzeuge freizuhalten. Aus dem Bahnhof strömten Verwundete auf die Straße, der riesige Knotenpunkt der Piccadilly Line im Zentrum Londons war nun heillos verstopft. Die Uhr am Bahnhof zeigte kurz nach neun. Wie immer um diese Zeit war der Zug randvoll gewesen.

Viele der Fahrgäste, auch wenn sie nicht unmittelbar in der Nähe des ersten Waggons waren, hatten sich im Tumult nach der Explosion und während der darauf folgenden chaotischen Flucht aus dem Tunnel verletzt. Die Rettungswagen verließen mit laufender Sirene die Kreuzung. Es waren zu wenige, um den Ansturm zu bewältigen, so versorgten die Sanitäter viele Verletzte direkt vor Ort, legten sie auf Decken am Boden oder setzten sie zum Verbinden auf abgestellte Tragen.

Tom sprach im Vorbeigehen zwei der Sanitäter an. Sie deuteten, nach einem kurzen Blick, in die Richtung der Krankenwagen vor der Absperrung und wendeten sich dann wieder

Menschen mit offenen Wunden zu. In dem Durcheinander einen Arzt zu finden, der sich die Kleine in Ruhe ansah, war aussichtslos.

Er überlegte, was zu tun sei: Das Mädchen war bewusstlos, atmete aber und schien stabil zu sein, soweit er dies beurteilen konnte. Nur die Schwellung auf der Brust wirkte größer als zuvor. Er musste das Kind schnellstens in ein Krankenhaus bringen, in dem es ein Röntgengerät gab. Zwei größere Spitäler waren in der Nähe, das *Saint Pancras* zwei Straßen neben der Station und etwas weiter das *Great Ormond Street*, nur die beiden Notfallstationen würden in kürzester Zeit vollkommen überfüllt sein. Dort auf eine schnelle Behandlung zu hoffen machte keinen Sinn.

Da fiel ihm Maddy ein. Madeleine Summer, eine gute Bekannte Toms, war medizinische Biologin und arbeitete im Labor im *Whittington Health*, das sogar eine eigene Kinderambulanz hatte. Bis hinaus nach Highgate waren es zwar zwanzig Minuten, aber besser, als hier die Zeit mit der Suche nach einem Arzt zu verbringen, der dann ohne die nötigen Geräte auch nichts tun konnte.

Ein Fahrzeug, schoss es Tom durch den Kopf, ich brauche ein Fahrzeug. Er lief auf die andere Seite der Station, wo die Sicherheitskräfte begannen großräumig abzusperren, zwängte sich durch zwei Sperrbalken hindurch und stürmte hinaus auf die Pancras Road, wo die Taxis parkten.

Noch im Laufen fingerte er in seiner Hosentasche nach dem Handy, zog es heraus und lehnte sich gegen eine Mauer, um eine Hand zum Wählen frei zu haben.

Zum Glück war Madeleine nicht nur im Dienst, sondern auch gleich am Telefon. Tom erklärte ihr in knappen Worten die Situation mit der Explosion und dem verletzten Kind. Sie hatte eben erst die Meldung über die Vorfälle im Radio gehört und war ziemlich schockiert.

»Und du steckst da mittendrin?«, entfuhr es ihr entsetzt.

»Nein, nicht direkt, aber das ist jetzt egal«, unterbrach er sie, um weitere Fragen abzuwenden, »kannst du mir bitte helfen, das Kind muss behandelt werden.« Er berichtete von den Verletzungen, vor allem von der bläulichen Wölbung auf der Brust.

»Wo bist du jetzt?«, fragte sie.

»Noch am King's Cross, nehme aber ein Taxi und bin in zwanzig Minuten bei dir draußen.«

»Gut, aber komm nicht zu mir ins Labor, da kann ich nichts für euch tun, und auch nicht in die Notaufnahme, dort ist es ziemlich voll am Vormittag.« Maddy hatte den Schock überwunden und war wieder ganz professionell in ihren Anweisungen. »Bring sie direkt auf Level drei in die Radiologie zum MR – die Abteilung ist unten bei der Einfahrt angeschrieben. Ich verständige Doktor Kerry, damit er euch einschiebt. Kerry ist unser Chef-Radiologe, da ist die Kleine in besten Händen. Ich hab ihn heute früh schon gesehen, er ist also da.«

»Danke Maddy, du hast was gut bei mir!« Tom stieß sich von der Mauer ab und hetzte weiter.

»Ja, ja. Ich warte im MR auf euch. Und beeil dich, das mit der Schwellung hört sich nicht gut an!«

Dort, wo normalerweise die Taxis in Zweierreihen standen, gab es jetzt nicht ein einziges. Tom winkte einigen, die vorbeifuhren, aber sie waren besetzt und beachteten ihn gar nicht. Er lief den Bürgersteig nach vorn, sprang einfach auf die Straße und stoppte das nächste Fahrzeug, das kam – ein großer schwarzer Geländewagen. Der Fahrer blinkte zunächst mit der Lichthupe, nachdem Tom aber nicht zur Seite wich, blieb er stehen und ließ sein Fenster hinunter. Tom rannte zur Fahrerseite.

»Ich muss ins Spital, dringend!«

»Aber nicht mit mir«, sagte der dicke Fahrer mit Goldrandbrille, sichtlich verärgert über den Aufenthalt. »Gehen Sie doch ins Pancras, das schaffen Sie zu Fuß.« Er murmelte etwas von einem wichtigen Termin und dass er sich seine teuren Ledersitze nicht versauen lasse. Er gab unvermittelt Gas, der schwere Wagen schoss davon.

»Arschloch!«, schrie Tom hinter ihm her, außer sich vor Zorn.

Was jetzt? Er drehte sich verzweifelt um. Auf dem Parkplatz hinter dem Bahnhof, dessen Zufahrt offen war, stand ein kleiner weißer Toyota mit offener Heckklappe. Eine junge Farbige, etwa um die zwanzig, lud ihre Einkäufe ein und sah interessiert auf die Polizeifahrzeuge, die draußen mit laufender Sirene zur vorderen Station einbogen. Sie war offensichtlich so mit Shopping beschäftigt gewesen, dass sie von der Hektik am King's Cross nichts mitbekommen hatte. Tom lief über die Straße, hinein auf den Parkplatz und winkte der Frau. Sie schaute ihn verwundert an.

»Was is'n da los?«, fragte sie neugierig in breitem Cockney-Slang, als Tom atemlos bei ihr ankam.

»Ein Unfall in der U-Bahn«, antwortete er schnell, ohne auf nähere Details einzugehen, »das Kind ist verletzt, können Sie mich bitte ins Whittington fahren?«

Sie war zunächst ziemlich irritiert, sah aber dann die Wunde am Kopf des Mädchens und wurde unsicher, wie sie sich verhalten sollte.

»Na ja«, versuchte sie die Sache abzubiegen, »is'n da keine Rettung bei der Station?«

»Schon«, drängte Tom, »aber die sind überfordert. Das Kind ist bewusstlos und braucht dringend ein Röntgen!«

»Aber is'n nicht das Ormond um die Ecke ...?«

»Das ist sicher schon überlastet, es gab viele Verletzte.« Tom ließ nicht locker. Er hatte den Türgriff auf der Beifahrerseite schon in der Hand. »Bitte! Die Kleine stirbt sonst womöglich!«

Die junge Farbige warf die Heckklappe zu, zuckte ein wenig hilflos mit den Schultern und kam nach vorne.

»Na okay«, sagte sie und ließ sich auf den Fahrersitz fallen, »wo woll'n wir hin?«

»Nach Highgate Hill beim Waterlow Park.«

»Wo is'n das genau ...?«

»Einfach die Royal College nach Norden und dann die Fortress bis ...« Sie schaute verständnislos und hatte sichtlich keine Ahnung von der Strecke. Tom winkte ab. »Ich sage es Ihnen einfach an.«

»Okay!« Sie parkte schwungvoll aus, rollte vom Parkplatz und sah Tom von der Seite an.

»Ich bin Ruby.«

»Tom.«

Sie deutete lächelnd auf das Kind. »Is' Ihres?«

»Nein.«

»Von 'ner Bekannten?«

»Auch nicht, das Kind wurde bei dem Unfall verletzt.«

»Und sonst'n war keiner mit?«

»Doch, die Mutter.« Tom nervte die Fragerei.

»Und wo is'n die jetzt?«

»Sie ist leider ums Leben gekommen.«

»Fuck, das is'n Wahn!« Die junge Frau schüttelte den Kopf. »Das muss man sich geb'n. Ich will später keine Kinder ...«

Tom sah nach der Kleinen, sie war noch bewusstlos. Einmal zuckte er zusammen, da er dachte, das Mädchen atme nicht mehr, aber als er sie leicht anhob, holte sie nach einer Schrecksekunde wieder tief Luft.

»Könnten Sie schneller fahren?«

»Aber ...«

»Ich zahle alle Strafen, nur bitte machen Sie!«

»Okay!«

Sie trat das Gaspedal durch, der kleine Wagen machte einen Satz und schoss förmlich nach vorn. Tom nahm jetzt doch den Gurt und schnallte sich an.

»Neu'zig PS«, sie grinste stolz, »is'n ganz Schneller!«

Nach einigen Straßen hatte sich Tom an die rasante Fahrweise gewöhnt und begann sogar, Rubys Übersicht zu bewundern. Er selbst fuhr mit den alten Mühlen, wie er seine beiden Oldtimer oft liebevoll bezeichnete, eher gemütlich. Das konnte man von seiner Fahrerin nicht behaupten.

»Wie gehts'n weiter?«, fragte sie ständig und warf den winzigen Toyota zwischen den Spuren hin und her.

Tom kam mit dem Ansagen des Weges fast nicht nach. Ruby kurvte, hupte, bremste, zeigte anderen Verkehrsteilnehmern diverse Finger und schaffte die Strecke, trotz des dichten Morgenverkehrs, in knappen siebzehn Minuten.

»Passt das so?«, fragte sie, als sie vor dem Krankenhaus hielten.

»Großartig, danke!«, sagte Tom freundlich und meinte es ehrlich. Er stieg aus, griff in die Brusttasche seiner Jacke, zog eine Visitenkarte heraus und drückte sie Ruby in die Hand. »Wenn Sie mal was brauchen, dann melden Sie sich.«

Sie nahm die Karte, beugte sich vor, hob die Puppe des Mädchens auf, die im Fußraum des Beifahrersitzes lag, und hielt sie ihm durch die offene Autotür hin.

»Die is' während der Fahrt weggelauf'n!« Dazu lachte sie breit.

»Ah, habe ich gar nicht bemerkt«, sagte Tom und steckte die Puppe ein, »danke, Ruby!«

»Schon okay!« Sie hob beide Daumen hoch. »War 'ne schicke Fahrt. Hoff', die Kleine kommt zu 'nem Super-Doc, der sie durchbringt.«

Tom winkte zurück und lief ins Krankenhaus. Wie versprochen wartete oben Madeleine mit dem Arzt. Doktor Kerry, ein großer, knochiger Mittfünfziger mit eisgrauer Stoppelglatze, empfing Tom freundlich. Er nahm ihm das Mädchen ab, schaute sich die Schwellung und die Armbrüche an.

»Wir machen jetzt erst mal ein paar Bilder, ich hole einen Thorax-Spezialisten dazu und dann sehen wir weiter. Danke für Ihr schnelles Eingreifen, aber mehr können Sie nicht tun.«

Damit schob er ihn wieder hinaus auf den Gang.

Tom ging nun schon seit einer geschlagenen Stunde auf dem Flur von Level drei vor dem *Central Imaging Department*, so hieß hier die Radiologie, auf und ab. Noch immer waren die Ärzte bei dem Mädchen. Es machte ihn unsicher, dass die Untersuchung so lange dauerte, er hielt dies für ein eher schlechtes Zeichen.

Sein Termin mit dem Historiker im Archiv der Universitätsbibliothek fiel ihm wieder ein, der einige interne Daten aus Statistiken für ihn kopiert hatte. Tom war unterwegs zur Uni gewesen, als das Unglück geschah. Er brauchte diese vertraulichen Unterlagen für sein neues Buch über Börsengeschäfte und Terrorismus, an dem er gerade arbeitete. Er dachte daran, den Wissenschaftler mit einem Anruf zu verständigen und ihm die Situation zu erklären. Dann jedoch steckte er sein Handy wieder weg. Er fühlte sich überhaupt nicht imstande, mit jemandem zu sprechen oder seine Erlebnisse schildern zu müssen.

Früher, als er für die Reportagen der wichtigen Fernsehstationen große Storys rund um den Globus recherchierte, bekam er alle Hinweise, die er brauchte, ohne danach zu fragen. Die Leute drängten sie ihm förmlich auf, so gierig waren sie, im Fernsehen Beachtung zu finden oder ihre Erkenntnisse über andere loszuwerden. Nach einem größeren Flop und der darauf folgenden Schadenfreude seiner eifersüchtigen Kollegen zog sich Tom vom schnellen Tagesgeschäft in ein Haus bei den Londoner Docks zurück. Dort verbrachte er sein Leben seitdem als Autor von politischen Sachbüchern und nur wenige seiner alten Kontakte waren ihm geblieben. Er würde also später eine Mail schreiben, dass er mitten in dem Vorfall am King's Cross stecken geblieben war und sich damit für sein Nichtkommen entschuldigen.

Um elf ging er den langen Gang nach hinten, bis ans Ende zu den Liften, wo er beim Hereinkommen einen Aufenthaltsraum mit Fernseher gesehen hatte. In den Nachrichten sollten die Sender einiges an Informationen bringen. In den durchlaufenden Infozeilen konnte man lesen, dass es mehrere Explosionen gegeben haben musste, wodurch die ganze Stadt gelähmt war.

Vor dem allgemeinen Aufenthaltsraum befand sich ein größerer freier Platz. Den Fernsehbereich mit dem TV-Gerät trennte eine Glasschiebewand ab, damit Leute, die sich unterhalten wollten, vom lauten Ton nicht gestört wurden. Die Schiebetür stand offen, eine Menge Patienten, die wie gebannt die Sendungen verfolgten, drängten sich bereits im offenen Zugang.

Tatsächlich wurde auf jedem News-Channel darüber berichtet. Die offizielle Pressemitteilung der Polizeibehörde bestätigte danach, dass kein Stromausfall Schuld an dem Chaos trug, sondern London das Ziel eines mehrfachen Anschlags geworden war.

Laut offiziellen Angaben hatten vier arabische Terroristen die Anschläge verübt: Selbstmordattentäter, die Rucksäcke mit Sprengstoff trugen, den sie zündeten und sich damit in die Luft sprengten. Drei der Araber, so die weiteren Details, taten dies gegen neun in verschiedenen U-Bahn-Linien und etwa eine Stunde später ein weiterer in einem städtischen Autobus.

Am stärksten betroffen war die überfüllte Piccadilly-Line bei der Station am King's Cross, so die Berichte weiter, alleine in dieser Zuggarnitur gab es wahrscheinlich über zwanzig Tote. Die Überlebenden konnten erst nach einer Stunde von den Einsatzkräften befreit werden.

»Wahnsinn«, murmelte Tom, der sich an die verzweifelten Gesichter der eingeschlossenen Menschen erinnerte, die gegen die Fensterscheiben gehämmert hatten. »Eine Stunde in der

Ungewissheit, was weiter passiert, ob es nicht eine neuerliche Explosion gibt ...«

Auf BBC und CNN sprach man von über dreißig Toten und hunderten Verletzten, Sky meldete sogar tausend Verwundete.

Wie sich später herausstellte, war das unerwartete Problem für die Sicherheit, dass die Attentäter davor schon in Großbritannien gelebt hatten, drei von ihnen waren sogar gebürtige Briten. Dadurch boten die genauen Kontrollen auf den Flughäfen, die man seit dem Anschlag in New York vom elften September auch in England durchführte, in diesem Fall leider keinen Schutz.

In den folgenden Reportagen des Tages brachten sie Fotos von den zerstörten U-Bahnen und dem zerfetzten Bus. Ein verwackeltes Privatvideo zeigte Einsatzkräfte, die versuchten, Ordnung in die aufgeregte Menge zu bringen. Die Stadtverwaltung hatte den gesamten U-Bahn-Verkehr und die Buslinien in der Innenstadt eingestellt – die Stadt hielt den Atem an.

Tom konnte der Sendung nicht weiter zuhören, sie brachte die Erinnerung an das Erlebte sofort zurück. Er wischte sich über die Stirn, um die aufkommenden Bilder in seinem Kopf loszuwerden, und ging langsam zurück zur Radiologie.

Madeleine kam ihm entgegen, sie suchte ihn schon und hielt die Puppe des Mädchens in der Hand. Tom bemühte sich, in ihrem Gesicht zu lesen, wie es dem Mädchen ging. Sie sah den Blick und winkte beschwichtigend.

»Sie lebt, allerdings hat sie, außer den Armbrüchen, einen einseitigen Riss in der Lunge und eine Ansammlung von Blut oberhalb der Brust. Sie ist in der Vorbereitung, unser Oberarzt wird sie operieren, den Blutschwamm absaugen und eine fixe Drainage in die Lunge legen.«

»Wird sie durchkommen?«

»Das kann man nicht sagen. Wenn sie eine Kämpferin ist und keine schweren inneren Verletzungen hat ...«

»Danke, Maddy, zumindest besteht Hoffnung!«

»Hast du in den Nachrichten gehört, was los war?«

»Ja, Anschläge von Terroristen, vier Bomben in der U-Bahn und im Bus, den ganzen Betrieb in der City haben sie deshalb eingestellt.«

»Irre, als wir zuerst telefonierten, sagten sie im Radio nur etwas von einer Explosion wegen eines Stromausfalls«, meinte Madeleine bestürzt.

»Das haben sie nur gemacht, damit es keine Panik gibt, solange man nicht wusste, was geschehen war.«

Tom ließ sich auf einen der Besucherstühle fallen, die an den Wänden entlang des Flurs standen. Madeleine blickte auf ihn hinunter.

»Du siehst auch ziemlich fertig aus«, sagte sie, »ich bring dir was zum Anziehen, einen starken Kaffee, dann musst du duschen und ich versorge den Fuß.«

»Was?«

Tom verstand zuerst nicht, was sie meinte, dann sah er in die Glasscheibe der Etagentür gegenüber, in der er sich spiegelte. Sein Gesicht war zerkratzt, an verschiedenen Stellen von dem Rauch im Tunnel schwarz verschmiert und seine Haare standen ziemlich wirr vom Kopf. Auch die Jacke und seine Jeans waren dreckig, an den hellen Sneakers klebte ölige Schmiere und über dem rechten Fuß war die Hose zerrissen. Rund um die Stelle, wo sich das Metallstück hineingebohrt hatte, war der Stoff mit getrocknetem Blut getränkt. In dem Moment, wo er die Wunde sah, begann sie, wie höllisch zu arbeiten.

»Ja, danke Maddy, das wäre toll«, stöhnte er mit einem flehenden Blick, der Madeleine sogar in der ernsten Situation zum Schmunzeln brachte.

»Ich hole jetzt Kaffee, Verbandszeug und eine saubere Hose von einem unserer Pfleger.« Sie beugte sich vor und setzte die Puppe auf den Stuhl neben Tom. »Da, auf die musst du jetzt aufpassen, in den OP kann ich sie der Kleinen nicht mitgeben. Sie leistet dir Gesellschaft, bis ich wieder da bin. Ich muss davor aber schnell die Blutproben des Mädchens ins Labor bringen und mich mit meiner Kollegin absprechen. Wird etwas dauern.«

»Keine Angst«, antwortete Tom müde, »ich lauf dir nicht davon.«

»Terroristen mitten in London ...« Madeleine schüttelte im Weggehen fassungslos den Kopf. Dann drehte sie sich nochmals um. »Übrigens ein Glück für die Kleine, dass du sie getragen und bewegt hast. Hätte man sie auf eine Trage gelegt, wäre sie erstickt.«

Trotz des schwülen Tages ließ sich Tom das Wasser brühheiß über den Rücken laufen. Es war inzwischen Mittag vorbei, sein Schienbein zierte ein frischer Verband und er stand unter der Dusche. Die Wärme tat ihm gut, löste seine Verkrampfungen.

Der Mann am Bahnsteig fiel ihm ein. Letztlich hatte er recht, würden die Menschen mehr Respekt vor anderen haben, wäre es besser für die Welt. Es gäbe weniger Konflikte, weniger Verwicklungen und – mit einem besseren Verständnis für die arabische Welt – hätte sich London vermutlich auch die heutigen Terroranschläge erspart. Konnte man die Attentäter überhaupt als Araber bezeichnen? Angeblich waren es Briten gewesen. Aber so ticken wir in England, dachte Tom, alle hier geborenen Europäer, Inder, Asiaten oder Schwarzafrikaner sind einfach Briten, aber die aus den arabischen Familien sind seit 9/11 wieder nur Araber.

Irgendwann nach einer endlosen Weile klopfte es an der Duschtür, Madeleine stand davor. Tom öffnete die Augen und sah sie durch den Wasserstrahl an.

»Sie ist auf der Intensiv«, sagte sie laut, damit er sie hören konnte, »sie kommt durch!«

Als Maddy wieder draußen war, versagten Tom fast die Beine, so glücklich war er. Er hockte sich müde auf die warmen Bodenfliesen der Duschkabine und warf den Kopf zurück. Der starke Strahl traf sein Gesicht, nahm ihm den Atem. Er wollte sich die letzten Stunden abwaschen – die Zerstörung, die Toten und das ganze Leid, das er hatte mit ansehen müssen.

Zur gleichen Zeit verließ Tony Blair das Gleneagles Hotel in den schottischen Ochil Hills nahe Edinburgh und die dort seit dem Vortag stattfindende G8-Gipfelkonferenz, um sich ein Bild von den Vorfällen in London zu machen.

Er verhandelte mit George W. Bush, Wladimir Putin und den Regierungschefs der wichtigsten Industrienationen über ein Hilfspaket von drei Milliarden Dollar für die palästinensischen Autonomiegebiete. Sein Ziel war es, mit den Zahlungen den Friedensprozess im Nahen Osten zu fördern.

Nach seiner Rückkehr verfolgte er das Thema nicht weiter, die Hilfe für die arabischen Regionen wurde zur großen Zufriedenheit Israels eingefroren. Das Hauptthema der Konferenz war nun die Bekämpfung des Terrors und die davor laut gewordenen Überlegungen der britischen Regierung, sich von den Konfliktherden in Afghanistan und dem Irak zurückzuziehen, wurden verworfen. Man entschied, an der Seite der USA mit aller Härte weiter am Krieg teilzunehmen.

Heute

1

Die gleichmäßig graue Wolkendecke ließ zum ersten Mal in diesem Winter feine Flocken auf die Londoner Innenstadt fallen. Unten auf der Straße verwandelten sie sich in hellbraunen Matsch, der den Fahrern, die an diesem Freitagnachmittag Anfang Dezember unterwegs waren, schlitternde Bremsmanöver bescherte. Schon wenige Zentimeter Schnee konnten die Metropole an der Themse vollkommen lahmlegen – es gab ihn selten, man war nie darauf vorbereitet und kaum ein Fahrzeug in England fuhr mit Winterreifen.

Lena stand beim Fenster im letzten Stockwerk des Aldersgate Towers, dem dunkelblauen Glaskomplex mitten in der City, der beim Postman's Park neben dem historischen Museum von London aufragt. Sie schaute fasziniert über die Dächer der Londoner Börse und der Temple Bar auf die sich langsam weiß färbende Kuppel der St. Pauls Cathedral, die zum Greifen nahe schien. Wie der frisch gestärkte Reifrock einer eleganten Frau aus dem vorigen Jahrhundert, so kam ihr das gewölbte Dach des Doms vor.

Dahinter wand sich die Themse in einer weiten Linksbiegung durch die Millionenstadt. Auf den Brücken, die von hier aus zu sehen waren, pulsierte dichter Verkehr. Alles war geschäftig auf den Beinen nach Hause oder am Einkaufen für das bevorstehende Wochenende und staute in überfüllten Fahrbahnen nach allen Richtungen quer durch die Stadt. Lena genoss den Anblick des bunten Treibens, es fühlte sich lebendig an und für eine Journalistin konnte hinter jedem der Menschen eine Story stecken, die es wert war, erzählt zu werden.

In dem eleganten Office-Building, hoch über den Dächern der Stadt, residierte das Redaktionsbüro *Barod International*, für das Lena seit letztem Sommer arbeitete. Sie kannte Shyam

Barod, den Besitzer der Firma, schon lange aus der Branche. Ihr gefiel seine Entschlossenheit, heikle Themen aufzugreifen. Shyam hatte eine gute Hand für Storys, was der Grund für seinen Erfolg und die rasche Karriere war. Mehrmals hatte er bereits versucht, Lena von ihrem alten Job abzuwerben, bis sie ihm schließlich die Reportage anbot, die sonst niemand machen wollte: *Business and Terror – Wer profitierte vom Anschlag am elften September?*

Er bewies auch diesmal Mut, griff sofort zu und gab Lena ein eigenes Sendeformat für politische Dokumentationen. In ihrer Reportagereihe *Behind Headlines* sollten regelmäßig anspruchsvolle Hintergrundberichte zu politischen Ereignissen erscheinen, die er plante, in allen wichtigen News-Kanälen Englands unterzubringen.

Lena ging zurück in den Besprechungsraum, wo schon einige vom Team, die andere Programmschienen betreuten, warteten. Alle sahen gespannt auf Shyams jungen Assistenten Clark, der die Statistiken betreute und die Listen mit den laufenden Quoten ausgebreitet vor sich liegen hatte.

»Ja, euer Chef-Analyst sagt euch«, eröffnete er lachend die Runde, »wir haben wieder einmal den Vogel abgeschossen.«

Der quirlige Clark war erst Anfang dreißig, stets bester Laune und mit seinen bunt gemusterten Sakkos der schräge Vogel in der arrivierten Mannschaft. Er nahm die Kopien von den Berichten und schob sie über den Tisch, während sich Lena bei der Kaffeemaschine neben dem Eingang einen Cappuccino zubereitete.

»Vier unserer aktuellen Reportagen sind in ganz England gelaufen, zwei haben sich auch nach Deutschland, die Schweiz und Frankreich verkauft und dein Bericht über die neuen Entwicklungen in der IRA«, er nickte einem älteren Mitarbeiter mit dunklem Haarzopf und runder Nickelbrille zu, »hat es bis nach Übersee geschafft – gratuliere, tolle Arbeit. Aber diesmal habt ihr es schwer, Lenas neues Reportformat hat alle Erwartungen übertroffen.«

Clark stand auf und winkte Lena mit einer einladenden Geste zu sich. Sie warf Zucker in ihre Tasse und ging umrührend hinüber zum Tisch.

»Sensationell«, fuhr er fort und hielt ihr den Ausdruck hin, »deine Story über 9/11 hat sich bisher in zwölf Länder verkauft, darunter USA, Japan, Australien und Island – dort hatten wir noch nie etwas auf Sendung – und wurde insgesamt dreißig Mal ausgestrahlt. In Amerika warst du damit im Hauptabendprogramm und hast eine Welle von erbosten Reaktionen der konservativen Republikaner ausgelöst, die auf den sozialen Netzwerken deine Spekulationen zur Beteiligung der Waffenlobby an den Vorgängen empörend fanden. Es ist daher anzunehmen, dass du ins Schwarze getroffen hast. Mehr als dieses Echo kann man sich für eine Reportage nicht wünschen ...«

Alle Kollegen pochten mit den Knöcheln anerkennend auf die Tischplatte und Lena rührte verlegen im Cappuccino.

»Und von Shyam, der nicht hier sein kann, weil er in der Schweiz zu tun hat«, warf Ruth ein, die auch beim Tisch saß, »soll ich dir ebenfalls ausrichten, dass er froh über den Erfolg deiner ersten Arbeit für uns ist.«

»Danke euch, das freut mich sehr. Es war oft an der Kippe, ob ich das Thema gegen den politischen Widerstand durchbringe«, sagte Lena und ihre Augen wurden feucht, »auch habe ich einen lieben Freund in dieser Zeit verloren.«

»Ich weiß: Niels«, sagte Ruth tröstend. »Er war ein bemerkenswerter Kollege, den auch wir sehr geschätzt haben. Schon deshalb ist es wichtig, dass deine Sendung jetzt eine derartige Anerkennung findet.«

Lena setzte sich an den Tisch und verfolgte die weiteren Gespräche mit dem wehmütigen Gefühl, dass Niels nicht mehr da war, aber auch mit Zufriedenheit ob des neuen Jobs. Sie arbeitete gerne in dieser ruhigen, sachlichen Crew und sie mochte Ruth, Shyams Mutter, gut leiden. Sie war eine große, elegante Frau Mitte sechzig, hatte kurze dunkle Haare mit einer Silbersträhne und trug mit Vorliebe streng auf Figur gearbeitete Hosenanzüge. Ruth mischte sich in Shyams Leitung der Redaktion nicht ein. Sie machte mit Clark zusammen die Statistiken, half bei der Buchhaltung und absolvierte gelegentlich die offiziellen Termine, wenn ihr Sohn unterwegs war.

»What's next?«, fragte sie Lena nach der Besprechung, als nur noch sie beide und Clark im Raum waren, zu deren neuen Plänen. »Hast du schon ein Folgeprojekt im Auge, das 9/11 toppen kann?«

»Was schwer sein wird, denn es gibt nicht viele Ereignisse, die von so allgemeinem Interesse sind«, gab Lena zurück. »Ich werde jetzt einmal über die Feiertage ausspannen und überlegen.«

»Wenn du möchtest«, warf Clark dazwischen, »stehe ich dir gerne bei einem gediegenen Abendessen für ein privates Brainstorming zur Verfügung.«

Lena schmunzelte über die Formulierung. Clark behauptete, er stamme von einem alten Adelsgeschlecht ab und versuchte, alle Frauen damit zu beeindrucken.

»Das ehrt mich sehr«, antwortete sie amüsiert, »aber die Antwort ist wie immer ...«

»Du wirst das eines Tages bereuen«, ergänzte er und legte die Stirn in Falten. »Sobald ich die elterlichen Ländereien in Sheffield erbe, würde ich dich mitnehmen.«

»Ganz bestimmt«, Lena blinzelte ihn an, »und glaube mir, wenn ich zehn Jahre jünger wäre ...«

»Also«, unterbrach Ruth das scherzhafte Geplänkel der beiden und wurde wieder sachlich. »Was sage ich Shyam, wenn er zurückkommt?«

»Dass ich meine zwei Wochen Urlaub benutze, um die Themen zu sondieren«, meinte Lena und packte ihre Sachen. »Ich melde mich dann nach Weihnachten bei ihm.«

»Sehr gut, nach dem Erfolg mit deiner neuen Sendung sollten wir nicht zu lange warten. Wie du ja selbst weißt, die Leute lieben Sensationen und wollen gefüttert werden.«

Lenas Wolljacke lag auf dem Beifahrersitz, die Heizung des schwarzen Mini Coopers blies auf der größten Stufe warme Luft in den Fußraum und der USB-Stick mit Chris Reas *Driving home for Christmas* steckte im Player – besser geht's nicht, dachte sie.

Der Verkehr hatte etwas nachgelassen, trotzdem ging es nur zäh voran. Für die zwanzig Kilometer bis nach Twickenham im Südwesten der Großstadt, wo Lena ihr Haus hatte, würde sie mehr als die übliche Stunde brauchen. Nur heute störte sie das nicht. Im Gegenteil, sie überlegte sogar, stehen zu bleiben, um einen Bummel einzulegen.

Obwohl sie im Winter ihrer Leidenschaft – mit dem Motorrad über die englischen Landstraßen zu flitzen – nicht nachgeben konnte, liebte sie diese Jahreszeit. Die letzten Wochen vor Weihnachten waren für sie schon immer etwas Besonderes gewesen. Die Menschen waren freundlich, zumindest bemühten sie sich, wenn man sie daran erinnerte, und die beleuchteten Dekorationen gaben den Straßen und Plätzen der Innenstadt ein festliches Flair. Wenn dann, so wie jetzt, auch noch Schnee fiel, mischte sich das letzte Licht des Spätnachmittags mit der Straßenbeleuchtung zu einer ganz eigenen Stimmung, die Lena an ihre Kindheit in Dänemark erinnerte.

Der kleine Ort in der Nähe von Aalborg, in dem sie aufgewachsen war, bis die Familie nach England zog, lag ebenfalls am Wasser. Der Abendhimmel über dem engen Fjord, der zur Ostsee hinauslief, hatte im Winter die gleiche rötliche Färbung in der Dämmerung. Überhaupt war das Klima durch die Nähe zum Meer ähnlich feucht und frisch wie in England. Anfangs hatte Lena unter der Umstellung sehr gelitten. Sie war erst sechs, als ihr Vater die Anstellung bei der dänischen Handelsmission in London bekam und sie von dem Dorf in die Metropole übersiedelten. Später als Teenager war sie froh, der Enge der Landgemeinde entkommen zu sein. Sie blieb dann auch in England, als ihre Eltern wieder zurückgingen. Dennoch pflegte sie ihre dänischen Freundschaften und kümmerte sich regelmäßig um die Familie in Aalborg.

Vielleicht fahre ich zu den Feiertagen wieder einmal hin, überlegte sie, während sie auf der Great Chertesey Road über die Chiswick Bridge fuhr. Die Weite des Watts in Dänemark hatte im Winter ein außergewöhnliches Flair. Wie so oft spielte sie mit dem Gedanken, sich dort für ihren Ruhestand im Alter ein Haus zu kaufen, doch in Wahrheit empfand sie die dänische Provinz bei jedem Besuch als beengend und fuhr gerne wieder nach London zurück.

Es war ein turbulentes Jahr gewesen, das sich dem Ende zuneigte. Das Aufdecken der miesen Geschäfte des Rüstungstycoons Bronsteen und seines korrupten Umfeldes, bis hin zu dessen Verstrickung in die Anschläge auf das World Trade Center, hatte ihr großes berufliches Ansehen gebracht. Verglichen mit ihrem tragischen Verlust kam ihr das jedoch bedeutungslos vor. Sie würde den ganzen Erfolg, den neuen Job und die gesamte Anerkennung gegen einen einzigen weiteren Tag mit Niels eintauschen. Anfangs hatten sie nur beruflich miteinander zu tun gehabt, später unternahmen sie rasante Motorradtouren durch die englische Landidylle, auf denen Lena sich in den eigenwilligen Sturkopf verliebte, der ihr in vielem sehr ähnlich war. Schließlich – eine endlose Zeit später – funkte es auch bei ihm. Niels, der sonst gerne raubeinig tat, erwies sich als gefühlvolle Ergänzung. Nach einigen belanglosen, ernüchternden Beziehungen genoss sie diese Partnerschaft.

Zweieinhalb Wochen später musste er zu einer sehr riskanten Recherche, die ebenfalls mit Bronsteens Netzwerk zusammenhing, und kam nicht mehr zurück. Offiziell hieß es, er wäre Opfer eines Raubüberfalls im nächtlichen Rom geworden, doch Lena wusste genau, wer wirklich dahintersteckte. Sie hatte keine Chance gehabt, die Sache zu verhindern oder Niels irgendwie davor zu bewahren. Dessen ungeachtet machte sie sich Vorwürfe und das dumpfe Gefühl, versagt zu haben, blieb. Dagegen halfen weder die Aufdeckung von Bronsteens Machenschaften noch dessen späterer Tod.

Ich brauche etwas zu essen, fiel ihr ein, was die aufkommende Traurigkeit unterbrach. Sie lenkte ihren Mini auf einen freien Parkplatz in der Nähe der kleinen Pizzeria auf der Hauptstraße. Sie hatte keine Lust zu kochen und hier gab es riesige Family-Pizzen zum Mitnehmen für sechs Pfund. Bei so einer würde sie jetzt zuschlagen, die reichte fürs ganze Wochenende. Lena kramte nach Münzen in ihrer Jacke. Normalerweise fütterte sie die Parkuhr korrekt, weil die Strafen saftig waren, wenn man erwischt wurde. Nur jetzt fand sie absolut kein Kleingeld und würde auch in wenigen Minuten wieder zurück sein. Daher ging sie das Risiko ein und ließ das Auto, ohne zu bezahlen, stehen.

Während der Vietnamese, dem das Lokal gehörte, ihre Pizza machte, ging sie nebenan in das Lebensmittelgeschäft und holte Milch und Schokolade – jetzt war sie für das Wochenende gerüstet. Spontan fiel ihr ein, dass sie die Winterhosen aus der Reinigung holen sollte, bevor diese schloss. Sie schaute, ob eine Parkplatzkontrolle in der Nähe war, doch alles sah unverdächtig aus. Deshalb lief sie schnell zum Dry Clean und war rechtzeitig zurück, als die Pizza aus dem Holzofen kam. Geschafft – zehn Minuten und kein Parkticket!

Der Duft der frischen Pizza mit Schinken und Mozzarella war zu verlockend, daher knabberte sie bereits ein Stück vom knusprigen Rand, als sie den Mini vor ihrem Haus in der Queens Road ausrollen ließ.

Ich werde es mir zwei Tage lang gemütlich machen, dachte sie, fernsehen und den halben Sonntag verschlafen. Ihre Umhängtasche und die Pizzaschachtel in einer Hand balancierend, ging sie die Stufen zum Eingang hoch, suchte mit der anderen den Schlüssel in ihrer Jacke und sperrte auf. Am Boden im Vorraum lagen die Post und Berge von Werbeprospekten. Seit beinahe zehn Jahren wohnte Lena hier und genauso lange nahm sie sich vor, einen größeren Postkorb hinter dem Briefschlitz anzubringen. Sie schob den Papierstapel mit dem Fuß beiseite, ging in den Flur zur Kleiderablage und drehte im Vorbeigehen die Heizung größer.

Sie liebte ihr Haus in der ruhigen Vorstadt im Südwesten Londons. Der rotbraune Backsteinbau mit dem vorspringenden Erker, dem hellen Steinbogen rund um die Eingangstür und den weißen Holzfenstern, die mit Sprossen in lauter kleine Quadrate unterteilt waren, strahlte eine heimelige Atmosphäre aus. Eigentlich war es für sie alleine reichlich groß – unten befanden sich eine Wohnküche mit Ausgang in den Garten, das Bad und eine verglaste Veranda, die Lena auch als Arbeitsraum benutzte. In der oberen Etage waren Wohnzimmer, Schlafzimmer mit Balkon und Kinderzimmer, das mangels Nachwuchs als Garderobe und Bügelzimmer diente.

Lena hatte das Haus gleich bei der ersten Besichtigung gekauft, da sie vor dem Treffen mit dem Makler einen ausgedehnten Spaziergang in Twickenham unternommen und sich in den beinahe ländlich wirkenden Ort an der Themse sofort verliebt hatte. Einstweilen fiel ihr die Vorstellung schwer, anderswo zu leben. Sie kannte jeden Laden auf der zentralen Heath Road, mochte die Gespräche mit den Inhabern der Einkaufsläden und hatte ihre Lieblingslokale, wenn ihr einmal nach Zerstreuung war.

Was ihr überdies an der Lage gefiel, war die Nähe zur M3, der Schnellstraße, die sie in wenigen Minuten aus der Stadt hinausbrachte, zu den gewundenen Landstraßen Südenglands, wo sie bei schönem Wetter gerne mit ihrer schnellen Rennmaschine, einer knallroten Suzuki GSX, unterwegs war. Diese stand jetzt gut verpackt in einem Schuppen unten am Fluss und wartete auf das Ende des Winters.

Wenn es kalt war, duschte Lena gerne brennend heiß und nahm sich dann einen großen Pott starken englischen Tee. Das tat sie auch jetzt. Dann ging sie mit der Post hinauf ins Wohnzimmer, kuschelte sich mit der Pizzaschachtel in ihr Sofa und schaltete den Fernseher ein. Der lief ständig, wenn sie zu Hause war, meist nebenher ohne Ton, da Lena befürchtete, sonst wichtige Meldungen zu versäumen. Aber es gab ihr auch das Gefühl, nicht alleine zu sein.

»Ruth hat recht, nach den Reaktionen auf die Sendung wäre es gut, bald etwas nachzuschieben«, murmelte sie und streckte sich.

Lena war – nach Dusche, Tee und Pizza – auf dem Sofa eingeschlafen. Unterdessen war es zehn geworden und sie fühlte sich wieder voll Energie. Sie ging hinunter zu ihrem Schreibtisch in der Veranda. Sie arbeitete gerne nachts, da konnte sie sich am besten konzentrieren und kein Telefon störte. Also füllte sie Kaffee in ihre italienische Espressokanne und stellte diese auf die Herdplatte. Dann holte sie die hellgraue Mappe aus der Schreibtischschublade, die ihr Hawk im Sommer in Paris am Flughafen Charles de Gaulle in die Hand gedrückt hatte. Die beiden warteten dort, nach den Ereignissen um Bronsteen, die Lena dann in ihrer Reportage über die New Yorker Anschläge verarbeitete, auf ihre Anschlussmaschinen. Sie flog zurück nach London und Hawk wieder nach Washington.

»Ich wollte Ihnen etwas geben, was mich schon seit längerer

Zeit beschäftigt«, hatte er gesagt und eine Bemerkung über mögliche Zusammenhänge zwischen dem Mossad und den Attentaten in der Londoner U-Bahn gemacht.

»Aber das waren doch arabische Terroristen«, antwortete Lena verwundert darauf, wobei Hawk da offenbar gegenteiliger Meinung war.

Sie kannte ihn, seit sie mit ihren Recherchen gegen die Lobbyisten der Rüstungsindustrie begonnen hatte. Schon damals brachten seine Unterlagen Lena auf die heiße Spur der korrupten Politiker. Und *er* war es auch gewesen, der später den entscheidenden Hinweis gegen Bronsteen entdeckte.

Hawk arbeitete lange Jahre für das Weiße Haus als historischer Berater und sammelte dort in aller Stille auch so manch geheime Information. Als er dann vor fünf Jahren seinen Ruhestand antrat, begann er Vorträge an Universitäten zu halten und sein Wissen für die politische Bildung von jungen Studenten einzusetzen.

Wenn er ihr etwas zuspielte, gab es dafür auf jeden Fall triftige Gründe. Allerdings war sie in den letzten Monaten so beschäftigt gewesen, dass sie keine Ruhe gefunden hatte, die Mappe durchzusehen. Aber nun, da sie nach einem neuen Thema suchte, war es an der Zeit zu erfahren, welchen Dingen Hawk diesmal auf der Spur war.

LONDON stand in großen Lettern auf dem Umschlag, drinnen gab es eine Reihe von Fotos aus dem Jahr 2005 von den Anschlägen in der U-Bahn, Bilder von den Überwachungskameras auf den Stationen und dann fand Lena Pressemeldungen aus verschiedenen Zeitungen.

Am Rand der Ausschnitte standen zum Teil Hawks Gedanken darüber, auf manchen Fotos klebten Textstellen und einiges war mit Rotstift angestrichen. Auf den ersten Blick nur eine Auflistung der Ereignisse, dachte Lena, als sie die Papiere durchging. Sie erinnerte sich deutlich an den Tag, sie war wegen einer Recherche außerhalb Londons unterwegs und hörte die Nachricht im Radio.

Sie blieb bei einer Meldung hängen, dass es keinen sicheren Beweis für die Herkunft der Attentäter gäbe, da alle Kontrollkameras bei den Zugängen zur Underground und an der Bushaltestelle an dem Tag ausgefallen waren. Eine Identifizierung sei daher nicht möglich. Hawk hatte eine Stelle markiert, in der behauptet wurde, einer der beschuldigten Männer wurde angeblich noch *nach* den Anschlägen woanders fotografiert.

Wenn einer der Täter es nicht gewesen war, ist das auch bei den anderen fraglich, überlegte Lena. Auch der Ausfall aller Kameras war seltsam. In der U-Bahn kann das schon mal geschehen, aber dass gleichzeitig auch die Überwachung der Busstation auf der Straße nicht funktioniert hatte, war ihr zu viel des Zufalls. Und im Haus roch es eigenartig ...

»Der Kaffee!«, entfuhr es ihr. Sie sprang hoch und lief in die Küche, wo der Espresso überkochte. Mit einem Geschirrtuch zog sie die brodelnde Kanne von der Platte, goss den Inhalt weg und säuberte den Herd.

»Interessant«, murmelte sie eine halbe Stunde später, nachdem sie Hawks Notizen gelesen und auch die Kopien der Artikel durchgesehen hatte. Nicht alle waren von den Londoner Anschlägen. Lena wunderte sich zuerst, warum Hawk auch Aufnahmen und Zeitungsausschnitte von einem Bombenattentat im Jahr davor mit in die Mappe gelegt hatte. Die Täter kamen aus ganz verschiedenen Lagern, konnten demnach nichts miteinander zu tun haben. Beim näheren Betrachten der Ereignisse fielen ihr dann aber einige Übereinstimmungen ins Auge.

In der Moskauer Metro starben vierzig Menschen, als sich ein junger Tschetschene in einem Tunnel um halb neun Uhr morgens in die Luft sprengte. Wie in London war es ein vorderer Waggon, der durch die Wucht der Detonation schwer beschädigt wurde. Die Wagentüren in der restlichen Garnitur versagten, die Menschen konnten nicht aus dem Zug und Panik brach aus. Man brauchte Stunden, um die Fahrgäste zu der nächstgelegenen Station zu evakuieren.

Sonst gab es keine Gemeinsamkeiten. Der Anschlag war eindeutig ein Rachefeldzug, da Putin zuvor bei erzwungenen Wahlen in Tschetschenien seinen Kandidaten durchgesetzt hatte. Es gab Beschuldigungen, Bekenner und mehrere Verhaftungen, die eigentlichen Drahtzieher des Blutbades wurden dagegen nie ausgeforscht. Dennoch lieferten die Toten von Moskau den Russen einen neuerlichen Grund für die Unterdrückung der Tschetschenen.

Lena blätterte weiter. Ganz hinten in Hawks Mappe lag eine Klarsichthülle, auf der ein Zettel geklebt war. Auf dem stand:

Ich hatte gehofft, meine Überlegungen nach
dem Anschlag in London wären falsch.
Leider waren sie das nicht ...

Was meinte Hawk damit? Lena zog die Papiere heraus. Sie betrafen den erst unlängst verübten Anschlag in Brüssel. Der war Lena in lebhafter Erinnerung, hatte doch Niels im März für die *London Tribune* darüber geschrieben und ihr die furchtbaren Fotos des Gemetzels gezeigt.

In einer Metro der Brüsseler Innenstadt, nahe der Europäischen Regierung, detonierte eine Bombe, die zwanzig Menschen im morgendlichen Berufsverkehr mit in den Tod riss. Bei der Fahndung wurde eine Flagge des Islamischen Staates gefunden, der sich dann später zu den Anschlägen bekannte.

Bereits wenige Stunden danach betonte die westliche Welt die Solidarität mit Brüssel und die entschiedene Verteidigung der europäischen Werte. Im verstärkten Kampf gegen den IS würde man nun enger in der Allianz gegen das Terrorregime zusammenarbeiten – eine strategisch wichtige Entscheidung.

So einen Schulterschluss gegen die arabische Welt hatte es auch nach den Angriffen auf die Londoner U-Bahn gegeben, dachte Lena. Die Briten, die davor überlegten, sich vom Krieg gegen den Irak zurückzuziehen, kämpften dann mit aller Härte weiter und die Finanzhilfe für die Palästinenser wurde zum Großteil eingefroren. Aber das war elf Jahre her und seitdem hatte es jede Menge anderer Gräueltaten in vielen Ländern der Welt gegeben. Und schließlich war es doch immer so, dass Attentäter den Sprengstoff am Körper trugen und für die Tat eine Uhrzeit wählten, wo möglichst viele Leute unterwegs waren.

Sie breitete die Sachen vor sich auf dem Schreibtisch aus. Warum gerade diese drei Anschläge, welche Verbindung gab es und welchen Grund hatte Hawk gehabt, die Mappe nach Brüssel wieder hervorzuholen und ihr zu geben?

Gedankenverloren schob Lena die Pressefotos zur Seite, da bemerkte sie auf der Rückseite von einigen ein großes, dick in Rot gemaltes Rufzeichen. Es waren die Aufnahmen von den zerstörten U-Bahn-Wagen der jeweiligen Anschläge. Hawk wies sie nicht auf den Ablauf der Geschehnisse hin, begriff sie, er meinte vielmehr die Art der Zerstörung, darin musste die eigentliche Parallele bei den Bluttaten liegen. Es konnte demnach nur um die Bomben selbst gehen. Lena flog förmlich durch die Artikel und las die rot unterstrichenen Passagen nochmals ganz genau.

Tatsächlich! Die Zeitungen erwähnten jedes Mal die komplizierte chemische Zusammensetzung des Sprengsatzes, die auf ein enormes technisches Wissen des Bombenbauers schließen ließ. Nachdem die Anschläge an verschiedenen Orten stattfanden und lange Zeit auseinanderlagen, war das bisher niemandem aufgefallen, sie hätte es ohne Hawk auch übersehen.

Schlagartig wusste Lena nun, was die eigentliche Botschaft der unscheinbaren Mappe Hawks. Sie hielt den Atem an:

Hinter all diesen Verbrechen, hinter all den Opfern, stand ein einziger Verursacher – einer, der alle diese Bomben gebaut hatte, einer, der skrupellos für jede Seite arbeitete, einer, der wieder begonnen hatte, eine Spur der Verwüstung zu ziehen.

2

Der Blick über den Genfer See war an diesem Morgen atemberaubend. Die Bäume am Quai du Mont-Blanc streckten ihre dunkelfeuchten Winterarme, deren Spitzen dicht mit weißem Reif überzogen waren, in den klaren Himmel. Dahinter, im blitzenden Wasser des Sees, abgedeckt mit eisstarren Planen, lagen einige Boote in der tief stehenden Sonne.

Jan Nimhaaven saß im Cottage Café, dem kleinen Ziegelbau mit Holzdach am Südufer des Sees, direkt hinter dem Brunswick Monument, dem bedeutenden Grabmal Herzog Karls des Zweiten. Er mochte das Lokal in dem alten Gebäude mit seinen dunklen Parkettböden, den kitschigen Stuckdekorationen und den charmant antiquierten Möbeln vom Flohmarkt. Es hatte etwas sehr Individuelles, ohne aufdringlich zu sein, und auch etwas Beruhigendes, was die Konzentration förderte. Wenn er in Genf zu tun hatte, in seinem Job war dies relativ oft der Fall, ging er nach dem Frühstück im Hotel stets hierher, nahm einen kleinen Mokka, dachte über seine Vorhaben nach und bereitete sich auf die Sitzungen des Tages vor. Die freundlich entspannte Atmosphäre, die hier auch schon früh um acht herrschte, empfand er als angenehmen Gegensatz zu den geschäftlichen Terminen, bei denen jeder versuchte, sein Pokerface aufzusetzen, um sich nicht durch eine persönliche Haltung angreifbar zu machen.

Nimhaaven war Mitarbeiter der Europäischen Kommission und einer der geladenen Delegierten bei den Genfer Gesprächen. Diese informellen Beratungen fanden in regelmäßigen Abständen zwischen Europa und Amerika statt. Durch ein umfassendes Programm zu grundsätzlichen Problemen kam den Treffen eine besondere Bedeutung zu. Auf diskret neutralem Boden wurden die prinzipielle Haltung der Nato zu wichtigen Angelegenheiten erarbeitet und die Weichen für eine gemeinsame Vorgehensweise gestellt.

Heute war ein bedeutender Tag für den niederländischen Abgeordneten, denn er übernahm den Vorsitz in einer der Arbeitsgruppen, die am Rande der Tagung stattfanden und die er selbst initiiert hatte. Es ging um die Siedlungspolitik Israels – ein Thema, das ihn seit Jahren beschäftigte und bei dem er ständig versuchte, die Union zu einem schärferen Vorgehen zu bewegen. Nimhaaven war ein erklärter Gegner Israels, was er gerne hinter politischen Sachargumenten verbarg. Die meisten Länder der EU, auch sein eigenes, waren sehr vorsichtig in ihren Aussagen und auch mit den USA war nicht zu rechnen. So hatte es lange gedauert und viel an Lobbyarbeit bedurft, um seine Kollegen für Verhandlungen über einen Boykott zu gewinnen. Den Ausschlag gab schließlich der französische Delegierte Bernhard Roux, der großes Ansehen bei den Mitgliedern genoss und sich von den Argumenten überzeugen ließ.

Nimhaaven stand auf und zahlte seine Mokkas, drei waren es gewesen. Es wurde langsam Zeit, hinüber ins Kempinski zu gehen, das nur fünf Minuten entfernt an der gleichen Uferpromenade lag. Er wollte sich auf dem Zimmer frisch machen und sein Eröffnungsreferat durchgehen.

Es war klirrend kalt und der Wetterbericht der Acht-Uhr-Nachrichten meldete für Genf die ersten Tage mit Temperaturen unter minus zehn Grad für das zweite Wochenende im Dezember. Die sonst gut frequentierten Gehwege entlang des Ufers am Quai schienen wie leergefegt. Jeder, der am Samstag zu dieser Stunde schon unterwegs sein musste, saß im Auto, nahm die Tram oder benutzte einen der Trolleybusse.

Trotz der Kälte trug Nimhaaven nur eine kurze Jacke und keine Kopfbedeckung. Mit seinen hundertdreißig Kilos litt er unter zu hohen Temperaturen und fürchtete bereits die lange

Sitzung im überheizten *Léman B*, dem Tagungsraum, den sein Sekretariat für das Wochenende gemietet hatte. Es war das kleinste Besprechungszimmer des Hotels, aber seine Arbeitsgruppe bestand vorerst nur aus fünf Mitgliedern.

Er mochte das Hotel mit seinen antiquierten Suiten, den Marmorbädern und dem riesigen Glasportal, dessen Eingang man von der Straße aus über eine Holzbrücke erreichte. Architektonisch war es ein ziemlicher Klotz, doch innen erinnerte ihn das Foyer – mit dem spiegelnden Steinboden und dem von innen beleuchteten Rezeptionspult – an Las Vegas, wohin er sich mindestens einmal im Jahr eine Reise gönnte und seiner Spiellust frönte. Im guten alten Europa hatte er das strikt unter Kontrolle, ging nur ab und an in ein Casino, um die Atmosphäre zu schnuppern. War er aber in einem der Spielertempel in der Wüste Nevadas, unbeobachtet und unter Gleichgesinnten, gab es kein Halten mehr. Nicht selten verzockte er in wenigen Tagen die Hälfte seines Jahreseinkommens, das mit allen Vergütungen, Taggeldern, Spesenabgeltungen und Zusatzeinnahmen für diverse Gefälligkeiten so um die Dreihunderttausend betrug. Was soll's, dachte er dann, man lebt nur einmal und als bekennender Single habe ich keine Familie, für die ich sorgen müsste.

Er fuhr hinauf in seine Junior Suite mit Seeblick, schlüpfte aus seiner Jacke und der Cordhose und duschte ausgiebig. Danach föhnte er seine schütteren Haare, damit sie exakt die kahlen Stellen überdeckten, zog seinen dunkelgrauen Anzug an und entschied sich für die weinrote Krawatte mit den feinen weißen Punkten.

»Wie Ihnen allen hinlänglich bekannt ist, sind in den letzten zwanzig Jahren über dreißig Milliarden Dollar in die Palästinensergebiete geflossen, die zum Großteil in unkontrollierbaren Firmengeflechten versickern. Alleine von uns, der

Europäischen Union, kamen mindestens acht Milliarden, der Rest aus den USA, den Golfstaaten und aus verschiedenen Sozialwerken der Vereinten Nationen.« Nimhaaven war mitten in dem Referat und in seinem Element. Endlich kam Bewegung in die Sache. Er schob mit einer zufriedenen Geste seine randlose Brille zurecht, um besser lesen zu können, und ging in seinem Text weiter. »Von den Zahlungen profitiert nicht die Bevölkerung, sondern überwiegend Konzerne, die sich in Gaza und im Westjordanland bedienen. Die Gründe sind Korruption und verfehlte Siedlungspolitik.«

Er sah in die Runde, die seinen Ausführungen eher gelangweilt folgte. Nur einer der Teilnehmer machte sich Notizen.

»Bereits seit längerem gibt es deshalb strengere Zollgesetze für diese Gebiete und Projekte dieser Unternehmen erhalten keine Fördergelder mehr«, fuhr Nimhaaven fort. Er entschloss sich, den Vortrag abzukürzen und zum entscheidenden Punkt zu kommen. »Der Effekt dieser Maßnahmen ist aber bislang gering, womit es – im Interesse der Menschen – an der Zeit ist, eine härtere Gangart einzuschlagen und eindeutige Sanktionen gegen Israel zu verhängen. Der erste Schritt muss daher sein, die finanziellen Mittel einzufrieren und die geplanten Investitionen auszusetzen, bis die bestehenden korrupten Kanäle trockengelegt sind.«

*

Ron Gazzarah saß in der zweiten Etage des Kempinskis bei einem der Panoramafenster der Floor-Two-Lounge und nippte an dem *Black Russian on the rocks*, ein doppelter Wodka mit Kaffeelikör, den die Bedienung eben gebracht hatte. Er war von der israelischen Botschaft als offizieller Medienbeobachter der Gespräche akkreditiert, die wirklichen Gründe für den Besuch in Genf lagen für einen Operationschef des Geheimdienstes aber auf anderen Gebieten. Er warf keinen Blick hinaus auf den See oder die spektakuläre Kulisse der Alpen dahinter. Der herrliche Tag vor den Fenstern interessierte ihn nicht. Die Dinge spitzten sich auf mehreren Ebenen zu – von seinem Informanten in der Arbeitsgruppe Nimhaaven wusste er, dass die Entwicklungen demnächst eine härtere Gangart erfordern würden, vom verdeckt laufenden Einsatz im Libanon fehlte jegliche Information und später musste er noch diesen unangenehmen Kanadier abwimmeln. Er checkte zum wiederholten Mal seine Mails, wieder war keine aus Beirut dabei.

»Ah, Ron, ich habe dich schon in der Bar gesucht.«

Die sonore Stimme beendete Gazzarahs Suche nach einer Mail. Er steckte sein Handy ein und begrüßte den eleganten Herrn, der zum Tisch getreten war.

»Bitte, Moshe«, sagte er und deutete auf den Fauteuil gegenüber, »nimm doch Platz.«

Obwohl sie einander schon lange kannten und sich mit Vornamen ansprachen, gingen sie äußerst förmlich miteinander um. Moshe Ben-Ilan saß auf einer Schaltstelle im israelischen Außenministerium und war der kommende Mann in der Politik des Landes. Er war noch nicht einmal fünfzig, mit seinem hohen Haaransatz und dem kurzen, schon gänzlich grauen Vollbart wirkte er aber deutlich älter. Dazu trugen auch seine kalten Augen unter den buschigen Brauen und der schmallippige Mund bei, die seinem Gesicht einen leicht überheblichen Ausdruck gaben.

»Danke.« Ben-Ilan öffnete sein teures Wollsakko, strich die dezent gemusterte Weste glatt und setzte sich. Er war zu einem Termin mit dem israelischen Botschafter in der Schweiz, so konnte er sich ohne Aufsehen mit dem Geheimdienstmann treffen, um sich über die neuesten Entwicklungen informieren zu lassen. »Und, Neuigkeiten?«

»Leider ja«, Gazzarah war die knappe, unfreundlich klingende Sprechweise Ben-Ilans gewohnt und nahm sie nicht persönlich. »Es geht in die erwartete Richtung.«

»Du hast es aus erster Hand?«

»Mein Informant, einer der Teilnehmer in der betreffenden Arbeitsgruppe, ist bei allen Sitzungen dabei.«

»Der Kontakt ist zuverlässig?«

»Über jeden Zweifel erhaben, dafür verbürge ich mich. Man spricht von weiteren Sanktionen.«

Ben-Ilan zog unmerklich die Augenbrauen zusammen, sein Mund wurde noch schmaler als sonst.

»Das wäre eine Katastrophe, Ron«, sagte er nach einer Pause, »schon die bisherigen Maßnahmen der Zollpolitik und die reduzierten Förderungen lassen potente Investoren abwandern. Verschärfte Sanktionen hätten verheerende Folgen für die Wirtschaft unseres Staates.«

»Ganz zu schweigen vom Imageverlust, wenn wir das hinnehmen würden«, pflichtete Gazzarah bei. »Nimhaaven spricht offen über einen Boykott!«

»Dieser fette holländische Antisemit!«, rutschte es Ben-Ilan heraus. Er beugte sich weit vor, sprach leise und blickte dabei wie zufällig an Gazzarah vorbei zum Fenster hinaus. »Diese Idee darf niemals als Antrag den Weg in ein Plenum finden.«

»So weit ist er zum Glück nicht.«

»Aber solche sturen Fanatiker warten nur auf die passende Gelegenheit, die sie benutzen können, um ihren Scheiß durchzubringen. Wir müssen jederzeit bereit sein zu reagieren.« Er lehnte sich wieder zurück und sagte gedehnt: »Jederzeit, Ron! Haben wir uns in diesem Punkt verstanden?«

»Zweifellos, aber wie sieht die Rückendeckung aus?«

»Keine Sorge, unsere Leute stehen voll dahinter, nur es muss an der Regierung vorbeigehen und es darf keinerlei Verdacht auf mich fallen. Wir haben unzählige politische Seilschaften«, Ben-Ilan machte eine wegwerfende Handbewegung, »die zu viele Interessen und nicht die nötige Entschlossenheit haben. Israel wird es uns danken, Ron, wenn erst die richtigen Leute am Ruder sind.«

Gazzarah nickte mechanisch und leerte sein Glas. Das Eis war mittlerweile zergangen und der Wodka schmeckte schal. Was ist aber, wenn die richtigen Leute nicht ans Ruder kommen?, hätte er sein Gegenüber gerne gefragt, verkniff es sich aber. Ben-Ilan baute mit viel Geschick ein eigenes Netzwerk im Hintergrund auf, um in dem Augenblick, wo sein Einfluss groß genug war, das politische Ruder an sich zu reißen. Gazzarah wusste, dass er sich auf ein äußerst gefährliches Spiel einließ, aber war diese Gruppierung erst am Zug, würde auch er in die absolute Führungsriege im Mossad aufsteigen. Der Nachrichtendienst unterstand nur dem Premier, der zugleich auch Außenminister war. Das bedeutete, im Zentrum der Macht zu sein und genau da wollte Ron Gazzarah hin.

»Ich kümmere mich darum«, sagte er daher und wischte seine Befürchtungen beiseite. »Der Plan ist ...«

»Erspar mir die Details.« Ben-Ilan winkte ab. Er vermied es, über schmutzige Dinge genau Bescheid zu wissen. Wesentlich war nur, dass sie funktionierten. »In der anderen Aktion läuft alles?«

»Ja, natürlich! Keinerlei Probleme, es ist alles im Griff«, antwortete Gazzarah schnell, um nicht durch eine Pause seine Unsicherheit zu zeigen, weil er aus Beirut noch keine Nachricht von seinem Team hatte. Aber das brauchte der Politiker nicht zu wissen.

»Gut, Ron«, sagte Ben-Ilan knapp und erhob sich, »ich muss weg, zu einem Termin in der Botschaft.«

Damit ging er – nur mit einem Kopfnicken und ohne Gruß.

»Eitler Arsch«, brummte Gazzarah unhörbar hinter ihm her, sah auf die Uhr und stand ebenfalls auf.

Er musste zu dem Treffen mit dem verdammten Kanadier in

das chinesische Restaurant des Hauses, wo sie zum Essen verabredet waren. Er hatte Hunger und hoffte nur, dass ihm dieser bei der bevorstehenden Unterhaltung nicht vergehen würde. Während er in den Lift stieg, um in die Etage darunter zu fahren, zog er sein Mobiltelefon aus der Tasche und checkte, ob eine Mail aus Beirut eingetroffen war. Aber das Display zeigte: *No Messages*.

»Hey! I'm here!«

Der asiatische Kellner, der die Silberplatte mit den gebackenen Garnelen auf dem Serviertisch abstellte, zuckte zusammen. Dann legte er dem Gast das Essen vor, ohne sich anmerken zu lassen, was er über den großen, grobknochigen Glatzkopf dachte, der sich aus dem Sessel hochschraubte und – quer durch das Lokal – lautstark seinem Besucher winkte.

Das chinesische Tsé Yang im ersten Stock des Hotels war eines der besten Restaurants in Genf, pflegte eine elegante Atmosphäre und bot perfekt zubereitete Delikatessen. Dementsprechend distinguiert waren auch die Gäste, die in dem Lokal den Gaumenfreuden frönten und ob des Benehmens irritiert innehielten.

Doug Whise ließ sich wieder auf den Stuhl fallen und breitete die Hände zur Begrüßung aus.

»Hello Ronny, ich war früher da und habe deshalb schon bestellt«, polterte er, ohne seine Lautstärke auch nur im Geringsten zu vermindern, und deutete auf die Garnelen, als Gazzarah an den Tisch trat.

»Kein Problem«, antwortete der betont leise und nahm den Platz gegenüber ein. Für das saloppe *Ronny* hasste er Doug.

Der Kellner verbeugte sich und reichte ihm die Speisekarte.

»Danke, die brauche ich nicht«, sagte Gazzarah, der oft und gerne hier aß, »ich nehme als Vorspeise die Teigtaschen mit frischem Ingwer und dann die Spezialität des Hauses.«

»Das Szechuan Rindfleisch auf Sellerie und Lauch – ausgezeichnete Wahl«, erwiderte der Kellner nickend. »Zu trinken darf ich Ihnen traditionell Tee anbieten?«

»Ja, passt gut zum kalten Wetter.«

Der Kellner entfernte sich mit einer weiteren höflichen Verbeugung und Doug, der grinste, weil Gazzarah Tee bestellt hatte, lehnte sich zurück. Er nahm einen tiefen Zug von seinem Bier und wischte sich dann mit dem Handrücken den Mund ab. Manieren waren nie seine Stärke gewesen. Die brauchte er auch nicht, denn Doug trieb sich fast das ganze Jahr über in zweifelhaften Camps in Südländern herum, wo man das Essen einfach aus Dosen löffelte. Das Auffallende an ihm war sein Gesicht mit der Narbe, die die linke Augenbraue in zwei Teile zerschnitt, und dem herben, verbissen wirkenden Mund mit den großen, viel zu weißen falschen Zähnen.

Nach seiner eigenen Definition war Doug ein beliebter Militärberater für einige politische Regime. In Wahrheit war er ein abgehalfterter Söldnerführer, der bei jedem Umsturz für die Seite, die am besten bezahlte, seine dreckigen Finger ins Spiel brachte. Doch inzwischen vermieden es viele Militärberater, ihn und seinen bunten Haufen anzuheuern, da er häufig hohe Kollateralschäden verursachte. Folglich hatte er eine eigene Sicherheitsfirma unter dem klingenden Namen Clearance gegründet und keilte die Aufträge selbst, direkt von den Diktatoren oder Putschisten der Dritten Welt. Freiwillige, die sich gegen guten Sold verdingten, irgendwo Köpfe kaputtzuschlagen, gab es genug, so zählte Dougs Privatarmee unterdessen über fünfzig Mann. Damit war er nun auf größere Aufträge angewiesen, da seine Finanziers, die sich von der Investition in die Idee satte Gewinne erwarteten, langsam begannen, den Geldhahn zuzudrehen.

»Es wäre an der Zeit, über eine breitere Kooperation zu sprechen«, sagte Doug nach dem üblichen belanglosen Smalltalk, zwischen zwei Garnelen, und trank sein Bier gierig in einem Zug aus.

»Über das Thema haben wir schon letztes Mal diskutiert«, versuchte Gazzarah auszuweichen, »ich denke daran, aber es ist recht schwierig.«

»Schwachsinn«, brauste Doug ansatzlos auf, »was kann für dich schon schwierig sein, als Obermacher beim Mos...?«

»Genug«, unterbrach der Geheimdienstmann die unbedachte Äußerung scharf.

Die Leute rundherum schauten auf. Doug maulte irgendetwas, begann aber wieder im Teller zu stochern.

»Bist du vollkommen verrückt geworden?«, setzte Gazzarah leise und eindringlich hinzu. »Halte dich zurück, sonst haben wir uns das letzte Mal getroffen.«

»Das glaube ich nicht«, sagte Doug mit einem harten Blick und einem verächtlichen Unterton. »Ich stehe mit dem Rücken zur Wand. Dir brauche ich nicht zu sagen, was so eine Mannschaft kostet. Ich muss unbedingt einige lukrative Sicherheitseinsätze haben. Du weißt, Ronny, ich würde alles tun, um sie zu bekommen.«

Der Schluss war eine offene Drohung und Gazzarah spürte, wie sich seine Nackenhaare sträubten. Doch wollte er nicht seine eigene Position gefährden, musste er um jeden Preis ruhig bleiben. Wieder einmal rächt sich mein Fehler, dachte er zornig.

Es war vor über zwanzig Jahren gewesen: Ron Gazzarah war damals bei einer Sabotagezelle des Mossad und hatte seinen ersten Einsatz in Bosnien als Kommandant. Er sollte, gemeinsam mit Leuten vom amerikanischen Geheimdienst, eine paramilitärische Gruppe der *Weißen Adler* ausschalten, die aufseiten der Serben für ihre Brutalität berüchtigt waren. Die Amis setzten, um die eigenen Agenten zu schonen, vermehrt bezahlte Kämpfer ein. Einer dieser Blutsöldner – mit dem Auftrag, die Tötungen zu übernehmen – war der kanadische Waffennarr

Doug Whise, der zuvor auf der albanischen Seite mitgemischt hatte und sich gerne auch dafür rekrutieren ließ. Es ging schief. Gazzarah, selbst noch unerfahren, hetzte die Gruppe in einen Hinterhalt und von den zwölf Männern überlebten nur zwei – er und Doug. Um dem drohenden Prozess und einer sofortigen Entlassung zu entgehen, vertuschte er die unschöne Sache mit dessen Hilfe.

Seitdem war er gezwungen, Doug ruhig zu halten und ihm Aufträge zukommen zu lassen. Durch seinen internen Aufstieg bis zum *Chiefs of Operations* ging das ohne größere Probleme, aber er mochte den Hitzkopf nicht und versuchte, sich diesen mit unbedeutenden Missionen vom Leib zu halten. Doug war für stille Geheimdienstarbeit einfach nicht geschaffen und Gazzarah liebte es, Einsätze mit einer professionellen Lautlosigkeit durchzuführen – in der Vorbereitungsphase.

»Ich sehe, was ich machen kann«, sagte er, um die Situation zu beruhigen. Sein Mobiltelefon meldete mit einem leisen Piepston den Eingang einer Mail. Er wandte sich zur Seite und las die Nachricht. Sein Gesicht wurde starr. »Ich muss dringend weg!«

»Du musst weg?« Doug polterte wieder los. »Ich komme extra von Marokko hierher, um dich zu treffen! Und du musst weg?«

»Ja, es geht eben nicht anders«, er senkte die Stimme, »ich habe einen Einsatz und da ist anscheinend die Scheiße am Dampfen. Das ist eindeutig wichtiger!«

Doug wollte schon wütend hochfahren, doch Gazzarah drückte ihn zurück auf den Stuhl.

»Unter Umständen kann ich etwas in Syrien arrangieren«, sagte er schnell, um dem Kanadier etwas in Aussicht zu stellen, das ihn vorläufig besänftigte und das Gespräch beendete, »da läuft einiges mit dem IS schief. Die Allianz braucht jede Menge Personal.«

»Das wäre ein Anfang.« Doug entspannte sich, der Tonfall blieb aber drohend. »Aber lass dir nicht zu lange Zeit, nicht nur meine Finanzen gehen zu Ende, auch meine Geduld!«

Ron Gazzarah hörte das nur mehr mit halbem Ohr. Er ließ sein Essen stehen, verabschiedete sich knapp von Doug, zahlte im Vorbeigehen seine Rechnung und stürmte die Treppen hinunter.

Unfähig, dachte er aufgebracht, alle unfähig! Dass er sich als Operationschef um eine laufende Angelegenheit persönlich kümmern musste, würde Konsequenzen für die Leute im Libanon haben, das schwor er sich. Aber erst einmal galt es, die Mission ohne großes Aufsehen zu klären. Sein Gehirn lief auf Hochtouren. Er musste in die Botschaft, die Identität wechseln und am Airport Bescheid geben. Er sprang in den silbernen Mercedes in der Tiefgarage. Während er die Nummer des Piloten wählte und auf den Quai hinausbog, hatte er den Kanadier bereits vergessen.

3

Die vorweihnachtliche Atmosphäre des verschneiten Freitagabends war wieder der üblich grauen Londoner Suppe gewichen, als Lena am Sonntag frühmorgens Richtung Stadt fuhr. Es war kalt geblieben und der feine Nieselregen fror auf den Fahrbahnen der Nebenstraßen. Sie war vorsichtig unterwegs, immer wieder schlitterte der Mini, trotz seiner sehr guten Straßenlage, seitlich weg. Ihre Laune passte zum Wetter, denn die Scheiben waren zugefroren gewesen und Lena hatte noch keinen Eiskratzer gekauft. So mühte sie sich mit einem Küchenschaber ab, der für derartige Zwecke als Notbehelf im Auto lag.

Sie hatte gestern bis Mittag geschlafen und dann alle Überlegungen Hawks nochmals überdacht. Falls er recht haben sollte, war der Stoff brisant. Heute war sie um sechs aufgewacht und konnte – den Kopf voller Gedanken – nicht mehr einschlafen. Eigentlich wollte sie das Wochenende über ausspannen, spazieren gehen und den beginnenden Urlaub genießen; doch jetzt sprang sie aus dem Bett und fuhr, entgegen dieser Pläne, ins Büro. Die Redaktion besaß ein umfassendes Archiv mit allen wichtigen Meldungen, auch solchen, die nicht veröffentlicht wurden. Dort gab es die größte Chance etwas zu finden, das die These Hawks bestätigen konnte.

Die Straßen in der Innenstadt waren menschenleer, nur einige verschlafene Fußgänger führten ihre Hunde an der Leine, die in dem eisgrauen Morgen auch nicht sehr erfreut wirkten. Es war erst halb acht, als sie in die Tiefgarage fuhr.

Lena wunderte sich, als sie die Eingangstür zum Büro aufstieß: Es war nicht abgeschlossen und überall brannte Licht. Sie ging vom Entree in das große zentrale Arbeitszimmer, wo die Fotografen und die freien Mitarbeiter ihre Plätze hatten – nichts.

»Lena?«, fragte die Stimme hinter ihr.

Sie drehte sich um. Es war Clark, der mit einer Tasse Tee aus der Küche kam.

»Du bist schon da? Und noch dazu am Sonntag?«, meinte sie erstaunt.

»Dasselbe könnte ich dich auch fragen!« Clark war bester Laune, ungeachtet der frühen Stunde. »Hast du nach zwei Tagen schon genug vom Urlaub oder ist es die Sehnsucht nach den Kollegen?«

»Nein, es ist der nächste Stoff. Mich lässt da eine Idee nicht zufrieden. Und bei dir?«

»Mich lässt der Boss nicht zufrieden«, er grinste sie an, »unser Herr und Meister kommt gegen Mittag aus der Schweiz zurück. Ruth ist auch da, wir müssen Verschiedenes vorbereiten, er will wissen, was in seiner Abwesenheit los war.«

»Ah, ich dachte, Shyam bleibt länger weg«, meinte Lena, »passt mir aber gut, dann kann ich gleich wegen der nächsten Sendung mit ihm sprechen.«

»Das ging aber schnell«, sagte Ruth, die Lena sprechen gehört hatte und aus ihrem Büro kam, um sie zu begrüßen. »Vorgestern wolltest du noch eine Woche lang gemütlich darüber nachdenken. Was ist es denn?«

»Es geht um den Anschlag auf die Underground bei uns in London.«

»Du meinst von 2005?«

»Genau, aber nicht nur darum, sondern auch um den Vorfall in Moskau davor und um den heurigen Anschlag in Brüssel.«

»Irgendwie blicke ich da jetzt nicht ganz durch«, Ruth schüttelte verständnislos den Kopf, »was haben die miteinander zu tun?«

»Bring mir auch einen Tee«, sagte Lena zu Clark, »dann erzähl ich's euch.«

»So werde ich ausgenutzt«, maulte Clark scherzhaft.

Lena lachte und warf die Tasche mit dem Laptop auf einen Stuhl, während er zurück in die Küche ging, um ihr eine Tasse Tee einzugießen.

»Das wäre doch ein ziemlich heißes Ding, meint ihr nicht?«, fragte Lena, als sie beim Tee saßen. Sie hatte Hawks Mappe offen, den Inhalt auf dem Tisch ausgebreitet und die beiden in ihre Überlegungen eingeweiht.

»Irgendwie ...«, meinte Ruth nachdenklich, da Lena sie auffordernd ansah, etwas zu sagen, »ganz schlüssig kommt es mir nicht vor.«

»Wieso? Allein das Thema London ist schon eine tolle Story, da die Attentäter hier lebten und Briten waren. Diese neue Art von Terrorismus ist das Symbol für einen steigenden Hass gegen die Politik und die Menschen im eigenen Land. Wo hat es das vorher gegeben, außer vielleicht in Nordirland mit der IRA.«

»Oder in Spanien mit den Basken oder gerade in der Türkei mit den Kurden – neu ist das nicht.«

»Für uns in London schon«, verteidigte Lena ihre Idee, »und dann die gleiche Vorgehensweise zu verschiedenen Zeiten, in Ländern, die räumlich weit auseinanderliegen ...«

»Ja, gut«, warf jetzt auch Clark ein, »aber gibt es eine andere Möglichkeit? Das Muster *muss* ähnlich sein. Man bindet sich das Zeug um und geht wo rein, wo viele Leute sind, wie eben die U-Bahn.«

»Und alle verwenden den gleichen Sprengstoff, der ein spezielles Know-how erfordert?«, konterte sie jetzt genervt. »Glaubst du, dieser Zusammenhang ist Zufall? Da muss doch einer dahinterstehen.«

»Zugegeben, es wäre möglich, aber zugleich ist es auch wieder sehr unwahrscheinlich«, meinte Ruth nachdenklich.

Clark deutete auf die Unterlagen. »Ob du da nicht voll auf

die Ansicht deines amerikanischen Freundes hineinkippst? Aber bitte, ich bin in solchen Fragen kein Spezialist.«

»Eben!« Lenas Augen funkelten. »Dann mach mir das Thema nicht mies!«

»Das versuche ich gar nicht und an deinen Argumenten ist sicher was dran«, räumte Clark ein, setzte ein Lächeln auf und hob entschuldigend die Arme.

»Es ist auch ausschließlich die Entscheidung von dir und Shyam, ob ihr das Thema machen wollt«, sagte Ruth spitz, »Clark und ich sind nur diejenigen, die mit euren Erfolgen dann die Statistik füttern.«

Lena atmete tief durch. »Entschuldigt, ich verstehe eure Zweifel ja. Andererseits spüre ich, dass da etwas faul ist und es sich lohnt, dem nachzugehen. Davon will ich euch eben gerne überzeugen.«

Sie schob alles auf einen Stapel zusammen und holte ihren Laptop.

»Schon okay, komm Clark, wir machen bei uns drüben weiter.« Ruth stand auf und die beiden gingen hinaus.

Eine Stunde später, Lena stöberte über ihren Computer im Server der Redaktion herum, lagen jede Menge Notizen auf dem Tisch und sie hatte die Welt rundherum vergessen.

Das Archiv der Firma war umfangreich und bestens aufgearbeitet. Sie erinnerte sich an ihre vorherigen Jobs beim Fernsehen, wo man alte Sendungen in Bändern im Keller stapelte, die man mühsam ausheben und entstauben musste und es dann womöglich keine Abspielmöglichkeit mehr für das alte Videosystem gab. In Shyams Büro war genau das Gegenteil zu finden: Jeder Bericht und jedes Dokument wurde säuberlich digitalisiert und war über Suchbegriffe verfügbar.

Diese Übersicht führte Lena zu einem Bericht der iranischen Nachrichtenagentur *Fars* über einen Anschlag in Teheran im

Jahr 2012. Im Norden der Hauptstadt wurde ein Atomphysiker in seinem Auto getötet, diesmal nicht von einem Selbstmörder, sondern von einem Motorradfahrer mit einer Haftbombe. Der hatte neben dem Fahrzeug angehalten, den Sprengsatz befestigt und war danach mit Vollgas geflüchtet. Die Explosion erfolgte Sekunden später, der Wissenschaftler hatte keine Chance zu entkommen. Ob er entscheidend am iranischen Atomprogramm beteiligt gewesen war, blieb unklar, schien aber realistisch. Der stellvertretende Gouverneur Teherans beschuldigte den Mossad, hinter der Tat zu stecken. Angeblich seien Führungsoffiziere der Israelis, als Diplomaten getarnt, öfter im Land unterwegs, um unzufriedene Iraner für derartige Anschläge anzuwerben.

Die Umstände waren vollkommen anders als in London, außer dass auch dort Inländer die Tat verübten, nur der verwendete Sprengstoff war der gleiche. Bei allen Sprengsätzen hatte es sich um eine als NHS-Gel bezeichnete Substanz gehandelt, eine neuartige Verbindung von Stoffen aus der Nano-Technologie. Lena hatte in die Suchmaske des Archivs nur den chemischen Begriff eingegeben und fand die folgende Beschreibung:

Die stärkste der chemischen Sprengsubstanzen, die in den letzten zwanzig Jahren entdeckt wurde, eine besondere Metallverbindung, mit der vielfachen Sprengkraft von herkömmlichem TNT oder Dynamit.

Kommt sie mit normaler Luft in Berührung, löst die Kettenreaktion eine gewaltige Explosion mit hoher Detonationsgeschwindigkeit aus. Daher kann bereits mit geringsten Mengen eine verheerende Wirkung erzielt werden. Die Verbindung ist jedoch derart empfindlich, dass ein hohes Maß an Wissen nötig ist, um sie im Gebrauch beherrschen zu können.

Die Entdeckung machte man im Jahr 2002 am bekannten Rutfeld-Institut in Haifa. Die Forschungsergebnisse wurden im Herbst 2008 in führenden Fachjournalen veröffentlicht.

Lena wollte schon weiterblättern, hatte aber das Gefühl, da stimmte etwas nicht. Sie las den Text mehrmals, bis sie erkannte, was sie daran stutzig machte – der Ort und die Jahreszahlen! Wenn man in Israel einen derartigen Sprengstoff entwickelt hatte, hing der Mossad mit drin und wenn die Details erst 2008 bekannt wurden, hatten nur die Leute in diesem Labor Zugang zu dem Wissen. Zumindest bei den Anschlägen vor der Veröffentlichung.

»Wichtiger Punkt!«, murmelte Lena vor sich hin, während sie sich einige Details notierte. »Wer die Bomben gebaut hat, muss die Forschung an dem Institut in Haifa gekannt haben.«

Für sie stand damit fest, dass dieser mysteriöse Hintermann existierte. Entweder war es einer der Forscher oder er hatte dort zu tun, möglicherweise war es auch ein ehemaliger Student, überlegte sie.

»Interessant«, sagte sie laut, als sie sah, dass es einen halb fertigen Bericht zu dem Vorfall im Iran gab, der aber nie veröffentlicht worden war. Sie stand auf und ging hinüber in Clarks Büro.

»Erinnerst du dich an Teheran vor vier Jahren, wo der Atomphysiker ermordet wurde?«

»So einigermaßen.« Clark sah auf. »Was ist damit?«

»Jemand hat eine Reportage ins Archiv eingespielt, aber die wurde weder zu Ende geschrieben noch je gebracht.«

»So genau weiß ich das auch nicht mehr«, sagte Clark und überlegte, »Shyam war es wahrscheinlich zu spekulativ. Du kennst ihn ja, er ist in dem Punkt relativ heikel.«

»Was ist denn daran spekulativ?« Lena wunderte sich darüber. Dann deutete sie auf die Aufstellung im Monitor.

»Nebenbei erwähnt, auch über die Londoner Anschläge gibt es nichts Umfassendes. Einige kleine Berichte, ein paar Artikel, das ist alles.«

»Aha, ist mir bisher nicht aufgefallen.«

»Einer der größten Anschläge in Europa, das wäre doch ein toller Stoff gewesen.«

»Toller Stoff!?« Clark verzog den Mund. »Mit dir hält das Grauen in diese Firma Einzug ...«

»Ich meine doch nur«, gab Lena lachend zurück, »dass sich die Berichterstattung darüber gut verkauft hätte, immerhin war es über Monate ein heißes Thema. Da wundert es mich eben, wenn Shyam sich das entgehen lässt.«

»Ich bin nur ein kleines Rädchen«, Clark zuckte die Achseln, »und mache meine Statistik. Die muss ich jetzt auch weitermachen ...«

»Ja, schon gut, ich störe dich nicht weiter«, meinte Lena und ging wieder zurück in ihr Zimmer.

Für sie war jetzt klar, dass sich ihre nächste Story um den geheimen Bombenbauer hinter dem Londoner Anschlag drehen musste. Wie könnte der Titel für die Reportage sein, dachte sie und blickte zum Fenster hinaus.

»Hallo Clark, hallo Mutter«, sagte Shyam, als er um elf in die Redaktion kam. Dann schaute er bei Lenas Tür herein. »Du bist auch da? Ich dachte, du wolltest Urlaub nehmen?«

»Ja, habe ich auch«, sagte Lena freudig und stand auf, »ich muss dir nur ganz dringend was sagen und komme dann hinüber zu dir, ich ...«

»Jetzt lass mich bitte erst mal ankommen.« Shyam hob beschwichtigend die Arme. »Ich bin eben aus Zürich gelandet und der Flug über den Kanal war ein Horror – Regen, Stürme, Turbulenzen! Also: Schönen Sonntag, alle weiteren Katastrophen morgen, dafür habe ich jetzt keinen Kopf.«

»Sind keine Katastrophen«, Lena ließ sich wieder zurück auf den Sessel fallen, »du hast eine halbe Stunde, dann komme ich. Unbedingt! Ich mache dir auch einen supergroßen Caffè Latte und hole Bagles von gegenüber.«

Shyam schmunzelte und verdrehte die Augen. »Gut, damit hast du den Boss überzeugt, aber ich will Schoko-Donuts – zwei Stück, ohne Nüsse!«

Shyam Asik Barod war sehr attraktiv, dazu kamen perfekte Umgangsformen, ein guter Geschmack für Kleidung und das nötige Kleingeld. Sein Vater war Inder, was man an Shyams Teint bemerkte. Die Familie betrieb ein Handelshaus für Gewürze und fernöstliche Spezialitäten, das der Vater vor langer Zeit gegründet hatte und womit er wohlhabend geworden war. Ruth half ihrem Sohn einfach aus Freude und um eine Beschäftigung zu haben, wie sie betonte, nötig hatte sie es nicht.

Bislang unverheiratet gehörte Shyam mit seinen fünfundvierzig Jahren zu den umschwärmten Junggesellen Londons. Seinen ersten Abschluss mit Auszeichnung machte er in Cambridge, studierte danach Politik an der prominenten Berliner Humboldt-Universität, wo er in der Mindestzeit promovierte. Überdies beherrschte er drei Fremdsprachen perfekt. Nach einer längeren Studienzeit im Ausland gründete er das Redaktionsbüro und wurde Fernsehproduzent.

»Nun«, sagte er zu Lena und setzte sich an den großen Besprechungstisch, wo sie mit einem Berg von vollgekritzelten Zetteln, Kaffeegeschirr und einer offenen Schachtel Donuts thronte, »was kann nicht bis morgen warten?«

»Eine heiße Sache, auf die ich gestoßen bin. Ich beginne sie eben zu recherchieren.«

»Wolltest du das neue Thema nicht erst im Frühjahr angehen?«, fragte er, um dann beifällig hinzuzufügen: »Übrigens meine herzliche Gratulation zum Erfolg der ersten Sendung. Du hast mit deinem Spürsinn einen beachtlichen Start hingelegt.«

»Danke!« Lena konnte ihren Stolz nicht verbergen. Die Anerkennung tat ihr gut, bei früheren Jobs hatte sie diese vermisst. »Frühjahr war ursprünglich für die neue Geschichte geplant, aber jetzt hat sich akut etwas ergeben.«

»Aber schau, in zwei Wochen ist Weihnachten – Friede, Ruhe, Harmonie.« Shyam zog die Tasse zu sich, griff nach den Donuts, lehnte sich gemütlich zurück und lächelte sie an. »Plumpudding, Schoko-Donuts ...«

»Jetzt komm mir nicht so.« Lena grinste zurück. »Höre es dir zumindest an.«

»Na gut«, meinte er und nickte, »dann schieß los. Womit wirst du unsere Quoten diesmal pushen?«

»Es geht um London, genauer gesagt, um den Anschlag vor elf Jahren.«

»Anschläge verfolgen dich!« Er schüttelte amüsiert den Kopf.

»... und der Titel könnte so ähnlich lauten wie: Der Chemiker des Terrors«, beendete Lena zwanzig Minuten später die Darstellung ihrer Überlegungen zu der Reportage über den Bombenbauer, den sie hinter all den Terrorakten vermutete.

Shyam hatte während ihres ausführlichen Vortrags aufgehört zu kauen. Jetzt legte er den angebissenen Donut zurück und schob den Becher mit dem Caffè Latte weg. Er sah Lena skeptisch an.

»Das ist nicht dein Ernst, oder?«, sagte er mit ungläubigem Unterton. »Du führst mich vor!«

»Nein, gar nicht«, antwortete Lena, die mit einer derartigen Reaktion nicht gerechnet hatte. »Wieso glaubst du das?«

»Na, entschuldige bitte, du erzählst mir da über vier unterschiedliche Vorfälle, die viele Jahre und tausende Kilometer auseinanderliegen, wo Gruppierungen am Werk waren, die absolut nichts miteinander zu tun haben«, er richtete sich auf, sein Lächeln war verschwunden und einem irritierten Blick gewichen, »und du willst da einen großen Unbekannten hineinfabulieren, nur wegen eines Artikel in einer Zeitschrift?«

»Das ist ein Fachjournal und nicht irgendeine Zeitschrift, es geht aber nicht um den Artikel, sondern um das Datum. Siehst du die Fakten nicht?«, stieß Lena hervor. Sie war entsetzt, dass Shyam ihren Argumenten nicht folgen konnte. »Da sind Bomben gebaut worden mit einem Sprengstoff, der noch gar nicht bekannt war! Ist dir das nicht genug?«

»Genug? Wofür bitte?«

Sie schluckte und sprang auf. »Genug, um zu sehen, dass es jemand im Hintergrund gab oder bis heute gibt, der irgendwie mit dem Institut in Haifa zusammenhängt und sein Wissen dazu benutzt, um für jeden der bezahlt, Bomben zu basteln.«

»Das ist doch reine Spekulation und eine haarsträubende obendrein, Lena!« Er schüttelte den Kopf und wirkte mit einem Mal ziemlich verärgert. »Denkst du, der IS oder die Tschetschenen oder wer sonst den Dreck gebaut hat, benutzt dazu einen Außenstehenden? Das muss dir doch selbst lächerlich vorkommen!«

»Aha! Und du weißt so genau, wer hinter den Anschlägen wirklich steckt?« Sie begann aufgeregt hin und her zu laufen.

»Na, für den Londoner Anschlag gibt es ein eindeutiges Bekennerschreiben der Al-Qaida.«

»Ja, von der selbst ernannten Geheimorganisation Al-Qaida-in-Europa, die weder davor noch danach jemals in Erscheinung getreten ist. Lächerlich! Das ist doch nur ein Fake. Hast du schon einmal überlegt, wer politisch davon profitiert hat?«

Jetzt war Shyam sprachlos. »Was willst du damit wieder sagen?«

»Es könnten Trittbrettfahrer gewesen sein oder es stecken überhaupt nicht die Araber dahinter, sondern jemand ganz anderes. Warum habt ihr eigentlich nichts darüber gebracht? Und über den Anschlag in Teheran auch nicht?«

»Sorry, aber ich habe das Tagesgeschäft wirklich nicht im Kopf. Keine Ahnung, wer daran gearbeitet hat. Für solche Dinge ist Clark zuständig, dem wird es zu spekulativ gewesen sein.«

»Schieb es nicht auf Clark, aber egal ...« Sie blieb vor Shyam stehen und schaute auf ihn hinunter. »Zum Glück bin ich jetzt da! Ich spüre, wenn an einer Story etwas dran ist und ich sage dir, das ist kein Zufall!«

»Du verrennst dich da in ein Hirngespinst.«

»Interessant«, Lena warf auffordernd den Kopf zurück, »eben hast du mir wegen meines Spürsinns gratuliert.«

»Lass einfach die Finger davon«, sagte er und sein Tonfall wurde scharf.

»Das werde ich nicht. Ich flieg kommende Woche nach Israel und probiere, ob ich auf dem Institut in Haifa etwas Brauchbares herausbekomme. Immerhin steht unter der Sendereihe: *Halberg Report*. Es ist demnach meine Entscheidung!«

»Ist es nicht ...« Er stand auf, zog die Augenbrauen zusammen und sah sie direkt an. »Es ist meine Redaktion und wir machen das nicht. Ich setze keine Verschwörungstheorien in die Welt, schließlich haben wir einen Ruf zu verlieren und selbst wenn wirklich etwas dran sein sollte, bin ich der Meinung, dass Journalismus Grenzen hat. Du bleibst! Ende der Diskussion!«

Lena verschlug es die Sprache. Es war nicht nur die thematische Ignoranz, die sie überraschte, sie war auch fassungslos über die Selbstherrlichkeit, die sie auf einmal spürte und die sie bei Shyam nie vermutet hätte. Keinesfalls würde sie sich dadurch von ihrem Vorhaben abbringen lassen, schließlich hatte sie den Job nur wegen der freien Entscheidung über ihre Stoffe angenommen.

»Gut, dann mache ich dir einen Vorschlag«, sagte sie knapp und drehte sich von ihm weg, »ich bin offiziell sowieso bis nach Weihnachten auf Urlaub. Ich fahre einfach privat nach Israel, um Freunde zu besuchen. Wenn ich dabei zufällig etwas erfahre, reden wir nachher darüber und du kannst dir überlegen, ob du die Sendung machen willst. Sonst gehe ich mit dem Bericht eben direkt zu einem Sender.«

Shyam zuckte nur die Achseln und verließ wortlos den Besprechungsraum.

»Du mich auch«, murrte Lena zornig, als er draußen war, »ihr seid doch alle gleich ...«

4

Die Gulfstream G200 setzte trotz der Scherwinde, die böig vom Mittelmeer landeinwärts trieben, sanft auf der Rollbahn in Beirut auf. Ron Gazzarah atmete durch. Er fühlte sich in der Luft angreifbar und war nach jeder Landung froh, wieder festes Terrain unter den Füßen zu haben.

Am liebsten wäre er gestern nach der codierten Mitteilung sofort aufgebrochen, aber die neuen Einreisedokumente und die Flugerlaubnis nahmen dann doch den restlichen Tag in Anspruch. Er checkte ungeduldig seine Papiere, die er in Genf über die vertraulichen Kanäle der Botschaft besorgt hatte. Gazzarah war nun als Mitglied einer Akademie in Denver und amerikanischer Professor mit dem klingenden Namen Jones unterwegs.

Für die nötige Bewegungsfreiheit sorgte die *American University of Beirut*, eine private Hochschule, die vor hundertfünfzig Jahren von Missionaren aus New York gegründet worden war. Bis heute eine bedeutende internationale Schule im Nahen Osten, fungierte sie als Brücke zwischen den Kulturen. Man organisierte laufend einen breiten Austausch von Vortragenden, was einem unauffälligen Aufenthalt äußerst dienlich war. Diesmal hatte Gazzarah eine Einladung in der Tasche, auf der Fakultät für Architektur einen Vortrag über Baustile der Antike zu halten. Solche Akkreditierungen tauschten der Mossad und die CIA öfter untereinander aus, was beiden Nachrichtendiensten die Arbeit auf fremdem Territorium erleichterte.

Zu hundert Prozent wasserdicht waren diese Dokumente eigentlich nie – bei genauerer Überprüfung oder einer dezidierten Anfrage in der Universität wäre die Gefahr aufzufallen ziemlich groß. Aber man vertraute darauf, dass auch die Diensthabenden an den Grenzen nur bequeme Beamte waren, die ihren Job gerne mit möglichst geringem Aufwand erledigen wollten. Und je extremer die Lage in einem Land war, desto weniger kümmerte man sich um normale Reisende. Gerade jetzt, wo die Situation durch den IS brandgefährlich war und der Libanon schon wieder am Rande eines neuen Kriegs gegen Israel stand, hatte man andere Sorgen.

Nach der Zollkontrolle ging Gazzarah nach draußen. Die Nachmittagssonne stach übers Meer herunter und trieb ihm, nach der klirrend kalten Schweiz und dem angenehm temperierten Jet, den Schweiß aus allen Poren. Müde und missmutig sah er sich nach seinem Kontaktmann um, der in einem alten Ford Focus mit offenen Scheiben an der Zufahrt wartete. Die Aussicht auf eine längere Fahrt durch die brütende Stadt in einem kleinen, nicht klimatisierten Auto gab seiner Laune den Rest.

»Ich denke, Sie kennen den Weg«, sagte Gazzarah statt einer Begrüßung knapp.

Der Libanese, der einen kleinen Laden betrieb, daneben aber seit vielen Jahren als Verbindungsmann für den Mossad arbeitete, nickte bejahend. Er war einer jener unzähligen Mitarbeiter, die ein Geheimdienst braucht, um zu funktionieren. Diese Leute wissen nichts über die Unternehmungen, sind aber ortskundige Chauffeure, geben diskret Nachrichten weiter, die sie selbst nicht verstehen, oder besorgen ein sicheres Quartier. Die Zahl dieser Freiwilligen geht in die tausende, der Lohn für ihre Dienste steht in keinem Verhältnis zu dem Risiko, das sie eingehen. Überall gibt es für Landesverrat hohe Gefängnisstrafen und in manchen Staaten droht sogar die sofortige Exekution.

Der Fahrer kurvte aus dem Flughafenareal hinaus auf den Beirut-Saida-Highway, der lief die Küste entlang nach Norden.

»Kleiner Umweg«, sagte er dazu erklärend, »Demo!«

Infolge einer Vielzahl von politischen Kundgebungen kam es andauernd zu einer langen Absperrung der Flughafenzubringer und der Einfahrtsstraßen in die Stadt. Besucher, die von keinem ortskundigen Führer abgeholt wurden und in eine derartige Demonstration gelangten, verloren auf den wenigen Kilometern mehrere Stunden. Ganz abgesehen von dem Risiko für Reisende aus westlichen Ländern, als ein Ungläubiger erkannt und entführt zu werden.

Der Highway führte vorbei an einem Golf-Club. Gazzarah schüttelte innerlich den Kopf – Bürgerkriege, Elendsviertel, Teile der Stadt lagen in Schutt und Asche, aber einige Reiche spielten mitten in dem Chaos Golf. Es war doch überall das Gleiche. Einige Minuten nach dem Golfplatz nahmen sie eine Abzweigung auf eine Autobahn, die das Zentrum Richtung Osten querte, und fuhren über zwei Brücken. Unter ihnen stauten sich kilometerlange Kolonnen. Der Fahrer hatte recht gehabt, die Demo legte den ganzen Süden der Stadt lahm. Auch auf der Autobahn war der Verkehr sehr dicht, aber es ging in gemächlichem Tempo weiter.

Eine Stunde später, im heißen Fahrzeug eine gefühlte Ewigkeit, kamen sie nach einer Strecke von endlosen Stadtteilen mit flachen Hütten in eine hügelige Gegend, wo die Häuser größer wurden und die Straßen sauberer wirkten. Nach der Ausfahrt passierten sie einen Kreisverkehr und fuhren dann eine Anhöhe links der Autobahn hinauf, vorbei an einem Supermarkt und einem Schnellimbiss, vor dem Männer saßen, die heftig diskutierten, hinein in eine Siedlung von Plattenbauten. Auf mehreren Hügeln wanden sich die Fahrwege hoch zu hellgrauen Wohnblöcken – gleichförmige Betonkästen mit Balkonen, auf denen nie jemand gesessen hatte. Entlang der Straßen standen vereinzelt Ölbäume, deren Kronen verdorrt waren, und auf den Kreuzungen spielten Halbwüchsige Fußball. Der Asphalt brach an mehreren Stellen auf und der Fahrer hatte Mühe, den Wagen auf der Fahrbahn zu halten.

Sie stoppten vor einem einstöckigen Haus, das sich, eingezwängt zwischen den Wohnsilos, auf einem Rasenstück befand. Auf dem Dach standen zwei große Satellitenschüsseln, eine alte Fernsehantenne und daneben brummte hörbar ein rostiges Klimagerät, von dem aus ein Rinnsal mit Kondenswasser, eine bräunliche Spur hinterlassend, seitlich über die Fassade hinunterrann. Sie waren am Ziel – ein Safe House. Das Operationszentrum für die beabsichtigte Aktion gegen die libanesische Schiiten-Miliz Hisbollah.

»Hello?«, rief Gazzarah und wollte lautstark klopfen, da das Gebäude leer und verschlossen schien.

Die Tür öffnete sich einen Spalt und ein schlanker, dunkelhaariger Mann erschien, der abwehrend die Hand hob.

»Bitte kein Aufsehen«, sagte er gedämpft, »die Menschen in dem Viertel sind sehr vorsichtig und beobachten alles. Was kann ich für Sie tun?«

»Ich habe eine Nachricht mit Code 34 erhalten«, sagte der Geheimdienstmann ohne Umschweife und identifizierte sich als Operationschef mit seinem Schlüsselwort und der Chiffre für den Einsatz.

Jetzt gab der Fremde dem Fahrer ein Zeichen, der in die nächste Seitenstraße fuhr, um unauffällig zu parken und geduldig im Auto zu warten, bis er wieder gebraucht wurde. Dann trat er zur Seite und ließ den Besucher eintreten.

Gazzarah hätte seinem Ärger am liebsten Luft gemacht, hielt aber inne, als er sah, dass außer dem Fremden, den er für den Betreuer des sicheren Hauses hielt, niemand da war.

»Wo ist der Einsatzleiter?«, fragte er überrascht. »Warum sind alle ausgeflogen?«

»Sie sind nicht ausgeflogen, sondern aufgeflogen«, bemerkte der Fremde ruhig und ging voraus ins zentrale Zimmer, wo die Sachen von drei Männern auf Pritschen lagen. »Möchten Sie etwas trinken?«

»Danke«, bellte Gazzarah ablehnend und ungeduldig, »wie ist das möglich? Und wer hat mir die Meldung mit dem Notfall-Code zum Abbruch gegeben?«

»Das war ich«, sagte der Mann, »verzeihen Sie, mir ist bewusst, dass dies im Ablauf nicht korrekt ist. Normalerweise trete ich nie mit der Auftragsstelle persönlich in Kontakt, aber es gab nur diese Möglichkeit.«

»Auftragsstelle?« Gazzarah begriff nicht. »Sind Sie nicht für das Haus zuständig?«

»Nein. Ich wurde engagiert«, er deutete auf zwei schmale Pakete, die im Nebenraum auf einem Tisch lagen, »um das Material herzustellen.«

»Yafne?« Die Frage klang verwundert. Gazzarah kannte die Akte von Aaron Yafne, der nur mehr unter dem Pseudonym *Chemiker* arbeitete. Er holte ihn für spezielle Jobs, nur persönlich getroffen hatte er ihn nie. Derartige Kontakte liefen aus Sicherheitsgründen nur über Mittelsmänner und verschlüsselte Anrufe oder Text-Chats in virtuellen Räumen. Man vermied es, sich gegenseitig zu kennen. Auch sah der einfache Mann mit seinem dunklen Dreitagebart, dem langen arabischen Hemd und dem traditionellen Kopftuch wie ein harmloser Einheimischer aus. »Sie sind Yafne?«

Sein Gegenüber bemerkte den Blick und nickte. »Man muss sich anpassen. Die Ware ist fertig, alleine die Verteiler ...«

»Was ist geschehen?«

»Der Leiter der Mission muss der Hisbollah verdächtig geworden sein und sie haben ihn sicher schon länger beobachtet. Gestern waren Ihre Leute in Badaro beim Hippodrom, um sich mit dem Einsatzort vertraut zu machen.«

»Und haben durch ihre Unvorsichtigkeit das gesamte Vorhaben gefährdet!«

»Es scheint so, sie sind in einen Hinterhalt geraten. Es gab ein Handgemenge und eine Schießerei. Es ging sehr schnell.«

»Tot?«

»Jedenfalls der Einsatzleiter und der Beifahrer, bei dem Dritten konnte ich nichts Genaues sehen, aber er dürfte noch gelebt haben, die Angreifer haben ihn weggebracht.« Er strich sich bedächtig mit der Hand über seinen Kinnbart. »Es wäre für alle besser, wenn er es nicht überstanden hätte.«

»Und Sie?«

»Ich bin getrennt hingefahren, um mir mein eigenes Bild von der Situation zu machen. Man hat mich nicht bemerkt.«

»Und danach? Sind Sie zurück?«

»Ja! Ich habe die ganze Nacht von gegenüber das Safe House beobachtet. Ich dachte, falls es enttarnt ist und die Hisbollah versucht einzudringen, muss ich reagieren.«

»Alleine? Da hätten Sie keine Chance gehabt!«

»Es sind zweimal zweihundert Gramm NHS in den Paketen und die Zünder sind aktiv«, sagte der Chemiker und nickte. »Ich hätte eine Chance gehabt.«

»Dieses Nanohydro-Zeugs ist scharf?«, fragte Gazzarah und musterte mit einem flüchtigen Seitenblick die beiden, in braunes Papier eingewickelten Bündel.

Statt einer Antwort hob sein Gegenüber die Hand, in der er die ganze Zeit einen unscheinbaren Funksender gehalten hatte. Diesen legte er jetzt auf den Tisch.

»Bei meiner Ware«, sein Mund verzog sich zu einem kaum merkbaren Lächeln, »werden auch Sicherheiten mitgeliefert.«

Gazzarah setzte sich auf einen Sessel, der bei den Pritschen stand, und wischte sich den Schweiß ab.

»In Ordnung. Es geht an ein neues Team. Ich schicke Ihnen morgen früh jemanden, der die Lieferung übernimmt. Ihre Anwesenheit ist dann nicht mehr erforderlich.«

»Das wäre bei diesem Material unüblich und gefährlich«, sagte der Chemiker knapp, der mit dieser Vorgehensweise offensichtlich nicht einverstanden war.

»Die ganze Aktion ist das«, entgegnete sein Gegenüber scharf, nicht gewohnt Widerspruch zu dulden, »das soll nicht Ihr Problem sein.«

»Aber ich bin bei jedem Auftrag in der Nähe, das ist von Vorteil, wenn es sich einer der Akteure überlegen sollte«, meinte der Chemiker trocken, »manchen erscheint das Paradies im letzten Augenblick doch nicht so erstrebenswert.«

»Es läuft diesmal anders!« Die Antwort kam Gazzarah aus einem schnellen Entschluss heraus. Er deutete auf den Sender. »Es wird ein kanadisches Team übernehmen und wir machen es mit dem Fernauslöser.«

Der Chemiker sagte nichts darauf, obwohl er es für einen Fehler hielt, diese Menge an hochgefährlichem NHS in die Hände von unerfahrenen Cowboys zu legen.

»Für Sie habe ich einen nächsten Auftrag. Einsatzort und Termin sind noch offen«, sprach Gazzarah abschließend die neue Sache an, »aber die Vorbereitung hat höchste Priorität. Die Daten und den Einsatzbefehl erhalten Sie wie üblich wieder über Ihren Kontaktmann.«

Auf dem Rückweg in die Stadt überlegte er, ob sein rascher Einfall, den Auftrag an Doug weiterzugeben, sinnvoll war. Aber er hatte keine Wahl. Der Mossad plante diese wichtige Operation schon längere Zeit und es wäre undenkbar, das klägliche Versagen der Leute intern zuzugeben. Das musste er um jeden Preis vermeiden, die Situation war angespannt genug. Scheitern durfte die Mission deswegen schon gar nicht, wollte er seine Position behalten. Noch gestern erwähnte er Moshe Ben-Ilan gegenüber, dass alles problemlos laufe. Von dem würde er auch nie die Rückendeckung erhalten, den Kanadier einzusetzen, zu bekannt waren die Schwierigkeiten mit Dougs Truppe.

Gazzarah steckte in einer Zwickmühle und hoffte nur, dass

sich danach, wenn alles erfolgreich gelaufen war, niemand mehr um Details kümmern würde. Er griff zum Telefon.

»Hi, Ronny!«, meldete sich Doug nach dem zweiten Läuten. »Na, hast du schon wie versprochen was in Syrien arrangiert?«

»Nein, nicht Syrien, aber komm in den Chat-Room.«

Er legte auf und nahm sein kleines Netbook aus der Tasche. Keine zehn Minuten später war auch Doug im Chat und die verschlüsselte Verbindung stand.

- Was gibt's?, schrieb der Kanadier.

- Ich bräuchte dich in Beirut, tippte Gazzarah.

- Wann?

- So schnell wie möglich! Ich habe ein Team verloren.

- Aha, Rettungsaktion. Wie viel Mann?

- Drei oder vier.

- Du machst Witze?, kam es nach einer Pause von Doug.

- Nein.

- Ich brauche aber was Größeres! Viel größer!

- Bekommst du. Ich kümmere mich darum.

- Was und wann?

Gazzarah spürte, er musste Doug jetzt etwas Konkretes in Aussicht stellen, sonst würde dieser den Libanon nicht übernehmen. Er überlegte, dann schrieb er:

- Wenn du Beirut erledigst, dann revanchiere ich mich.

- Wie?

- Ich schlage ich dich für die Kooperation in Übersee vor.

- Heißt das: Einstieg als ständiger Partner?

- Ja.

- Ist das definitiv?

- Definitiv!

Für eine Minute blieb das Display stumm. Gazzarah überlegte, ob er sich weiter vorwagen sollte, aber eine größere Zusage konnte er nicht mehr machen. Wenn er Doug in Amerika ins Spiel brachte, würde es dafür schon genug Probleme mit der

CIA geben, die um ihren Einfluss fürchtete. Da leuchtete der Bildschirm auf:

- Okay, Ronny, ich übernehme Beirut.
- Sehr gut.
- Schick mir die Details.
- Es muss eine vollkommen verdeckte Durchführung sein.
- Versteht sich!
- Und kein Hinweis darf auf uns deuten!
- Klar!

Gazzarah atmete erleichtert auf. Er gab Doug alles durch, was dieser für die Vorbereitung brauchte, damit die Mission über die Bühne gehen konnte. Dann schloss er das Netbook.

Sie hielten im Norden Beiruts beim UNCI, dem Informationszentrum der Vereinten Nationen am Riadh El-Solh Square, der nach dem ersten Premierminister des Libanon benannt war. Auf dem grünen Hügel im Stadtzentrum, neben dem bekannten Glockenturm des großen Serails – das nun als Zentrum des Regierungschefs diente – und dem libanesischen Parlament, lag eines der wenigen Viertel der Stadt, das säuberlich gepflegt wurde. Gleich gegenüber dem UNCI stand das Finanzzentrum des Landes, die Commerzbank. Dementsprechend groß war das Aufgebot an Sicherheitsleuten, in Uniform und Zivil, die bis an die Zähne bewaffnet jeden Block kontrollierten. Hier florierte das arabische Angebertum; fast alle Fahrzeuge trugen Marken wie Rolls-Royce, Porsche oder Maserati, viele davon dick gepanzert. Nicht weit entfernt, am Beginn des weitläufigen Hafenbeckens, lagen die Superyachten.

Mit seiner Akkreditierung und der Einladung von der Universität konnte sich Gazzarah im UN-Gebäude in bestimmten Bereichen frei bewegen, um seinen getreuen Verbindungsmann Djamal zu treffen. Dieser würde dann die Sprengladungen im Safe House übernehmen und das kanadische Team einweisen, sobald es eintraf. Doug wird die Angelegenheit, um größer ins

Geschäft zu kommen, diesmal mit der entsprechenden Umsicht erledigen, beruhigte sich Gazzarah selbst. Trotzdem bereitete ihm die eilige Alternative, die er alleine auf seine Kappe nehmen musste, einiges an Kopfzerbrechen.

5

Lena saß, eingewickelt in ihre warme rote Decke, in der Veranda ihres Hauses. Sie öffnete ihren Laptop und probierte, Hawk über Skype zu erreichen. Sie hatte sich in den letzten Monaten mehrmals vorgenommen ihn anzurufen, war aber dann so beschäftigt gewesen, dass sie es ständig verschob. Der einzige Kontakt, seit ihrer Verabschiedung am Pariser Flughafen vor einem halben Jahr, war eine Mail gewesen. Lena schrieb ihm den Termin von der Sendung ihrer Reportage in Amerika.

Jetzt freute sie sich darauf, wieder mit ihm zu sprechen. Auf ihre beiden Versuche, eine Verbindung zu bekommen, reagierte er nicht. Sie sah auf die Uhr. Es war kurz vor sieben und somit, durch die fünf Stunden Zeitverschiebung, zwei Uhr in Washington. Sonntagmittag sollte Hawk doch zu Hause sein, überlegte sie, aber möglicherweise war er bei Bekannten zum Essen eingeladen.

Sie holte sich frischen Tee aus der Küche und biss dabei in das letzte Stück Family-Pizza, das seit Freitag neben dem Kühlschrank lag. Ihr Gesicht verzog sich, sie legte es wieder zurück und beschloss, später etwas beim Chinesen auf der Heath Road zu bestellen. Auf dem Schreibtisch sprang der Laptop an und Skype meldete einen Anruf – Hawk.

Lena klickte auf *Videocall annehmen,* dann richtete sie rasch ihre Frisur und setzte die Lesebrille auf.

»Hallo, einen schönen Sonntag wünsche ich«, sagte sie, als ein Fenster mit Hawks Gesicht erschien.

»Dasselbe zurück ins alte Europa«, antwortete er, dann wackelte er mit der Aufsteckkamera herum, um das Bild zu verbessern und brummte dazu missmutig: »Dieses Ding ...!«

Lena lachte. »Immerhin haben Sie jetzt eine Webcam angeschafft, wie ich sehe.«

»Ja, leider, in diesen winzigen Geräten sieht man schrecklich aus!«, ärgerte er sich. »Sie natürlich nicht, im Gegenteil, die neue Brille ist todschick. Aber ab einem gewissen Alter ...«

Das mit der Eitelkeit hört nie auf, dachte Lena, noch lachend. Dabei war Hawk, ungeachtet seines Alters – er war über siebzig – eine energetische Erscheinung, die man auf gut zehn Jahre jünger schätzte. Das machten nicht nur die längeren weißen Haare und der gepflegte Bart, sondern vor allem die jugendliche Art und seine wachen Augen, die eine große Tatkraft erkennen ließen.

»Sie haben versucht, mich zu erreichen?«, fragte er und beendete das Experimentieren mit der Webcam.

»Ja, aber Sie haben mich nicht gehört«, meinte sie, »waren Sie bei Freunden?«

»Nein, meine Liebe, es war mehr so etwas wie ein Date. Wir wollen doch nicht unsere Beziehungen ins Weiße Haus verlieren ...«, antwortete er und setzte ein gewinnendes Lächeln auf. »Aber wir reden besser von Ihnen: Glückwunsch zum Start der neuen Sendereihe!«

»Danke.« Lena wurde ernst. »Vermutlich ist es damit auch schon wieder vorbei.«

»Wie das?«

»Ach, das Thema, das Sie mir eingebrockt haben ...«

»Ich bin der Schuldige?« Er klang gespielt entsetzt.

»Ja, mit Ihrer London-Mappe! Ich hatte jetzt endlich Ruhe, mir die Sachen anzusehen.«

»Wenn es deshalb ist, dann bin ich gerne der Schuldige«, sagte Hawk und seine Stimme wurde interessiert. »Was meinen Sie dazu?«

»Ich finde es beklemmend, dass hinter all den Attentaten in den verschiedenen Ländern und mit unterschiedlichen Zielen jemand im Hintergrund gestanden haben soll, der aus dem Wahnsinn ein Geschäft macht. Aber Sie liegen bestimmt richtig mit Ihrer Schlussfolgerung. Übrigens gibt es dazu noch mehr in unserem Redaktionsarchiv ...«

»Und zwar?«

»Es war vor vier Jahren ein Anschlag in Teheran.«

»Auch in einer U-Bahn?«

»Nein, es ging um die Ermordung eines Physikers aus dem Atomprogramm. Im Grunde nicht zu vergleichen, aber auch dort tauchte dieser spezielle Sprengstoff wieder auf.«

»Interessant.«

»Und ich habe einen wissenschaftlichen Artikel entdeckt, dessen Datum Ihre Theorie bestätigt: Die ersten Bomben wurden schon gebaut, bevor die Substanz allgemein bekannt war«, erzählte Lena von ihren Recherchen und berichtete über die Publikation in dem Wissenschaftsmagazin.

»Da haben Sie eine wirklich heiße Spur gefunden«, bestätigte Hawk, »das wusste ich nicht. Damit ist klar, dass jeder, der vorher damit gearbeitet hat, die Forschung gekannt haben *muss*. Meine Annahmen stimmen also.«

»Da bin ich mir sicher. Ich habe auch nachgelesen, dass sich das Institut in Haifa angeblich über Rüstungsaufträge und militärische Forschung finanziert und sich in manchen Kreisen einen zweifelhaften Ruf erworben hat. Da wird wohl auch der Mossad nicht weit sein, für die Ausbildung der Leute, die man dann später nicht mehr kontrollieren kann.«

»Sie wollen damit andeuten, dass sich der Mann irgendwann selbständig gemacht hat und auf eigene Rechnung für den Meistbietenden arbeitet?«

»Ja, denn einen politischen Zusammenhang halte ich für unwahrscheinlich.«

»Gut möglich«, meinte Hawk nachdenklich, »damit treibt ihn eines der beiden ältesten Motive an – Gier nach Geld oder Macht über andere.«

Lena nickte.

»Werden Sie die Thematik aufgreifen?«, fragte Hawk nach einer Pause.

»Unbedingt, auch wenn bei mir in der Redaktion niemand glaubt, dass etwas dran ist. Shyam denkt, ich bin unter die Verschwörungstheoretiker gegangen und sein Assistent, an sich ein netter Kollege, glaubt, ich verrenne mich da in etwas«, sagte sie trotzig. »Egal! Ich fliege kommende Woche nach Haifa und sehe, ob ich dort etwas herausbekomme.«

»Ausgezeichnet!«, sagte Hawk freudig, um dann fürsorglich hinzuzufügen: »Ich meine, passen Sie auf sich auf. Und wenn ich irgendwie helfen kann, lassen Sie es mich wissen.«

»Ja, deswegen rufe ich eigentlich an«, sagte Lena und lehnte sich mit ihrer Tasse zurück in ihren bequemen Schreibtischstuhl. »Ich wollte Sie fragen, wie es mit Ihren Kontakten in Israel steht.«

»Für Israel schaue ich, was ich machen kann, aber davor sollten Sie unbedingt nach Potsdam.«

»Potsdam?« Lena klang verwirrt.

»Ich habe dort einen Bekannten«, erklärte Hawk, »jemanden, der mir einen Gefallen schuldet, einen alten Professor für Mathematik – Dr. Max Brösig-Bieler. Er ist ein ehemaliger Stasi-Spion der DDR. Die Details erspare ich Ihnen, nur so viel: Er war viele Jahre für die Ostdeutschen tätig, später dann beim militärischen Abschirmdienst für die Beziehung mit Israel zuständig und bis vor kurzem aktiv. Da gäbe es Informationen aus erster Hand. Wenn Sie möchten, avisiere ich Sie bei ihm.«

»Na gut«, sagte Lena zustimmend und schlürfte ihren Tee, »warum nicht. Da fahre ich wirklich gerne hin, mich verbindet einiges mit Berlin und im angrenzenden, ehemals ostdeutschen Potsdam war ich ohnedies noch nie. Dann knöpfen wir uns den Herrn einmal vor.«

»Sind Sie nur sehr vorsichtig«, stoppte Hawk ihren Enthusiasmus, »dass er den Spieß nicht umdreht. Dieser Herr ist gefährlich. Niemand, den ich kenne, weiß derart viel über Geheimdienstarbeit, doch dieses Wissen kommt nicht von ungefähr und er hat alle für seine Zwecke benutzt. Geben Sie also acht ...«

*

Der Raum, in den sie Mahmud gebracht hatten, befand sich im Keller eines Wohnblocks im Distrikt Dahiyeh, in den südlichen Suburbs Beiruts. Inmitten bettelarmer Familien und in der Nähe eines Flüchtlingscamps für Palästinenser mit über zwanzigtausend Asylanten lag eine der Hochburgen der libanesischen Hisbollah.

Hier hatte sie ihr großes Auditorium und auch Anhänger unter den Mitgliedern der palästinensischen Hamas. Schiiten und Sunniten, die sich sonst gegenseitig ablehnten, einte der Kampf gegen Israel. Die Organisation war einfach und effektiv. Kleine Zellen, sechs bis acht junge Männer mit einem älteren Führer und einigen Frauen für die Versorgung, kamen als Flüchtlingsfamilie ins Land. Sie gaben sich als verfolgt aus, ließen sich bereitwillig registrieren und in die Lager verbringen. Dort schlossen sie sich mit ähnlichen Einheiten zu Kampfgruppen zusammen, die bei Bedarf aktiviert werden konnten. Für die Bewaffnung sorgten befreundete Terroreinheiten, nicht selten auch einheimische Schieberbanden mit Verbindungen zu Waffenhändlern im Iran.

Auch Mahmud stammte aus diesem Lager, doch war seine Motivation nicht politisch, er bevorzugte Geld. So wurde er zunächst Laufbursche bei einem dieser Schieber, die ihr Geschäft mit jedem machten, der ausreichend bezahlte. Geliefert wurde gegen harte Währung, ganz gleich, welche Konfession, Hautfarbe oder Ziele der Besteller hatte. So war Mahmud aufgewachsen, daher war es kein Problem für ihn, sich später auch von diesem Israeli für Jobs im Libanon anwerben zu lassen, solange nur die Kasse stimmte. Einige kleinere Störaktionen erledigte er zur Zufriedenheit, erwies sich als loyal und bekam größere, höher dotierte Aufträge. Der geplante Angriff gegen den lokalen Führer der Hisbollah hätte sein letzter Coup werden sollen. Danach wäre das Konto gut gefüllt gewesen und er – mit dem bereits bewilligten Visum – nach Frankreich gezogen. Dort winkten ein dauerhafter Job und ein relativ sorgenfreies Leben, das hatte ihm der Israeli zugesagt.

Es war anders gekommen. Sie fuhren mit dem alten Fiat, den der Einsatzleiter besorgt hatte, zum Hipodrom, um sich die Lage vor Ort einzuprägen. Die Straßen waren voll und sie bemerkten nichts Verdächtiges. Als sie in die lange Gerade der Kfoury-Street in Richtung Militärhospital einbogen, standen diese zwei Männer mit einem Mal vor ihnen auf der Fahrbahn. Der Chef, der den Fiat fuhr, hielt abrupt an, brüllte etwas in einem Dialekt, den Mahmud nicht verstand, und wollte in eine Seitengasse bei den Wohnblöcken zurücksetzen. Doch in seinem Schock fand er den Rückwärtsgang nicht. Draußen zog einer der Männer eine Maschinenpistole aus seinem Überwurf hervor und feuerte. Der Einsatzleiter und der zweite Mann auf dem Beifahrersitz wurden getroffen, ihr Blut spritzte an die Heckscheibe und Mahmud voll ins Gesicht. Der duckte sich instinktiv hinter die Vordersitze, schrie vor Angst auf und spürte, dass ihn etwas an der linken Schulter getroffen hatte. Er versuchte halb blind, an die Pistole des Einsatzleiters zu kommen, die unter der Mittelkonsole neben dem Fahrersitz steckte, um sich zu verteidigen. Draußen waren Stimmen zu hören, die Autotüren wurden von den Seiten aufgerissen und Mahmud schaute durch das Blut der Getöteten, das ihm wie ein roter Schleier von der Stirn rann, in die Mündung einer Kalaschnikow. Er zog die Hände zitternd zurück und hielt sie hoch. Zwei Männer zerrten ihn aus dem Fahrzeug, bugsierten ihn auf die

Straße und schleppten ihn zu einem Lieferwagen. Seine Schulter brannte wie Feuer, als sie ihn hinten in den Laderaum warfen und die Türen zuknallten.

Zwei Tage waren seitdem vergangen. Sie hatten ihn in diesen Keller gebracht und auf einen Stuhl gebunden. Ein großer, bulliger Mann war gekommen, hatte ihn mit einem Metallrohr wortlos geschlagen und war wieder gegangen. Das wiederholte sich einige Male. Dazwischen gaben sie ihm nur stinkendes braunes Wasser zu trinken, nichts zu essen und er durfte auch nicht auf die Toilette.

So saß Mahmud, ziemlich am Ende, in seinem eigenen Kot und seiner Pisse. Hunger verspürte er nicht mehr, aber seine Wunde schmerzte so arg, dass er glaubte, wahnsinnig zu werden. Auch schüttelten ihn fortwährend Fieberkrämpfe von der Entzündung, die sich um die Kugel, die unter seinem Schulterblatt steckte, wie Feuer ausbreitete. Von den Schlägen war sein Gesicht derart aufgequollen, dass er kaum mehr etwas sah, durch einen schweren Tritt gegen die Beine stand ein Stück zersplitterter Knochen aus der Wade und sein Kiefer musste gebrochen sein; er hing kraftlos hinunter und der blutige Speichel tropfte heraus.

Wie schön hatte er sich seine Zukunft ausgemalt, als geachteter Mitarbeiter einer Organisation in Paris, mit genügend Geld, um sorgenfrei zu leben und einer hübschen Frau an seiner Seite – einer Französin so wie Mélanie Laurent, die er in einem Tarantino-Film auf DVD gesehen hatte oder noch besser Paris Hilton, die er von vielen Fotos kannte, sie wäre perfekt. Nur jetzt saß er mit seinen vierundzwanzig Jahren in diesem beschissenen Beirut auf diesem beschissenen Sessel und hatte ein zerschlagenes Gesicht und eine Kugel in der Schulter.

»Guten Tag, mein Freund«, sagte eine Stimme.

Mahmud hörte sie wie durch einen Nebel. Er versuchte so

gut es ging seinen Kopf zu heben und die Augen zu öffnen. Langsam realisierte er, dass die Stimme dem Mann gehörte, der gegenüber von ihm stand. Er musste in den Keller gekommen sein, ohne dass Mahmud es wahrgenommen hatte. Mahmud versuchte etwas zu sagen, aber es kam nur ein unverständliches Lallen aus seinem hängenden Kiefer.

»Schon gut«, meinte der Fremde mit einer tiefen, beinahe sanften Stimme. Er trug ein braunes bodenlanges Gewand und hatte ein schwarzes Tuch wie einen Turban um den Kopf gewickelt, dessen Ende vor dem Gesicht lag, sodass man nur die Brauen und die dunklen Augen sehen konnte. »Du brauchst mir nicht viel zu sagen, wir wissen, dass du gemeinsame Sache mit den Ungläubigen machst und dass ihr etwas Größeres plant.«

Er griff nach vorn in die wirren Haare und riss Mahmud den Kopf gewaltsam nach oben. Der stöhnte auf.

»Ich sage euch ja, was ihr wissen wollt«, stammelte er unhörbar und kämpfte damit, nicht ohnmächtig zu werden.

Das Gesicht des Fremden kam ganz nahe. »Gut, dass du sprechen möchtest, mein Freund. Was wird geschehen? Worauf bereitet ihr euch vor? Warum interessiert ihr euch für die Gegend um Badaro?«

Wieder lallte Mahmud. Alles wollte er sagen, alles, nur damit diese Qual endlich aufhörte, aber durch das Blut und die Spucke im Mund brachte er kein einziges Wort heraus.

»Jetzt rede!« Scharf kam die Stimme aus dem Tuch unter den bohrenden Augen. »Wir haben euch beobachtet, deine beiden Kumpane waren nicht zum ersten Mal hier, ihr seid mit dem Fiat ständig beim Hippodrom auf und ab gefahren. Wen habt ihr im Visier? Sobald du es mir verrätst, hat deine Qual ein Ende.«

Mahmud nickte unter dem Griff wie wild. Er wollte schreien, hatte aber die Kraft nicht dazu. Also gurgelte er zustimmend. Wenn sie den Namen erst wussten, würden sie das Interesse an ihm verlieren, dann war er unwichtig. Mit der ganzen Kraft, die er aufbrachte, stemmte er sich im Sessel hoch, zog wie in Zeitlupe unter unsäglichem Schmerz den Kiefer in die Höhe und schrie: »Hamid al-Arim!«

Er wunderte sich selbst darüber, dass die Worte deutlich zu vernehmen und halbwegs verständlich waren. In dem Moment kam wieder ein Fieberschub und zuckend vor Schüttelfrost sackte er kraftlos in sich zusammen. Durch die dick verschwollenen Augenlider sah er seinen Peiniger an, wollte ihn anflehen, ihn jetzt endlich loszubinden, ihn wenigstens am Boden liegen zu lassen.

»Du wirst verstehen, dass ich dich nicht gehen lassen kann, aber ich habe dir versprochen, deine Qualen zu beenden«, sagte der andere und zog sich das Tuch vom Gesicht. Er blickte auf Mahmud hinunter. »Ich bin Hamid al-Arim und ich halte meine Versprechen.«

Er gab einem Mann hinter Mahmud, den dieser bisher nicht bemerkt hatte, ein Zeichen. Mahmud kam nicht dazu, darüber nachzudenken, er hörte nicht einmal mehr den Schuss.

6

Der Montag, zwei Wochen vor Weihnachten, war ein strahlend sonniger Tag. Lena landete kurz nach neun mit dem Flug von Eurowings in Deutschland. Sie war aufgeregt, die Stadt wiederzusehen, wo sie Niels zum ersten Mal getroffen hatte. Vorerst war jedoch die Schlange bei der Gepäckausgabe zu bewältigen, anscheinend reiste heute jeder nach Berlin, so voll war der Flieger gewesen. Da sie morgen weiter nach Israel flog, hatte Lena den großen Koffer genommen, den sie auf einen Handwagen lud. Sie musste durch Passkontrolle und Zoll, da England nicht zu den Schengen-Ländern gehörte. Unter den ermüdenden Kontrollen litt sie schon immer, wenn sie auf dem Kontinent unterwegs war, aber seit die Briten der EU letzten Sommer den *Brexit* erklärt hatten, kam man sich sogar wie ein störender Immigrant vor.

Nach einer aufreibenden Wartezeit stand sie endlich vor dem deutschen Beamten, der sie eingehend musterte und ihren Pass mit den vielen Visa genau studierte. Eine Frau, die so weit herumgekommen war, kam ihm verdächtig vor. Schließlich winkte er sie aber doch mit einem gnädigen Blick über seine Lesebrille weiter. Lena atmete auf, dass er sie nicht genötigt hatte, den Koffer auszuräumen. Sie ließ sich ins nächste Taxi fallen.

Lange bin ich nicht mehr in Berlin gewesen, dachte sie, als der Wagen in Charlottenburg vom Stadtring abfuhr und in die Straßen zum Lietzensee einbog, dennoch erinnerte sie sich genau. Sie war extra mit einem frühen Flug gekommen, um Gelegenheit zu haben – nach dem Einchecken im Hotel – einen Spaziergang am Ufer des kleinen Sees zu unternehmen, bevor sie zu Brösig-Bieler musste.

Sie nahm für die eine Nacht nur ein normales Zimmer ohne

Balkon, dafür aber mit Seeblick, und ließ sich ihr Gepäck hinaufbringen. Von ihrem Mantel, den sie auf der Reise getragen hatte, wechselte sie auf eine dicke hellblaue Daunenjacke und von den Stiefeln auf die warm gefütterten Doc Martens. Sie ersuchte die Dame an der Rezeption um ein Stück Weißbrot, bevor sie hinunter über die Lietzenseebrücke spazierte, um zur gegenüberliegenden Seite des Sees in den Park zu kommen. Sie ging vor bis zur Mitte der Anlage, wo die Böschung steiler war. Neben einem Baum, dessen Äste bis ins eisige Wasser hingen, setzte sie sich direkt ans Ufer auf den kalten Boden.

Ende November vor elf Jahren war sie auch hier gesessen, genau an diesem Platz – mit Niels. Sie waren sogar im selben Hotel abgestiegen. Lena war neu als Redakteurin für politische Berichterstattung bei dem großen englischen Sender *Eagle News* und Angela Merkel war die neue Kanzlerin im Deutschen Bundestag, nachdem sie als Spitzenkandidatin die Wahlen für die Unionsparteien gewonnen und Gerhard Schröder abgelöst hatte. Berlin wurde Lenas erste wichtige Reportage für den Sender und ihr Chef schickte, als Sicherheit für die junge Kollegin, den erfahrenen Fotojournalisten Niels Gordon mit.

Die beiden verstanden sich sofort prächtig und waren froh, dass die neue Kanzlerin einen dichten Terminplan hatte. So mussten sie eine Woche auf das Interview warten und nutzten die Zeit für ausgedehnte Spaziergänge im Park entlang des Lietzensees. Lena bedauerte seine Zurückhaltung, sie empfand mehr als Freundschaft für Niels und doch sollte es mehr als zehn Jahre dauern, bis daraus eine Partnerschaft wurde, die dann so abrupt endete.

Auch das Wetter ist ähnlich, dachte Lena schwermütig – frostige Nächte und am Morgen weiß gefrorene Äste an den Bäumen. Um sich aus der aufkommenden traurigen Stimmung zu holen, packte sie das Brot aus und begann die Enten zu füttern, die vorbeipaddelten und sich lautstark bedankten. Eine kam zu ihr ans Ufer und stellte sich frech vor sie hin, um zu betteln. Lena musste auflachen, verfütterte die Reste der Brotkrumen und stand auf. Es war Zeit, sich dem Stasi-Mann zu widmen.

Der Vorort im Süden von Potsdam, wo der alte Professor wohnte, hatte den wenig einladenden Namen Schlaatz. Trotz des nahen Waldes und eines Naherholungsgebietes, das unter Naturschutz stand, ließen die riesigen Plattenbauten aus kommunistischer Zeit jeglichen Charme vermissen. Dagegen half auch nicht, dass einige der ausladenden Blockreihen zum Teil in freundlichen Farben gestrichen waren und die Loggien verschieden bunte Brüstungen hatten.

Nach der Wende, so erzählte der Taxifahrer, der mit all seinen Englischkenntnissen versuchte, Lena eine kleine Stadtführung zu geben, hatte man die Anlage großzügig modernisiert. Da viele Bewohner in den Westen abwanderten, wurde die Siedlung später von Studenten und Lehrern der Berliner und Potsdamer Hochschulen in Beschlag genommen.

Sie hielten, mitten in diesem verwirrenden Gelände aus Gehwegen und Treppenhäusern, in einer Straße mit der klingenden Bezeichnung Falkenhorst, die in krassem Gegensatz zu den großzügig betonierten Flächen stand. Der Fahrer zeigte über den Parkplatz auf eines der frei stehenden Hochhäuser an der anderen Straßenseite. Lena bedankte sich höflich, bezahlte und stieg aus.

Die Wohnung, die zur angegebenen Adresse gehörte, befand sich in einem der drei Hochbauten, die das riesige Areal von fünfzig verschachtelten Blockreihen und unzähligen Innenhöfen nochmals um zehn Stockwerke überragten. Als sich Lena der Tafel mit der Gegensprechanlage neben dem Eingang näherte und überlegte, welcher der unzähligen Knöpfe zu drücken sei, tönte laut eine schnarrende Stimme aus dem kleinen, runden Lautsprecher: »Vorletzter Stock, links.« Mit einem Summen öffnete sich das Tor.

Ich stehe schon unter Beobachtung, dachte Lena und wusste nicht, ob sie darüber verärgert oder amüsiert sein sollte. Als sie oben aus dem Lift stieg, war die Tür zu der Wohnung offen und im Rahmen stand wartend ein kleiner Mann in ausgeleierten braunen Jeans und Flanellhemd. Als Lena auf ihn zuging, drehte er sich um und ging voraus in die Räumlichkeiten.

»Sie sind acht Minuten zu spät«, sagte er knapp, ohne sie anzusehen, »aber bitte kommen Sie herein und legen Sie ab.«

Lena hätte am liebsten wieder umgedreht, grüßte jedoch höflich, schloss die Tür und ging hinterher. Das Vorzimmer war abgesehen von einer Kleiderablage und einem Hocker leer, nur an der Wand hing eine gerahmte Urkunde, als einziger Schmuck des Raumes. Lena überflog sie mit einem Seitenblick, während sie aus ihrer Jacke schlüpfte. In großen Lettern dankte darin das Ministerium für Staatssicherheit der DDR einem verdienten Mitarbeiter und verlieh eine Medaille. In der Mitte stand in roten Lettern mit Verzierungen: *Prof. Dr. Maximilian Brösig-Bieler, Dozent für höhere technische Mathematik.*

Die spartanische Einrichtung des Wohnzimmers war aus den Sechzigern – ein Tisch mit vier Sesseln aus dunkelbraunem Furnierholz, eine ebensolche Wohnwand aus dem Systembaukasten und seitlich stand ein dazu passender Fernsehschrank. Das wuchtige Ding mit einem alten Röhrenfernseher und einem Radio mit Plattenspieler stand auf dünnen, runden Beinen, die in Messingkappen endeten. Der einzige Blickfang des Raumes war ein großes Zeiss-Teleskop, das bei dem Fenster neben der Balkontür auf einem teuren Karbonstativ stand.

Brösig-Bieler lebte offensichtlich alleine und passte wie ein Dekostück zu seiner Einrichtung. Er war ein dürrer, vertrocknet wirkender Mann, der Lena nur bis zum Kinn reichte, mit tiefen Gesichtsfalten, großen Altersohren und vielen Leberflecken am Kopf. Beherrscht wurde das Gesicht von einer Brille mit dicker Hornfassung und starken Gläsern. Seine fischigen Augen, die Lena musterten, wirkten dahinter seltsam starr.

»Bitte«, sagte er und deutete in die Mitte des Zimmers zu einem Stuhl beim Tisch. Dort standen säuberlich vorbereitet, auf einem hellen Stoffuntersetzer, eine Flasche mit Mineralwasser, ein leeres Glas und eine Schüssel mit drei Keksen.

»Danke«, antwortete Lena, nahm Platz und goss sich einen Schluck Mineralwasser ein. Die Kekse würde sie nicht anrühren, die sahen wie gepresster Sand aus.

»Unser gemeinsamer Bekannter informierte mich, dass Sie gewisse Informationen bräuchten. Wie kann ich Ihnen behilflich sein?«, begann er in gutem Englisch mit deutlichem Akzent und setzte sich auf die Kante des Stuhles gegenüber. »Aber bitte, erwarten Sie sich nicht zu viel, ich bin seit fünf Jahren pensioniert und war auch davor nur ein einfacher Lehrer an der Universität mit geringem Einfluss.«

»Hawk hat mir gesagt, Sie wären im Rahmen Ihrer Tätigkeit für die technischen Bereiche in der Zusammenarbeit mit Israel verantwortlich gewesen«, tastete sich Lena vorsichtig vor, »was war Ihre Aufgabe dabei?«

»Ach, kaum der Rede wert«, antwortete er und es klang wie auswendig gelernt, »es ging um den Vergleich von wissenschaftlichen Studien, die beide Länder in ähnlichen Gebieten erstellten. Das war hauptsächlich alles vor der Wende, später war ich dann mit den Fachthemen nur mehr am Rande befasst und habe mich im Rahmen eines Institutes um den Austausch von Studenten gekümmert.«

»Der ein sehr intensiver war?«

»Doch, doch. Ich wurde dafür vom Unterricht freigestellt.«

»Und das Institut war das Rutfeld-Institut in Haifa?«, fragte Lena unvermittelt rasch und hoffte, ihn damit etwas aus der Reserve zu locken.

Brösig-Bieler überraschte sie damit nicht. Er zeigte überhaupt keine Reaktion, seine empfindungslos blickenden Augen ruhten auf ihr und zuckten nicht einmal.

»Wenn Hawk das sagt, dann wird es wohl stimmen«, sagte er trocken, nach einer deutlichen Pause.

Lena schluckte. Fehler, schalt sie sich im Stillen selbst. Sein Tonfall und die Wortwahl seiner Antwort signalisierten so viel wie: Mich erwischst du nicht, ich sage nur, was ich sagen will. Sie beschloss, diese Versuche zu unterlassen, um ihn nicht zu verärgern.

»Welcher Art, wenn ich fragen darf«, versuchte sie es nun sehr höflich, »war denn der Austausch?«

»Wir betreiben dort eine eigene Außenstelle für Studierende aus verschiedenen Bereichen, so haben wir Zugang zu den wirklich großen Entwicklungen unserer Zeit. Man ist dort im Kreise der führenden Wissenschaftler weltweit«, antwortete er mit einem gewissen Stolz. »Ich war in dem internationalen Programm, das von beiden Regierungen gefördert wird, für die Sicherheit zuständig.«

»Sehen Sie«, hakte Lena ein, »Sicherheit – das ist genau der Punkt, zu dem ich nähere Informationen bräuchte.«

»Zu welcher speziellen Frage?«

»Solche Regierungsprogramme, überhaupt Forschungen, bei denen es um heikle Bereiche wie Waffen oder chemische Substanzen geht«, wagte sie sich vor, »rufen doch bestimmt auch die Geheimdienste auf den Plan.«

»Warum sollten sie das?«, versuchte er mit einer Gegenfrage auszuweichen.

»Weil ich denke, dass derartige Forschungen nicht nur für das Militär wichtig sind, sondern von Organisationen wie den Nachrichtendiensten auch für andere Zwecke verwendet werden«, sagte Lena jetzt, wobei sie *andere Zwecke* ausdrücklich betonte.

»Darüber sollte man nicht sprechen. Mit solchen Dingen habe ich mich lange beschäftigt, rein theoretisch. Zu groß ist die Gefahr, falsche Schlüsse zu ziehen«, er beugte sich vor und seine Augen wurden noch um eine Nuance größer, »oder überhaupt derartige Fragen zu stellen. Aber nachdem mich Hawk ausdrücklich darum gebeten hat ...«

Er stand auf, ging zum Fenster und starrte hinaus in den sonnigen Winterhimmel. Zum ersten Mal, seit Lena hierher gekommen war, zeigte Brösig-Bieler ein Gefühl. Sie spürte, dass ihm ihr Besuch unangenehm war, er aber aus irgendeinem Grund Hawk die Bitte nicht abschlagen wollte.

»Gut, was möchten Sie wissen?«, fragte er jetzt leise und blieb abgewendet stehen.

»Die Entwicklungen auf derartigen Instituten dienen den militärischen Zwecken des Landes«, sagte Lena und entschied, direkter zu werden. »Gerade das Rutfeld-Institut finanziert sich, wie ich gelesen habe, über Studien für die Rüstungsbetriebe. Da liegt es auf der Hand, dass der Mossad mitmischt und man dort Dinge für dessen Arbeit entwickelt, die dann auch in die falschen Hände gelangen können. Es wäre doch gut möglich, dass einer der Forscher oder sonst jemand, der Zugang hat, die Ergebnisse für seine Zwecke benutzt.«

»Das mit den Entwicklungen für die Industrie stimmt«, sagte er schnell, »das machen alle Universitäten. Der Sprengstoff, von dem mir Hawk schon erzählt hat, basiert auf einer dieser Forschungen. Das wurde auch entsprechend veröffentlicht. Das andere ist nur eine Annahme, bloß eine Möglichkeit von vielen, die schwerlich zu beweisen sein wird.«

»Aber zum Zeitpunkt der ersten Anschläge hatte niemand Zugang zu den Unterlagen.« Lena kam in Fahrt. »Es kann nur jemand aus diesem Labor gewesen sein, der die Forschung kannte und aus seinem Wissen Kapital schlägt.«

»Für Außenstehende sieht das so aus«, antwortete Brösig-

Bieler schnell, »nur wenn Sie sich eingehender mit der Arbeit des Mossad beschäftigen würden, wüssten Sie, dass man dies nie zulassen würde ...«

Lena zuckte auf ihrem Sessel zusammen. Was Brösig-Bieler ihr in dem Nebensatz enthüllt hatte, war mindestens so explosiv wie der Sprengstoff.

»Sie meinen, dieser ganze Wahnsinn«, stammelte sie, »hat die Billigung des Mossad? Man kennt diesen Irren und lässt ihn gewähren?«

»Das haben Sie gesagt ...« Brösig-Bieler war sehr leise geworden und stand wie angewurzelt vor dem Fenster. »Geheimdienste sind Instrumente in der Hand von Leuten und man weiß nie genau, wer welche Interessen verfolgt. Menschen, die Bomben bauen, sind bloß Handlanger. In letzter Konsequenz sollten Sie sich fragen, wer von den Dingen am Ende profitiert. Politik ist eine mathematische Disziplin.«

Lena sagte nichts. Eine Weile war es still in dem Raum. Sie goss sich ein Glas Mineralwasser ein und leerte es in einem Zug.

»Um die Diskussion abzukürzen«, sagte er plötzlich wieder mit seiner schnarrenden Stimme, »und da mich Hawk schon darauf vorbereitet hat, dass Sie ohne einen Namen nicht gehen werden, habe ich nach meinem Gespräch mit ihm nachgedacht. Einen solchen Mitarbeiter, wie Sie vermuten, gab es tatsächlich. Er war ein Assistent im Labor, sein Name war Aaron Yafne. Er hat selbst nicht an der Einrichtung studiert, bekam aber aufgrund seiner hohen Qualifikation einen Job im Forschungslabor. Ein sympathischer, ruhiger Mitarbeiter, zuständig für den Aufbau von diversen Versuchsreihen, der einen zuverlässigen Eindruck hinterließ. Nach einiger Zeit erhielt er schließlich Zugang zur höchsten Sicherheitsstufe und arbeitete an der Entwicklung von chemischen Verbindungen mit. Ich habe ihn 2002 mehrmals getroffen, da er einen unserer deutschen Absolventen betreute.«

Er drehte sich zu Lena um, die ihn überrascht ansah. Zuerst der Hinweis auf den Mossad und jetzt die offene Information, beides hatte sie nicht erwartet.

»Ich habe keine Ahnung«, fuhr Brösig-Bieler fort, »was aus dem Mann geworden ist. Ich hatte nur Zugang zu den Akten unserer Leute, nicht jedoch zu denen der israelischen Mitarbeiter. Ich könnte mir gut vorstellen, dass er in die Industrie gewechselt hat. In Rüstungskonzernen bezahlt man für Spezialisten deutlich mehr als in der Forschung.«

»Und er hatte Zugang zu allen Entwicklungen?«

»Das sagte ich doch, er war in der höchsten Sicherheitsstufe. Damit konnte er praktisch überall hinein und auch alles einsehen. Er war zu der fraglichen Zeit der Einzige, der auf Ihr Profil passen würde. Aber keine Ahnung, wo er abgeblieben ist, jedenfalls habe ich ihn später nicht mehr gesehen.«

»Das werde ich vermutlich in der Institution in Israel erfahren können, dort wird man doch die Akten darüber haben.«

»Das ist wirklich Ihre Entscheidung.« Er kam zum Tisch, verschränkte die Arme hinter dem Rücken und sah auf Lena hinunter. »Sie haben einen Namen, bitte gehen Sie jetzt, ich kann Ihnen nichts mehr sagen, was von Interesse wäre.«

Lena nickte und stand wortlos auf. Sie stellte das Glas wieder ordentlich auf den Tischschoner, ging ins Vorzimmer und schlüpfte in ihre Jacke. Nachdem er die Arme noch am Rücken hatte, vermied sie es, ihm die Hand zur Verabschiedung hinzustrecken. Sie murmelte nur einen Gruß, öffnete die Tür und ging zum Lift. Er blieb im Rahmen stehen, wie schon bei ihrem Eintreffen.

»Grüßen Sie unseren amerikanischen Freund von mir«, sagte er noch.

Als sie nach unten fuhr, kam in Lena ein zwiespältiges Gefühl auf. Der alte Stasi-Mann hatte in seiner aktiven Zeit garantiert vielen Menschen geschadet oder sie benutzt, wie Hawk es formulierte, trotzdem tat er ihr leid. Er kannte nur eine Welt, die es längst nicht mehr gab. Er würde weiter alleine in dem Zimmer im Plattenbau hocken, mit seinem Fernrohr Leute beobachten, die sich nicht mehr um Menschen wie ihn kümmerten, täglich seine Urkunde im Vorzimmer abstauben und bei allen Nachrichten, die er hörte, denken, dass früher in der DDR alles besser war.

Sie stieß das Tor auf und ging in den sonnigen Nachmittag hinaus. Sie konnte jetzt nicht in ein Taxi steigen und zurück ins Hotel fahren, sie wollte einfach ein Stück laufen, ihre Gedanken ordnen und Abstand von dem kleinen, blassen Mann gewinnen.

Oben im vorletzten Stock stand Brösig-Bieler bei seinem Teleskop und wartete geduldig, bis Lena zwischen den Bauten hervorkam, über den Parkplatz ging und dann zur Nuthe, dem schmalen Fluss, der die Siedlung im Nordosten begrenzte, hinunterspazierte. Das war ihm sehr recht, der Weg am Fluss führte an zwei Tennisplätzen vorbei, da gab es freie Sicht und er würde sie lange im Visier haben. Er zog einen Stuhl zum Fenster und holte sich die Kekse.

Was sollte er jetzt tun? Sollte er pflichtgemäß seinen Kontakt in Israel verständigen oder sollte er sich in diesem Fall loyal gegenüber Hawk verhalten? Eigentlich war er dem Amerikaner verpflichtet, der ihm – bei einer Affäre vor einigen Jahren – den Kopf gerettet hatte. Andererseits betrafen die Nachforschungen der Journalistin nicht nur das Rutfeld-Institut, sondern indirekt auch den Mossad, auf dessen Lohnliste er nach wie vor stand.

Während Brösig-Bieler regungslos saß, das trockene Backwerk kaute und Lena nachschaute, kämpfte er mit sich. Als sie aus seinem Blickfeld entschwunden war, stand er auf und ging hinüber zu dem Fernsehschrank. In der Klappe unter dem Radio, wo normalerweise Platz für Schallplatten war, stand sein Telefon – ein moosgrünes Tastengerät. Es mochte antiquiert wirken, war aber um vieles schwieriger abzuhören als diese modernen Funkprügel. Er hielt noch einmal inne, dann wählte er.

»Einen schönen Tag nach Potsdam«, meldete sich Hawk.

»Ich bin Ihnen jetzt nichts mehr schuldig«, sagte Brösig-Bieler barsch und legte wieder auf.

Mit einem Ruck schloss er die Klappe und schaltete den Fernseher ein. Für ihn war die Sache damit erledigt und die Nachrichten fingen an.

7

Das Wasser des Mittelmeers wirkte von oben betrachtet wie eine gemalte Fläche und glitzerte in einem hellen Blaugrün, als Lena die Plastikjalousie nach oben schob und durch das runde Bordfenster nach draußen blinzelte. Sie hatte die letzten zwei Stunden verschlafen, nachdem sie gestern bis spät in den neu renovierten Teilen von Berlin unterwegs gewesen war.

Der Flug über dem Meer verlief angenehm ruhig, nur davor in der Küstenregion hatte es anständig gerumpelt. Deutlich war das Aufeinandertreffen der Luftschichten des eisigen kontinentalen Winters mit der feuchtwarmen Seeluft zu spüren gewesen. Laut Anzeige in der Maschine betrug die Temperatur in Israel an diesem Nachmittag neunzehn Grad. Lena beschloss, vor dem Verlassen des Flughafengebäudes, ihren warmen Sweater im Koffer zu verstauen und nur ihr Shirt unter der Jacke anzubehalten.

Unten zog die Küste vorbei und hinter den Booten in der Marina stand weithin sichtbar der imposante, breite Hotelkasten des Hiltons. Sie waren also im Anflug auf Tel Aviv. Keine Minute später schob sich auch der runde Tower des Isrotel ins Fenster, der mit seinen vielen halbrunden Balkonen aus der Ferne wie ein Igel wirkte. Lena war erst einmal hier gewesen, aber das Hotel mit dem riesigen runden Pool auf dem Dach fand sie schon damals faszinierend. Leider hatte ihr Budget nicht gereicht, um dort standesgemäß abzusteigen. Eine weite Südkurve noch, dann würden sie am Ben Gurion Airport landen. Lena war gespannt, wie lange es diesmal dauern würde, das Prozedere der Einreise zu absolvieren. Beim letzten Besuch, das war allerdings kurz nach dem Anschlag auf das World Trade Center in New York gewesen, dauerte es drei Stunden, bis sie völlig entnervt in die Stadt entlassen wurde.

Diesmal waren die Behörden gnädig. Lena schaffte es, nach dem üblichen Warten auf das Gepäck, das genau betrachtet wurde, vorbei an einem freundlich grinsenden Kontrollbeamten bei der Passkontrolle, in nur vierzig Minuten nach draußen. Sie atmete auf und ging suchend in die Halle.

»Leeenaaa!«

Lena musste spontan lachen – die Stimme und das dazugehörige heitere Gesicht mit den tausend Sommersprossen kannte sie. Sie kam nicht mehr dazu, sich umzudrehen, da sie von zwei Armen umfangen und fest gedrückt wurde.

»Hallo, hallo ...«, rief Esther und küsste Lena auf beide Wangen.

Lena ließ den Trolley mit dem Koffer los, erwiderte die Umarmung und rubbelte Esthers Rücken, dann atmete sie tief ein. »Du erdrückst mich ja ...«

»Das muss jetzt einfach sein! Wie geht's dir, was machst du ...«, sprudelte Esther heraus, um sich dann zu unterbrechen und auf ihren Mann zu zeigen, der schmunzelnd danebenstand. »Oh, entschuldige, das ist Josh!«

Der Angesprochene machte einen Schritt auf Lena zu.

»Hi, es freut mich.« Er streckte Lena die Hand hin. »Esther hat schon viel von dir erzählt.«

»Dann sei nicht so förmlich«, sagte Lena, nahm seine Hand, zog ihn zu sich und umarmte auch ihn.

Josh fischte sich den Trolley und schob ihn voraus in Richtung Ausgang zum Parkplatz.

»Hey, du hast ja die Haare geschnitten!« Esther inspizierte von der Seite Lenas Frisur, die ihr gefiel. »Steht dir super, sieht toll aus. Das werde ich mir auch überlegen, ist praktisch.«

»Sofortiger Scheidungsgrund!«, warf Josh heiter über die Schulter ein.

»Musst du nicht das Parkticket bezahlen?«, gab sie schnippisch zurück, dann löcherte sie Lena mit der nächsten Frage.

Die beiden kannten sich schon lange. Sie hatten zugleich an der Uni in Bologna studiert – Lena am Institut für Medienwissenschaften, wo sie ihren Master machte, und Esther am Sprachinstitut für italienische Geschichte: *Lingua e Cultura*. Esther war zu der Zeit mit Antonio liiert, dem Sohn von Lenas Professorin, über den sich die beiden Mädchen kennenlernten und anfreundeten. Danach verloren sie sich etwas aus den Augen. Lena ging mit ihrem Abschluss zurück nach England und Esther nach Mailand, als Dolmetscherin eines Architekten. Es zog sie aber dann doch wieder in ihre Geburtsstadt Haifa, wo sie sich, mangels brauchbarer Jobs, mit einem Übersetzungsbüro selbständig machte. Zur Einjahresfeier lud sie alle ihre alten Freundinnen aus Bologna ein – drei kamen, eine davon war Lena. Seitdem war der Kontakt nicht mehr abgerissen.

Die schwüle Luft des frühen Abends traf Lena beim Verlassen des Airports unvermittelt. Nach der Kälte in Deutschland kamen ihr die angegebenen neunzehn Grad nun subtropisch vor. Sie blieb stehen und blies hörbar die Luft aus.

»Ja, Israel ist wärmer als der hohe Norden.« Esther zog sie lachend weiter. »Komm, im Auto ist es angenehmer, nicht so feucht.«

»Sehr schick«, murmelte Lena anerkennend, als sie auf den Parkplatz kamen und Josh einen weißen Ford Explorer öffnete.

»Den Geländewagen haben uns Joshs Eltern gesponsert«, erklärte Esther, »die leben in New York und haben ständig Angst um unsere Sicherheit. Aber da Josh als Ingenieur für die Stadtverwaltung arbeitet und täglich unterwegs sein muss, ist der Explorer freilich viel bequemer. Unseren alten Golf verwende ich jetzt zum Einkaufen.«

»Ich fahre über den Highway 6, damit du etwas vom Land mitbekommst«, sagte Josh, während er sich ans Steuer setzte und den Motor anließ, »an der Küste ist nur die Touristen-Schickeria unterwegs und ein Wahnsinnsverkehr.«

Er nahm die Schirmkappe der Maccabi Haifa, seinem geliebten Fußballteam, von der Ablage und setzte seine Ray Ban auf, bevor er losfuhr. Die beiden Frauen saßen auf den Rücksitzen und hielten sich bei den Händen. Esther war sichtlich glücklich, Lena nach so langer Zeit wiederzusehen. Ihr letzter Besuch war schon viele Jahre her, trotzdem war es bei beiden so, als wären sie erst gestern auseinandergegangen.

Josh legte eine CD ein und nahm die Abzweigung nach Norden, durch den Tunnel unterhalb des Tel Hadid, der bekannten Anhöhe mit den Überresten aus der Antike.

»Direkt über uns ist übrigens eine unserer biblischen Stätten«, unterbrach sich Esther selbst, »auf dem fruchtbaren Hügel siedelten schon die Kanaaniter der Bronzezeit vor viertausend Jahren. Über die archäologische Anlage habe ich einmal etwas für die Italiener übersetzt. Da müssen wir unbedingt noch einmal herfahren, ich hoffe deine Zeit reicht aus, damit ich dir einiges zeigen kann.«

Esther war schon an der Uni eine eifrige Botschafterin ihres Heimatlandes gewesen und hatte sich mit ihrem Büro auf Übersetzungen von Arbeiten über die Kultur Israels spezialisiert.

Im Plaudern verflogen die eineinhalb Stunden Fahrzeit wie im Flug. Sie waren so mit dem Erzählen der letzten Jahre beschäftigt, dass Lena nur wenig von der Gegend bemerkte, die draußen vorbeizog. Erst als Josh von dem Highway abfuhr und den Zubringer nach Kiryat Ata nahm, eine Kleinstadt fünfzehn Kilometer außerhalb Haifas, schaute Lena wieder interessiert hinaus. Sie fuhren über eine breite Allee mit dem für Lena unaussprechlichen Namen Sderot Hatsiyonut, die in östlicher Richtung zweispurig durch die Stadt lief. Lena bemerkte, dass überall gebaut wurde und man nur wenige Leute auf der Straße sah, obwohl es ein normaler Wochentag war.

»Ist es bei euch immer so leer?«, fragte sie.

»Die Menschen sind eben abends gerne zu Hause«, äußerte sich Esther auf die Bemerkung, ohne näher darauf einzugehen.

Etwas weiter vom Zentrum entfernt hörten auch die Geschäfte an der Seite auf. Entlang der Straße standen nur mehr schmucklose, flache Wohnbauten. Nach einem Platz mit Kreisverkehr wurde die Gegend gefälliger, größere Apartmenthäuser und Villen beherrschten das Bild, aber auch da sah man auf den Terrassen selten Sitzgelegenheiten oder Blumen. Die Fensterjalousien aus festem Stahlblech waren überall heruntergezogen. Während Lena mit Esther weiterplauderte, nahm sie dennoch die eigene Stimmung wahr, die im Widerspruch zu der freundlich grünen Wohngegend stand.

Josh bog, nach einer größeren Kreuzung, in eine schmale Seitenstraße mit kleinen Einfamilienhäusern ein und fuhr in eine offene Einfahrt. Sie lag unter einem riesigen Baum versteckt, der sie fast vollkommen verdeckte. Seine Zweige waren nur so weit geschnitten, dass der Geländewagen durchpasste, beim Hineinfahren streiften sie das Dach und die Reifen holperten über seine Wurzeln.

»Bene«, sagte Esther und stieg aus, »arrivati a casa!« Wir sind zu Hause angekommen.

Lena war von dem großen, dicht bewachsenen Grundstück augenblicklich begeistert. Es war von der Straße aus nicht zu sehen, hinter dem Baum stand eine hohe Hecke entlang des Zaunes und im gepflegten Garten gab es – neben angelegten Wegen und mehreren Sitzbänken mit Tischchen – einige ausladende Büsche, die die Sicht verdeckten.

»Meine kleine Zauberwelt«, meinte Esther schmunzelnd, als sie Lenas Rundblick bemerkte, »die hat Josh in die Ehe mitgebracht. Wenn ich nicht drüben im Büro bin, dann widme ich mich meiner Pflanzung. Du wirst sehen, es gibt Gewächse und Sträucher aus vier Kontinenten. Es war das Grundstück von Joshs Eltern, so etwas bekommt man in dieser Gegend gar nicht mehr. Als die nach New York gegangen sind, ist er hergezogen.«

»Und wie hast du ihn dir geangelt?«, fragte Lena. Esther war bei Lenas letztem Besuch nicht verheiratet gewesen und hatte Josh erst danach kennengelernt.

»Ach, ich bin vor ein paar Jahren in ein Single-Apartment gleich hier gegenüber gezogen. Einmal war ich ziemlich in Eile und habe nur schnell vor der Einfahrt geparkt«, sagte Esther amüsiert, »und dann hat es doch länger gedauert und er wollte hinausfahren ... Na ja, er war ziemlich sauer.«

Lena lachte auf. »Der Arme! Das war nicht gerade ein gelungener Start.«

»Den hatten wir dann am Abend, da bin ich mit selbstgebackenen Muffins und einer Flasche Wein zu ihm herüber gekommen, um mich zu entschuldigen.«

»Und?«

»Wie du siehst, bin ich nach acht Jahren immer noch da! Die kleine Wohnung verwende ich jetzt als Büro – liegt nur über die Straße, das ist sehr praktisch. Aber jetzt komm rein.«

Das Haus selbst hatte ein normales Dach aus roten Dachziegeln und war in zartem Gelb gestrichen. Eine Erholung nach den vielen, einheitlich hellgrauen Steinhäusern mit Flachdach, fand Lena. Innen war es eher klein, aber nach hinten gab es einen schönen Wintergarten mit Bananenbäumen und eine Terrasse mit tropischen Gräsern.

»Erzähl, was dich herführt«, sagte Josh, als sie nach einem Salat und frischem Fisch, den er gebraten hatte, während Esther Lena das Haus zeigte, im offenen Anbau des Hauses saßen. »Esther hat gemeint, du suchst jemand, der einmal bei uns in der Forschung war und an der Entwicklung von chemischen Stoffen arbeitete?«

»Ja«, antwortete Lena und nickte, »einen Assistenten aus

dem Labor des Rutfeld-Instituts, der dann wegging. Über den möchte ich herausfinden, wo er später abgeblieben ist und was er jetzt treibt.«

»Wann war er dort?«

»Ist lange her, so um 2002 herum ...«

»Das passt, genau da war ich auch an dem Institut!«

»Du warst am Rutfeld?«

»Seine letzten beiden Studienjahre«, sagte Ester und schob ihren Teller zur Seite.

»In der Umwelttechnik«, ergänzte Josh. »Was willst du über diesen Mann wissen?«

»In welche Programme er involviert war«, sagte Lena ausweichend. Sie wollte die beiden nicht gleich mit der Geschichte konfrontieren und hatte gegenüber Esther bisher nur erwähnt, dass sie den Assistenten wegen einer Story suche. »Und zu welchen Versuchsreihen er Zugang gehabt haben könnte.«

»Weil er was veruntreut hat! Es geht um ein heißes Ding!« Josh war mit einem Mal wie elektrisiert von Lenas Nachforschungen. »Sonst würde er dich doch nicht kümmern. Esther hat mir erzählt, dass du hinter großen Sachen her bist. Geht's um Industriespionage?«

»So ähnlich ...« Lena blieb ausweichend. Sie trank ihren restlichen Weißwein aus.

»Ich bringe das Geschirr in die Küche«, meinte Esther und begann den Tisch abzuräumen. »Möchtest du auch Kaffee?«

»Warte, ich helfe dir!« Lena wollte aufstehen.

»Nein, plaudert nur weiter, sonst platzt Josh vor Neugierde. Wenn es um Spionage geht, hält ihn nichts ...« Sie nahm das Tablett und verschwand grinsend im Haus.

»Gibt es an derartigen Einrichtungen nicht hohe Kontrollen, was die Sicherheit betrifft?«, fragte Lena nachdenklich und nahm den Faden wieder auf. »Wäre das überhaupt möglich?«

»Möglich?« Josh sah sie ungläubig an. »Ob das möglich ist?

Das geschieht täglich dort! Dagegen ist man machtlos, das liegt einfach im System.«

»Und wie?«

»Das Zauberwort heißt: Technologietransfer! Wissenschaft wird – wie übrigens zu jeder Zeit – mit Politik und Wirtschaft verknüpft.« Josh war in seinem Element. »Eben jetzt hat das Rutfeld-Institut einen engen Kontakt mit der Industrie in Südkorea, wohin wir auch Drohnen für die Armee liefern. In Seoul wurde sogar ein Schwester-Institut etabliert. Dort werden junge Wissenschaftler angeworben, die Tore weit geöffnet.«

»In Korea?«

Josh nickte. »Diesmal in Korea, früher in Europa, dann in Amerika, wo du willst.«

»Klingt einfach.«

»Ist es auch und man will es gar nicht anders. Zu verlockend ist die Zusammenarbeit mit Regierungen oder Konzernen, wo das Geld für Innovationen locker sitzt. Dort ist die Gefahr einer falschen Verbreitung zwar groß, jedoch will es der Ehrgeiz von Hochschulen, dass die Forschungen auch angewendet werden. Man denkt zu wenig darüber nach, was andere damit anrichten könnten, und übt sich im Verdrängen, wenn Geld und Nobelpreise locken ...«

»Bist du da nicht ungerecht und wirfst alle in den gleichen Topf?«

»Schon möglich, aber ist dir schon einmal aufgefallen, dass das Geld für den Nobelpreis, dem begehrtesten Preis der Wissenschaft, von der Rüstungsindustrie stammt? Schon Nobels Vater war durch die Produktion von Minen groß geworden. Nobel setzte dann noch eins drauf, entwickelte die gefahrlose Zündung von Nitroglycerin – an sich schon ein Paradoxon – und später das Dynamit. Bei den Versuchen hat sich sogar sein eigener Bruder in die Luft gejagt.«

»Jetzt lass es wieder gut sein«, sagte Esther, die mit Kaffee aus der Küche kam. Sie stellte die Tassen auf den Tisch und beugte sich mit einem Schmunzeln zu Lena. »Korruption und Verschwörung sind Joshs Lieblingsthemen. Ich bin ja nur froh, dass er bei der Stadtverwaltung arbeitet und dort nach dem Rechten sieht.«

»Ja, ja«, brummte Josh und zog ein säuerliches Gesicht ob des spöttischen Untertons, »Menschen, die sich wie du nur mit Kultur beschäftigen, können sich wirklich glücklich schätzen.«

»Pass auf«, sagte Esther zu Lena, »eine von Joshs ehemaligen Kolleginnen arbeitet im Rutfeld-Institut in der Verwaltung. Wenn du möchtest, fahre ich mit dir morgen hin und wir sprechen mit ihr, ob sie was tun kann.«

Lena nickte freudig. »Das wäre super, ich habe schon überlegt, wie ich dort Zugang zu Informationen finde.«

»Dann machen wir das«, meinte Esther abschließend, »und jetzt Themenwechsel! Erzähl mal, wieso bist du von deinem alten Job weg?«

8

Am nächsten Vormittag fuhren sie in die Stadt, über den Highway, der direkt am Flughafen von Haifa vorbeiführt.

Lena deutete auf das Schild mit der Ausfahrt. »Von dem Airport wäre es viel näher zu euch gewesen.«

»Ja, aber mühsam für dich«, sagte Esther, die Josh überredet hatte, Lena von Tel Aviv abzuholen, um ihr das Warten auf den Inlandsflug und eine weitere mühsame Prozedur in Haifa zu ersparen.

Die Autobahn ins Zentrum verlief durch ein unattraktives Industriegebiet, entlang des bedeutendsten Hafens des Landes. Wie bei vielen Städten, dachte Lena, sind die rundum gelegenen Orte nicht sehr anziehend. Während Josh sich gekonnt durch die vollen Fahrbahnen schlängelte, schaute sie interessiert aus dem Fenster und versuchte, sich an Gegenden oder Plätze zu erinnern, die sie von ihrem letzten Besuch noch im Kopf hatte. Die Stadt kam ihr jetzt deutlich größer vor, das machte wahrscheinlich die dicht befahrene Stadtautobahn, denn Platz, um zu wachsen, gab es nahe dem Zentrum nicht.

Haifa, eine pulsierende Großstadt mit über einer halben Million Einwohnern und die drittgrößte Israels, liegt dicht gedrängt vor der bewaldeten Hügelkette des Carmel Gebirges am Mittelmeer. Schon seit der Antike existieren Siedlungen an diesem strategisch gut gelegenen Punkt mit freiem Blick aufs Meer und durch die Berge geschützt. Damals wie heute ist Haifa auch ein Schmelztiegel der Völker und Religionen – Juden, Christen, Muslime, Drusen. Die Stadt gilt als eine der wenigen Regionen in Israel, wo sich auch Araber akzeptiert fühlen und die außerdem, mit dem Karmeliterkloster Stella Maris, einen christlichen Wallfahrtsort beherbergt.

Sie hielten in der Bialik, der Seitenstraße neben dem

Rathaus. Ein riesiger Bau, siebzig Jahre alt, ein imposantes Gebäude mit heller Steinfassade und einem hohen Rundbogen über dem Eingang. Die meisten Abteilungen waren nicht mehr in dem historischen Teil untergebracht, sondern im neuen Seitentrakt. Der mehrstöckige blaue Glasturm war oberhalb der Straße mit dem Haupthaus durch eine offene Stahlbrücke verbunden. Der Eingang für Angestellte lag direkt darunter. Auch Josh arbeitete in einem der modernen Büros, als Ingenieur für ökologische Fragen der Stadtentwicklung. Er war nur selten im Amt zu finden; zum Großteil verbrachte er die Zeit auf Baustellen und musste sich mit aufgeregten Anrainern herumschlagen, denen es um Lärm oder gefällte Bäume ging.

Josh deutete nach oben. »Wenn ihr was braucht, meldet euch. Ich bleibe den ganzen Tag im Büro, nachdem ich ja ohne Auto bin.«

Er stieg umständlich aus, nahm seine Aktentasche aus dem Heck, verabschiedete sich von Lena und gab Esther, die auf den Fahrersitz wechselte, einen Abschiedskuss. Man sah ihm an, dass er seinen geliebten Wagen, den er ihr für den restlichen Tag überließ, nicht gerne aus den Händen gab. Er murmelte auch die unvermeidliche Bitte zur Vorsicht.

Esther quittierte dies mit einem demonstrativ leidenden Blick in den Himmel, gab Gas und fädelte den Explorer mit einem eiligen Hupen in den fließenden Verkehr ein. Lena sah aus den Augenwinkeln, wie Josh den Kopf schüttelte, bevor er sich wegdrehte und hineinging.

»Er glaubt ständig, ich fahre seinen Liebling zu Schrott«, sagte Esther grinsend. Sie war wieder blendend aufgelegt und steuerte den schweren Geländewagen wie ein kleines Schiff durch den Verkehr. Jetzt, wo sie alleine waren, sah sie Lena neugierig an. »Bist du solo? Oder gibt's da jemand?«

»Derzeit bin ich wieder Single. Ich habe meinen Freund unlängst auf tragische Weise verloren, aber ich erzähle dir das ein anderes Mal«, antwortete Lena, um nicht mehr darüber sagen zu müssen. »Bei euch läuft es gut?«

»Super! Seit über acht Jahren sind wir zusammen und jetzt schon bald fünf verheiratet.«

»Schön für dich«, meinte Lena aufrichtig. So wie die beiden miteinander umgingen, ergänzten sie sich wunderbar. Die zarte, stets ruhelose Esther brauchte einen ausgeglichenen Partner an ihrer Seite. Josh wirkte mit seinen wohlgenährten Einsneunzig, trotz politisch engagierter Diskussionen, wie ein Ruhepol und er liebte ihre quirlige Art und ihre kleinen Sticheleien.

Esther nahm den direkten Weg durch die Stadt, um zu der Forschungseinrichtung zu kommen. Lena ließ das Beifahrerfenster hinunter, es hatte zwanzig Grad und war nicht so feucht wie am Vortag. Sie empfand es beinahe frühlingshaft. Der Stadtkern war beherrscht von langen Straßenzügen, die parallel zum Meer verliefen und die hunderte kleine Läden säumten. Im Gegensatz zu der Kleinstadt, in der Esther und Josh lebten, drängte sich in Haifa das Völkergemisch in den Straßen. Viele der Geschäfte boten ihre Waren auf Tischen direkt am Gehweg an oder hängten Kleider reihenweise über die Streben der ausgefahrenen Markisen. Das gab dem Zentrum ein südländisches Flair, manches Viertel wirkte sogar arabisch, was Lena besonders gerne mochte.

Weniger eindrucksvoll waren hingegen die öden braunen Fassaden, die das Bild prägten, wenn man den Kopf hob. Die ganze Stadt wurde von diesem eigenen Farbton bestimmt, eine undefinierbare Suppe aus Mittelgrau und hellem Ocker. Flach gedeckte zweistöckige Häuser, schmucklos schmutzige Bauklötze, wechselten sich mit höheren Wohnsilos mit scharf vorspringenden Ecken und rostigen Stahlbalkonen ab. Die Fenster der unteren Etagen trugen überwiegend Eisengitter und fast unter jedem hing das unvermeidliche Klimagerät. An manchen Außenmauern mehrere Dutzend davon. Dazwischen lagen mit

Maschendraht umzäunte Baulöcher. Viele davon wirkten, als wären sie über längere Zeit sich selbst überlassen gewesen, ausgeschlachtete Autowracks standen in der Mitte oder es lehnten kaputte Kühlschränke herum.

Erst als sie in die umliegenden Hügel außerhalb der Stadt kamen, wurde es moderner und unmittelbar vor dem Forschungsgelände gab es einige ganz neue Siedlungen, die mondän auf den Kuppen der Anhöhen thronten.

Esther hielt vor einem Schlagbaum, dem Südtor des Rutfeld-Instituts, das die Normalsterblichen von der Welt der hohen Wissenschaft trennte. Mehrere Sicherheitskräfte in dunkelroten Poloshirts mit Logo und hellen Hosen standen an der Schleuse.

»Die Hosen haben ja die gleiche Farbe wie die Fassaden«, witzelte Lena, da sie sich während der Fahrt über die monotone Farbgebung gewundert hatte.

Auf ein knappes Handzeichen des Oberaufsehers, zu erkennen daran, dass er auf einem Klappsessel neben der Wachstation saß und ein Namensschild auf der Brust trug, fuhr Esther zur Seite und ging hinein zur Registrierung.

Josh hatte seine Bekannte am Institut nach dem Frühstück angerufen, die jetzt den Besuch beim Pförtner telefonisch bestätigen musste. Ohne diese Rückfrage und einer ausgefüllten Anmeldung, die beim Verlassen unterschrieben wieder abzugeben war, gab es keine Möglichkeit hineinzukommen.

Nach einigen Minuten kam Esther mit dem Passierschein, zwei Ansteckern mit der Aufschrift *Visitor* in drei Sprachen und der Anweisung zurück, diese deutlich sichtbar zu tragen. Esther warf beide nach vorn auf die Ablage.

Das *Institut David Rutfeld for technical studies*, benannt nach dem berühmten jüdischen Astrophysiker, war nicht bloß eine Forschungsstätte, es war vielmehr eine eigene Stadt in sich. Lena schaute fasziniert, als sie durch den Campus fuhren, der sich über einen Quadratkilometer erstreckte und auf dem die einzelnen Bereiche separierte Grundstücke mit eigenen Gebäuden und Parkplätzen hatten. Esther nahm die äußere Straße, die rund um das Gelände führte und die Abteilungen miteinander verband.

»Sieht eher aus wie ein beliebiges Industriezentrum«, bemerkte Lena, »die verschiedenen Departments wirken so, als wären sie autarke Unternehmen.«

»So werden sie auch geführt«, sagte Esther darauf. »Man legt großen Wert auf Eigenständigkeit. Der Campus ist wie ein Dorf organisiert mit Unterhaltungszentrum, Sportplatz und Kindergarten. Es gibt für die achttausend Wissenschaftler und Studenten mehrere kulturelle Einrichtungen, eine Fußballmannschaft, eine Kreativgruppe, eine Bibliothek und eigene Sozialprogramme für die wenig Begüterten – natürlich nur, wenn man sich etwas von ihnen verspricht.«

»Sensationell.«

»Und es funktioniert. Josh meint, es ist Gehirnwäsche pur, was die praktizieren.« Esther kurvte, nach der Rundfahrt für Lena, auf einen freien Parkplatz beim *Community Center*, der zentralen Administration für die vielen Ressorts. »Bist du einmal Mitglied dieser seltsamen Familie, lassen sie dich nicht so schnell raus. Josh bekommt bis heute regelmäßig Einladungen zu Veranstaltungen und Seminaren, obwohl er schon zwölf Jahre von da weg ist.«

Joshs ehemalige Studienkollegin Gili hatte nach ihrem Studium, mangels anderer Joboptionen, bei der Verwaltung angefragt und einen Posten in der Verrechnung bekommen. Sie betreute die Spesenetats von einigen Versuchsprogrammen und kontrollierte die Abrechnungen der selbständigen Institute. Für eine ausgebildete Ökologin keine adäquate Beschäftigung, aber Gili wollte gar nicht mehr. Ihr Mann verdiente als selbständiger Handwerker genug, sie war Mutter von drei

Kindern und arbeitete nur halbtags. Die Freizeit verbrachte sie, seit die Kinder größer waren, in Trommelkursen oder bei Meditationsabenden.

»Da muss ich nachsehen, ob ich über den was finden kann«, meinte sie, nachdem Esther sie mit Lena bekannt gemacht und diese ihr Anliegen geschildert hatte. »Ich betreue die Abrechnungen der Chemie, es kommt drauf an, ob er an einer der Studien teilgenommen hat, für die ich die Berechtigung habe. Bei uns ist das alles strikt geregelt.«

Sie suchte eine Weile in ihrem PC herum, rief unterschiedliche Fenster auf, fand aber nichts.

»Er müsste auf alle Fälle 2002 hier gewesen sein«, sagte Lena, die sich an die Bemerkung Brösig-Bielers erinnerte, dass er Yafne zu dieser Zeit getroffen hatte.

»Nein, kein Eintrag«, sagte sie, während sie die Fenster am Bildschirm wieder schloss, »aber wartet mal, Frau Abramski betreut bei uns seit zwanzig Jahren alle Austauschprogramme. Vielleicht kann ich sie überreden nachzusehen.«

Gili stand auf und ging in das angrenzende Büro, das mit einer Glaswand abgetrennt war. Die Kollegin, eine alte graue Maus mit Strickweste und aufgestecktem Dutt, hob irritiert den Kopf, als Gili in ihr Zimmer kam und sich auf die Kante des Besuchersessels neben dem Schreibtisch setzte. Esther und Lena sahen die beiden reden, hörten jedoch nicht, was Gili sagte. Das Gesicht der Kollegin blieb unbeweglich und abweisend. Gili machte eine hilflose Geste und deutete auf Lena. Die nickte der Mitarbeiterin freundlich zu und ging hinüber.

»Das ist äußerst unüblich und Gili weiß das!«, wies Abramski sie zurecht, ohne den Kopf zu heben. Ihre Stimme war leise, aber bestimmt. Dabei blickte sie unverwandt auf die Tischplatte und machte den Eindruck, als verwalte sie alle Staatsgeheimnisse Israels. »Wozu brauchen Sie überhaupt die Angaben zu unseren Mitarbeitern?«

Was sage ich jetzt nur?, dachte Lena fieberhaft, worum es konkret ging, durfte niemand wissen. Sie hatte bisher noch nicht einmal Esther und Josh eingeweiht.

»Es geht lediglich um die Recherche für einen Fachartikel über frühere Forschungen des Instituts«, antwortete sie daher ausweichend.

»Und welche konkret?« Die Graue zeigte keinerlei Reaktion und machte nicht den Eindruck, als wäre sie zu etwas zu bewegen.

»Um Forschungen im Bereich der Chemie in Zusammenarbeit mit der Uni in Potsdam«, log Lena und hoffte, dass es auch welche gegeben hatte. Etwas anderes war ihr auf die Schnelle nicht eingefallen.

So etwas wie ein Lächeln huschte verstohlen über das Gesicht unter dem Dutt. »Haben Sie dort schon mit Professor Brösig-Bieler gesprochen?«

»Von dem komme ich eben«, fabelte Lena jetzt einfach weiter, »der meint, Sie würden mir weiterhelfen.«

Es war still in dem Raum. Die graue Maus zupfte an einer Haarsträhne, dann hob sie den Kopf und sah Lena an. Das Gesicht blieb weiterhin starr, aber die Augen hatten einen gewissen Glanz bekommen.

»Dann wollen wir einmal eine Ausnahme machen«, sagte Abramski zu Lenas Überraschung. »Einen Yafne suchen Sie?«

Lena nickte. »Ja, Aaron mit Vornamen.«

Gilis Kollegin drehte sich zum Computer und suchte. Schon nach der ersten Eingabe wurde sie fündig. »Aaron Yafne war bis 2003 bei uns am Institut und ist dann in die Düngemittelindustrie zu Agratan gegangen ...«

»Wunderbar ...«

»Aber, der war doch nur ein Assistent im Labor!« Die Kollegin zeigte bestürzt auf den Monitor und sah irritiert auf. »Was wollen Sie mit dem? Der war weder verantwortlich für die Forschungen noch hat er sie geleitet. Über den wollen Sie schreiben?«

»Na ja ...« Lena suchte nach einer Erklärung.

»Kindchen«, meinte Abramski jetzt beinahe mütterlich, »da gibt es viel gewichtigere Persönlichkeiten für Ihren Artikel.«

Was folgte, war ein Vortrag über unwichtige Assistenten, bekannte Professoren, preisgekrönte Forschungen und die bedeutende Kooperation mit dem deutschen Institut. Lena ließ alles über sich ergehen, nickte fleißig dazu und machte sich scheinbar einige Notizen, um keinen Verdacht zu erregen. Abramski blühte förmlich auf, es gab nur wenig, was sie für jemanden, der von Brösig-Bieler kam, nicht gemacht hätte. Als Draufgabe druckte sie noch einige Daten aus, die sie Lena gab.

»So«, sagte sie abschließend, »jetzt haben Sie das richtige Material für Ihren Artikel.«

Lena interessierte nur die Bestätigung, dass es diesen Yafne wirklich gab und wo sie weitersuchen konnte. Alles andere war nebensächlich. Sie tat aber so, als wäre ihr Abramski eine große Hilfe gewesen, bedankte sich auch bei Gili und winkte Esther durch die Glaswand zum Gehen.

»Lassen Sie mir Potsdam grüßen«, sagte Abramski, wieder mit ihrer leisen Stimme, bevor Lena hinausging.

»Können wir zu der Düngemittelfabrik fahren?«, fragte Lena, als sie wieder im Auto saßen, »unter Umständen arbeitet Yafne noch dort.«

Esther sah auf die Uhr. »Ja gut, ich habe einen Termin wegen einer Übersetzung, aber ich kann dich gerne hinbringen. Schau doch einmal, wo die Adresse ist.«

Während Esther wieder bei dem Pförtner am Tor anhielt, um die Passierscheine abzugeben, die Gili vorschriftsmäßig unterschrieben und gestempelt hatte, nahm Lena ihr Handy und suchte nach der Adresse von Agratan.

»Ich habe es schon«, Lena freute sich, dass sie die Webseite der Fabrik auf Anhieb fand. »Die Anlage ist gleich hinter den Hügeln in Carmel.«

»Gleich hinter den Hügeln? Na du bist gut!« Esther lachte. »Da brauchen wir jetzt im Mittagsverkehr gut eine dreiviertel Stunde. Und wo genau in Carmel?«

»Ganz unten am Meer.«

Esther verdrehte scherzhaft die Augen. »Ich hab's befürchtet.«

»Ich kann nichts dafür«, sagte Lena und hob entschuldigend die Arme.

»Ich fahr ja schon.«

9

In Kanada lag der Clearwater Lake wie eine schwarze konturlose Fläche in der flachen Pfanne der nördlichen Seenregion. Darüber riss der helle Streifen des beginnenden Tages einen harten Horizont aus der Dunkelheit.

Die weiße Propellermaschine, eine zehnsitzige Viking mit blauen Streifen und einem Adlerkopf auf den Einstiegstüren, hob schwerfällig vom Wasser ab und blieb hundert Meter knapp über der Oberfläche, bevor Doug sie steil nach oben zog. Dabei grinste er und nickte nach hinten zu seinen beiden Passagieren, die festgeschnallt wie Touristen in den hellbraunen Ledersitzen saßen.

Der Kleinere der beiden, in Anzug und Krawatte, hielt mit fahrigen Bewegungen eine Aktentasche auf den Knien und umkrampfte ein Whiskyglas, das bereits leer war. Seine Angst vor dem Fliegen machte ihm in dieser kleinen Schüssel spürbar Probleme, doch er hatte ein unbeteiligtes Gesicht aufgesetzt und versuchte, sich nichts anmerken zu lassen. Der Zweite – wesentlich kräftiger als sein Reisegefährte – trug Jeans und Winterjacke. Er rührte den Drink, den Doug seinen Gästen eingegossen hatte, nicht an. Ihm war auch ohne Alkohol schon deutlich zu heiß in der aufgeheizten Maschine und es gab nicht genügend Bewegungsfreiheit, um aufzustehen und die dicke Jacke abzulegen.

Am Clearwater Lake gab es ein Flugfeld, dessen Rollbahn für größere Maschinen ausgelegt war und wo auch Dougs Wasserflugzeug landen konnte. So holte er Gäste, die hier ankamen, gerne selbst ab und flog mit ihnen die kurze Strecke bis zu dem kleinen See, direkt neben seinem Trainingscamp.

Das Manöver mit dem steilen Abflugwinkel machte er jedes Mal, wenn jemand an Bord war. Dann demonstrierte er gerne seine Fertigkeit im Fliegen. In Wahrheit war diese nur mittelmäßig, weshalb er das Steuer sonst lieber professionellen Piloten überließ, aber die zwölf Minuten über eigenes Land bis zum *Headquarter* waren seine Hausstrecke. Er war jedes Mal stolz, die Viking hier aufzusetzen und hatte einen breiten Holzsteg bauen lassen, über den man vom Landeplatz direkt auf die Terrasse seines Büros kam. Das verschaffte ihm, besonders wenn er mit Gästen ankam, den Auftritt eines wichtigen Befehlshabers.

Der gedrungene Bau aus Natursteinen mit einem dunklen Holzdach, von dem aus Doug sein Reich regierte, bestand aus mehreren Räumen für ihn, seinen Assistenten, seine beiden Truppenchefs und einige Mitarbeiter für die Verwaltung. In der Mitte lag ein zentraler Besprechungsraum – der nur als *Operations Room* bezeichnet wurde – mit einem Tisch in Form eines Hufeisens für mindestens zwölf Personen. Nicht dass er das alles wirklich brauchte, aber es gab dem Ganzen das Image eines Generalstabs. Eine Frau suchte man in der Truppe indes vergebens, selbst Ordonnanz und Küche waren rein männlich besetzt.

Vorne, in der Auffahrt zum Bungalow, stand ein alter Schützenpanzer in Kampfpose auf einem Metallgestell, standesgemäß flankiert von zwei hohen Fahnenstangen. Von einem Mast wehte die kanadische Flagge, vom anderen das Logo von Clearance – ein schwarzer Adlerkopf auf blauem Feld und dem Schriftzug darüber. Das Symbol wirkte wie eine billige Kopie des Wappens der US Navy Seals.

Gleich hinter dem Haus war ein Exerzierplatz, auf dem Doug die Mannschaft gerne antreten ließ und Motivationsreden schwang. Je näher ein Einsatz kam, desto länger wurden die Ansprachen. Unmittelbar vor dem Abflug der Männer zu einem Auftrag absolvierte er seine verbalen Ergüsse voll leidenschaftlichem Pathos in einem schwarzen Kampfdrillich.

Das restliche, mehrere Hektar große Gelände bestand aus zwei Waldstücken, seichten Flussläufen, die im Sommer austrockneten, und einer unwegsamen Anhöhe, deren Flanken aus stufenförmigen Felsbrocken gebildet wurden. Der ganze Grund blieb sich selbst überlassen und nahm im Laufe der Zeit das Aussehen eines echten Krisengebietes an. Wo ein Fahrzeug verreckte, blieb es einfach stehen. Ein Gerät, das nicht funktionierte, ließ man an Ort und Stelle liegen und überall glänzten Patronenhülsen der Übungssalven aus den Maschinenpistolen – ein perfektes Terrain für die Vorbereitung der Söldner auf ihre brutalen Aufgaben.

Doug hatte das Land mit dem Geld der beiden Investoren, die jetzt hinten im Flugzeug saßen, von der Provinzverwaltung gekauft. Davor besichtigte er einige Grundstücke in der Nähe der Rocky Mountains im Bundesstaat Alberta, da er in dessen Hauptstadt Edmonton aufgewachsen war, doch dort schützte man das wertvolle Farmland mit strengen Auflagen und wollte über die Verwendung die Kontrolle behalten. So entschied er sich am Ende für die Provinz Manitoba, wo es zwei Vorteile gab: Die Politik war in Bezug auf den Gebrauch sehr großzügig und sein Cousin saß in der lokalen Regierung.

Für ein Trainingscamp erwies sich die Lage als ideal. Vom Clearwater Lake ging es den Highway 10 nach Norden bis zur winzigen Siedlung Wanless und von dort – über eine private Waldstraße – nach Osten, hinein in unbesiedeltes Gebiet. Nachbarn gab es keine, nur einige Minengesellschaften schürften im weiteren Umfeld nach Kupfer und Nickel. In den Sommermonaten kamen zeitweise Camper an die Seen, aber im Winter war die Gegend wie ausgestorben. Damit konnte man der Kampfeslust freien Lauf lassen und Doug hielt auch regelmäßig ungestörte Nachtübungen mit scharfer Munition ab.

Das hiesige Klima passte zu den Übungsprogrammen der Einheit. Die Sommer trotzten der nördlichen Lage mit kontinentalen Dürreperioden und Temperaturen, die nicht selten über die 30-Grad-Marke kletterten. Im Winter hingegen sank das Thermometer rasch jenseits der dreißig unter Null, da es in der Nähe keine größeren Gebirgszüge als Schutz gegen die Polarstürme gab. Also trainierte Doug die Mannschaft – solange die pralle Sonne auf den Felsbruch entlang der Anhöhe herunterbrannte – im Stellungskampf in voller Montur mit Drillich, Waffe und Gepäck. Kaum war jedoch der kleine See hinter dem Verwaltungsgebäude zugefroren, drillte Doug seine Männer im Eistauchen und ließ sie nächtelang in dünnen Zelten im Freien übernachten. Er wollte seine Truppe um jeden Preis für alle Gelegenheiten stählen.

Etwas unsanft setzte die Viking hart auf dem Wasser auf. Wenn es dämmrig war, verschätzte Doug sich meistens mit der Höhe und für die Interpretation der Instrumente fehlte ihm die nötige Routine. Seine beiden Fluggäste zuckten zusammen und waren froh, dass der Flug zu Ende war.

»The eagle has landed!«, zitierte Doug den Spruch der ersten Mondlandung – der Adler ist gelandet.

Die Maschine tuckerte entlang des Ufers und touchierte den Steg. Der Ängstliche leerte mit einem Zug auch noch das zweite Glas, während der andere bereits aus dem Flieger auf den Steg hinauskletterte.

Die drei, die im ersten Licht des Tages Richtung Bürogebäude gingen, waren ein seltsames Gespann. Voran Doug, der große, glatzköpfige Söldner mit der Narbe über dem Auge in Bomberjacke und Springerstiefeln, hinten William McBrod, der sportliche, junge Finanzchef eines Konzerns in Ohio – auf der amerikanischen Seite der Großen Seen – in seiner dicken Wolljacke und einer Baseballkappe der Cleveland Indians. Dazwischen trippelte der kleine, nervige Treuhänder der christlichen Glaubensgemeinschaft *Church of the Last Prayers*, Sam C. Ulitzer, in seinem billigen Anzug mit einer großen

Aktentasche. Das, was die drei verband, waren das gemeinsame Unternehmen und der Wunsch auf satte Gewinne.

Der unscheinbare Ulitzer investierte insgeheim die beträchtlichen Spendengelder der kirchlichen Gemeinde. Der junge Manager dagegen griff für die Idee tief in die Kasse seines Arbeitgebers. Beide wollten damit, ohne viel Aufsehen, die eigenen Taschen füllen. Nach der Euphorie der ersten Erfolge und einigen Auszahlungen auf ihre Privatkonten begann Dougs Sucht nach einem Imperium und es entstanden horrende Ausgaben. Anfänglich spielten die beiden leichtfertig mit, doch nun war ein Punkt erreicht, wo sie froh waren, ohne gröbere Verluste davonzukommen. Dazu kamen die Ängste, dass etwas auffliegen könnte.

»Wir stehen vor großen Aufgaben«, erklärte Doug eine halbe Stunde später im Operationsraum.

Sie hatten Kannen mit frischem Kaffee vor sich und die Ordonnanz wartete mit einem Teller mit süßen Churros vom Vortag auf. Die süß frittierten Brandteigstangen waren die einzige Abwechslung vom Dosenfleisch, die der mexikanische Koch des Camps bereitete – natürlich nur für Gäste.

»Unser Aufstieg zu einem der bedeutendsten Unternehmen in der Sicherheitsbranche des Landes, ja auf dem amerikanischen Kontinent, steht unmittelbar bevor. Ich habe die schriftliche Versicherung meines persönlichen Kontaktes, übrigens ein Operationschef beim israelischen Geheimdienst.«

Doug machte eine Pause und stand auf, um den folgenden Worten mehr Gewicht zu verleihen. Einmal musste es ihm noch gelingen, Ulitzer und McBrod zu überzeugen. Es war absolut kein Geld mehr in der Kasse, um Beirut zu erledigen. Er versuchte klug zu taktieren, denn er brauchte eine Chartermaschine, einiges an Ausrüstung und jede Menge Schmiergelder, um den Trupp in den Libanon zu schaffen. Da die Sache schon in zwei Tagen steigen würde, hatte er auch nicht auf die heutige Besprechung warten können, sondern längst alles organisiert und seine Männer darauf angespitzt.

»Clearance wird demnächst ständiger Partner des Mossad in Amerika!«, sagte er deshalb mit Nachdruck und sah aufmunternd in die Runde.

»Aber das ist doch Aufgabe der CIA«, bemerkte McBrod. Als Amerikaner, der gerne Bücher über Geheimdienste las, fühlte er sich informiert und Dougs Bemerkung verwunderte ihn.

»Die gibt es neben uns auch weiterhin«, konterte dieser großspurig. »Wir kooperieren bei größeren Sachen selbstverständlich.«

»Ausgezeichnet! Da kommt endlich auch einmal Geld herein. Oder?«, kam es prompt von Ulitzer. Der kleine Kirchenmann hatte seine Aktentasche vor sich auf dem Tisch liegen und drehte nervig an den Verschlüssen herum.

»Richtig! Und nicht zu knapp. Davor ist lediglich ein kleiner Auftrag zu erledigen«, sagte Doug, um die beiden langsam auf das Finanzierungsgespräch einzustimmen.

Ulitzers Kopf ruckte hoch. »Was bedeutet das konkret?«

»Dass ich noch einmal etwas ...«, Doug versuchte ein Wort zu finden, das in den Ohren seiner Partner harmlos klingen sollte, »etwas Verrechnungsgeld benötige.«

Die beiden sahen sich an und Ulitzer blies hörbar die Luft aus. Genau das hatten sie befürchtet, als Doug sie zur Besprechung über die Zukunft des Unternehmens hierher zitierte. McBrod fing sich zuerst.

»Wie viel?«, fragte er und die Stimme klang kratzig. »Wie viel brauchst du und wann?«

»Achtzigtausend, morgen!« Die Katze war aus dem Sack.

»Unmöglich«, zeterte Ulitzer los, »ich habe nur mehr Fünfzigtausend auf dem Spendenkonto der Kirche. Wenn ich die auch noch nehme, fällt es auf. So war das nicht abgemacht.«

»Und bei uns werden demnächst die Kommunalzahlungen fällig, den Etat kann ich nicht angreifen. Wenn ich geahnt hätte, dass die Dinge solche Dimensionen annehmen ...«, ließ sich auch McBrod von der Jammerei anstecken, dann unterbrach er sich, weil ihm die Höhe der Summe bewusst wurde. »Wozu eine derart hohe Vorfinanzierung? Für wen ist denn der Megaauftrag?«

»Direkt für den Mossad, wir springen da ein.« Doug hatte die Antwort auf die schnelle Frage unbedacht gegeben und wusste sofort, dass es ein Fehler gewesen war. Er versuchte, sich herauszureden. »Eine wichtige Hilfsaktion. Deshalb sind die uns dann auch verpflichtet.«

»Verpflichtet? Der Mossad uns?« Ulitzer konnte es nicht fassen. »Und was bedeutet *direkt für den Mossad*? Wo ist der Einsatz?«

Doug überlegte, was er sagen sollte. Seine Geldgeber wussten bislang nur von normalen Security-Aufgaben, wie Objektbewachung oder Personenschutz. Darüber, was er mit seinen Männern tatsächlich machte, hatte er stets geschwiegen und wurde auch nie gefragt. Einem spontanen Gefühl folgend, entschied er, dass jetzt die Zeit für eine Klarstellung reif sei: Die Aufgaben wurden größer und er brauchte Partner, die mit ihm an einem Strang zogen!

»Wir erledigen einen heiklen Auftrag in Beirut, an dem zuvor ein Team gescheitert ist«, sagte er energisch, richtete sich in voller Größe auf und sah auf die beiden hinunter. »Es geht gegen die Hisbollah und das ist unser Einstieg ins große Geschäft. Es ist besser für euch, zur Stunde nicht mehr darüber zu wissen!«

Im Raum war es still. Ulitzer hörte mit dem Fummeln an den Verschlüssen seiner Tasche auf und McBrod stierte vor sich hin.

»Das wolltet ihr doch, oder nicht?«, fuhr Doug fort, um die Unsicherheit der beiden für sich auszunutzen. Im Grunde verachtete er diese schwachen Zivilisten, die keine Ahnung davon hatten, was in der Welt vor sich ging, aber er brauchte ihr Geld. Er begann auf und ab zu gehen. »Ihr wollt dicke Gewinne machen mit einem Investment in die Sicherheitsbranche! Gut, dann machen wir das. Das heißt aber nicht nur, Gefahren abzuwenden, sondern vielmehr dafür zu sorgen, dass sie gar nicht erst entstehen. Wir müssen mögliche Angreifer dort treffen, wo sie selbst leben, bevor sie einen Schaden bei uns anrichten können! Und mit *bei uns* meine ich auch unsere Verbündeten, wie den israelischen Geheimdienst.«

»Aber das ist doch die Arbeit der Militärs«, versuchte Ulitzer beinahe kleinlaut einzuwenden, der überhaupt nicht fassen konnte, wo er – als ehrenhafter Treuhänder einer Kirchengemeinde – hineingeraten war.

»Und was, glaubt ihr, ist das da draußen?« Doug riss die Jalousie vor dem Fenster in die Höhe und deutete hinaus auf den Exerzierplatz, auf dem die Männer ihr Morgentraining absolvierten und zwei Jeeps in Tarnfarben mit Maschinengewehren standen. »Was glaubt ihr, haben wir in den letzten Jahren gemacht? Wir haben ein Vermögen ausgegeben und eine starke Truppe aufgebaut.«

»Ja schon«, warf McBrod ein, »aber kann man die Leute nicht für normale Aufgaben verwenden?«

»Terrorismusbekämpfung ist heute normal und anerkannt! Wir sichern schließlich den Frieden, indem wir die Dinge in die Hand nehmen.«

»Es ist nur so, viele kennen mich durch meinen Job, meine internationalen Kunden ...«, stotterte McBrod beunruhigt, »es wäre ein Unglück, wenn da herauskäme, dass ich irgendwie in etwas zwischen Israel und den Arabern verwickelt bin.«

»Wer soll das je erfahren? Außerdem, wo wollt ihr das Geld denn sonst hernehmen, das ihr heimlich und brav wieder zurücklegen müsst? Habt ihr gedacht, derartige Summen verdient ein Sicherheitsunternehmen, indem es Kaufhausdetektive oder Nachtwächter vermietet?« Jetzt habe ich euch, dachte Doug, als er in die beiden Gesichter blickte. Verunsichern und drohen, das war die Sprache, auf die er sich verstand und genau dort hakte er ein. »Wollt ihr wirklich vor eure Leute hintreten und sagen: Sorry, ich wollte euer Geld nur gut anlegen?«

»Nein, natürlich nicht«, sagte McBrod schnell und seine Stimme wurde leise, »das wäre das noch größere Desaster.«

Ulitzer sagte gar nichts mehr. Er schaute nur stumm zu McBrod und nickte verzweifelt.

»Dann bekommt jetzt so knapp vor dem Ziel keine kalten Füße und lasst uns reich werden!«

10

»Einfach herrlich! Ich verstehe, dass du aus Italien zurückgekommen bist und hier leben möchtest!« Lena ging schon zum dritten Mal hinüber und betrachtete Haifa, das unten in der Sonne lag.

Esther war auf dem Weg vom Rutfeld-Institut einen kleinen Umweg gefahren und hatte am Parkplatz des großen Krankenhauses auf der Kuppe des Mount Carmel gehalten. Von beiden Seiten sah man in die Stadt hinunter. Im Nordosten lag die Altstadt mit dem Hafen und dahinter die Bay. Im Westen, auf der anderen Seite des Horns, liefen die Abhänge direkt bis ans Mittelmeer hinunter, wo sich Hotels mit gesperrten Strandanlagen dicht aneinanderreihten.

Lena fand es atemberaubend, trotz der Dunstglocke über der Stadt, die die Fernsicht einschränkte, da es windstill war und der Smog nicht abzog. Gäbe es nicht die bekannten Probleme und die ewigen Konflikte, überlegte sie und blinzelte in die Nachmittagssonne, wäre es wirklich ein gelobtes Land. Sie verstand ihre Freundin, die hier aufgewachsen war, dass sie lieber daheim als in Italien lebte.

»Jetzt reiß dich wieder los«, mahnte Esther zum Aufbruch, »wir haben noch ein gutes Stück vor uns und ich muss in einer Stunde schon wieder in der Stadt bei meinem Termin sein. Wir können ein anderes Mal wiederkommen, wenn wir keinen Zeitdruck haben.«

Lena seufzte und ging voraus zum Auto. »Danke, dass du extra heraufgefahren bist. Diesen Ausblick fand ich schon bei meinem letzten Besuch einzigartig, nur damals standen nicht so viele Hotelkästen an der Küste.«

»Ja, leider. Bei uns hier wird alles verbaut, jeder Quadratmeter muss Geld bringen und wird ausgequetscht. In der Nähe der Touristenburgen schränken sie sogar die öffentlichen Strände ein.«

Sie stiegen in den Explorer und kurvten die Straße zum Meer hinunter, die rund um alle Hügel lief und an jeder größeren Kreuzung den Namen wechselte. Unten angekommen, fuhr Esther entlang mehrerer Shopping Malls bis zum Convention Center, der Halle für Veranstaltungen und Kultur mit dem markanten hellblauen Stahldach, dessen Form an zwei riesige Schirme von Baseballkappen erinnerte, die nachts in einem transzendenten Azur angestrahlt wurden. Ein Stück weiter die Küste entlang stand das erst unlängst fertiggestellte Sammy-Ofer-Stadion, mit dem sich der reichste Mann Israels – durch eine Spende von zwanzig Millionen Dollar – die Verewigung seines Namens gesichert hatte.

Rund um Kongresszentrum und Fußballstadion war ein neues Industrieviertel entstanden. An der Uferstraße beherrschten die weltweiten IT-Unternehmen das Bild – Intel, Google, Microsoft.

Lena war fasziniert. »Jeder Konzern, der etwas auf sich hält, hat da seinen Glaspalast.«

»Und die kleineren eine Repräsentanz. Israel ist ein heiß umkämpfter Markt, da drängen alle herein«, ergänzte Esther. Sie sah Lena von der Seite an und sagte neugierig: »Da wundert es mich, warum du diesen Yafne suchst, der nur ein normaler Assistent war. Mehr kann er auch nicht gewesen sein, wenn er zu einer Agrarproduktion geht. Für einen Wissenschaftler mit Qualifikationen gäbe es lukrativere Möglichkeiten. Die meisten lassen sich von einem dieser Computer-Multis anwerben oder gehen gleich in die Rüstungsindustrie. Ich kenne dich, da steckt doch mehr dahinter!«

»Na gut ...« Lena wog ab, wie viel sie verraten konnte. Keinesfalls wollte sie Esther oder Josh in etwas mit hineinziehen, immerhin lebten die beiden hier. Sie gab Esther aber doch ein paar allgemeine Informationen, um deren Neugierde zu stillen. »Pass auf, ich tappe selbst noch im Dunkeln, aber es gibt einige Anhaltspunkte, dass dieser Mann in die Produktion von Waffen verwickelt ist und seit Jahren private Geschäfte damit macht.«

»Und nicht nur für militärische Stellen arbeitet?«

»Genau.«

Esther bremste überrascht. »Für Terroristen?«

»Schon möglich.«

»Und was soll dann die Düngemittelfirma, die passt doch nicht ins Bild?«

»Leider schon.«

»Wie? Angriff der Killertomaten?«

Die beiden lachten laut auf. Hinter dem Geländewagen hupte jemand und überholte dann. Esther machte eine ärgerliche Handbewegung und beschleunigte wieder. Ihr Gesicht wurde nachdenklich.

»So einfach ist es nicht, oder?«, vermutete sie. »Was ist wirklich dran?«

»Du erinnerst dich bestimmt an die israelische Offensive gegen die Hamas vor einigen Jahren. Da hat man das Militär beschuldigt, Phosphor-Munition verwendet zu haben, die über tausend Grad heiß wird und laut internationalem Recht nicht über Wohngegenden eingesetzt werden darf. Die Armee wehrte sich dagegen, doch auf CNN zeigte man ein Foto, auf dem es Feuer vom Himmel regnete. Es könnte daher doch gestimmt haben.«

»Und?« Esther wusste nicht, worauf Lena hinauswollte.

»Phosphor ist auch die Basis von Düngemitteln und es gab das Gerücht, dass man Kampfstoffe in Agrarfabriken erzeugt und sich damit der Kontrolle für Rüstungsbetriebe entzieht.«

»Ungeheuerlich.« Esther schaute betroffen. »Du meinst, er hat da mitgearbeitet?«

»Daran oder an anderen Dingen«, wich Lena der Frage aus, um nicht zu viel zu sagen, »solche Betriebe sind undurchsichtig und niemand erfährt, wer da alles mitmischt. Dort gibt es Zugang zu chemischem Dreck jeglicher Art, in den Düngern und Pestiziden ist ja genug davon drin.«

Auf den letzten Kilometern waren die futuristischen Gebäude wieder normalen Industriehallen gewichen. Esther fuhr bei einer Abzweigung an die Seite, stoppte den Wagen, betrachtete das Display in der Mittelkonsole und las dann die Hinweistafeln neben der Seitenstraße.

»Da müsste laut Navi die Einfahrt sein, das ist aber eine Sammeladresse, auf dem Gelände sind mehrere Firmen.« Sie bog ein und rollte im Gehtempo die Straße entlang. Etwa in der Mitte gab es auf der rechten Seite eine Abzweigung und ein Schild mit der Aufschrift *Agratan Industrial Chemicals*. Gleich dahinter sah man eine unscheinbare, einstöckige Halle mit einer Einfahrt. Esther hielt gegenüber an.

»Das habe ich mir viel größer vorgestellt«, meinte Lena verwundert, »ich dachte, es sei ein Konzern ...«

»Habe ich auch geglaubt«, pflichtete Esther bei, »aber vermutlich ist das nur eine Außenstelle und die richtige Produktion ist woanders.«

»Die machen keine ehrbaren Sachen«, sagte Lena und zeigte auf den Zaun, der um das Gelände lief. Er war hoch, an der Oberkante mit Stacheldraht gesichert und neben dem Tor waren zwei Überwachungskameras angebracht.

»Da hast du recht, sei bitte sehr vorsichtig. Wenn deine Vermutung stimmt, lassen sich die sicher nicht gerne ins Handwerk pfuschen.«

»Keine Angst! Ich frage ja nur nach einem Angestellten. Es kann auch sein, dass ich mich irre und es ist alles ganz vertrauenswürdig. Lass dich nicht abhalten und fahr zu deinem Termin. Ich hoffe, du kommst pünktlich hin.«

»Das wird schon klappen. Wenn du wieder in die Stadt willst, brauchst du nicht unbedingt ein Taxi zu nehmen. Du kannst auch durch das Gelände gehen.« Sie deutete zur nächsten Straße vor. »Dort gibt es einen Bus, der fährt am Stadion vorbei und weiter bis Bahnhof Bat Galim, dort nehme ich dich dann so gegen fünf wieder auf.«

Lena stieg aus. »Wunderbar, das finde ich. Sollte es länger dauern, rufe ich dich an. Bis dann, ciao!«

Esther brauste davon. Lena nahm die Liste mit den Namen, die ihr Abramski im Rutfeld-Institut ausgedruckt hatte, in die Hand und schritt hocherhobenen Hauptes zur Einfahrt. Das Schiebetor aus dicken Metallstreben war genauso breit wie ein Fahrzeug und geschlossen. Daneben gab es keinen Weg, keine Tür, keinen Klingelknopf – nichts. Nur an der Seite in dem Betonpfeiler, der das Tor hielt, waren ein Lautsprecher und darunter ein kleiner Bildschirm. Als Lena sich näherte, bemerkte sie, dass sich die Kameras in ihre Richtung drehten. Sie blieb genau unter einer stehen, zückte ihren Presseausweis und wedelte damit vor der Linse. Es dauerte eine Weile, dann kam eine weibliche Stimme aus dem Lautsprecher, die etwas auf Hebräisch sagte, das Lena nicht verstand.

»Sprechen Sie englisch?«, fragte Lena laut zur Kamera.

»Legen Sie Ihren Ausweis auf den Scanner«, kam es in tadellosem Englisch zurück.

Lena blickte sich um und bemerkte, dass rund um den kleinen Bildschirm ein Licht angegangen war. Das musste demnach der Scanner sein. Sie nahm den Presseausweis und legte ihn auf die Glasscheibe, es blitzte auf und das Licht erlosch. Es dauerte einige Sekunden, dann ertönte wieder die Stimme.

»Frau Halberg, was kann ich für Sie tun?«

Lena drehte den Kopf zur Kamera. »Entschuldigen Sie, ich komme vom Rutfeld-Institut«, sie hielt den Ausdruck hoch, »und recherchiere zu einem Ihrer Mitarbeiter.«

»Sie sind bei der Produktion, Frau Halberg, die Personalabteilung ist in der Verwaltung in Tel Aviv.«

»Ich weiß«, log Lena, »es geht auch nicht um die persönlichen Daten, sondern um seine Arbeit im Labor.«

»Sie haben keinen Termin bei uns, Frau Halberg.«

»Das ist mir bekannt. Bitte fragen Sie einen Ihrer Vorgesetzten.«

»Wenden Sie sich an die Zentrale in Tel Aviv.«

»Ich bin britische Journalistin und arbeite an einem großen Fernsehbericht über eine heikle Angelegenheit, die einen Ihrer Angestellten im Labor betrifft«, sagte Lena jetzt schärfer, »das könnte auch für Ihren Betrieb sehr unerfreulich werden. Vielleicht hat man also doch die Güte, mit mir zu reden!«

»Einen Moment.«

Es vergingen einige Minuten. Lena wollte schon etwas Unfreundliches in die Kamera sagen, als das Schiebetor beinahe lautlos zur Seite glitt.

»Die Zufahrt nach oben bis zum Empfang. Bleiben Sie auf der rechten Seite.«

»Na bitte, funktioniert ja«, murmelte Lena zufrieden. Sie wartete nicht, bis das Tor ganz offen war, sondern schlüpfte durch den schmalen Spalt und ging demonstrativ in der Mitte der Auffahrt.

Das Erste, was Lena traf, als sie durch die Drehtür zum Empfang ging, war der Geruch. Sie musste sich bemühen, nicht sofort zu kotzen. Es stank nach faulen Eiern, wie frische Kuhscheiße – Schwefel. Die hagere Frau mit den kurzen braunen Haaren am Empfang trug ein dunkelbraunes Kostüm mit beiger Bluse und eingesticktem Firmenlogo. Die Haare und die Farbe der Firmentracht passen zum Geruch, dachte Lena.

»Warten Sie«, sagte die Empfangsdame mit bewegungsloser Miene und deutete auf eine Lederbank, die an der Wand stand.

Lena nickte nur, setzte sich aber nicht. An den Wänden hingen große Fotos von wunderschönen Farmen und saftigen Anbauflächen mit Aufschriften und Markenzeichen – Werbungen für die unverzichtbaren Produkte des Konzerns.

»Frau Halberg?« Die Stimme hallte von der Treppe aus dem Obergeschoss herunter. Lena drehte sich um und nickte. Ein großer, dicker Mann stand dort, der sie herablassend musterte. Dabei versuchte er ein unverbindliches Lächeln. Sein Anzug und sein Polyesterhemd hatten exakt die gleichen Farben wie die Kleidung der Empfangsdame.

»Bitte kommen Sie, mein Name ist Levy, ich bin der Leiter des Labors«, sagte er und deutete nach oben, wo sich die Büros befanden.

Er führte Lena in ein schmales Besprechungszimmer mit einem schmucklosen weißen Tisch und grauen Plastikstühlen. An der Wand hinter der Tür stand ein Automat, in dem es gegen Geldeinwurf kalte Erfrischungen gab. Sieht wie ein Aufenthaltsraum für Arbeiter aus, dachte Lena, hier werden sonst keine Gäste empfangen. Sie kämpfte mit dem Gestank. Wie man das den ganzen Tag über aushalten konnte, war unverständlich. Levy schob ihr einen der Stühle hin.

»Nachdem Sie in unserer Verwaltung keinen Besuchstermin vereinbart haben, kann ich Sie leider nicht im Betrieb herumführen. Ich kann Ihnen nicht einmal etwas aufwarten«, begann er und deutete mit einer Geste des Bedauerns auf den Automaten, »Sie können sich natürlich gerne bedienen ...«

Lena schüttelte den Kopf. »Nein, danke.«

»Wir haben da sehr strenge Vorschriften. Ich dürfte mit Ihnen nicht einmal sprechen, aber da Sie vom Rutfeld-Institut geschickt wurden, mit dem wir einige Studien in der Forschung laufen haben, höre ich mir Ihre Fragen gerne an und leite sie dann weiter. Unsere Anmeldung sagte mir, es ginge um etwas Unangenehmes, was das Labor betrifft?«

»Danke zunächst, dass Sie die Ausnahme machen und mich

empfangen.« Lena versuchte höflich zu sein, obgleich sie sich einen Empfang anders vorstellte, als in einem hässlichen Sozialraum zu sitzen. »Ich werde Ihre Zeit auch nicht lange in Anspruch nehmen. In erster Linie geht es um einen Ihrer Angestellten, zu dem ich einige Angaben für meine Recherchen bräuchte. Ob auch Ihr Labor betroffen ist, wird sich zeigen.«

»In dem Fall kann ich Ihnen nicht weiterhelfen, selbst wenn ich wollte. Ich bekomme die Mitarbeiter von der Konzernleitung zugeteilt, wo sie exklusiv betreut werden. Dazu haben wir hier keinerlei Unterlagen. Das hat Ihnen doch schon unser Empfang mitgeteilt.« Levys massiger Körper rutschte auf dem Plastiksessel unruhig hin und her. Lenas Tonfall gefiel ihm nicht und das Gespräch war ihm sichtlich unangenehm. Er hatte Mühe, einigermaßen freundlich zu bleiben. »Auch gibt es keinerlei Auskunft aus Gründen des Datenschutzes, vor allem nicht an Journalisten. Eine Interviewanfrage geht nur schriftlich über den Dienstweg und mit entsprechender Begründung. Wenn Sie sonst kein Anliegen haben, tut es mir leid. Ich kann Ihnen jedenfalls versichern, dass wir unter strengen Kontrollen ausschließlich biologische Produkte für Bauern erzeugen.«

»Was wäre das?«, fragte Lena.

»Fast alles, was benötigt wird – Düngemittel, Sachen für den Pflanzenschutz, Zusätze für die Bodenaufbereitung. Unsere Palette ist breit, wir halten mehrere Patente und sind weltweit tätig«, leierte er wie bei einem Vertretergespräch herunter.

»Weltweit?«, hakte Lena ein.

»Richtig.«

»Das läuft alles über die Verwaltung in Tel Aviv?«

»Auch richtig.«

»Bei einer Firma, die weltweit tätig ist und eine Vielzahl von Produkten im Programm hat, müssen das ja tausende Tonnen jedes Jahr sein ...« Lena tat so, als wäre sie beeindruckt.

»Davon können Sie ausgehen«, meinte er selbstgefällig.

»Und wo sind die Erzeugungen und Labors?«

»Welche Erzeugungen und Labors?« Er verstand die Frage nicht und sein dickes Gesicht bekam einen leicht irritierten Ausdruck. »Was meinen Sie? Das ist alles, es gibt keine anderen Stellen.«

»Nicht?« Lena lehnte sich vor. »Für tausende Tonnen ist die Halle aber reichlich klein.«

Der Dicke starrte sie an und wirkte betreten. Lenas spontane Fragen hatten ihn überrumpelt. Er fingerte ein Taschentuch aus seinem Sakko und wischte sich über die Stirn.

»Wir ... Wir machen das nicht selbst. Wir vergeben Lizenzen für die Fabrikation.«

»Ach so«, meinte Lena harmlos, »das erklärt natürlich alles. Für manche Dinge ist die Produktion wohl auch sehr gefährlich.«

»Eben«, sagte Levy schnell, dann hielt er inne, schluckte hörbar und seine Stimme wurde unsicher. »Was wollen Sie damit sagen?«

Lena beantwortete seine Frage nicht. Stattdessen wechselte sie das Thema. »Wie viele Wissenschaftler beschäftigt das Labor? Falls Sie mir das beantworten können, ohne in einen größeren Konflikt zu geraten.«

»Derzeit nur dreißig, in Spitzenzeiten aber weit über fünfzig«, antwortete er bereitwillig, froh sich wieder auf belanglosem Terrain zu bewegen, »und die wechseln auch ständig, je nach Programm.«

»So viele? Und alle im Dienste der Bauern! Dann werden Sie sich an einen einzelnen, wie Yafne, wohl kaum erinnern.«

Für Lena war klar, dass die Fabrik genügend Dreck am Stecken hatte. Der Dicke hatte sich in seiner Unsicherheit einige Male verplappert, ohne es zu bemerken, aber mehr würde sie von ihm nicht erfahren können. Er war niemand, den man in größere Vorgänge einweihte, dazu reichte sein Format einfach nicht. Sie steckte ihren Ausdruck in die Tasche und wollte aufstehen. Zu ihrer Verblüffung beugte sich Levy vor und legte seine Hand auf ihren Arm.

»Sagten Sie Yafne? Aaron Yafne?« Er hatte das sehr leise gefragt und sein Gesicht bekam einen seltsamen Ausdruck. Lena nickte. Er beugte sich vor. Sie roch sein Aftershave, das sich eklig mit dem widerlichen Schwefelgeruch mischte. Er sagte schnell: »Hören Sie, Frau Halberg, Aaron war mein Freund, wir haben uns schon vom Rutfeld gekannt und gleichzeitig im Konzern angefangen. Aber er ist tot!«

»Tot?«

Levy nickte. »Tragisch! Er ist 2006 bei einem Anschlag eines Selbstmordattentäters vor einem Imbiss in Tel Aviv ums Leben gekommen. Da er keine Familie hatte, musste ich danach seine Sachen identifizieren. Er war am Vortag noch bei uns daheim zum Essen. Er war mein bester Freund und wie ein Familienmitglied für mich.«

»Haben Sie zusammengearbeitet?«

»Nein, er war nie bei mir im Labor, er hat schon am Institut spezielle Forschungen betreut und bei uns in einem Sonderprogramm gearbeitet. Unten!«

Bei *unten* deutete er mit dem Zeigefinger zum Boden, dann lehnte er sich wieder zurück und wischte sich nochmals mit dem Taschentuch das Gesicht ab.

Auch Lena senkte automatisch ihre Stimme. »Sie meinen, im Keller? Dort sind auch Labore?«

»Nicht nur Labore, eine ganze Forschungsstation, da geht es einige Stockwerke hinunter«, er rutschte nach vorn und stützte sich am Tisch auf. »Sie bringen mich in Teufels Küche, ich darf darüber nicht sprechen und habe auch keine Ahnung, was dort geschieht. Bitte, von mir haben Sie kein Wort erfahren, ich sage das nur wegen Aaron, er war ein feiner Mensch, was Sie über ihn auch denken mögen!«

»Schon gut, ich verwende das nicht und ich war offiziell nie hier«, beruhigte ihn Lena und stand auf, »aber danke, damit ist klar, dass ich auf der falschen Fährte war.«

Er knöpfte sein Sakko zu, ging voraus und hielt ihr die Tür auf. Er hatte wieder sein blasiertes Gesicht von zuvor aufgesetzt.

Im Foyer sah er sie noch forsch an und erklärte ihr mit einem Seitenblick zum Empfang: »Wie gesagt, ich kann Ihnen nicht weiterhelfen, wenden Sie sich mit Ihrer Anfrage an die Zentrale in Tel Aviv. Wir sind nicht befugt, Auskünfte zu geben. Und melden Sie sich in Zukunft gefälligst über die Pressestelle an.«

Damit ließ er sie stehen und verschwand wieder nach oben. Die vom Empfang bedachte Lena mit einem arroganten Blick und ihr Zeigefinger deutete wortlos zum Ausgang. Journalisten waren bei der Dame nicht sehr beliebt.

»Und ich bin nicht auf der falschen Fährte«, zerdrückte Lena zwischen den Lippen, als sich das schwere Schiebetor hinter ihr schloss und sie nachdenklich auf der Straße zum Bus ging. Dabei atmete sie tief, um den Gestank aus der Nase zu bekommen. Langsam fügten sich die einzelnen Informationen zu einem Puzzle – Yafne bekam ein Profil.

Er musste sehr gut gewesen sein, in dem was er tat. Er bekam eine Assistentenstelle am berühmten Rutfeld-Institut, obwohl er dort nicht studiert hatte, blieb einige Jahre und wechselte danach in den Chemiekonzern, um Forschungen zu betreuen, die geheim in einer unterirdischen Anlage betrieben wurden. Dabei, da war Lena sicher, konnte es sich nur um Waffen oder chemische Kampfstoffe handeln. Das harmlose Labor an der Oberfläche, in dem der naive Levy arbeitete, war der Deckmantel. Dort forschte man als umweltbewusste Agrarfirma für Farmbedarf nach Düngemitteln, die man dann nicht selbst produzierte, sondern nur in Lizenz vergab. Eine perfekte Tarnung, denn als Lizenzgeber war man überall unterwegs, ohne aufzufallen.

Daraus folgt, überlegte Lena, Yafne hatte das Know-how, den Zugang zu allen Ergebnissen, ein geeignetes Labor und die Gelegenheit, an jegliches Material zu kommen. Das Einzige, was für sie nicht ins Bild passte, war sein schneller Tod, mit dem alle Fragen an diesem Punkt endeten.

Nachdenklich stieg sie in den Bus. Es war halb fünf, sie würde rechtzeitig bei Esther am Bat Galim sein. Wolken zogen auf und es begann zu regnen.

11

Die Straße durch den kleinen Ort in den Hügeln, am Weg von Tel Aviv nach Jerusalem an der Grenze zum Westjordanland, war glitschig. Es schüttete in dichten Strömen. Die Wischerblätter des silbergrauen Audi A7 konnten die Mengen an Wasser nur mit Mühe bewältigen. Der Regen weichte die lockere Erde unter den notdürftig ausgebesserten Stellen im Asphalt auf. Sie quoll aus den armdicken Ritzen und überzog die Fahrbahn mit einem rötlichen Schlick. Trotz der elektronischen Assistenzsysteme, die versuchten den Wagen in der Spur zu halten, schleuderte er in den Kurven bedenklich zur Seite.

Rechts und links, entlang der mit Mauern und Drahtzäunen eingegrenzten Häuser, befanden sich Gehwege, die teilweise geteert waren. Hinter den unbefestigten Abschnitten lagen leere Plätze, auf denen man bei diesem Wetter knöcheltief versank. Dort waren Autos abgestellt oder es lagerte alles, was keine Verwendung mehr fand. Wilde Sperrmülldeponien, aus denen Rost, Altöl und die Farbreste halbleerer Lackdosen ins Grundwasser sickerten.

Einige hundert Meter weiter endete diese Straße direkt an den nackten Betonpfeilern des Walls, den Israel als Sperranlage gegen die palästinensischen Gebiete der Westbank errichtet hatte. Ein zu Stein gewordenes, weithin sichtbares Symbol für die Teilung des Landes mit Graffiti, vom versöhnlichen *Wir weigern uns, Feinde zu sein* bis zum verbitterten *Zeit für euch zu sterben*.

Wäre dieser Ort, wo der Hass gegen Andersgläubige auf beiden Seiten groß war, nicht ideal für unbeobachtete Treffen gewesen, hätte Moshe Ben-Ilan die Gegend gemieden. So aber fühlte er sich unter Gleichgesinnten und einige seiner Mitstreiter waren auch aus der näheren Umgebung.

»Verdammt!«, knurrte er und wich eilig einem umgefallenen Abfalleimer aus, der aufgegangen war und dessen Inhalt entlang der Straße herumkollerte. Scharfkantige Aludosen zerschnitten die Reifen, wenn man in einem spitzen Winkel darüberfuhr. Er wollte eine Panne bei diesem Wetter vermeiden. Mit einiger Mühe zog er den Audi wieder in die Spur.

Nach einer Kreuzung kam das eigenartige Anwesen. Mitten in dieser Trostlosigkeit stand an der linken Straßenseite eine zweistöckige Villa mit großen Balkonen, rosa gestreiften Markisen und einem Teich im Garten. Jedes Mal, wenn Ben-Ilan daran vorbeikam, wunderte er sich, wer in dieser miesen Gegend so ein Haus baute. Selbst im dichten Regen wirkte es wie aus einem Immobilienprospekt.

Er fuhr vorsichtiger, da die Straße einen Hügel abwärts führte und je weiter man nach unten kam, desto höher stand die braune Schmiere auf der Fahrbahn. Die Kanalisation war mit den Wassermengen der Regengüsse regelmäßig überfordert. Nach der Senke ging es ein kleines Stück durch eine langgezogene Kurve, vorbei an der bunten Häuserzeile mit den vielen kleinen Geschäften und der Imbissbude, danach scharf rechts in eine Nebengasse hinein, die ein Stück steil bergauf führte.

Zumindest ist es hier oben halbwegs trocken, dachte Ben-Ilan, als er vor dem Grundstück mit doppeltem Scherengitter anhielt. Mit der Fernbedienung öffnete er das Tor in der Umzäunung und fuhr hinein. Er hatte die Liegenschaft mit der alten Fabrik über eine Scheinfirma günstig erworben, durfte aber selbst – als Politiker und Mitglied des israelischen Außenministeriums – in keinem der Papiere ersichtlich sein und nahm auch seinen privaten Audi, um herzukommen. Der Dienstwagen stand in Tel Aviv in der Garage und der Fahrer des Ministeriums hatte frei.

In dem unauffälligen Hügelgelände am Wall, mitten im Ödland, fanden die heimlichen Treffen der *Schakale Hebrons* statt. Eine geheime Gruppierung, die Ben-Ilan zur Gänze aus der eigenen Tasche finanzierte. Den Namen hatte er in Anlehnung an die *Falken* – eine Bezeichnung für die Hardliner der Regierung – gewählt. Er erschien ihm für seine Pläne stimmig, weil Schakale eine ausgesprochen wehrhafte Gattung sind, wenn es um ihr Territorium geht. Macht sich ein Eindringling nach einer Drohgebärde nicht aus dem Staub, greifen sie an.

Für seine religiösen Anhänger zitierte er auch gerne den Psalm Davids aus dem Tanach, der sagte: »Wer den Beter stört, wird dem Schwert dahingegeben und den Schakalen zur Beute geworfen!« Ben-Ilan selbst war in Wahrheit Atheist, aber der Spruch kam bei gläubigen Konservativen gut an. Er folgte der weltlich machtorientierten Denkweise des Widerstands, die bis in die Zeit des britischen Mandats zurückreichte.

Nach dem arabischen Massaker von Hebron und den folgenden Unruhen am Ende der 1920er Jahre, bei dem viele Juden starben, wuchs die Empörung. Die nationalistische Hagana wandelte sich zu einer bedeutenden militärischen Macht im Untergrund, besorgte sich Waffen aus dem Ausland und begann mit der Produktion von Granaten. Neben der britischen Verwaltung entstand ein kampfbereiter Schattenstaat mit tausenden Sympathisanten.

Selbst nach der Unabhängigkeit und dem Versuch der Politik, die verschiedenen Kräfte in die neue israelische Armee zu integrieren, blieben die orthodoxen Splittergruppen weiterhin höchst aktiv. Sie wählten den Weg in die Anonymität, pflegten strenge Regeln mit angeblich hohem moralischem Anspruch und wurden ob ihrer terroristischen Übergriffe gefürchtet. Auf politischer Ebene schafften es die öffentlichen Vertreter des rechten Flügels dann auch in die Regierung. Mit Menachem Begin, dem ehemaligen Führer einer Terrororganisation, stellten sie den Ministerpräsidenten. Ihm verlieh man später sogar den Friedensnobelpreis, was Ben-Ilan wiederholt betonte.

In dieser Zeit begann auch der Aufstieg seines Vaters in der Waffenproduktion. Die Ursprünge der Firma lagen, wie bei vielen Rüstungsbetrieben des Landes, in der Versorgung der Widerstandskämpfer. Später unterstellte man die ganze Industrie dem Verteidigungsministerium. Ein kluger Schachzug, damit war der junge Staat in der Versorgung mit Waffen autark – Auftraggeber, Produzent und Anwender.

Seither war das Geschäft mit dem Krieg zu einem Milliardenprojekt angewachsen. Einmal mehr erwies sich die Verzahnung von Wissenschaft, Politik und Rüstung als höchst profitabel. Die Entwicklungen in den verschiedenen Sektoren, bis hin zu Robotern und Drohnen, galten nicht nur im Inland als wichtige Ressource, sondern wurden auch zum Exportschlager. Keine Erwähnung fand, dass schmierige Zwischenhändler gelegentlich auch den Feind belieferten. Intern sprach man dann nur von einem unerwünschten Distributionseffekt.

Moshe Ben-Ilan gehörte zu der dünnen Eliteschicht von Profiteuren dieser Industrie. Das Unternehmen seines Vaters schaffte es, ein wichtiger Zulieferer für die ganz großen Rüstungskonzerne zu werden. Nachdem Moshe es übernommen und die Verwaltung steuerschonend in eine Offshore-Holding verlegt hatte, wurde es der finanzielle Background seiner Karriere. Diese sollte ihn, mit Hilfe der Schakale, bald bis an die absolute Spitze führen.

Er mochte das Gefühl, sich Menschen, nur durch die bloße Aussicht auf eine zukünftige Position, gefügig zu machen. Genau solche Leute brauchte er für seinen Aufstieg – prestigesüchtige Marionetten, gierig nach Einfluss, so wie Gazzarah einer war, über den sein Arm bis hinein in den Mossad reichte. Unter dem Deckmantel der Befreiung des Landes wollten sie gemeinsam die Macht übernehmen.

Ben-Ilan bündelte die Wünsche seiner Helfer geschickt. Im Gegensatz zu seinem gemäßigt ausgerichteten Vater, der von einem ungeteilten Land ohne arabische Bevölkerung nur träumte, gedachte er, das Vorhaben in die Tat umzusetzen.

Den Entschluss fasste er, als er gerade zehn geworden war, bei einer Attacke in Tel Aviv. Er kam von einem Schulfreund und war auf dem Weg nach Hause, als drei Terroristen der palästinensischen Hamas bei einer Haltestelle in den Bus stürmten und wie wild mit Messern auf die Israelis einstachen. Ein Mann wurde getötet, drei weitere schwer verletzt. Der kleine Moshe, der sich unter der Bank verkroch, bekam einen Stich in den Rücken ab, nachdem einer der Terroristen unter den Sitz hineinstach, bevor man ihn überwältigte. Moshe wurde nicht allzu schwer verletzt, aber noch bevor der Krankenwagen kam, stand sein Entschluss fest: Er wollte nicht ruhen, solange es noch einen Araber in Israel gab! Eine friedliche Lösung des Nahost-Konflikts war dabei nicht geplant.

Er stieg aus dem Audi und nickte zufrieden. Heute traf sich der innerste Kreis, die Fahrzeuge der anderen standen bereits auf dem Gelände. Der helle Ziegelbau aus den Siebzigern hatte ebenerdig nach außen hin nur eine glatte Mauer, lediglich im nicht benutzten Obergeschoss waren einige Fenster. Der weite Innenhof lag von der Straße abgewandt dahinter verborgen. Kein Außenstehender konnte sehen, ob jemand anwesend war. Ein weiterer Grund, warum sich Ben-Ilan für dieses Objekt entschieden hatte.

»Das wären die Details der Maßnahme gegen die libanesische Hisbollah, die im Laufen ist«, sagte Ben-Ilan, nachdem er alle informiert hatte, faltete die Karte von Beirut zusammen und strich sich über seinen gepflegten grauen Bart. »Ron, unser Mann im Mossad, kann leider nicht hier sein, weil er mitten in der Vorbereitung steckt. Er hat mir aber versichert, dass alles nach Plan läuft, nachdem seine Einheit die Mission mehrfach verschieben musste, die seit zwei Jahren geplant ist.«

»Was war der Grund für die Verschiebung?«

»Es war sehr kompliziert. Ron hatte einen Maulwurf drinnen, den er zurückziehen musste, da er unmittelbar vor der Enttarnung stand. Danach wechselte der Standort mehrfach, da die Hisbollah ahnte, dass der Schlupfwinkel bekannt geworden war – zunächst von der City ins nahe gelegene Flüchtlingscamp im Süden, danach ging es für einige Monate in die Berge und dann wieder zurück in die Stadt. Dort soll es nun steigen.«

»Das hat mit uns aber nur am Rande zu tun«, warf Eliah ein. Er war junger, reicher Unternehmer im sportlichen Pullover, der gerne militant auftrat. Ben-Ilan mochte ihn, da Eliah sehr kompromisslos agierte, wie er selbst auch.

»Das stimmt, es ist hauptsächlich eine Angelegenheit des Mossad zur Destabilisierung. Es wird so aussehen, als ob die palästinensische Hamas der Urheber wäre. Das wird den Pakt, den die beiden arabischen Milizen gegen uns geschlossen haben, gewaltig erschüttern.« Ben-Ilan klang darüber äußerst zufrieden. »Das Abkommen hängt sowieso nur mehr an einem seidenen Faden, seit die Libanesen wieder in der Regierung sitzen und beginnen, sich davon zu distanzieren. Die Aktion dient perfekt unseren Zielen. Ich war da nicht ganz unschuldig bei der Idee zur Durchführung.«

Er sah Beifall heischend in die Runde und sein Blick bekam etwas Selbstherrliches, als daraufhin alle anerkennend nickten. Die Zustimmung brauchte er nicht, es war aber gut, wenn alle wussten, *wer* die Fäden zog.

»Wie entwickeln sich die Pläne der EU?« Eliah sah fragend auf. »Wollen die Scheißkerle, allen voran der fette Holländer, die Sanktionen erneut verschärfen?«

»Sie arbeiten bislang noch an einem Gesetzesentwurf, aber es sieht ganz danach aus.«

»Dann müssen wir etwas tun«, meinte der junge Unternehmer aufgebracht, »ich habe jetzt schon Probleme mit zwei italienischen Investoren wegen der verfluchten Zollpolitik, weil wir nicht mehr *Made in Israel* für die Ware aus der Westbank verwenden dürfen!«

Ben-Ilan nickte. »Sie wollen unsere Wirtschaft zerstören. Es erinnert mich an den Boykott jüdischer Produkte durch die Nazis. Das werden wir nicht zulassen! Noch gibt es keine konkreten Schritte, aber wenn es so weit kommen sollte, wird dieser Antrag das Präsidium nicht erreichen, dafür werden wir sorgen.«

»Und wie?«

»Indem wir uns um die treibenden Kräfte kümmern.«

»Ob uns das am Ende nicht mehr schadet als nutzt?«, meinte Ariel Friedman, ein älterer Offizier einer Anti-Terror-Einheit nachdenklich, der eine gemäßigte Linie vertrat.

»Wieso uns? Es wird nicht nach uns aussehen und der IS wird danach bestimmt die Verantwortung übernehmen, wie er das immer tut.«

»Wo soll es stattfinden?«, fragte Eliah.

»Ich kann nicht sagen, wo es geschieht, das macht unser Mann im Mossad und je weniger wir darüber wissen, desto besser.«

»Und wann?«

»Sobald uns der Holländer einen Grund liefert ...«

12

»Er ist tot?«

»Das behauptet dieser Levy«, sagte Lena und tauchte ihr Fladenbrot tief in die Pfanne mit der Schakschuka; nur auf Brot mit den Fingern gegessen, so schmeckte sie ihr am besten. Esther war eine Meisterin in der Zubereitung dieser köstlichen hebräischen Spezialität, die eines ihrer Lieblingsrezepte und ein Nationalgericht war. Sie mischte beim Anrühren der scharfen Sauce verschiedene Kulturen gekonnt untereinander. Bei ihr kamen nicht nur die traditionellen Zutaten – Eier, Chili und Tomaten mit Zwiebeln – hinein, sondern auch kleine Stücke Lammfleisch, wie bei den Nordafrikanern. Dann schmeckte sie es mit Joghurt ab, so wie es in der Türkei üblich war. Das Fladenbrot strich sie dazu zart mit Knoblauch und Kräutern ein. Lena kaute genüsslich, während sie weiter von ihrem Gespräch mit Levy erzählte. »Der ist ein seltsamer Typ, aber harmlos. So ein Großer, Dicker, der dich ansieht, als wäre er der Konzernchef und kaum hast du ihn etwas aus der Reserve gelockt, wird er auch schon kleinlaut.«

»Häufig sind es aber genau solche, die dir dann hinterrücks das Leben schwer machen«, sagte Josh.

»Das glaube ich bei dem nicht.« Lena schüttelte den Kopf und nahm einen Schluck vom Wein. »So betroffen, wie der gewirkt hat, dürfte er tatsächlich mit Yafne befreundet gewesen sein und er ist ahnungslos, was unten im Keller der Produktion passiert. Natürlich weiß er, dass dort etwas vorgeht, doch er hat oben sein legales Labor, macht Analysen für Düngemittel und schließt die Augen. Da regiert die Angst, das riechst du förmlich, wenn du dort hineinkommst.« Sie lachte zwischen zwei herzhaften Bissen auf. »Eigentlich riecht man zuerst diesen penetranten Gestank nach Schwefel, wie ... Ich sage es jetzt nicht!«

Sie saßen im Haus in Kiryat Ata im Wintergarten unter den Bananenbäumen. Die Schlechtwetterfront war mit dichten Güssen über die Kleinstadt gezogen. Es hatte erst vor einer halben Stunde aufgehört zu regnen, von den Sträuchern im Garten tropfte es bei jedem Windhauch herunter und auch auf der Terrasse standen noch überall große Pfützen. Deshalb hatte Josh im Trockenen gedeckt. Der Tisch war voll mit allen möglichen Vorspeisen, Kerzen brannten und die beiden Doppeltüren standen geöffnet, damit die sattfeuchte Abendluft herein konnte. Es war kühl, fühlte sich aber trotzdem ganz heimelig an.

»Damit ist es doch hoffentlich geklärt?«, wollte Esther wissen. »Schließt du die Suche nach der Info jetzt ab?«

Lena lehnte sich zurück und schob ihren Teller in die Mitte des Tisches. Sie war so voll, dass sie keinen Bissen mehr hinunterbrachte.

»Im Gegenteil, nun wird es erst richtig spannend. Sein Tod wäre eine derart elegante Lösung, dass er vollkommen unglaubwürdig ist.« Sie entschloss sich, den beiden jetzt reinen Wein einzuschenken. »Es ist möglich, dass es hinter verschiedenen Anschlägen, auch bei dem in London am siebenten Juli, einen Spezialisten gibt, der die Bomben baut. Wenn das dieser Yafne wäre, dann überlegt doch mal: Er entwickelt einen neuen Sprengstoff, besorgt sich eine Stelle in einem geheimen Labor, baut die Bomben für zwei Anschläge und stirbt danach offiziell selbst auf die gleiche Art. Alle Nachforschungen werden damit sinnlos, denn gegen wen sollten sie sich richten?«

»Und weil es so gut funktioniert hat, veröffentlicht man dann die Forschung«, ergänzte Josh, der verstand, worauf Lena abzielte, »damit andere ebenfalls so tolle Bomben bauen können, die das dann auch prompt tun. Du hast recht, da ist etwas faul und zwar hundertprozentig.«

»Ihr zwei!« Esther verdrehte wieder einmal die Augen. »Die ganze Welt besteht für euch nur aus Verschwörern!«

»Was wirst du tun?«, wollte Josh von Lena wissen.

»Ich werde mich mit Hawk beraten und ihm von dem Gespräch berichten, dann sehen wir weiter. Ich bin schon gespannt, was er dazu meint.«

»Ah, dein mysteriöser Freund von der amerikanischen Regierung«, sagte Esther und schmunzelte, »sicher auch so einer, dann wäre das *Trio Infernal* ja perfekt.«

»Erstens ist er nicht von der Regierung, sondern hat lediglich für das Weiße Haus als historischer Berater gearbeitet«, erklärte Lena, amüsiert über Esthers Bemerkung. Sie hatte den beiden davor schon von Hawk und ihrer regen Verbindung zu ihm erzählt. »Außerdem ist er im Ruhestand.«

»Dann sollte er auch Ruhe geben.«

»Das schafft er nicht«, meinte Lena, »du solltest sehen, wie agil er ist, dann wüsstest du, was ich meine. Er hält Vorträge über Politik an der Uni und ist an allem interessiert, was mit Korruption oder Vertuschung zu tun hat. Bei meinen letzten beiden Berichten – bei denen es um kriminelle Manipulationen der Waffenlobby und um einen Rohstoffdeal von afrikanischen Militärs ging, in die auch hohe Politiker verwickelt waren – hat er mir sehr geholfen. Beim zweiten war er es sogar, der den entscheidenden Hinweis entdeckte. Er hat tolle Verbindungen bis ganz hinauf.«

»Manche Leute können eben nie aufhören ...«

»Das ist auch gut so. Jemand wie Hawk ist nötig, um denen da oben«, Lena deutete in Richtung Himmel, »an die man sonst nie herankommt, das Handwerk zu legen. Überdies ist er der Einzige, der mir helfen kann, wenn ich einmal in größeren Schwierigkeiten bin. Das ist bei heiklen Recherchen nicht zu unterschätzen.«

»Ich lass dir deinen Superman ja«, Esther lachte, weil Lena Hawk so energisch verteidigte, »und mache uns Kaffee.«

Sie stellte die Teller auf ein Tablett und rauschte hinaus.

»Ich hab da eine Idee«, sagte Josh und trank seinen Wein aus, »wenn dieser Yafne bei einem Anschlag in Tel Aviv – also in Israel – getötet wurde, dann muss es bei uns im Amt einen Totenschein oder eine Sterbeurkunde geben. Da könnte ich einmal im Register nachsehen.«

»Sehr gut!« Lena tippte sich an die Stirn. »Dass ich Esel da nicht selbst draufgekommen bin! Ich glaube, das wäre ein guter Anhaltspunkt. Damit wüssten wir, ob Levy die Wahrheit gesagt hat.«

»Ich schaue morgen nach.«

»Eventuell gibt es da mehrere Dokumente.«

Josh nickte. »Das ist gut möglich. Was ich finde, bringe ich dir.«

»Ich werde wahnsinnig mit dem Internet!«, sagte Lena eine Stunde später und lief leise fluchend mit ihrem alten Notebook durchs Haus. »Immer schwöre ich mir, einen neuen Laptop zu kaufen, renne aber mit dem alten Ding herum und ärgere mich. Er ist nicht nur langsam, er ist auch mit Skype überfordert.«

»Das liegt nicht an deinem Gerät«, meinte Esther und musste grinsen, weil Lena so verzweifelt wirkte, »wir haben im Haus überhaupt ein schlechtes Netz. Die Verbindungen reißen fortwährend ab.«

Lena stoppte ihren Rundgang und klappte den Computer mit einem Unmutslaut zu.

»Willst du hinüber ins Büro gehen?«, fragte Esther freundlich, um sie zu beruhigen. »Im Haus gegenüber ist das Netz super und ich habe drüben einen neuen, großen Laptop, der hat Skype. Von dort aus kannst du ungestört sprechen, so lange du möchtest.«

»Das wäre toll«, sagte Lena dankbar, »ich möchte Hawk alles mitteilen. Du musst auch nicht drüben bleiben, ich finde mich schon zurecht und sperre ab, wenn ich fertig bin.«

»Na dann komm ...« Esther nahm einen Schlüssel von der Kommode im Vorraum und deutete auf die Kleiderablage. »Du kannst eine meiner Jacken nehmen, dann brauchst du nicht ins Zimmer hinauf, um eine von dir zu holen.«

Lena nickte, warf sich etwas von Esthers Sachen über und eilte ihrer Freundin nach.

»Denkst du, wegen diesem Yafne Probleme zu bekommen?«, fragte Esther verunsichert, während sie über die Straße zu ihrem alten Apartment gingen, das sie jetzt als Arbeitsraum für ihre Übersetzungen benutzte.

»Wie kommst du darauf?«, fragte Lena ausweichend zurück.

»Na, weil du angedeutet hast, dass dir Hawk helfen würde, falls du Schwierigkeiten hättest. Erwartest du welche?«

»Nein, mach dir bitte keine Gedanken«, sagte Lena schnell, um eine weitere Diskussion zu vermeiden, »in diesem Fall hat er mir nur einiges darüber gegeben und ist sicher gespannt, ob ich etwas herausgefunden habe.«

Esther sperrte die Wohnung im Obergeschoss auf und steckte den Schlüssel innen an.

»Da steht dein Mädchenname drauf«, sagte Lena und deutete auf das Namensschild an der Tür.

»Ja, auch der Mietvertrag läuft auf den alten Namen, obwohl ich schon seit Jahren verheiratet bin. Ich habe öfter daran gedacht, ihn zu ändern, es aber mit Erfolg verdrängt.«

Das Büro war ein großer Einzelraum, voll mit Bücherregalen entlang der Wände und einem weißen Gartentisch in der Mitte, der zu einem Schreibtisch umfunktioniert war. Gegenüber der Eingangstür war ein Ausgang auf eine winzige Loggia. Esther zog die Vorhänge auf, öffnete die Balkontür und lüftete.

»Schau, da sieht man hinüber auf unser Haus und den Garten«, sie deutete über die Straße, dann fuhr sie fort: »Der Computer steht auf dem Tisch, Passwort gibt es keines und das Symbol für die Verbindung mit Skype findest du ganz oben.

Speichern brauchst du nichts, da alles über einen externen Server geht. Wenn dir kalt wird, kannst du die Balkontür schließen und sperre bitte ab, bevor du wieder hinübergehst.«

»Danke, das mache ich!«

Lena lachte im Stillen darüber, wie Esther die Fülle an Anweisungen abgespult hatte. Sie ist eindeutig schon zu lange verheiratet, dachte sie.

*

»Ich habe es gefunden!«, rief Josh triumphierend und kam in den Garten hinaus. »Die Urkunde über Yafnes Tod, einige Dokumente und etwas von den Eltern.«

Esther und Lena, die plaudernd in der Sonne saßen, blickten überrascht auf.

»Da bist du extra herausgefahren?«, wunderte sich Esther.

»Ich habe doch gestern versprochen, dass ich Lena alles bringe, was ich im Amt finde.«

»Super«, bedankte sich Lena, »aber es wäre doch nicht nötig gewesen, dass du extra herkommst.«

»Ich dachte, du brauchst es dringend für deine weiteren Recherchen. Ich bin gespannt, was du dazu meinst.«

Er legte die Kopien auf den Tisch und ging nach drinnen, um sich etwas zu trinken zu holen.

Esther drehte sich zu Lena und flüsterte: »Sonst kommt er mittags nie nach Hause, er platzt sichtlich vor Neugierde.«

Lena nahm die Sachen und blätterte sie durch. Die Texte waren hebräisch geschrieben. Sie sah Esther fragend an, die sich zum Tisch beugte und auf eine Kopie deutete.

»Das ist der Totenschein«, erklärte sie und las ihn durch, »der ist von 2006.«

»Das Jahr stimmt mit dem überein, das mir Levy gesagt hat. Und das da?« Lena deutete auf ein größeres Blatt.

»Eine Heiratsurkunde«, Esther drehte sie um und las die Namen, »allerdings von seinen Eltern, die ließen sie aus irgendeinem Grund amtlich beglaubigen, darum gibt es eine Kopie.«

»Und was ist das für ein Zettel?« Lena nahm ein Notizblatt, auf dem etwas mit Kugelschreiber notiert war.

»Das habe ich dir aufgeschrieben«, sagte Josh, der mit einem Fruchtsaft aus der Küche kam. »Es ist die letzte Adresse von diesem Yafne, die ich gefunden habe.«

»Aus dem Melderegister?«

»Nein, ein zentrales Melderegister gibt es nicht, da bei uns keine gesetzliche Meldepflicht besteht. Wir haben im Rathaus aber die Telefonbücher bis zurück in die Neunzigerjahre digitalisiert und da bin in Isfiya fündig geworden.«

»In Isfiya?«, platzte Esther dazwischen. »Das ist aber ungewöhnlich für einen Israeli.«

»Wieso?«, wollte Lena wissen.

»Weil das eine Stadt ist, wo fast nur Drusen leben, eine arabische Gemeinschaft.«

»Ich finde es gar nicht so abwegig«, warf Josh ein, »wir haben einige Mitarbeiter im Amt, die dort hingezogen sind. Das ist eine moderne Multikulti-Stadt, wo auch viele Christen wohnen. Die Leute sind angeblich extrem nett und die Mieten sehr günstig.«

»Wie weit ist das weg von hier?«, fragte Lena.

»Gar nicht so arg, eine gute halbe Stunde mit dem Auto«, meinte Esther, »es ist nur blöd zu fahren, weil du wieder über das Carmel Gebirge musst.«

»Egal, ich fahre da jetzt einfach hin. Gibt es einen Bus nach Isfiya?«

»Ja, aber du kannst meinen Golf nehmen, das ist bequemer.«

»Super, den nehme ich gerne.«

»Erwartest du dort nach zehn Jahren noch jemanden von der Familie oder Freunde anzutreffen?«

»Das wäre ungewöhnlich«, warf Josh ein, »da wohnen nach so langer Zeit bestimmt andere Leute.«

»Wahrscheinlich habt ihr recht, aber dann habe ich es versucht und kann es abhaken. Sonst würde es mir keine Ruhe lassen.«

»Du wirst dich auch nicht mehr ändern«, Esther schmunzelte. »Ich kann leider nicht mit, da ich am Nachmittag eine dringende Übersetzung abliefern muss.«

»Mach dir bitte keinen Stress, ich schaffe das«, sagte Lena, dann deutete sie auf den langen Namen der Straße und lachte, »falls ich den überhaupt aussprechen kann, um hinzufinden.«

»Ich tippe dir die Adresse in das Navi ein, die Straßen sind oft nicht angeschrieben und falls doch, dann auch nur auf Hebräisch.«

Josh verabschiedete sich. Er musste wieder zurück zur Arbeit. Esther holte ihr mobiles Navigationsgerät und versuchte, die Adresse zu programmieren.

»Seltsam, es nimmt sie nicht ...« Sie versuchte es nochmals. »Geht nicht, weil es die Straße nicht gibt.«

»Was meinst du mit *nicht gibt*?«

»Ich habe die neueste Karte mit automatischem Update installiert, aber diese Straße ist nicht verzeichnet. Eigenartig, ich bin dauernd unterwegs, aber das ist mir bisher noch nie passiert.«

»Könnte es sein, dass sie die Bezeichnung geändert haben und die Straße jetzt anders heißt?«

»Möglich, das kann ich aber nicht feststellen.«

»Ich nehme einfach den Zettel von Josh mit und zeige ihn in Isfiya herum. Die Leute dort werden sich schon erinnern. So lange ist das nun auch wieder nicht her.«

»Ja, einen Versuch ist es wert und wenn du nichts findest, hast du einen Ausflug in die Drusenstadt gemacht. Du musst zurück zum großen Kreisverkehr und dann die Route 70 nach

Süden bis Nescher, das ist die Strecke, die wir vom Flughafen hergefahren sind. Da gibt es eine größere Abzweigung in die Hügel hinein. Wichtig ist nur – links halten. Rechts geht es zu unserem großen Gefängnis.« Esther kicherte. »Dort wirst du mit deinen Nachforschungen sowieso eines Tages landen, aber es muss ja nicht heute sein.«

13

Lena kurvte eine Stunde später das Carmel Gebirge hinunter. Esther hatte ihr einige Verhaltensregeln mitgegeben, da die Drusen trotz aller Freundlichkeit dem Islam nahestanden. Obwohl sie die einzigen Araber waren, die sich dem jüdischen Staat gegenüber loyal verhielten und in der israelischen Armee dienten, fühlten sie sich traditionell Syrien zugehörig. Als blonde, westliche Frau sollte man da besser vorsichtig sein.

Es hatte zu regnen begonnen, dichte Wolken zogen über den Himmel. Im Asphalt der Straße, die in weiten Windungen am Bergrücken entlangführte, spiegelte sich das Licht unangenehm gleißend. Lena kramte im Handschuhfach nach einem Schutz gegen die Blendung und fand eine große, ovale Sonnenbrille in Türkis mit Glitzersteinchen. Die gehört unverkennbar Esther, stellte Lena grinsend fest und setzte sie auf.

Eine Außenkurve gab für einen Moment den Blick auf das Meer frei, dann drehte sich die Straße wieder dem Berg zu und Bäume nahmen die Sicht. Nach oben gingen schmale Schotterstraßen und unbefestigte Wege von der Hauptstrecke weg, die mit hebräischen Hinweisschildern beschriftet waren. Vermutlich führten sie zu landwirtschaftlichen Betrieben, da niedere Steinmauern die größeren Anbauflächen eingrenzten. Die Straße war wenig befahren, nur ab und an kam Lena ein Auto entgegen. Die Gegend wirkte, ganz im Gegensatz zu der dichten Bebauung an der Küste und in den urbanen Zentren, ziemlich verlassen.

Bei der besagten Abzweigung, die Esther beschrieben hatte, stand eine Tafel, die den Weg auch in englischer Sprache wies – links ging es nach Isfiya, das laut dem Wegweiser jedoch Isifya hieß. Zumindest bin ich auf dem richtigen Weg und lande nicht vor der Gefängnismauer, dachte Lena. Sie hielt auf der Anhöhe an und sah auf den Zubringer nach rechts hinunter. In einiger Entfernung konnte sie einen höheren Turm und eine Säule mit Scheinwerfern ausmachen – die Wachanlage der Haftanstalt.

Nach der nächsten Kuppe öffnete sich die Ebene vor Lena. Direkt unter ihr wurden die ersten Häuser sichtbar, an der Seite standen Masten mit Straßenbeleuchtung und zwei Fahrbahnen kreuzten, in denen einiger Verkehr rollte. Die Stadt schien wie abgezirkelt exakt an der Ortstafel zu beginnen. Auf dem Schild, das außer der hebräischen und englischen auch eine arabische Beschriftung trug, hieß die Stadt nun Isifiya Village. Lena überlegte amüsiert, wie viele Schreibweisen des Namens es wohl geben mochte.

Ursprünglich war es ein byzantinischer Ort gewesen, hatte Esther erzählt, auf dessen Ruinen die Stadt aufgebaut war. Zur Zeit der Kreuzzüge gehörte sie zum Reich eines legendären ägyptischen Sultans. Erst später, zu Beginn des achtzehnten Jahrhunderts, siedelten sich die Drusen an. Isfiya war einer der letzten verbliebenen Orte im Carmel Gebirge.

Was Lena auffiel, als sie in die Stadt hineinfuhr, war das arabische Flair. Häuserzeilen mit kleinen Läden, die ihre Waren zum Verkauf direkt bis an die Straße geschoben hatten, Imbissbuden und ein Friseur, der seinen Service auf einem Stuhl im Freien anbot und mit Hingabe in eine Rasur vertieft war. Sie bremste abrupt vor einer Töpferei, vor der wunderschöne Amphoren aus gebranntem und bemaltem Ton standen. Daneben gab es einen kleinen Parkplatz für Besucher. Ein Mann, augenscheinlich der Besitzer, saß teetrinkend vor dem überdachten Eingang.

Lena blieb auf dem Abstellplatz stehen und ging mit dem Adresszettel in der Hand zu dem Mann hin, der seine Tasse abstellte und aufstand, als sie die Stufen zu dem Laden hochstieg. Auf ihre freundliche englische Frage zuckte er nur entschuldigend mit den Schultern, sagte etwas Unverständliches und deutete auf seine Tongefäße. Lena schüttelte den Kopf, zeigte auf ihren Zettel und war froh, dass Josh die Straße auch in Hebräisch aufgeschrieben hatte. Der Mann nickte zuerst, hob aber überrascht die Augenbrauen, als er die Adresse las, und musterte Lena. Dann machte er einen Schritt nach vorn zur Straße und winkte dem Friseur nebenan, der interessiert herüberschaute. Binnen einer Minute waren nicht nur der Friseur und sein Kunde mit halb eingeseiftem Gesicht vor dem Laden versammelt, sondern auch einige andere Männer, die untereinander zu diskutieren begannen.

Seltsam, dachte Lena verwundert über den Auflauf, den sie verursacht hatte, und fühlte sich unsicher. Sie verstand die aufgeregten Männer nicht, aber sichtlich erörterten sie etwas, das mit der Adresse zu tun haben musste.

»Sorry«, sagte sie laut mit fester Stimme, steckte die Notiz wieder ein und drehte sich weg, um zurück zum Golf zu gehen. »Ich wollte nicht stören ...«

»Warten bitte«, hörte sie eine Stimme nun in gebrochenem Englisch hinter sich. Sie gehörte dem Friseur, der ihr nachlief. »Entschuldigung, wir sprechen wegen Straße ...«

Lena blieb stehen und sah ihn an. »Was ist damit?«

»Na, wie soll sagen? Straße gibt nicht, heißt Straße gibt schon, aber Name nicht verwendet.« Er suchte förmlich nach Worten und Lena schien, dass es ihm sehr unangenehm war, darüber zu sprechen. »Straße keine offiziell. Darf man nicht hin.«

»Aha, liegt sie auf einem privaten Grund?« Lena versuchte, ihm zu helfen. Sie hoffte, eine ungefähre Richtung herauszubekommen, in der die mysteriöse Adresse lag.

Er wollte sich herauswinden. »Ja, so kann sagen, ist privat! Sehr privat. Wir nichts damit zu tun. Am besten fahren weiter.«

»Sie wissen, wo das ist?«

»Wissen schon ...«

»Dann sagen Sie mir doch zumindest die Richtung.«

Er sah Hilfe suchend zu den Männern, deren Debatte verstummt war. Einer der Älteren mit einer hohen weißen Kappe und langem Vollbart, er schien der Wortführer zu sein, sagte etwas in ihre Richtung, das unfreundlich klang, dazu machte er eine große wegweisende Geste. Der Friseur nickte.

»Gut, kann sagen, weiter bis Ende«, er zeigte die Straße hinunter, auf der Lena gekommen war, »dann große Kreis rechts.«

»Sie meinen Kreisverkehr?«

»Ja, ja. Aber bitte, müssen jetzt fahren ...!« Er drehte sich um und lief zu den Männern zurück.

Lena ging zum Auto und stieg ein. Der Friseur winkte, als sie abfuhr.

»Komisches Volk«, murmelte sie und schüttelte den Kopf.

In dem angegebenen Kreisverkehr gab es zwei Ausfahrten nach rechts, eine war mit einem Richtungspfeil und einer Ortsangabe bezeichnet, neben der zweiten stand nur ein längliches gelbes Schild mit einer unleserlichen roten Aufschrift. Lena entschied sich für diese Straße. Nach etwa hundert Metern endete scheinbar die Zivilisation – die Masten für die Straßenbeleuchtung hörten auf, der Asphalt war an vielen Stellen aufgebrochen und an der Seite standen einige Rohbauten, die sehr alt sein mussten, so verfallen wie sie aussahen. Gleich dahinter begann ein massiver Zaun, der die Fahrbahn von beiden Seiten auf eine Spur einengte und sie unter eine Ansammlung von dürren Bäumen führte. Hinter einer Biegung riegelten drei wuchtige Panzersperrkreuze die Straße ab. Lena musste scharf bremsen, um nicht auf das unvermittelt auftauchende Hindernis aufzufahren.

Mist, dachte sie, es ist so eng, dass ich nicht einmal umdrehen kann. Sie sah nach hinten, um das Stück zurückzuschieben, da tauchte hinter ihr ein Militärfahrzeug auf, das die Straße blockierte. Zwei Männer in Uniform mit Waffen im Anschlag sprangen heraus und liefen auf den Golf zu. Lena griff geistesgegenwärtig in ihre Tasche, nahm ihren britischen Pass heraus und hielt ihn beim offenen Fenster den Männern entgegen.

Der erste der Soldaten riss ihr das Dokument aus der Hand, machte die Fahrertür auf, zerrte Lena heraus auf den Boden und drückte ihr die Waffe ins Genick, während der andere den Schlüssel abzog und mit geübten Handgriffen das Fahrzeug durchsuchte. Sie protestierte lautstark, was aber nichts half. Man tastete sie nach Waffen ab und verfrachtete sie anschließend auf die Rücksitzbank des Militärjeeps, die mit einem Gitter vom restlichen Fahrzeug abgetrennt war.

Sie wendeten und in rascher Fahrt ging es querfeldein, den Zaun entlang, bis zu einer hohen Mauer. Lena wurde auf der harten Bank hin und her geschleudert, stieß bei einer Bodenwelle mit dem Kopf gegen eine Seitenverstrebung und brüllte wütend nach vorne. Die beiden Uniformierten nahmen ihren Protest gar nicht zur Kenntnis und würdigten ihre Gefangene keines Blickes.

Lena staunte nicht schlecht, als sie schließlich vor der Einfahrt eines langgestreckten Gebäudekomplexes hielten, der von schwer bewaffneten Soldaten bewacht wurde. Neben dem Tor, das sich für den Jeep langsam öffnete, hing eine Tafel in mehreren Sprachen: *Anti-Terror-Unit of Government, Police and Law Enforcement*. Darunter war das gleiche gelbe Schild mit roter Aufschrift angebracht, das sie schon an der Straßenkreuzung gesehen hatte. Diesmal gab es die Beschriftung auch in Englisch: *Military restricted area – unauthorized access prohibite*d. Sie befand sich also verbotenerweise auf militärischem Gebiet.

»Ich verstehe Ihren unfreundlichen Protest, Frau Halberg, nur Sie haben widerrechtlich ein Sperrgebiet betreten und ich könnte deswegen sogar rechtliche Schritte einleiten«, sagte der ältere Offizier in fließendem Englisch, der Lena nach einer kompletten Leibesvisitation, einer längeren Befragung durch zwei Sicherheitsleute, der Kontrolle ihres Passes und dem Anruf bei der britischen Botschaft gegenübersaß. Er war in Zivil, aber auf seinem Schreibtisch stand ein Namensschild aus Messing, das ihn als Ariel Friedman, Befehlshaber der Spezialeinheit, auswies. »Haben Sie die Warnung beim Kreisverkehr nicht gesehen?«

»Die konnte ich doch nicht lesen«, giftete ihn Lena an, »da man sich nicht die Mühe macht, sie auch in einer für Ausländer verständlichen Sprache zu schreiben!«

»Ihre Hinweise in England sind auch nur in der Landessprache oder kennen Sie in London, wo ich übrigens einige Jahre studiert habe, ein einziges Schild auf Hebräisch?« Seine Stimme war ebenfalls scharf geworden.

Lena ließ sich nicht einschüchtern. »Deswegen muss man mich zu Boden werfen und mir ein Gewehr an den Kopf halten?«

»Die Männer sind verpflichtet im Falle eines Eindringens, ohne Ansehen der Person, auf diese Art zu reagieren. Das sind eindeutige Befehle!«

»Und ich dachte, Israel sei ein Rechtsstaat, wo ausländische Pässe beachtet werden, wenn man sie zeigt.« Lena blies hörbar die Luft aus. »Außerdem, haben Ihre Leute geglaubt, dass eine einzelne Frau in einem alten grünen Golf jetzt den Stützpunkt einnimmt?«

Über Friedmans Gesicht huschte ein Lächeln. Anscheinend amüsierte ihn Lenas Vorstellung. Er schob ihr den Pass, ihren Presseausweis und die Tasche, die man ihr davor ebenfalls abgenommen hatte, über den Tisch.

»Das sind automatisierte Vorgehensweisen, die wir täglich trainieren und für die Männer sind Sie einfach ein Objekt. Aber Schluss damit, das führt zu nichts! Sagen Sie mir, warum sich eine englische Journalistin hierher verirrt und wer Ihnen ...«, er legte Joshs Notiz auf den Tisch und sah sie direkt an, »unsere Adresse auf den Zettel geschrieben hat!«

»Erstens habe ich mich nicht verirrt, sondern genau diese Straße gesucht«, konterte Lena und warf den Kopf zurück, »zweitens habe ich diese Adresse aus einem öffentlichen Telefonbuch und recherchiere wegen eines Wissenschaftlers, der privat bei Ihnen gewohnt haben soll – zumindest laut Totenschein.«

»Ein Wissenschaftler? Und welcher Totenschein?« Friedman wirkte für einen Augenblick irritiert.

»Darf ich Sie zunächst fragen, wie lange Sie auf diesem Stützpunkt sind?«

»Seit fünfzehn Jahren und in den letzten acht leite ich ihn auch.«

»Dann müssen Sie doch von dem Mann gehört haben, ein Spezialist für Sprengstoffe, der offenbar hier stationiert war.« Lena beugte sich vor, steckte ihre Sachen ein und sagte beiläufig: »Der fiel vor einigen Jahren angeblich einem Terroranschlag zum Opfer – den Totenschein mit der Wohnadresse des Stützpunktes können Sie gerne einsehen, der liegt amtlich auf.«

»Was reden Sie da«, sagte Friedman und klang verärgert, »wer soll das gewesen sein?«

Lena fixierte ihn. »Er hieß Aaron Yafne.«

Sie hatte jede einzelne Silbe betont, doch Friedman zeigte keinerlei Reaktion, nicht die geringste Veränderung war in seinem Gesicht zu lesen. Entweder bist du ahnungslos, dachte Lena, oder verdammt abgebrüht.

»Lächerlich«, sagte er darauf nur betont ruhig, »wir sind eine Anti-Terror-Einheit, bei uns wohnt niemand!«

»Das glaube ich Ihnen gerne. Wenn aber Yafnes Adresse in dem Dokument ein Fake ist, dann ist es doch gut möglich, dass sein Tod ebenfalls erfunden wurde. Vielleicht hat er ja die

Fronten gewechselt und man möchte gerne vertuschen, dass man ihn ausgebildet hat, oder man setzt ihn selbst für spezielle Aufgaben ein«, schoss Lena ins Blaue, was sie sich auf die Schnelle zusammengereimt hatte. »In jedem Fall ist sein früher Tod eine äußerst hilfreiche Lösung. Meinen Sie nicht?«

»Das ist absurd, was Sie da erfinden. Falls Sie das irgendwo veröffentlichen sollten, machen Sie sich höchstens zum Narren, bekommen eine offizielle diplomatische Beschwerde über die britische Botschaft und eine Menge Ärger!« Er stand auf. »Jetzt verlassen Sie bitte auf direktem Weg den Stützpunkt und das Gelände. Die Wache bringt Sie zu Ihrem Fahrzeug.«

»Drohungen haben mich noch nie abgehalten!« Sie schnappte ihre Tasche und ging zur Tür. »Was ich veröffentliche, müssen Sie schon mir überlassen, aber ich versichere Ihnen, dass es nur gesicherte Fakten sein werden und diese gedenke ich herauszufinden.«

Er drehte sich weg, das Gespräch war damit beendet. Lena wurde hinausbugsiert und der Militärjeep brachte sie wieder zu ihrem Golf, diesmal über normale Straßen.

Als sie zurück über das Carmel Gebirge fuhr, starrte sie sauer in den späten Nachmittag hinaus und war mit dem Ergebnis des Tages unzufrieden. Sie hatte nach wie vor keinerlei Beweis in Händen, die Adresse auf dem Totenschein konnte leicht als Irrtum abgetan werden. Sie war auch selbst nicht mehr ganz überzeugt davon, dass wirklich etwas dahintersteckte.

Liege ich diesmal falsch, ging es ihr durch den Kopf, und sehe Gespenster?

Auf dem Stützpunkt ging Ariel Friedman, der lange beim Fenster gestanden und hinausgeschaut hatte, zurück zu seinem Schreibtisch und hob das Telefon ab. Sofort meldete sich der Unteroffizier, der im Dienstzimmer saß.

»Verbinden Sie mich mit Moshe Ben-Ilan vom Außenministerium«, sagte Friedman.

14

Es graute am Horizont, als Doug und seine Söldner von Clearance in die engen Straßen des syrischen Bergdorfes, nahe der Grenze zum Libanon, einfuhren. Sie waren am Nachmittag in Damaskus mit einer gecharterten Douglas MD-81 gelandet. Die dreißig Jahre alte und für größere Mannschaftstransporte leergeräumte Maschine gehörte einem Russen und war auf eine bulgarische Firma registriert. So ausgedient wie das Flugzeug aussah, konnte man froh sein, überhaupt anzukommen, aber dafür wurden keinerlei Fragen gestellt und jede Destination wurde ohne Murren akzeptiert. Doug benutzte die verschwiegene Chartergesellschaft häufig für seine Vorhaben und genoss Sonderkonditionen.

Nachdem alles in einem gemieteten Mercedes Kombi, in dem Doug und sein Einsatzleiter Jackson fuhren, und einem alten GMC-Truck verstaut war, bewegten sie sich von Damaskus aus ein Stück nach Norden. Doug hatte sechs Leute für den Auftrag mitgenommen, er wollte für alle Fälle gerüstet sein.

Sie vermieden den Beirut-Damaskus-Highway, der sie direkt an ihr Ziel gebracht hätte, da dieser regelmäßig überwacht wurde. Auch waren dort verschiedene Milizen unterwegs, die scharf kontrollierten. Der kleine Konvoi nahm, abseits der üblichen Wege, die schlechte schmale Straße entlang eines Flusses, der sich die Hügelketten entlang – durch mehrere winzige Dörfer und Wadis – bis in die staubige Bergregion der Grenzorte schlängelte.

Für die knapp fünfzig Kilometer brauchten sie die halbe Nacht, weil nur das vordere Fahrzeug mit abgeblendeten Scheinwerfern fuhr und der Mannschaftswagen dahinter ohne Licht folgte. So tasteten sie sich von Ort zu Ort, ständig in der Gefahr, auf eine Milizstreife zu treffen. Die Kämpfe gegen den

IS fanden um einiges weiter östlich statt, trotzdem streiften größere Truppenteile des Assad-Regimes umher und einige der Dörfer, durch die sie kamen, waren in der Hand der syrischen Opposition. Der mussten sie unbedingt ausweichen; die militanten Revolutionskräfte machten stets kurzen Prozess, wenn sie auf bewaffnete Fremde trafen.

Jackson, der diesmal die Söldnertruppe von Clearance leiten würde, rutschte unruhig auf dem Beifahrersitz hin und her. Es war sein erster Einsatz als Anführer einer Einheit. Doug würde die Truppe nur bis hinter die Grenze begleiten und dort auf die Rückkehr der Männer nach vollbrachtem Auftrag warten. Er wollte sich bei einem Kampfgefährten aus früheren Tagen eine Kommandozentrale einrichten und nur über Satellitentelefon am Einsatz teilnehmen. In seiner Vorstellung entsprach das seinem neuen Status, da Clearance bald Partner des Mossad in Kanada sein würde.

Am Ende des Bergdorfes befand sich eine Lagerhalle, der flache Wellblechbau eines bestochenen Einheimischen, die ihnen so lange Versteck bot, bis die Meldung kam, dass die Grenze passierbar sei. Als Wegweiser brannte eine Lampe an der Straße und das Tor der Halle stand offen. Doug, der das Gelände von einem früheren Einsatz kannte, fand die Einfahrt sofort und die beiden Fahrzeuge verschwanden in dem schützenden Objekt. Er sah auf die Uhr und war stolz auf seine generalstabsmäßige Planung. Sie waren pünktlich wie vereinbart eingetroffen.

Nach einiger Zeit des Wartens wurde er nervös, ein längerer Stopp war nicht geplant, da sie die Grenze noch im Schutz der Dunkelheit passieren mussten. Bald würde die Dämmerung beginnen und dann waren die Fahrzeuge auf den kahlen Bergrücken weithin sichtbar. Praktisch in letzter Sekunde, über eine Stunde harrten sie bereits in dem Lager aus, kam das vereinbarte Signal und sie konnten weiter.

Die drei Kilometer bis zur Grenze waren die schwierigsten der gesamten Fahrt. Sie bewegten sich zuerst über freie Felder und dann eine steil ansteigende Straße hinauf, ohne die Scheinwerfer einschalten zu können. Der Weg wurde nur von einer abgeblendeten Batterielampe, die am Kühlergrill des Mercedes befestigt war, einige Meter weit schwach beleuchtet. Doug steuerte den Kombi praktisch blind und im Schneckentempo über die holprigen Wege. Sie kamen ungesehen bis zu dem Grenzposten, der genau am Scheitelpunkt des Höhenzugs lag. Dahinter auf Tuchfühlung der Truck im leisen Schongang. Oben auf der Anhöhe, die Syrien vom Libanon trennte, standen sie unmittelbar vor dem Grenzposten. Doug hielt an und spähte mit klopfendem Puls nach vorn zum Wächterhaus. Seitlich der Straße lagen massive Steinbrocken, um mögliche Nebenwege für Ankommende zu sperren. Schlagbaum gab es keinen, ein Armeefahrzeug quer zur Fahrbahn blockierte normalerweise die Weiterfahrt. Dieses fehlte, die Straße war frei und alles blieb still.

Doug nickte zufrieden im Dunkeln, er hatte die Lage richtig eingeschätzt. In der kleinen Station waren nur zwei Soldaten und regelmäßig musste einer davon den Grenzverlauf kontrollieren, was durch die aktuellen Kämpfe sehr gefährlich werden konnte. Somit waren die beiden gemeinsam gefahren und hatten den Posten für die Zeit sich selbst überlassen. Sie rechneten nicht damit, dass jemand ausgerechnet an der Hauptroute versuchen würde, die Grenze illegal zu passieren.

Langsam ließ Doug den Mercedes weiterrollen und suchte mit Blicken das Gelände ab. Da nichts zu sehen war, schaltete er nach einem Stück Bergabfahrt die Abblendscheinwerfer ein und gab Gas. Dahinter flammten jetzt auch die Lichter des Trucks auf.

Gerade noch geschafft, dachte Doug erleichtert, seine Truppe war ungesehen in den Libanon gelangt.

Der Himmel begann grau zu werden, als die Fahrzeuge aus den Hügeln heraus in die Ebene kamen. Als sie vor dem Haus am Rand einer Siedlung anhielten, war es bereits taghell. Da trennten sich ihre Wege. Doug blieb bei Faris, mit dem er in seiner aktiven Zeit als Söldner gekämpft hatte, und Jackson führte die Gruppe jetzt alleine weiter nach Beirut. Den Truck würden sie irgendwo in der Nähe des Anschlags unauffällig stehen lassen. Der Mercedes würde als Fahrzeug für das Vorhaben dienen, die Sprengsätze brachte Gazzarahs Verbindungsmann, der Rest sollte ein Kinderspiel sein.

Den ersten Fehler machte Jackson, als er am Vormittag im Stadtteil Badaro auf einem kleinen Platz neben dem Hippodrom von Beirut hielt. Die Hauptstraße zum weitläufigen Stadtpark auf der anderen Seite war dicht befahren, aber zwischen den leeren Gebäuden entlang der Rennbahn wirkte die Gegend wie ausgestorben. Einige Burschen spielten an der Mauer einer Halle mit einem improvisierten Korb Basketball, sonst schien die Umgebung niemanden zu interessieren. Das war Jacksons Trugschluss.

Im Hippodrom fanden regelmäßig die traditionellen Pferderennen statt, die hier keinen edlen Charakter hatten, sondern als Volksbelustigung ausschließlich schwer arbeitende Männer anzogen, die ihren Wochenlohn verwetten wollten. Reichere Bürger sah man nur, wenn sie sich als Eigentümer eines Pferdes auf der VIP-Tribüne bedienen ließen; Frauen fehlten. Umso dichter war das Netz an schmierigen Buchmachern in den Hinterhofbuden für die schnelle Gewinnsucht des kleinen Mannes. Waschkorbweise stapelten sich in den Wettbüros die libanesischen Ein-Pfund-Noten vor den Rennen.

Badaro war der Distrikt der Hisbollah. Sie beherrschte das Viertel, verdiente bei allen Einnahmen der Buchmacher kräftig mit und hatte eines ihrer wichtigen Quartiere in der Nähe. Hier herrschte der radikale Führer Hamid al-Arim. Er war der Drahtzieher hinter Geiselnahmen, er zeichnete verantwortlich für Anschläge auf Botschaften und man vermutete, dass auch die Entführung von zwei hochrangigen israelischen Soldaten vor zwei Monaten auf sein Konto ging. Hamid al-Arim war das Ziel von Jacksons Auftrag.

Was er nicht bedachte, war der Umstand, dass jeder der Straßenjungen, die auf dem Platz Basketball spielten, den großen Al-Arim bewunderte. Wenn in der *Zone*, wie der Bereich rund um das Hippodrom genannt wurde, etwas Ungewöhnliches vor sich ging, hinterbrachten sie ihm das. Und ein neuer Mercedes Kombi mit einem alten Truck im Schlepptau, beide mit syrischen Kennzeichen, war sehr auffällig neben den Buden der Rennbahn.

Der zweite Fehler mit fatalen Nachwirkungen ging auf das Konto von Gazzarahs Verbindungsmann Djamal. Er war nach dem Treffen mit Gazzarah in das Safe House gefahren, hatte dort die Sprengladungen sichergestellt und brachte sie nun gut verpackt zum Stadtpark, um sie Jackson zu übergeben. Sie trafen sich wie zufällig, gingen eine Weile nebeneinanderher und Jackson übernahm in einem günstigen Augenblick, als niemand zu sehen war, die Sporttasche. Djamal drückte ihm noch die Fernbedienung mit dem Auslöser in die Hand, dann verabschiedeten sie sich wie alte Freunde.

Jackson ging zurück zu seinen Leuten und verstaute die Tasche unter dem Fahrersitz des Mercedes. Er meldete Doug über Telefon, dass alles am Laufen sei und keinerlei Probleme zu erwarten wären. Er meinte, sie würden jetzt zur bekannten Adresse fahren, den Mercedes mit den beiden Sprengsätzen in der Nähe von Al-Arims Fahrzeug abstellen und dann einfach warten, bis er einstieg, um zum Abendessen zu fahren. Die Stärke der Bomben würde die Autos samt dem Haus in Stücke reißen, da half auch die Panzerung der Wagen nichts. Jackson würde seine Männer gesichert im Kreis verteilen, falls doch jemand überleben sollte. So weit sein Bericht, dann fuhren sie los.

Djamal hatte allerdings – bei der Übernahme der Bomben in dem sicheren Haus – die Zeitungen vom Tisch genommen und die beiden Pakete mehrmals darin eingewickelt, bevor er sie in die Tasche packte. Aus Angst vor dem hochgefährlichen NHS-Sprengstoff tat er das sehr rasch und in dem Raum war es auch dunkel gewesen. So bemerkte er nicht, dass es israelische Zeitungen waren, in die der Sprengstoff jetzt eingewickelt war.

Der dritte und entscheidende Fehler lag schon einige Wochen zurück. Er unterlief Gazzarah selbst, als er die unerfahrenen Palästinenser für sein erstes Team engagierte. Sie waren stümperhaft, liefen der Hisbollah direkt in die Hände und der junge Mahmud war zu schwach, um der Folter zu widerstehen. Schließlich verriet er, wen der Mossad im Visier hatte.

Hamid al-Arim war also gewarnt und vorbereitet, als die beiden Burschen vom Spielplatz zu ihm kamen und von den sechs Männern in den syrischen Fahrzeugen berichteten. Al-Arim belohnte sie mit einem freundlichen Kopfnicken und den Worten, sie wären jetzt reif für die Aufnahme in die Gefolgschaft. Es war der glücklichste Tag in dem Leben der beiden.

»Die Fahrzeuge sind nicht zu sehen«, meldete Jackson über Satellitenfunk direkt vom Einsatzort. »Wir sind schon zweimal durch die Kfoury-Street gefahren, aber nichts. Kommen.«

»Es ist das weiße Haus mit den dunklen Balkonen«, gab Doug zurück, »dahinter gibt es eine Sackgasse, von vorne fast nicht zu sehen, dort ist die Einfahrt zur Garage. Kommen.«

»Ja, das weiß ich, dort sind wir schon vorbei, aber die Fahrzeuge sind nicht draußen. Kommen.«

»Egal, stell den Mercedes neben der Einfahrt ab, verteilt euch unauffällig und vergiss nicht, die Batterien in den Fernzünder zu geben. Dann warte, bis sie herausfahren und erledige den Job. Kommen.«

»Wir werden da aber nicht sehen, ob unser Ziel wirklich im Fahrzeug ist. Kommen.«

»Wenn es der graue Maserati ist, dann muss er es sein. Das ist sein Privatwagen, den benutzt sonst niemand. Kommen.«

»Okay! Wir sind bald in Stellung. Kommen.«

»Wie gesagt, es muss schnell gehen und ihr müsst in der Verwirrung abhauen, zurück zum Truck. Wie viele hast du mit? Kommen.«

»Vier, den Älteren habe ich beim Truck gelassen, damit der nicht gestohlen wird. Die Gegend dort ist ziemlich verlassen. Kommen.«

»Wie weit steht der Truck von euch entfernt? Kommen.«

»Nur zweihundert Meter, wir werden aus der Stadt sein, bevor irgendwer merkt, dass wir überhaupt da waren. Over.«

»Gut. Melde dich danach. Over und aus.«

Was Jackson nicht ahnte, war, dass der Bewacher des Trucks beim Hippodrom zu diesem Zeitpunkt bereits tot war. Stattdessen wendete er den Mercedes am Ende der Kfoury-Street am Platz vor dem hellgelben Gebäude der Kunstuniversität, deren Fassade mit den Rundbögen eher wie eine Kirche aussah, und fuhr die Stecke zurück. Dabei sah er sich unauffällig um, wo er seine Söldner postieren würde – entkommen durfte von Al-Arims Männern keiner. Er bog in die Sackgasse ein und war froh, dass niemand dort parkte. Er würde das Auto direkt neben das doppelte Garagentor des vierstöckigen Hauses stellen. Vermutlich gehörte das ganze Haus der Hisbollah und das Hauptquartier war im obersten Stockwerk.

Kaum war der Mercedes eingebogen, rollte der Sattelschlepper, der auf der Kfoury-Street parkte, nach vorn und versperrte die schmale Gasse zur Gänze. Jackson blickte noch in den Rückspiegel und ärgerte sich über die Blockade durch den LKW, bevor ihn die beiden Magnum-Geschosse aus der Großkaliberwaffe in die Brust trafen, durch ihn und den Sitz hindurchgingen und im Bauch des Mannes auf dem Rücksitz stecken blieben. Gleichzeitig starben seine Mitfahrer in heftigen Feuerstößen von beiden Seiten aus einer Kalaschnikow und einer deutschen Maschinenpistole. Nur Sekunden waren vergangen. Der Mercedes rollte mit eingelegtem Gang weiter bis zur Garage, wo er mit einem dumpfen Laut am Stahl des Tores aufprallte. Das öffnete sich, einige Männer sprangen zu dem Fahrzeug hin, stellten den Motor ab und schoben es hinein.

Unmittelbar nach der brutalen Offensive fuhr der Sattelschlepper auf der Hauptstraße weiter und gab den Blick auf die Sackgasse wieder frei, in der sich das Garagentor langsam schloss. Leute, die wegen der Schüsse zur Seite in Deckung gesprungen waren, schauten nun ängstlich in das Straßenstück hinein. Nichts geschah, alles blieb still. In den Schlaglöchern der Fahrbahn lagen blutige Glassplitter und an der Seite blinkte das Metall von leeren Patronenhülsen auf dem Betonstreifen vor dem Hauseingang, sonst war nichts zu sehen. Langsam gingen die Menschen weiter, Angst und Erleichterung in ihren Gesichtern, dass es diesmal andere getroffen hatte.

Drinnen in der Garage warfen die Neonröhren einen blaugrünen, unwirklichen Schein auf die Toten in dem zerschossenen Mercedes. Ihre Augen starrten noch überrascht, das Blut, das an vielen Stellen aus den Körpern sickerte, war tiefschwarz in dem fahlen Licht und in der zerfetzten Polsterung steckten Splitter ihrer Knochen. Hamid al-Arim betrachtete das Werk der Zerstörung ohne jegliche Regung. Er gab seinen Männern ein knappes Handzeichen, worauf diese die Leichen aus dem Wagen zerrten und das Fahrzeug untersuchten. Als sie die Sporttasche unter dem Fahrersitz fanden und ihm die Sprengsätze zeigten, nickte er zufrieden. Al-Arim hatte damit gerechnet und wusste genau, was er jetzt machen würde.

»Bringt die israelischen Soldaten her«, befahl er.

Doug saß unruhig im Haus von Faris. Drei Stunden waren seit seinem Gespräch mit Jackson vergangen und keine Meldung war bisher erfolgt, dass es gut gelaufen sei.

»Wahrscheinlich ist nur der Scheiß von Funk im Arsch«, knurrte er, um sich selbst zu beruhigen, »und sie sind schon auf dem Rückweg.«

Trotzdem hatte er das ungewisse Gefühl, dass etwas schiefgelaufen war. Fluchend ging er wie ein Tiger im Käfig auf und ab. Er hätte es doch selbst in die Hand nehmen sollen, sagte er sich zum hundertsten Mal. Erneut probierte er, eine Verbindung zu Jackson zu bekommen, dessen Funk blieb aber stumm. Zornig warf er das Gerät nach dem erfolglosen Versuch auf den Tisch. Er rief nach Faris, der im Nebenzimmer saß und keinen Mucks von sich gab. Er kannte Doug lange und wusste, in dieser Stimmung durfte man dem rabiaten Kanadier nicht in die Quere kommen.

»Ich brauche dein Auto«, bellte Doug, »ich muss nach Beirut, ich muss wissen, was da los ist.«

Faris hing an seinem alten Peugeot, wagte aber nicht zu widersprechen, sondern gab Doug wortlos den Autoschlüssel. Der riss seine Jacke vom Sessel, packte das Funkgerät zusammen und verschwand nach draußen. Gleich darauf sprang der Peugeot an und Doug fuhr eilig davon.

Faris atmete auf. Besser ohne Auto, dachte er, als länger mit diesem Wahnsinnigen in einem Haus.

Zur gleichen Zeit erschienen im Internet und bei verschiedenen Zeitungsredaktionen Berichte über einen Anschlag einer israelischen Spezialeinheit gegen Zivilisten in Beirut. Das Attentat habe sich gegen führende Politiker des Libanon gerichtet, hieß es, sei noch rechtzeitig entdeckt und durch das beherzte Eingreifen der Sicherheitskräfte vereitelt worden. Bei dem Schusswechsel sei allerdings eine unschuldige syrische Familie ums Leben gekommen.

Die Fotos, der sichtbare Beweis für die Geschichte, zeigten einen zerschossenen Mercedes Kombi mit syrischem Kennzeichen, zwei tote israelische Offiziere und die Pakete mit dem sichergestellten Sprengstoff, der in eine Ausgabe der israelischen Gratiszeitung *HaYom* eingewickelt war.

15

Nimhaaven, der erst vor zwei Tagen nach Brüssel zurückgekehrt war, eilte aus seinem Büro hinaus auf den Flur. Die EU-Kommission residierte im riesigen Berlaymont Building, einem vierflügeligen Koloss, dessen Metallgerippe wie ein Krake am Rande der Altstadt von Brüssel thronte.

Das ganze Viertel bei den großen Museen im Parc du Cinquantenaire, das die EU-Kommission, die Vereinten Nationen und das internationale Pressezentrum beherbergte, wirkte wie ein Fremdkörper in dem historischen Ambiente. Die Mischung aus kleinen antiken Häusern, scharfkantiger moderner Architektur und deutlichen Bausünden aus der zweiten Hälfte des zwanzigsten Jahrhunderts war kein einladender Teil des europäischen Zentrums.

Noch im Gehen durch die endlosen Gänge zog Nimhaaven sein Handy aus der Tasche und wählte die Nummer des französischen Delegierten Bernhard Roux, der seine Aktivitäten gegen Israel im Ausschuss seit längerem unterstützte.

»Hast du das gehört?«, keuchte er ins Telefon. Seine Körperfülle machte ihm zu schaffen, wenn er sich zu schnell bewegte, besonders wenn er aufgeregt war, was oft vorkam.

»Soeben«, kam es zurück, »treffen wir uns wie üblich?«

»Ja, bin schon unterwegs.«

Die beide arbeiteten für dieselbe Kommission, dennoch lagen ihre Räumlichkeiten in getrennten Flügeln und wenn sie etwas Heikles zu besprechen hatten, taten sie dies außer Haus im bekannten *Tiago's Coffee House* gegenüber.

Auch in dem Lokal waren die aktuellen Nachrichten über den angeblichen Anschlag Israels im Libanon das Gesprächsthema an vielen Tischen. Das Publikum bestand zum Großteil aus Mitgliedern der verschiedenen Abteilungen der Union und man hatte die Meldung allgemein mit Bestürzung zur Kenntnis genommen.

»Ich kann mir nicht vorstellen, dass eine Spezialeinheit so stümperhaft agiert«, meinte Roux, als sie saßen und bestellt hatten. »Das riecht förmlich nach bewusster Fehlinformation, um Israel zu diskreditieren.«

»Das mag schon sein«, pflichtete Nimhaaven bei, »nur solange nicht das Gegenteil bewiesen ist, wird es die Öffentlichkeit glauben. Was für unsere Vorhaben ausgezeichnet passt.«

»Du denkst daran, das mit den Sanktionen jetzt rasch voranzutreiben?«

»Auf jeden Fall!« Nimhaaven wartete, bis der Kellner die Kaffees und die Mehlspeisen abgestellt hatte, bevor er leise mit gedämpfter Stimme weitersprach. »Einen besseren Zeitpunkt können wir uns gar nicht wünschen. Die Bilder vom Sprengstoff und von dem Massaker an einer unschuldigen Familie – und das unmittelbar vor Weihnachten.«

»Aber man sieht lediglich ein kaputtes Auto und Muslime feiern auch keine Weihnachten.«

»Das spielt doch keine Rolle«, Nimhaaven klang beinahe euphorisch, »die Beschlüsse fallen *hier*! Bei uns in Europa findet man eine solche Tat in der Vorweihnachtszeit besonders verwerflich. Kein Mensch denkt daran, ob und was Muslime feiern. Hast du nicht gehört, sogar die USA haben die Sache scharf verurteilt.«

Roux nickte und stocherte in seinem Tortenstück.

»Wie möchtest du vorgehen?«, fragte er nach einer Weile.

»Ich werde aus dem aktuellen Anlass eine Sitzung unserer Arbeitsgruppe einberufen, um den Gesetzesentwurf für härtere Maßnahmen zu beschließen, beginnend mit dem Aussetzen aller finanziellen Mittel. Den bringen wir bei der nächsten Kommissionssitzung dann formell ein.«

»Und wann soll das Treffen sein?«

»Im Rahmen der diesjährigen Weihnachtsgala in Edinburgh, da sind alle, die wir brauchen, vor Ort. Die Tage bis dahin sollte der Schock anhalten, damit die Leute auch zustimmen.«

»Gut, ich unterstütze das selbstverständlich.«

Roux, dessen Sichtweise der Dinge eher nüchtern war, kam Nimhaavens Vorstoß trotzdem gelegen, da er eigene Ziele damit verfolgte. Viele der westlichen Regierungen zeigten sich besorgt über die Häufung der Gewalttaten im Nahen Osten, was den französischen Staat im letzten Frühjahr veranlasst hatte, eine neue Friedensinitiative anzuregen. Das Ziel waren verstärkte Bemühungen um einen zukünftigen Staat Palästina. Ein Ansinnen, das man seitens des israelischen Außenministeriums strikt zurückwies.

Roux sah in der verschärften Gangart die Chance, die starre Haltung der Israelis aufzuweichen und sie an den Verhandlungstisch zu zwingen.

Wieder im Büro ließ sich Nimhaaven auf seinen Chefsessel fallen und lehnte sich zurück. Er wirkte über die Entwicklung, die ihm politisch perfekt in seine Pläne passte, äußerst zufrieden. Wieder einmal tobte der Krieg der Bilder zwischen Israel und den Arabern – der bestimmte den Eindruck, den man in Europa hatte. Der Zeitpunkt war also ideal.

Die Beweggründe des Franzosen kümmerten Nimhaaven wenig, solange er ihn nur auf seiner Seite wusste. Er verfasste eine ausführliche Rundmail an die Mitglieder der Arbeitsgruppe, in der er seine Argumente zusammenfasste und den Termin für den Beschluss fixierte.

*

Nachmittags liefen die Berichte der großen Agenturen auf allen Fernsehsendern. Die *Breaking News* von CNN und BBC berichteten im Halbstundentakt ausführlich über neue Fakten, blieben aber gegenüber dem Vorfall selbst relativ neutral. Andere Anstalten, vor allem aus den USA und Frankreich, hielten sich nicht zurück und verurteilten den Angriff mit entsprechend wortreichen Kommentaren. Die staatlichen TV-Programme Israels brachten sachliche Berichte mit dem Zusatz, dass die Fotos keinerlei Aussagekraft hätten und es keine bewiesenen Tatsachen gäbe. Die inländischen Privatsender blieben, außer einer Kurznotiz, überhaupt still und bezogen gar nicht Position, da sie um ihre Werbeeinnahmen aus der Wirtschaft fürchteten.

Ben-Ilan drehte den Fernseher leiser und ließ die Fernbedienung auf seinen Tisch fallen. Ein unüberschaubarer Schaden war angerichtet, der seine Bemühungen um Monate, wenn nicht um Jahre, zurückwarf. Sein Ziel war es, sich als den kommenden Mann in der Politik und seine Gruppierung als die Problemlöser in schweren Zeiten zu empfehlen, um möglichst bald die Macht zu übernehmen.

Geplant war gewesen, das Attentat gegen den Hisbollah-Führer Hamid al-Arim der Hamas in die Schuhe zu schieben, um den innerarabischen Zwiespalt zu vergrößern und davon zu profitieren. Der Fehlschlag und die Unfähigkeit der Ausführenden erreichten jetzt genau das Gegenteil, statt einem Widersacher weniger, hatte man die gesamte EU gegen sich. Seine Gruppierung würde davon nicht betroffen sein, da er sie privat finanzierte und keine Gelder aus dem Ausland benötigte, aber nach einer derartigen Kritik würden die politischen Kräfte im Land wieder enger zusammenrücken, was seinen weiteren Aufstieg erschwerte.

Natürlich konnte er sich persönlich aus der Affäre ziehen und Gazzarah zum Sündenbock stempeln, aber dann würde er einiges an Einfluss im Mossad verlieren und irgendetwas blieb immer hängen. Dementsprechend schlecht war seine Laune, als

Gazzarah, den er nach Bekanntwerden der Angelegenheit zu sich befohlen hatte, bei ihm im Außenministerium eintraf.

Gazzarah war selbst aus allen Wolken gefallen, als er die Nachrichten hörte. Er hatte jegliche Vorsicht außer Acht gelassen und versucht, Doug über sein privates Handy zu erreichen, aber der Kanadier hob nicht ab und rief nicht zurück.

Entweder ist er selbst dabei draufgegangen, dachte Gazzarah bitter, oder er ist ein feiges Arschloch, das sich vor der Verantwortung drückt. Jedenfalls stand fest, dass er die Suppe vorerst alleine auslöffeln musste. Doug lieferte öfter haarsträubende Auftritte, doch das war der Höhepunkt an Versagen gewesen. Nie wieder, schwor sich Gazzarah im Stillen, als er die Tür zu Ben-Ilans Büro im Verwaltungsbezirk von Jerusalem aufdrückte. Doug war für ihn gestorben – egal was er versuchte zu inszenieren.

»Setz dich«, sagte Ben-Ilan statt einer Begrüßung und schaltete den Monitor an der Wand, in dem die Berichte liefen, auf lautlos. Seine sonst schon knappe Sprechweise klang nun ganz unpersönlich. »Solche Fehler dürfen nicht passieren. Wieso ist dir die Durchführung derart entglitten?«

»Es war ein Team ...«

»Nicht das Team! *Dich,* meine ich!«, fuhr Ben-Ilan hoch. Seine buschigen Augenbrauen standen in der Mitte fast zusammen, so verkniffen war die steile Stirnfalte. »Du bist der Operationschef des Geheimdienstes, du warst der Verantwortliche, es waren *deine* Leute – nur damit wir uns richtig verstehen!«

Gazzarah nickte stumm.

»Ich habe davor gewarnt, die jungen Palästinenser aus dem Camp für den Auftrag anzuheuern.«

»Es waren nicht die Palästinenser, die versagt haben«, meinte Gazzarah darauf. Der befehlsgewohnte Geheimdienstmann klang verlegen.

»Nicht?«

»Nein, die sind der Hisbollah bereits einige Tage davor aufgefallen und wurden ausgeschaltet.«

»Du hast mir in Genf doch gesagt ...«

»Da wusste ich es selbst noch nicht, ich erfuhr es erst am nächsten Tag in Beirut.«

»Und wer war es dann, der diese Scheiße gebaut hat?« Ben-Ilans Stimme zitterte beinahe vor Wut.

»Na ja ...«, Gazzarah räusperte sich, »es waren Doug Whise und seine Männer. Die Zeit drängte und der Kanadier war greifbar. So habe ich den Auftrag an ihn weitergegeben.«

»Du hast was ...?!« Der sonst so kühle Politiker, der es gewohnt war, Probleme mit einer ruhigen Anweisung aus der Welt zu schaffen, brauchte seine ganze Beherrschung, um nicht vor Zorn loszubrüllen. »Die ganzen Leute, denen ich verpflichtet bin, sind vor den Kopf gestoßen! Monatelange Lobby-Arbeit hast du mit einem Schlag vernichtet. Du weißt doch, dass dieser Kanadier der Tod jeder Maßnahme ist und wieder bringst du ihn ins Spiel!«

»Es war absolut das letzte Mal.« Gazzarah versuchte, sich mit der Bemerkung herauszuwinden.

»Dieses letzte Mal war einmal zu viel. Statt dass der beschissene Hisbollah-Führer tot im Graben liegt, dreht er den Spieß jetzt um, tötet unsere Soldaten, die er vor Wochen gekidnappt hat, und legt sie als israelische Attentäter ins Pressefoto! Ist dir klar, was das für Konsequenzen haben kann?«

Ben-Ilan sprang erregt auf, ging zum Fenster und riss, trotz des kalten, verregneten Tages, den großen Flügel auf. So blieb er angewurzelt stehen und starrte hinaus, um seine Fassung wiederzufinden. Links unten lag die riesige *Cinema City*, das neue Kulturzentrum Jerusalems mit Kinos, Themenpark, Party Zone und Restaurants, deren silbrige Dachkonstruktion wie der Panzer eines überdimensionalen Insekts aussah. Auf der anderen Seite sah man hinüber zur Israelischen Zentralbank.

»Da, schau hinaus«, sagte er nach einer Weile, als er sich wieder etwas beruhigt hatte. »Das ist es, was die Leute interessiert: Geld und Unterhaltung. Da ist kein Platz für Probleme. Wo sind die Kanadier jetzt?«

»Ich weiß es nicht, ich habe sie nicht mehr erreicht.« Gazzarah war unwohl in seiner Haut. Er saß ruhig auf dem Besucherstuhl und trachtete danach, möglichst keine weitere Angriffsfläche zu bieten. Ganz entgegen seiner gewohnten Art fühlte er sich sehr unsicher. »Ich nehme an, sie saßen in dem Mercedes mit dem syrischen Kennzeichen und sind dabei draufgegangen.«

»Auch kein Trost«, giftete Ben-Ilan. Er nahm Gazzarah den gescheiterten Coup sehr übel und empfand es als persönliche Störung seines Kreuzzugs gegen die Araber, den er seit seinem Erlebnis als Zehnjähriger führte. »Keiner von dieser sogenannten Sicherheitsfirma soll sich je wieder in Israel blicken lassen. Und dir rate ich, mich in Zukunft zu informieren, bevor du eine Mannschaft ersetzt, die einen Auftrag für mich erledigt. Und suche die Leute in Zukunft besser aus. Ein weiterer Fehlgriff und wir sind geschiedene Leute!«

Er schloss das Fenster und ging zurück zum Schreibtisch. Dort nahm er eine schmale Mappe mit einem Foto und einem Ausdruck einer Personenauskunft.

»Kennst du die?« Er warf das Bild über den Tisch, es zeigte Lena Halberg.

Gazzarah schüttelte den Kopf, froh, dass Ben-Ilan das Thema wechselte.

»Solltest du aber, eine englische Journalistin. Sie schnüffelt herum, was wir für unsere Pläne momentan gar nicht gebrauchen können.«

»Ich kümmere mich darum.«

»Aber sei auf der Hut, die Kleine scheint clever zu sein. Sie ist einfach bei Friedman im Anti-Terror-Camp in Isfiya aufgetaucht und hat behauptet, sie wisse, dass ein Aaron Yafne dort stationiert war und noch lebt.«

Gazzarahs Puls beschleunigte sich in der Sekunde. Obwohl Yafne seit Jahren unabhängig arbeitete, setzte er ihn für die ganz speziellen Wünsche von Ben-Ilan ein, die er dann im Mossad nebenbei mitlaufen ließ.

»Das gibt es doch gar nicht«, meinte er sichtlich bestürzt. Er hasste Journalisten und alles, was mit Öffentlichkeit zu tun hatte.

»Überprüfe, mit wem sie Kontakt hat, vielleicht plaudert da irgendwer.«

»Ich gehe dem sofort nach, du kannst dich auf mich verlassen!« Gazzarah rauschte hinaus, froh dem Gespräch entkommen zu sein.

Ben-Ilan sah ihm lange nach, dann stand er auf. Er musste wegen Beirut zum Premier und es kotzte ihn an.

*

Dieselben Reportagen wie in Ben-Ilans Büro liefen auch im Wintergarten in Kiryat Ata.

»Ich bin immer wieder entsetzt«, sagte Esther nach einer Weile betreten, »dass unsere Leute so etwas tun. Natürlich leben wir ständig in einer Art Kriegszustand, trotzdem schrecken mich solche Methoden jedes Mal aufs Neue – von beiden Seiten.«

»Merkwürdig ist, dass es nur diese paar Fotos von schlechter Qualität gibt und sonst nichts.«

»Was meinst du?«

»Wenn so ein schwerer Überfall auf offener Straße geschieht, gibt es doch normalerweise die verschiedensten Quellen. So etwas wie Handyvideos von Passanten, die nahe am Geschehen waren, oder Aufnahmen von lokalen Reportern, die dann den Straßenzug oder die Verletzten aufnehmen. Aber es gibt absolut nichts, weder im Fernsehen noch im Internet. Ich habe schon gegoogelt und dort auch nur dieselben Aufnahmen gefunden.«

Esther nickte. »Richtig. Das ist mir gar nicht aufgefallen. Was schließt du daraus?«

»Für mich sieht es verdammt nach einem Fake aus.«

Josh, der eben vom Büro nach Hause gekommen war, kam ins Zimmer und deutete auf den Fernseher.

»Dieser aktuelle Fall hat doch garantiert etwas mit deiner Geschichte zu tun?«

»Ich hoffe nicht«, meinte Lena und überspielte ihr Grübeln. In Wahrheit versuchte sie die ganze Zeit, eine gedankliche Brücke zu bauen. Sie war wie elektrisiert gewesen, als das Foto mit den beiden sichergestellten Sprengsätzen eingeblendet wurde und der Sprecher erwähnte, dass es sich dabei um NHS-Gel handle. Nur konnte sie keinerlei Hinweis in ihrer Erinnerung finden, wie das in Beirut zum restlichen Bild passte.

»Ich gehe mich umziehen«, sagte Esther und stand auf.

»Geht ihr weg?«

»Ja, wir haben Theaterkarten für heute. Magst du nicht einfach mitkommen?«

Lena schmunzelte. »Da hätte ich wohl nicht viel davon.«

»Ach so!« Esther lachte. »Nein, es ist eine neue amerikanische Komödie in englischer Sprache und laut Beschreibung sehr lustig.«

»Danke«, sagte Lena schnell, »aber ich möchte gerne ein wenig schreiben und versuche noch, Hawk zu erreichen.«

»Magst du dazu ins Büro hinübergehen?«

Lena schüttelte den Kopf. »Ich bleibe da, ihr könnt draußen absperren, wenn ihr wegfahrt.«

»Gut, dann denk nicht zuviel über die Sache nach, sondern genieße die Ruhe. Solltest du Hunger bekommen, es ist genug im Kühlschrank. Du weißt ja, wo alles liegt. Ciao, ich hole meine Tasche und dann rauschen wir ab.«

Sie lief nach oben. Lena wunderte sich, wie ansatzlos Esther von dem furchtbaren Anschlag zu einem lustigen Theaterstück überschwenken konnte. Waren derartige Situationen wirklich so alltäglich, wenn man hier lebte?

»Jetzt sag doch, ob du einen Zusammenhang zu deinen Recherchen vermutest«, bohrte Josh, als Esther weg war, »ich sehe doch, dass es dich beschäftigt.«

»Direkt finde ich jetzt keine Verknüpfung, aber im weiteren Sinne ist es schon möglich, dass Beirut mit diesen Sachen zu tun hat.«

»Du nimmst an, dass dieser Yafne noch lebt und die beiden Sprengsätze gebaut hat, die im Fernsehen zu sehen waren?«

Lena wunderte sich, wie schnell Josh die Dinge kombinierte. »Ja, das könnte sein. Ob ich das allerdings je beweisen kann, ist eine andere Frage. Sei mir nicht böse, aber zerbrich dir bitte nicht weiter meinen Kopf. Ich möchte weder dich noch Esther in irgendetwas mit hineinziehen.«

»Als wenn das möglich wäre. *Wir* leben in dem Chaos, schon vergessen?« Josh hob den Kopf, seine Stimme bekam einen ganz eigenen Klang und er deutete mit dem Daumen über die Schulter zum Fenster hinaus. »Der Wahnsinn, der da draußen täglich passiert, das Pulverfass, das ist unsere Welt. Wir bauen unter unseren Häusern Bunker gegen Raketen und wissen, dass an jeder Bushaltestelle jemand stehen kann, der sich Sprengstoff um den Leib gebunden hat. Du kannst uns in nichts hineinziehen, wo wir nicht seit langem drinnen sind. Wir unterhalten uns als Ablenkung über Belanglosigkeiten, wir gehen ins Theater, um eine Stunde lachen zu können, und wir tun so, als ob alles ganz normal wäre, damit wir die Angst nicht dauernd spüren. Das ist unsere Realität und auch der Grund, warum Esther und ich keine Kinder haben.«

Lena schossen die Tränen in die Augen. Sie nahm Joshs Hände und drückte sie, ohne etwas sagen zu können.

Er nickte. »Schon gut, man gewöhnt sich daran.«

Josh verschwand hinaus in den Vorraum, wo Esther die Stufen herunterkam. Lena ging zum Fenster, um durchzuatmen.

16

Es war halb zehn vorbei, als dieses dumpfe Schaben auf dem Dach zu hören war. Ein Vogel oder ein Ast des großen Baums, der im Wind angeschlagen hatte? Lena sah auf die Uhr und gähnte herzhaft. Zeit zum Schlafengehen, stellte sie fest.

Nachdem Josh und Esther fort waren, tippte sie zuerst alle ihre Überlegungen in den Laptop und goss sich einen großen Topf heißen Tee auf, da es empfindlich kühl geworden war. Danach durchstöberte sie das Bücherregal im Wohnzimmer, da im Fernsehen nichts Passendes lief, und fand ein Buch über die Archäologie Palästinas und Fundstätten des biblischen Altertums.

Jetzt saß sie mit einer warmen Decke auf dem Bett des kleinen Gästezimmers und blätterte das Buch durch. Themen, die mit Ausgrabungen und alten Zivilisationen zu tun hatten, interessierten Lena schon seit ihrer Studienzeit brennend und in Israel befand man sich inmitten von Entdeckungen aus der antiken Welt. Sie bedauerte, dass sie in den vergangenen Tagen nicht die Gelegenheit gehabt hatte, in Museen zu gehen und einige der zugänglichen Kulturstätten zu besuchen. Den Text des Buches, der im Original von einem Wissenschaftler aus Jerusalem verfasst worden war, hatte Esther ins Englische übersetzt, was auch auf dem Einband stand. Lena beneidete sie um ihre Arbeit, Esther konnte sie in Ruhe von zu Hause aus machen, brauchte nicht in der Welt herumzugondeln und durfte sich mit spannenden Dingen beschäftigen, statt mit irgendwelchen Bombenbauern.

Lena seufzte hörbar und wollte sich schon wieder ihrer Lektüre zuwenden, da war das Geräusch nochmals zu hören, nur war es jetzt auf der anderen Seite, oberhalb des angrenzenden Schlafzimmers von Esther und Josh. Für einen Vogel klang es viel zu schwer und der Baum konnte sich nicht herüberbewegt haben – Lena war wie elektrisiert. Sie erinnerte sich an den Vorfall, als man sie in ihrem eigenen Haus in England überfallen und danach quer durch die Vororte verfolgt hatte. Damals war sie nur entkommen, weil ihr schnelles Motorrad im Garten stand.

Doch wie sollte sie hier wegkommen, falls das auf dem Dach ein Eindringling war? Ihr Herz klopfte deutlich schneller und sie spürte, dass ihr heiß wurde. Sie drückte auf den Schalter der Lampe auf dem Nachttisch und knipste das Licht aus. Etwas dauerte es, bis sie die Orientierung im Dunkeln wiederfand, dann streifte sie die Decke ab und schlich auf Zehenspitzen hinüber in das Schlafzimmer. Sie blieb neben dem Fenster stehen und schaute, so weit es der Blickwinkel zuließ, hinauf auf das Dach. Zu sehen war nichts, aber nun war das Geräusch genau über ihr. Lena zuckte instinktiv zusammen, es war deutlich als Schritt zu vernehmen. Jemand versuchte, von oben über die Dachschräge zu dem Fenster zu kommen, nur die dünne Holzverkleidung der Mansarde trennte sie von ihm. Lenas Herz stockte, das Fenster war nur angelehnt und wenn sie es schloss, würde sie sich verraten. Es gab also nicht den geringsten Schutz.

Da fiel ihr schlagartig ein, dass auf der Toilette, die direkt danebenlag, die Putzsachen standen. Mit vorsichtigen Schritten, nur der Fußboden knarrte leise an einer Stelle, war sie dort. Besen und Wischmob stehen links neben der Spülung, erinnerte sie sich und griff blind hinein. Irgendetwas fiel polternd um, dann ertastete sie eine kalte Metallstange. Sie fuhr mit der Hand entlang und spürte, dass es der Besen war. Sie nahm ihn an sich. Vorsichtig lief sie in das Zimmer zurück, gerade drückte eine Hand den angelehnten Fensterflügel von außen auf. Lena musste sich eisern beherrschen, um ruhig zu verharren und den besten Moment abzuwarten. Sie hatte noch ihre Jeans und einen dunkelblauen Sweater an, war im dunklen Zimmer nicht zu bemerken. Den Vorteil musste sie für ihre Aktion nutzen. Die Hand griff herein, drehte am Riegel des zweiten Fensterteiles und öffnete diesen ebenfalls. Dann schwang sich eine Gestalt von der Seite in das Fenster. Für eine Zehntelsekunde hielt Lena den Atem an, als sich das Zimmer durch den großen Körper ganz verdunkelte, dann fasste sie sich ein Herz, nahm den Besen mit aller Kraft und stürzte nach vorn. Mit aller Wucht rammte sie den Metallstiel im vollen Lauf gegen die Brust des Eindringlings. Sie hatte nur drei Schritte gebraucht und der Mann war durch die Position auf dem schmalen Brett im Nachteil. Er ließ in einer automatischen Bewegung den Fensterrahmen los, um den Angriff abzuwehren, und verlor den Halt. Mit den Armen rudernd kippte er nach hinten auf das letzte steile Dachstück und fiel über die Kante. Der Körper verschwand aus Lenas Sichtfeld und krachte unmittelbar darauf mit einem deutlichen Laut auf die Steinplatten neben dem Wintergarten zwei Stockwerke tiefer.

Lena richtete sich erleichtert auf. Sie wollte in ihrem Zorn schon etwas Grobes hinterherschreien, als es unten im Haus einen dröhnenden Schlag gab und das Splittern von Holz zu hören war.

»Das Arschloch ist nicht allein«, keuchte sie und die Angst kam zurück.

Sie tastete sich in der Dunkelheit in das Gästezimmer, versuchte ihr Telefon zu finden, als ihr einfiel, dass sie keine Notfallnummer wusste. Sie spürte das Handy unter der Decke auf und steckte es ein. Schritte kamen über die Treppe herauf. Sie fühlte sich wie ein Tier in der Falle.

Ich muss da raus, dachte sie, rannte wieder ins Schlafzimmer, stieß dabei mit dem Knöchel schwer gegen ein massives Möbelstück, fluchte laut und humpelte zu dem offenen Fenster. Die Schritte kamen näher, waren fast schon im Raum. Mit

Todesverachtung schwang sie sich auf das Fensterbrett, über das der Mann versucht hatte einzudringen, und kletterte hinaus aufs Dach. Es war kalt und sie rutschte weg, da sie keine Schuhe anhatte. Sie setzte sich hin und riss sich die dünnen Socken mit einer schnellen Bewegung herunter. Dabei bemerkte sie, dass es dort, wo sie sich angeschlagen hatte, feucht war. Sie musste ziemlich bluten. Barfuß ging es deutlich besser auf den rauen Dachziegeln. Auf allen vieren kroch sie weiter, um auf die vordere Seite zu kommen. Sie beschloss, auf den großen Baum hinüberzuklettern und dann weiter auf die Straße hinaus.

Unter ihr wurde es hell, jemand hatte das Licht im Schlafzimmer eingeschaltet. Lena sah, wie sich ein Kopf mit einer dunklen Sturmmütze, die nur die Augen freiließ, herausbeugte, dann war sie über den First hinüber. Durch die Beleuchtung auf der Straße vor dem Haus konnte sie nun auch mehr erkennen. Sie wollte sich aufrichten, doch der Schmerz im Knöchel war plötzlich so stechend, dass sie einknickte. Mit letztem Geschick vermied sie einen Sturz, massierte kurz ihren Fuß und taumelte geduckt weiter. Sie war froh, dass das Dach auf der Straßenseite flacher war, so kam sie humpelnd bis nach vorn zu dem Baum. Zu ihrer Überraschung lehnte an der Dachrinne eine Leiter, die musste der Angreifer benutzt haben. Sie spähte hinunter, nichts war zu sehen. Langsam und mit pochendem Schmerz bei jeder Belastung des Fußes stieg sie die Sprossen hinunter.

Als sie den letzten Schritt machte und schon zur Straße blickte, löste sich eine Gestalt vor ihr von der Hausmauer. Der Mann, er hielt ein Gewehr direkt auf Lena gerichtet, war im Schlagschatten unter der Leiter mit seinem dunklen Overall nicht zu sehen gewesen. Auch er trug eine Sturmhaube mit Sehschlitzen.

Normale Einbrecher oder Diebe waren das nicht, das wusste

Lena, als sie das Gewehr und die Kleidung sah. Die Anti-Terror-Einheit fiel ihr spontan ein – entweder waren die von dort oder von einer ähnlichen Truppe. Jedenfalls wirkten die Sachen militärisch. Ungeachtet der Waffe, die stumm auf sie gerichtet war, fühlte sie sich durch diese Erkenntnis sicherer, als wenn es Einbrecher gewesen wären.

Soldaten haben ihre Befehle und er hat nicht abgedrückt, zuckte es ihr durch den Kopf. Sie war jetzt sicher, er würde nicht schießen. Sie sprang von der letzten Sprosse auf den qualvoll schmerzenden Fuß, um zum Ausgang zu laufen. Kaum hatte sie sich umgedreht, traf sie etwas hart und unvermittelt über dem linken Auge. Es war wie eine Explosion auf ihrer Stirn. Lena taumelte zurück, sah den Gewehrkolben und dahinter zwei weitere Gestalten.

»Wie viele von euch Arschlöchern gibt es denn?«, murmelte sie, dann wurde es schwarz.

*

Esther lachte herzlich, als die junge Frau im dritten Akt der Komödie zu ihrem Entsetzen vor dem eigenen Ehemann stand – es war wirklich ein gelungenes Theaterstück. Josh, der in der Loge hinter ihr saß, zupfte Esther sanft am Ärmel.

»Schau«, flüsterte er.

»Jetzt lass mich«, sagte sie leise zurück, ohne den Blick von der Bühne zu nehmen.

»Nein ...«, sein Tonfall war gedämpft, aber sehr eindringlich. »Nein, schau, der Alarm!«

Noch lachend drehte Esther den Kopf zu ihm nach hinten. Auf seinem Mobiltelefon, das er in der Hand hielt, blinkte ein Signal. Er deutete nach draußen zur Garderobe, stand auf und ging hinaus. Widerwillig folgte ihm Esther. Draußen hob sie fragend beide Hände.

»Was ist los?«

»Der Alarm ist ausgelöst worden!« Er klang verunsichert.

»Im Haus?«

»Ja klar.«

»Vermutlich ist Lena einfach ins Büro hinüber ...«

»Dann hätte sie doch den Schlüssel genommen. Irgendwer muss die Tür mit Gewalt aufgemacht haben.«

»Shit«, Esther schüttelte unwillig den Kopf und lief hinter ihm her zur Garderobe. Sie hätte das Stück wirklich gerne zu Ende gesehen, aber in puncto Sicherheit vertraute sie ihm.

Sein Hobby war die Beschäftigung mit Elektronik und als der Ort vor einigen Jahren unter einer Einbruchsserie litt, baute er einen Notruf im Haus ein. Die Fenstersicherung, die dafür eigens eingeschaltet werden musste, hatten sie nicht aktiviert, da Lena zu Hause geblieben war. Bei der Eingangstür ging dies dagegen automatisch. Sperrte man mit dem Schlüssel zu, war die Schaltung aktiv. Wenn man zurückkam und normal aufschloss, schaltete sich der Alarm wieder ab. Öffnete man die Tür jedoch gewaltsam, dann setzte die Anlage einen stillen Alarm zur Polizei und zum Handy ab, ohne dass es die Eindringlinge im Haus bemerkten. Der Alarm war bisher noch nie losgegangen, es musste etwas geschehen sein.

Sie holten ihre Jacken und gingen zum Auto. Josh kurvte aus dem Parkplatz und fuhr mit ziemlich hoher Geschwindigkeit durch die Vorstadt zur Schnellstraße. Die beiden saßen mit gemischten Gefühlen schweigend nebeneinander. Esther versuchte Lena zu erreichen, aber sie kam nur auf die Mailbox.

»Was machen wir jetzt?«, fragte sie, als sie nach Kiryat Ata hineinfuhren.

»Wir halten am besten in der Parallelstraße, an der Rückseite deines Büros, und gehen zuerst dorthin. Da können wir hinüberschauen, ob wir etwas Ungewöhnliches sehen.«

»Aber Lena ist alleine!«

Esther schaute ihn verstört von der Seite an. Sie war sichtlich nervös.

»Ich weiß, aber bis wir da sind, ist eine halbe Stunde seit der Meldung vergangen. Für die schnelle Hilfe, falls wirklich eine nötig war, ist die Polizei früher da gewesen, die bekommen den Alarm gleichzeitig mit uns.« Er machte eine Pause, dann sagte er leise: »Und es dient auch niemandem, wenn wir in eine Falle laufen.«

Esther wurde blass. »Du fürchtest also, dass es mit Lenas Recherchen zusammenhängt?« Sie traute sich kaum, das auszusprechen.

»Ich hoffe nicht, aber ich habe so ein unangenehmes Gefühl, dass die Scheiße ordentlich am Dampfen ist.«

Esther blieb stumm. So einen Ausdruck hatte sie von Josh noch nie gehört, aber es stimmte: Wenn man an die Leute dachte, denen Lena gerade auf die Zehen trat, war größte Vorsicht geboten.

Sie hielten in der Nebenstraße, Josh war von der Autobahn nicht den direkten Weg gefahren, sondern abseits der Hauptstraße durch kleinere Gassen.

»Die Polizei fährt weg, aber seitlich bei den Büschen neben dem Eingang stehen noch welche. Im Garten hinten dürfte keiner sein, da ist alles finster.« Josh spähte durch die Vorhänge in Esthers Büro hinüber auf das Grundstück. »Die Eingangstür ist kaputt, der Alarm hat richtig funktioniert.«

Sie waren ungehindert, ohne gesehen zu werden, in das Apartment gekommen. Josh hatte dort einen alten Feldstecher herumliegen, der ihnen nun zugutekam.

»Siehst du Lena irgendwo?« Esther hielt es vor Angst um die Freundin nicht mehr aus.

»Nein, sie ist nicht da ... oder nicht mehr. Im Haus ist es komplett dunkel.«

»Du meinst, die haben sie abgeholt?«

»Sicher, schlafen wird sie nicht mehr und sie wäre ans Telefon gegangen.«

»Was machen die dann noch da?«

»Die warten auf uns.«

»Kannst du sehen, wie viele es sind?«, fragte Esther leise und aufgeregt.

»Ich glaube, nur mehr zwei«, sagte Josh und ging vom Fenster weg, »übrigens brauchst du nicht zu flüstern, hier hört uns niemand.«

Esther atmete durch und setzte sich auf die Schreibtischkante. »Wieso fährt die Polizei so einfach weg und lässt die anderen dableiben?«

»Weil die offensichtlich darüberstehen.«

»Militär?«

»Glaube ich nicht. Eher Geheimdienst, nehme ich an, die haben auch die Macht, Polizisten wegzuschicken.«

Esther schluckte hörbar. »Was tun wir?«

»Wir machen zunächst unsere Handys aus, bevor sie auf die Idee kommen, uns zu orten. Erst recht, wenn sie sehen, dass du zuerst bei Lena angerufen hast.«

Esther war den Tränen nahe, sie nahm ihr Mobiltelefon und schaltete es aus. »Du bist überzeugt, dass Lena nicht mehr drüben im Haus ist?«

Josh nickte.

»Und jetzt?« Sie klang verzweifelt.

»Nachdem es erst zehn ist, glauben die, wir sind unterwegs und kommen bald nach Hause. Eine Weile werden sie warten, bevor sie nach uns suchen. Damit haben wir einen Vorsprung und können verschwinden.«

»Aber wo sollen wir hin?« Sie bewunderte Josh, dass er so ruhig blieb und in der Situation so sachlich überlegte.

»Zu deinen Eltern können wir nicht, dort fragen sie

bestimmt zuerst«, überlegte Josh, »und Freunde sollten wir da nicht mit hineinziehen.«

»Was ist mit Tante Rebecca?«, fragte Esther nach einer Weile unvermittelt.

»Das ist gut!« Josh nickte erleichtert. »Da gibt es keine Verbindung zu uns und sie sitzt jeden Tag bis Mitternacht vor dem Fernseher. Wo steht der Golf?«

»Auch hinten in der Nebenstraße, dort hat ihn Lena gestern geparkt, nachdem sie zurück war.«

»Dann fahren wir mit dem, der fällt weniger auf als der weiße Geländewagen.« Er holte die Reserveschlüssel des Golfs vom Schlüsselbrett.

Esther schnappte sich noch ihren Laptop vom Tisch. »Den nehme ich auch mit, vielleicht finde ich was.«

Tante Rebecca war keine richtige Tante, sondern eine langjährige Freundin von Joshs Eltern. Sie war eine alleinstehende Frau von über achtzig Jahren, die nahe der Küste lebte. Sie kannte Josh schon seit seiner Geburt und da sie Probleme mit den Hüften hatte, erledigte Esther die meisten Wege für sie.

Auf dem Weg zu Rebecca erinnerte sich Esther an die Bemerkung von Lena, dass die Bürowohnung nach wie vor auf ihren Mädchennamen lief. Jetzt war sie froh darüber, das nie geändert zu haben, dadurch war die Adresse den Männern nicht sofort aufgefallen.

Die alte Dame freute sich, als die beiden klingelten. Ihr war jede Abwechslung vom Fernsehalltag recht und sie hinterfragte mit keiner Silbe, warum sie so spät vorbeischauten. Während Lena ihre Tasche mit dem Laptop auspackte, ging sie in die Küche, um Getränke zu holen. Josh brachte ihr schonend bei, dass Esther und er für heute Nacht ein Quartier brauchten. Nicht einmal darüber wunderte sie sich.

»Sehr schön, dann habt ihr Hunger«, sagte sie, das war alles.

Es dauerte keine Viertelstunde, bis Rebecca einen Topf Nudeln gekocht und mit Tomatensugo übergossen hatte. Esther nahm eine Riesenportion, da sie Aufregungen stets hungrig machten, und ging damit ins Wohnzimmer. Sie drehte den Fernseher leiser, aß ein paar Bissen und warf dabei den Laptop an. Das Internet über ihren Stick funktionierte tadellos. Josh, der sich nur einen kleinen Happen auf den Teller genommen hatte, kam ihr nach.

»Du möchtest die Nummer von diesem Hawk im Computer finden?«, fragte er kauend.

»Richtig, hat Lena den Kontakt gespeichert, dann kann ich versuchen, ihn zu erreichen.« Sie durchsuchte ihren Skype-Account, fand aber nichts. Frustriert trommelte sie mit den Fingern auf die Tischplatte. »Das wäre auch zu schön gewesen.«

»Werden die Verbindungen nicht unabhängig auf deiner Cloud gesichert?« Josh stand hinter ihr und legte beruhigend seine Hände auf ihre Schultern.

»Das könnte sein.« Esther verband sich mit dem externen Server und fand in ihren Sicherungsdateien die Liste der Verbindungen und darin Hawks Anschluss.

»Na, dann versuche es doch gleich ...«, drängte Josh.

»Aber es ist bald Mitternacht.«

»Bei uns, aber wenn er in Washington sitzt, so wie Lena gesagt hat, dann ist es dort erst Nachmittag.«

»Natürlich, ich bin ganz durcheinander.«

Josh nahm ihre Hände. »So wie ich. Ich hoffe, er ist tatsächlich so ein Wunderknabe, wie Lena behauptet hat. Fraglich ist, ob er von Amerika aus überhaupt was tun kann«, seine Stimme klang belegt, »ich hab jetzt eine Scheißangst!«

Bereits nach dem ersten Läuten wurde in Amerika abgehoben. Esther drückte auf *Videocall*. Es krachte in der Leitung und am Monitor erschien eine Hand, die versuchte, eine Webcam einzurichten.

»Sofort, geht gleich ...«, brummte eine Stimme dazu.

»Mister Hawk?«, fragte Esther laut.

»Lena?«, kam es nach einigem Krachen in der Leitung zurück. Zugleich erschien jetzt ein Bild eines Mannes mit längeren grauen Haaren und einem Vollbart auf dem Monitor.

»Leider nicht ...«, antwortete Esther. Die ganze Spannung löste sich und sie begann zu schluchzen.

»Was ist geschehen, dass eine so hübsche junge Frau weinen muss?«, fragte Hawk und die brummige Stimme wurde väterlich. »Ich sehe, Sie haben zum Glück jemanden, der Ihnen beisteht.«

Josh beugte sich vor und nickte zur Begrüßung.

»Shalom«, grüßte Hawk höflich zurück, um dann hinzuzufügen: »Wir sind doch noch in Israel?«

17

Zuerst kam ein schrilles Stechen in ihr Bewusstsein, so als würde eine dicke Nadel wieder und wieder in ihren Knöchel gestoßen. Unmittelbar darauf setzte ein heftiger Kopfschmerz ein, der im Nacken begann und mit jedem Pulsschlag dumpf gegen die Stirn hämmerte. Intuitiv wollte die Hand zum Kopf greifen, doch es ging nicht. Irgendetwas hinderte sie. Dazu gab es laute, dröhnende Geräusche und es rüttelte unentwegt.

Langsam schlug Lena die Augen auf, was nur mühsam und mit einem Stechen gelang. Es war dunkel. Manchmal huschte ein Licht vorbei, das die Umrisse einer Ladefläche wie ein Foto aus der Finsternis riss. Lena brauchte Minuten, um sich zurechtzufinden. Sie war mit Handschellen an ein Gestell in einem Transporter gefesselt, das Schütteln kam von dem unruhigen Untergrund und das Geräusch war der Motor direkt unter ihr. Wir müssen außerhalb sein, wegen der schlechten Straße, dachte sie langsam, und es ist ein alter VW-Bus, der hat den Motor hinten. Dann erinnerte sie sich an ihre Klettertour über das Dach und den Schlag mit dem Gewehrkolben. Links über der Augenbraue musste ein Cut sein, da der Kopfschmerz genau dorthin pochte. Lena kämpfte mit ihrer Übelkeit, sie wollte sich nicht übergeben.

Wieder gab es Licht, das den Innenraum erkennen ließ, diesmal blieb es und wurde regelmäßig stärker und schwächer. Es gab demnach Straßenbeleuchtung. Nach der Fahrt über Land näherten sie sich einer Stadt oder einer bewohnten Gegend. So gut es ging, wuchtete sich Lena hoch und kam auf die Knie. Sie wollte sehen, wo sie war, ob sie etwas erkennen konnte. Ihre Handschellen hingen an einer Metallstrebe, die über die ganze Seitenwand des Busses lief. Sie hielt sich, so gut es die Fesseln zuließen, an der Stange fest und lehnte den schmerzenden

Kopf gegen das schmale, vergitterte Fenster. Sie erreichte jetzt die Tasche ihrer Jeans – das Handy war weg.

Ihr fehlte jegliches Gefühl, wie lange sie schon unterwegs sein mochten. Es war noch Nacht, aber das bedeutete nichts. In einem Land, dessen größte Ausdehnung nicht einmal fünfhundert Kilometer betrug, konnte man in drei bis vier Stunden praktisch überall sein.

Sie bogen in eine Kleinstadt ein. Die Umgebung war Lena unbekannt, doch alles schien ihr besser als die dunkle Ungewissheit. Der Ort erinnerte sie an Kiryat Ata, nur die Straßen waren ungepflegt. Die Palmen am Rand sahen vertrocknet aus und wirkten in dem fahlen Licht der Straßenlampen unwirklich stachelig und braun. Entlang der Fahrbahn war aufgegraben, viele der Grundstücke schienen verwaist, manche mit halb fertigen Rohbauten darauf, an der Seite lagen aufgeplatzte Müllsäcke. Sie fuhren an einer Tankstelle vorbei, die geschlossen war, daneben befand sich eine offene Waschstraße und etwas abseits eine Schrotthalde mit Autoleichen und einem Wohncontainer mit großen Schriftzeichen. Die bläulichen Scheinwerfer an den vier Ecken ließen ihn wie ein schwebendes Raumschiff inmitten der rostigen Schrottkarren wirken.

Ein schweres Fahrzeug kam ihnen entgegen, soweit Lena erkennen konnte, war es ein Militär-LKW. Der Fahrer des Lasters blinkte auf, so als würde er jemanden grüßen. Die kennen sich, dachte Lena, also waren ihre Kidnapper auch Militärs.

Sie wechselte die Position, um den Knöchel zu entspannen. Er schmerzte höllisch, doch gegen den rasenden Kopfschmerz, der gewiss von einer leichten Gehirnerschütterung herrührte, war er erträglich, solange man den Fuß nicht belastete.

Wie abgeschnitten hörte vor dem Fenster jegliche Bebauung auf. Das Land wirkte nun seltsam tot – keine Bäume mehr, nur vereinzelt kleine Büsche, die verdorrt waren, und steinige Erdhaufen, die dort, wo das Licht endete, in die Dunkelheit liefen. Lena glaubte, die Einfahrt zu einem Friedhof zu erkennen, zumindest las sie die Aufschrift auf dem weißen Hinweisschild als *Cemetery*. An der Seite begann eine Mauer, an der entlang in regelmäßigen Abständen hohe Strommasten mit schwer hängenden Überlanddrähten standen.

Der Bus bog abrupt nach rechts ab, Lena wurde gegen die Seitenwand gedrückt und schlug mit dem Kopf gegen die vergitterte Scheibe. Sie schrie vor Schmerz und Zorn auf. Draußen schob sich ein Betonklotz ins Bild, der wie ein deutscher Bunker aus dem Zweiten Weltkrieg aussah. Sie fuhren durch eine Öffnung in der Mauer geradewegs auf diesen Klotz zu. Er war einige Stockwerke hoch, hatte zwei vorspringende Türme mit Löchern wie Schießscharten und obenauf Sendemasten aus rohen Stahlstangen. Lena nahm davor niedere Stacheldrahtverhaue wahr und Posten, die patrouillierten.

»Wo bin ich da bloß hineingeraten?«, flüsterte sie tonlos und fühlte sich ziemlich verlassen.

Der Bus passierte ein Tor und hielt unmittelbar danach unter der Einfahrt. Laut hallte der Motor zwischen den Wänden. Die Seitentür des Busses wurde aufgerissen und ein Mann leuchtete Lena mit einer grellen Stablampe ins Gesicht. Er sagte etwas in unfreundlichem Tonfall, fasste harsch nach ihren Händen und öffnete die Handschellen. Lena rieb sich die schmerzenden Handgelenke und wollte ihre Stirn betasten. Der Mann verstand die Bewegung offensichtlich falsch, griff mit einem Unmutslaut zu und drehte ihr die Hand grob auf den Rücken. Lena schrie auf, was zur Folge hatte, dass sie einen Stoß bekam, der sie aus dem Fahrzeug taumeln ließ. Sie landete auf dem angeschlagenen Knöchel, knickte sofort ein und fiel der Länge nach aufs Gesicht. Neben dem Auto standen noch zwei Typen, die packten sie, rissen sie hoch und zerrten sie in einen Gang.

»Ihr Schweine«, gurgelte sie und tastete mit der Zunge nach ihrer Lippe, die sie sich bei dem Sturz aufgeschlagen hatte.

Sie schleppten sie noch einige Meter weiter, dann wurde sie derb in einen Raum gedrängt und zu Boden gestoßen, danach wurde er versperrt. Sie war allein.

Der Raum war vollkommen lichtlos. Lena hockte sich auf den Boden, versuchte klar zu denken, was ihr nur schwer gelang. Sie zitterte am ganzen Körper, so groß war die Angst, die in ihr aufstieg. Mit einem Schüttelfrost nahm sie in dieser Finsternis von ihr Besitz.

Wer sind die? Wo haben sie mich hingebracht? Was werden sie jetzt mit mir anstellen? – waren die Gedankenfetzen, die ihr unaufhörlich durch den Kopf jagten. Darüber schoben sich Bilder von Gefolterten, die man aus Reportagen kannte. Menschen, die man weggebracht, gepeinigt, getötet hatte, die ohne Prozess verschwunden waren, die man an Orten wie diesen verrotten ließ. Am liebsten hätte sie sich mit einem Schrei Luft gemacht, aber es kam nur ein gurgelndes Krächzen aus ihrer trockenen Kehle und gleichzeitig quälte sie ein Hustenreiz.

Sie war todmüde, nicht mehr in der Lage aufzustehen, hatte nur mehr den Wunsch, aus diesem Albtraum wegzudriften, ohnmächtig zu werden, um nicht mehr vor Panik beben zu müssen. Vorsichtig griff sie um sich und berührte eine flache Holzplatte, es konnte eine Pritsche sein oder eine Truhe – gleichgültig. Sie zog sich darauf und rollte sich zusammen, Decke oder Polster gab es nicht. Sie weinte, ohne dass sie es bemerkte. Die vollkommene Mutlosigkeit und die Verlassenheit in diesem schwarzen Loch nahmen ihr jegliches Gefühl. Nichts war mehr zu fassen, an dem man sich festhalten konnte, nicht einmal die Schmerzen. Nur die eisige Kälte spürte sie noch, bevor die Erschöpfung sie endlich erlöste.

Unterhalb der Decke fiel ein schmaler Lichtschein durch einen Schlitz in der Betonmauer auf die gegenüberliegende Wand. Es musste Tag sein. Lena setzte sich mühsam auf. Die Seite, auf der sie gelegen hatte, war steif und wie gerädert von dem harten Holzbrett. Langsam kam sie zu sich und je munterer sie wurde, desto deutlicher spürte sie auch ihren Körper wieder. Sie gähnte und bog den Kopf nach vorn, um die Nackenmuskeln zu dehnen.

In dem Zwielicht konnte sie den Raum erkennen, in den man sie verfrachtet hatte. Es war eine Zelle, etwa zwei mal drei Meter, die Betonwände bis in Augenhöhe mit grünlicher Ölfarbe, die an mehreren Stellen abblätterte, mehrmals dick überstrichen. Lena saß auf einem Metallgestell, auf dem eine Holzplatte als Liegefläche verschraubt war, darunter lag ein altes Kissen in einem undefinierbaren, fleckigen Überzug aus grobem Stoff. Sie fischte es hervor und stellte ihre Füße darauf. Sie war noch immer barfuß, seit sie auf dem Dach die Socken ausgezogen hatte, um nicht auszurutschen. Es war kalt. Sie rieb ihre eisigen Zehen. An der Stirnwand der Zelle, unter dem Lichtschlitz, befanden sich eine Waschmuschel und eine nackte Kloschüssel ohne Sitz, die dick mit Urinstein bedeckt war. Als Spülung stand ein Blecheimer mit Wasser daneben.

Lena ekelte es, trotzdem blieb ihr keine Wahl. Sie stand auf, humpelte die zwei Schritte hinüber, zog ihre Hose hinunter und setzte sich mit Abscheu auf die kalte Kante. Im Sitzen tastete sie ihren Fuß ab. Der Knöchel war geschwollen, aber nicht so arg wie befürchtet. Sie versuchte, den Fuß zu belasten – es stach noch, ging aber leidlich. Die Kopfschmerzen waren auch erträglich. Sie fuhr sich über die Schwellung auf der Stirn über der linken Braue. Es war ein deutlicher Cut, verkrustet und noch sehr empfindlich. Die Stelle war bestimmt dunkelblau.

Jetzt sah sie auch, welches Geräusch sie geweckt hatte. In der Tür war eine Klappe mit einem Brett darunter. Auf dem standen ein Becher und ein Blechnapf mit etwas zu essen – Frühstück. Lena zog die Hose hoch und ging durch die Zelle zum Eingang. Der eiskalte Boden fühlte sich sandig rau an Sie nahm die kleine Schüssel, die angenehm heiß in ihren Händen lag. Der Inhalt sah nach Suppe aus. Daneben lagen ein Löffel und ein Stück Brot. Eigentlich wollte sie das Ganze in einer ersten Reaktion an die Wand schleudern, dann siegte der Hunger und sie setzte sich damit auf das Bettgestell.

Während sie das trockene Brot kaute und die bräunliche Flüssigkeit löffelte, begannen ihr Tränen über die Wangen zu laufen und ihre unbändige Angst wich nach und nach einer lähmenden Hilflosigkeit. Es gab anscheinend keinen Auftrag, sie zu töten, denn sie lebte noch und man gab ihr zu essen, aber welche Pläne hatte man mit ihr? Warum das Ganze und wer tat ihr das an?

Sie versuchte, im Geiste alle Personen durchzugehen, die sie in den letzten Tagen getroffen hatte, um herauszufinden, wer hinter der Aktion stecken könnte. Der Dicke aus der Chemiefabrik oder jemand aus dem Forschungsinstitut hatten nicht die Beziehungen, blieb nur dieser Friedman von der Anti-Terror-Einheit. Gut, sagte sie sich, ich bin dort einfach aufgetaucht und habe unbequeme Dinge gesagt, aber dafür gleich in so ein Loch gesteckt zu werden?

Lena wischte sich mit dem Unterarm über Augen und Nase, um sich abzutrocknen. Würde sie hier je wieder herauskommen? Würde man sie foltern? Die Ungewissheit machte sie rasend und ließ erneut die Furcht, aber auch einen unsagbaren Hass in ihr aufsteigen. Sie sprang zur Tür hin und hämmerte mit dem leeren Blechnapf wie eine Verrückte dagegen.

»Ich bin britische Staatsbürgerin, ich habe das Recht, meine Botschaft anzurufen!«, brüllte sie mit aller Kraft. Sie schlug sich die Knöchel auf, was sie noch wütender machte. »Noch nie etwas von Menschenrechten gehört? Ihr Arschlöcher!«

Keinerlei Reaktion, es blieb still.

»Das gibt's doch nicht«, keuchte sie, um dann erneut zu schreien: »Hört mich jemand ...? Ist sonst noch jemand da?«

Sie schleuderte den Blechnapf in die Ecke, der von dort absprang und scheppernd über den Boden kullerte. Sie drehte sich schwer atmend um. Es war doch nicht möglich, dass sie niemand hörte.

Draußen, schoss ihr ein, was ist draußen? Der vergitterte Schlitz in die Freiheit war über dem Klo. Lena lief durch die Zelle, turnte angewidert mit den bloßen Füßen auf den hinteren Teil des bräunlich verpissten Muschelrandes und schaute hinaus. Die momentane Helligkeit brannte in ihren Augen. Sie sah eine relativ große Fläche, zum Teil mit alten Betonplatten bedeckt, gegenüber eine flache Baracke mit Wellblechdach und mehreren Toren und links die Mauer, durch die sie in der Nacht mit dem Bus gekommen waren. Das ganze Areal wirkte menschenleer. War sie nur abgeladen worden? Aber wer hatte ihr dann die Suppe gebracht? Verzagt stieg sie vom Klo hinunter und ließ sich auf die Pritsche fallen.

»Ach Niels«, schluchzte sie vor Verzweiflung auf, »warum bist du nicht mehr da? Ich sitze in diesem verlassenen Winkel und bin so allein. Wenn sie doch nur kommen würden, um dem allen ein Ende zu machen ...«

Eine Hand riss Lena am Arm hoch. Es war stockdunkel und jemand leuchtete ihr ins Gesicht. Sie taumelte in die Höhe, wusste nicht, was los war. Irgendwann musste sie wieder eingeschlafen sein. Sie zogen sie hinaus auf den Gang, legten ihr Handschellen an und trieben sie den Korridor hinunter. Willenlos torkelte sie vor ihnen her. Am Ende brannte eine einzelne Glühbirne. Es musste wieder Nacht sein. Lena hatte keinerlei Zeitempfinden mehr. Bevor sie zur Glühbirne kamen, öffnete sich eine Tür und man deutete ihr, in den Raum zu gehen. Lena stolperte über die Schwelle, einer ihrer Peiniger ging mit hinein, warf die Tür zu und stellte sich breitbeinig davor.

In dem Zimmer brannte eine große Lampe und die Wände wirkten sauber gestrichen. Es war angenehm warm in dem Raum, nur die Fliesen am Boden schienen noch kälter zu sein als der Beton in der Zelle. An einem Tisch in der Mitte saß ein Mann in Sakko und Rollkragenpulli. Er war schlank, hatte ein schmales Gesicht und trug eine Brille mit einer modernen, runden Fassung.

Lena sah sich unsicher um. Sie war wieder halbwegs wach. In einer halb angelehnten Fensterscheibe hinter dem Mann spiegelte sie sich. Ich schaue erbärmlich aus, dachte sie, als sie sich sah. Trotz der gefesselten Hände versuchte sie, ihren Sweater zu richten und sich das Gesicht abzuwischen.

»Guten Morgen«, sagte der Mann in akzentfreiem Englisch. Seine Stimme war angenehm und sachlich.

Sie freute sich, ihre Sprache zu hören. »Wie spät ist es?«

»Es ist erst vier Uhr, entschuldigen Sie daher meinen frühen Besuch, aber es ging nicht anders.«

Sein ruhiges und höfliches Auftreten passte nicht hierher. Der Besucher wirkte auf Lena wie ein höherer Beamter oder wie der Angestellte einer diplomatischen Vertretung.

»Arbeiten Sie für die Botschaft?«, fragte sie und klammerte sich an die Vorstellung, er wäre gekommen, sie abzuholen.

»Leider nicht«, antwortete er und machte eine einladende Bewegung zu dem Stuhl, der auf Lenas Seite des Tisches stand, »aber Sie können mir vertrauen, ich komme im Dienst der Regierung, um Ihnen behilflich zu sein.«

»Gut, ich möchte zunächst einmal die britische Vertretung anrufen.«

»Setzen Sie sich erst!« Er wiederholte die Handbewegung, diesmal kam sie knapp und der Satz klang wie ein Befehl.

Lena ging mechanisch zum Tisch und setzte sich auf die Kante des Sessels. Er schob ihr ein Blatt mit ihren Daten und ein ausgedrucktes Foto von ihr herüber.

»Sind Sie das?«

Lena blieb stumm.

»Ich habe Sie nicht verstanden!«

»Ja, das bin ich.« Ihre Haare sträubten sich im Nacken und eine Abneigung gegen den Typen stieg in ihr hoch.

»Frau Halberg ...«, er unterbrach sich, »ich darf Lena sagen?«

Sie reagierte nicht.

»Was machen Sie in unserem Land, Lena?«

»Urlaub.«

»Aber Lena ...« Sein liebenswürdiger Unterton klang hinterhältig. »Journalisten, so wie Sie, sind doch nie auf Urlaub.«

Der holt mich da nicht heraus, der passt ganz genau hierher, dachte Lena jetzt voller Bitterkeit, er macht nur auf freundlich, in Wirklichkeit gehört er zu denen. Ansatzlos holte sie eine maßlose Wut ein.

»Ich finde Ihre Bemerkung lächerlich«, stieß sie heraus und die Stimme klang hasserfüllt krächzend. Unter dem Tisch spannte sie die Hände in den Fesseln. Das tat weh, machte sie aber auch hellwach. »Die Masche mit der jovialen Tour können Sie sich sparen, die zieht nicht bei mir. Ich weiß zwar nicht, wo Sie mich festhalten, aber glauben Sie mir, ich werde das nicht so einfach hinnehmen. Und, mein Name ist Frau Halberg!«

Sie atmete tief durch. Nach dem Tag und der Nacht in dem Loch hatte ihr das gutgetan.

Für eine Sekunde saß er starr auf seinem Stuhl, der plötzliche Ausbruch war für ihn überraschend gekommen. Er sah sie direkt an und in seinem unfreundlichen Blick lag offene Feindseligkeit.

»Dann eben anders«, sagte er trocken, »Sie haben sich als Ausländerin eine Reihe von Verstößen gegen unsere Gesetze zuschulden kommen lassen.«

»Gesetze? Interessant, dass Sie davon sprechen«, sie hob ihre gefesselten Hände und hielt sie ihm ausgestreckt über den

Tisch hin, »Menschen, die niemandem etwas getan haben, in diesen verdammten Bau zu stecken ...«

»Niemandem etwas getan? Sie haben einen Angestellten eines hiesigen Konzerns unter Druck gesetzt! Sie sind ...«

»Ohne die Möglichkeit, sich zu waschen«, fuhr sie unbeirrt fort, »oder eine ordentliche Toilette zu benutzen. Dazu gibt es braunen Fraß aus einem dreckigen Blechnapf!«

Er schnitt ihr barsch das Wort ab. »Sie sind in ein Sperrgebiet eingedrungen und haben sich der Verhaftung widersetzt!«

»Schwachsinn!« Sie wollte zornig aufspringen, doch der Mann von der Tür stand jetzt hinter ihr, schlug ihr mit der flachen Hand auf den Hinterkopf und drückte sie brutal auf den Sessel zurück. Lena ließ sich davon nicht bremsen, wand sich aus dem Griff und beugte sich vor. »Ich habe nur einige Interviews geführt, das steht mir durch meine internationale Akkreditierung zu, auch bin ich in kein Sperrgebiet eingedrungen, sondern lediglich auf einer Straße gefahren, die nicht lesbar beschriftet war. Und ich habe mich keiner Verhaftung widersetzt, vielmehr sind Ihre Leute in der Nacht in ein Privathaus eingebrochen und haben mich einfach niedergeschlagen.«

»So kommen wir nicht weiter.« Er lehnte sich mit einer unwirschen Geste zurück. »Welches Interesse haben Sie an einem toten Mitarbeiter von Agratan?«

»So tot wäre ich gerne«, murmelte Lena für sich.

»Was?«

»Ich sagte, ich will meine Botschaft anrufen!«

»Das ist leider nicht vorgesehen.«

Nach dem Verhör brachten die Männer Lena zurück durch den Gang, rempelten sie vorwärts und lachten, wenn sie gegen die Wand stieß. Bevor man sie in die Zelle schob, nahm sie einer von hinten am Arm, riss sie herum und zog sie knapp zu sich. Er nahm ihr die Handschellen ab und griff ihr dabei grob auf die Brüste. Er roch abstoßend, sagte etwas Anzügliches, das Lena nicht verstand. Die Panik ergriff wieder von ihr Besitz. Sie riss sich los, schrie ihn an und flüchtete in ihr Loch.

Lange saß sie regungslos, starrte ohnmächtig gegen die Wand über der Tür, auf der sich das graue Licht des anbrechenden Tages abzuzeichnen begann.

18

Gazzarah war im Auto auf dem Weg in das nur vierzig Minuten entfernte Tel Aviv. Er wollte noch in sein Büro im Mossad und einen Bericht über die Befragung der englischen Reporterin schreiben. Über zwei Stunden hatte die Vernehmung gedauert, war aber stets im Kreis gelaufen – Gazzarah hielt Lena vor, dass sie Dinge behaupte, für die es keine Beweise gab, mehrere Gesetze gebrochen hätte und überdies nichts von ihren Recherchen veröffentlichen dürfe; sie wiederum kam mit ihrer beschissenen Pressefreiheit, schob jegliche Schuld von sich und beharrte auf ihre Rechte als britische Staatsbürgerin. Es hatte ihn überrascht, wie respektlos sie mit ihm umgegangen war. In der Regel bettelten die Inhaftierten um eine bessere Behandlung oder zeigten sich aus Angst kooperativ.

Wen sie über ihre Vermutungen, die zu seiner Verblüffung der Wahrheit entsprachen, informiert hatte oder was sie damit weiter anstellen wollte, konnte er aus ihr nicht herauspressen. Es war ihm auch egal, sie würde den Aufenthalt in dem Militärgefängnis nicht überleben. Dafür würde er sorgen. Also warum weitere Gedanken daran verschwenden.

Dennoch wunderte er sich darüber, dass sie in so kurzer Zeit derart viel herausgefunden hatte. Welche Fehler waren vor einigen Jahren passiert, als Yafne von der Bildfläche verschwinden musste? Oder gab es einen Mitwisser, der zu plaudern begann? Er würde den Dingen nachgehen und wenn da einer aus der Reihe tanzte ...

Mitten in seine Überlegungen läutete das Autotelefon des Dienstwagens. Es war Ben-Ilan. Gazzarah drückte am Display auf Gesprächsannahme. Er war froh, im Fall der Journalistin so rasch durchgegriffen zu haben. So konnte er dem Politiker gegenüber wieder auf positive Neuigkeiten verweisen und den

Flop in Beirut vergessen machen. Ein Irrtum, wie sich sofort herausstellen sollte.

»Wo ist die Engländerin?«, kam es ohne jegliche Begrüßung aus dem Lautsprecher.

»Ist erledigt.«

»Gar nichts ist! Scheiße ist!«

Gazzarah stutzte und verlangsamte sein Tempo. Warum war Ben-Ilan derart übel gelaunt? Was war denn diesmal wieder nicht in seinem Sinne?

»Du hast gesagt, ich soll mich um sie kümmern«, sagte er beruhigend, »und das habe ich sofort getan. Sie schnüffelt nicht mehr!«

»Wo ist sie?«

»Sie ist bestens verwahrt«, er betonte jedes Wort, stolz auf seine Lösung, »wir haben sie in die Facility gebracht.«

»Du hast was?« Ben-Ilans Stimme überschlug sich. »Du hast sie ins Militärcamp gesteckt?«

»Ist doch perfekt«, verteidigte sich Gazzarah, »da findet sie so schnell niemand und wir haben Ruhe für unsere Pläne.«

»Denkst du überhaupt, bevor du etwas tust?«

»Wieso? Es war doch dein ausdrücklicher Wunsch, dem nachzugehen.« Gazzarah schüttelte den Kopf. Er wusste überhaupt nicht, wie er reagieren sollte. Er ließ das Auto ausrollen und blieb am Straßenrand stehen.

»Ja, nachgehen! Sehen, was sie tut, sie mit etwas beschäftigen, ihr belanglose Informationen zuspielen oder einen Vorwand erfinden, damit sie von selbst ohne viel Aufsehen nach England zurückkehrt, meinetwegen einen Autounfall inszenieren ...« Ben-Ilan schnaubte laut. »Aber doch nicht: Sie in ein Lager zu Terroristen werfen! Die Medien zerreißen uns in der Luft, wenn das herauskommt.«

»Das wird es keinesfalls, da lege ich meine Hand ins Feuer. Sie kommt nicht lebend aus dem Camp heraus.«

»Bist du jetzt vollkommen verrückt geworden?«

»Nein, aber es geht nicht anders«, verteidigte Gazzarah seine Entscheidung, »sie hat einiges herausgefunden. Zu viel, um sie gehen zu lassen ...«

»Das machst du keinesfalls. Du rührst sie nicht an!« Ben-Ilan wurde gefährlich leise. »Ich lasse mir das, was ich aufgebaut habe, doch nicht von euch Idioten zerstören! Wir stehen unmittelbar vor einer diplomatischen Katastrophe wegen deinen Aktionen. Glaubst du, ich riskiere eine internationale Verwicklung wegen einer blöden Reporterin?«

»Ich kann mir nicht vorstellen, dass jemand davon erfährt.«

»*Jemand* ist gut! Das amerikanische Außenministerium hat mit Nachdruck interveniert, direkt im Büro des Premiers. Reicht dir das?«

»Das gibt's doch nicht ...« Gazzarah schluckte und suchte nach einer Rechtfertigung, die er nicht fand.

»Und das unmittelbar nach der stümperhaften Aktion in Beirut«, setzte Ben-Ilan hinzu. »Kannst du dir vorstellen, was los ist, wenn jetzt auch noch die Reporterin nicht mehr auftaucht? Es reicht mir langsam!«

Eine Weile blieb es still. Gazzarah war tief in den Autositz gerutscht und wagte nicht, etwas zu erwidern. Er spürte instinktiv, dass er Gefahr lief, als Sündenbock herzuhalten. Das würde bedeuten, den Job zu verlieren, womöglich einen Prozess zu riskieren und von Ben-Ilan fallen gelassen zu werden. Damit wäre sein Traum, in den obersten Kreis des Mossad aufzusteigen, ausgeträumt. Er beschloss daher, bedingungslos zu akzeptieren, was der Politiker von ihm verlangte. Mit der Zeit würden sich die Dinge wieder beruhigen.

»Bist du noch da?«, kam es aus dem Lautsprecher.

»Ja, natürlich.«

»Wegen der englischen Journalistin darf es keine Komplikationen geben und es wird schwer genug sein, das entstandene

Chaos noch gütlich zu regeln. Die Sache steht innenpolitisch ziemlich auf der Kippe. Egal, du hältst dich zur Gänze heraus. Ich kümmere mich persönlich um alles Weitere, damit wieder Ruhe einkehrt. Hast du mich verstanden, Ron?«

»Wie du willst«, sagte Gazzarah schnell. Die versöhnliche Verwendung seines Vornamens ließ hoffen, dass sich die Laune seines Gesprächspartners besserte.

»Eines muss dir hingegen klar sein, falls etwas durchsickert, kann ich nichts mehr tun. Dann trennen sich unsere Wege in Zukunft. Vorerst hoffen wir, dass die Dinge im Sand verlaufen.« Ansatzlos wechselte er das Thema. »Wie geht es in Europa voran?«

»Nicht so toll«, Gazzarah versuchte, wieder den üblichen geschäftsmäßigen Ton anzuschlagen. Er trat aufs Gaspedal und lenkte den Wagen zurück in den Morgenverkehr. »Ich habe Nachricht von meinem Kontaktmann in der Arbeitsgruppe. Der Holländer hat eine Rundmail verschickt. Er möchte den Gesetzesentwurf für die Einführung von Sanktionen demnächst beschließen lassen.«

Ben-Ilan überlegte kurz. »Wann soll das stattfinden?«

»Bei einer Sondersitzung am Rande der Weihnachtsgala, zu der viele Mitglieder der EU-Kommission geladen sind.«

»Wie weit sind unsere Vorbereitungen?«

»Ich habe alle erforderlichen Details weitergegeben und nur Zeitpunkt und Einsatzort offen gelassen. Die Ware ist demnach fertig, unser Mann ist äußerst zuverlässig. Im Rahmen der Feierlichkeiten gäbe es auch ausreichend Gelegenheit für uns.«

»Gut, dann weißt du, was jetzt zu tun ist. Offiziell muss es nach einem Anschlag arabischer Terroristen aussehen. Gründe gibt es durch den Konflikt mit Syrien gerade genug, auch in der Hinsicht ist der Zeitpunkt günstig. Aber Ron – diesmal kein Versagen, keine Schreckensmeldung, keine Kanadier ...«

»Selbstverständlich. Es wird garantiert blitzsauber!«

Ben-Ilan hatte aufgelegt.

Eine halbe Stunde später war Gazzarah zurück im Büro. Er überlegte, ob es nötig wäre, einen Bericht über das Verhör mit dieser Halberg zu schreiben, verfasste dann aber keinen. Im Mossad wusste außer ihm niemand von ihr und wenn Ben-Ilan das Weitere nun selbst übernahm, trug er ohne Frage auch die Verantwortung. Gazzarah fand das positiv, weil er – nach dem Desaster in Beirut – gerne einige Zeit in Deckung blieb.

Er würde stillhalten, solange die Journalistin in Israel war. Danach galten seine Spielregeln. Gazzarah hasste Reporter. Er bevorzugte endgültige Lösungen und fand, dass seine Methoden im Umgang mit der neugierigen Schnüfflerin die besseren waren. Letzten Endes würde kein Hahn mehr nach ihr krähen – das amerikanische Außenministerium hatte schließlich andere Sorgen, als sich um eine Engländerin zu kümmern.

Vorerst musste er aber noch alles für die Weihnachtsgala in die Wege leiten. Gazzarahs Bestreben war es, das Vorhaben diesmal ohne gefährliche Pannen über die Bühne zu bringen, was in der knapp bemessenen Zeit schwer genug werden würde. Üblicherweise galten für alle Aktivitäten des Mossad die grundsätzlichen Parameter: sorgfältige Planung, ausreichend Informationsgewinnung und anspruchsvolle Wahl des Zeitpunktes. Keiner der drei Grundpfeiler stand zur Verfügung – eine genaue Planung, die das Risiko minimierte, war nicht mehr möglich, die Informationen über das Treffen blieben spärlich und der Zeitpunkt wurde durch die Umstände vorgegeben. Somit blieb ihm nur die Wahl, es direkt in die Hände des Chemikers zu legen, um jede Fremdeinwirkung auszuschalten.

Gazzarah ging nach nebenan in seinen privaten Besprechungsraum, den er ausschließlich für die Kommunikation mit seinen Einsatzleitern vor Ort und für die Übermittlung spezieller Aufträge benutzte. Die beiden Telefone für den Zweck liefen übers Internet und hatten Nummern, die nicht nachverfolgbar waren. Das Routing ging über eine spezielle Software, die kleine verschlüsselte Pakete über viele verschiedene Server sandte und sie erst beim Empfänger wieder zusammensetzte und decodierte. Der Raum war überdies schalldicht und abhörsicher.

Er wählte den virtuellen Anschluss, den nur er kannte und der eine Verbindung zur Kontaktperson herstellte. Das war die übliche Vorgehensweise, seit Yafne nicht mehr zur fixen Truppe zählte, sondern als freier Spezialist arbeitete. In solchen Fällen benutzte man neutrale Schaltstellen als Abgrenzung. Gazzarah wusste, dass der Chemiker unter einer neuen Identität in England lebte, aber den genauen Aufenthaltsort kannte nur der Mittelsmann. Diese Diskretion gehörte zur gegenseitigen Abmachung. Ihre persönliche Begegnung in Beirut war durch eine absolute Zwangslage bedingt gewesen und durfte sich nicht wiederholen.

Es dauerte nur wenige Augenblicke, bis die sichere Verbindung stand.

»Ja?«

Gazzarah meldete sich mit dem Codewort und seiner Chiffre, die ihn als Verantwortlichen auswies.

»Es geht um die kommende Mission, zu der ich Ihnen die Daten über eine verschlüsselte Mail gesandt habe«, sagte Gazzarah.

»Ich habe sie erhalten.«

»Wie weit sind die Pakete?«

»Sie sind vorbereitet und zu jeder Zeit abrufbar.«

»Ausgezeichnet.«

»Wohin soll geliefert werden?«

»Ich werde sie diesmal nicht übernehmen.«

»Was bedeutet das? Ist der Auftrag gestorben?«

»Keineswegs, es ist diesmal nur nötig, dass der Chemiker die Durchführung selbst in die Hand nimmt.«

»Ausgeschlossen.«

»Es muss diesmal aber so sein.«

Es entstand eine kurze Stille.

»Er ist ohnehin bei allen Aufträgen vor Ort und kümmert sich darum, dass alles zur Zufriedenheit läuft«, kam es dann durch die Leitung, »aber er macht es grundsätzlich nie selbst, das wissen Sie.«

»Jetzt hören Sie ...«

»Das ist Teil unseres Vertrages mit ihm.«

»Wir müssen eine Ausnahme machen!«

Keine Antwort.

»Das Vorhaben ist äußerst heikel und der Zeithorizont ist so knapp, dass ich kein Team rechtzeitig ohne Aufsehen in Stellung bringen kann.«

Vom anderen Ende kein Laut.

Gazzarah wurde ungehalten, er duldete jetzt keinen Widerstand. »Er verdient eine Stange Geld mit den Arbeiten für uns, wir haben ihn ausgebildet, wir akzeptieren seinen unabhängigen Status und haben sogar einige fremde Aktionen gedeckt – also wird es diesmal so laufen, wie *ich* es für richtig halte, sonst endet hiermit die Kooperation.«

»Gut«, kam es nach einer Gedankenpause. Die Drohung war deutlich gewesen und Gazzarah war gefährlich. »Dann muss es eben diesmal so sein. Ich erkläre es ihm. Wann ist der Einsatz?«

»Bereits in der nächsten Woche, zwei Tage nach Ihrem Weihnachtsfest.«

»Einsatzort?«

»Edinburgh.«

Der Mittelsmann schluckte hörbar. Das verschärfte die Lage gewaltig. »Wir verletzen damit unser oberstes Grundprinzip, solche Aufträge niemals im eigenen Aufenthaltsland durchzuführen, um die Deckung nicht zu gefährden.«

»Wir werden das auch in Zukunft wieder strikt beachten.

Nur ein Fehlschlag ist diesmal nicht akzeptabel, sonst sind wir alle entbehrlich – Sie verstehen, was ich meine?«

Nach dem Gespräch war Gazzarah erleichtert. Er wusste, dass Yafne ein ausgesprochener Perfektionist war. Er hatte bisher nur die Sprengsätze geliefert und noch nie einen Anschlag selbst durchgeführt, doch wenn einer dazu fähig war, in der kurzen Zeit das erwünschte Ergebnis zu bringen, dann er.

19

Lena war sofort hellwach, als die Tür laut aufgestoßen wurde, Hände sie packten und in die Höhe zerrten. Es war wie in der Nacht davor, außer dass sie sich nicht mehr überrumpeln ließ. Sie hatte gespürt, dass die kommen würden und nicht geschlafen, nur gedöst, wie auch die meiste Zeit tagsüber.

»Wieder Verhör bei Nacht? Wieder dieselben Fragen?«, murmelte sie. »Ihr werdet keine anderen Antworten bekommen als gestern.«

Sie ging auf den Gang hinaus, versuchte den Stößen auszuweichen, so gut es ihr möglich war, und blieb dann vor der Tür zu dem Verhörraum stehen.

»Go, go!«, bellte einer, schlug sie auf den Rücken, drückte sie weiter, den Gang entlang und an der Glühbirne vorbei, nach wie vor die einzige Lichtquelle in dem düsteren Korridor, bis zum Ausgang.

»Was ist?« Lena schrie verängstigt auf. »Wo bringt ihr mich hin?«

»Shut up!«, gab ihr der Mann zu verstehen und trieb sie vorwärts.

Wenn sie nicht verhört wurde, was dann?

Warum brachte man sie weg?

Lena begann am ganzen Körper zu beben und wurde in der Sekunde halb wahnsinnig in ihrer Panik. Würde man sie jetzt foltern oder warf man sie draußen nur auf die Betonplatten und exekutierte sie sofort?

Einer ging an ihr vorbei, trommelte gegen das Tor, das daraufhin geöffnet wurde.

Lena wollte da nicht hinaus! Sie stemmte sich mit beiden Händen gegen den Türstock, versuchte sich an dem Eisen festzukrallen, heulte auf. Es half nichts. Sie packten ihre Arme und zogen sie rücksichtslos weiter, den ganzen Gang entlang, bis hinaus ins Freie.

Es war kalt und ein schneidender Wind blies Lena ins Gesicht. Sie trottete wimmernd vor Angst weiter. Der Dreck und die Steine auf den rauen Betonplatten bohrten sich dabei hart in ihre nackten Fußsohlen. Sie bemerkte es nicht einmal. Jede Sekunde erwartete sie, mit einem Genickschuss hingerichtet zu werden.

Doch sie überquerten den Platz, ohne dass dies geschah. In der Baracke mit dem Wellblechdach sprang einer der Zugänge auf, Licht fiel heraus, Lena wurde hineingeschoben.

Sie stand schwer atmend da, zitterte und sah sich um. Es brannten zwei helle Lampen, grell wie Scheinwerfer. Das Licht schmerzte sie im Gehirn. Sie deckte ihre Augenlider mit einer Hand ab, um nicht geblendet zu werden. Jetzt erst bemerkte sie, dass man ihr keine Handschellen angelegt hatte.

Langsam begriff sie – ich lebe noch und der Raum sieht nicht nach Folterkammer aus. Vor ihr war ein Pult, dort lag einiges. Was ihr sofort auffiel, war der Laptop. Hinter dem Pult stand ein Mann, der sie musterte. Es war nicht derjenige, der sie verhört hatte. Dieser kam Lena sehr groß und breit vor und wirkte militärisch, obwohl er Zivilkleidung trug. Sie machte einen Schritt auf ihn zu, ihre Peiniger blieben neben der Tür stehen.

»Frau Halberg«, sagte er in verständlichem Englisch. »Ihre Sachen. Bitte kontrollieren Sie, ob alles vollzählig ist.«

»Alles vollzählig?«, wiederholte Lena verängstigt. Sie konnte nicht einordnen, was hier gespielt wurde. War das wieder ein Trick? »Was bedeutet das?«

»Sie werden übergeben. Da Sie damit den Zuständigkeitsbereich wechseln, ist es normal, dass Sie auch alle Ihre Sachen mitzunehmen haben.«

»Übergeben?« Sie wusste nicht, ob sie das als eine weitere Drohung auffassen sollte. »An wen?«

»Vorerst an die amerikanische Botschaft«, antwortete er knapp, »was dann weiter mit Ihnen geschieht, entzieht sich meiner Kenntnis.«

Amerikanische Botschaft! Das bedeutete, sie kam hier hinaus! Sie ging nach vorn zu dem Pult, richtete sich auf und zog die Sachen an sich. Es waren der Laptop, ihr Handy und ihr Reisepass. Noch nie hatte sie dieses kleine rote Ding derart geliebt wie in diesem Moment. Als sie die Aufschrift *United Kingdom of Great Britain* las, stiegen ihr Tränen in die Augen.

Der Mann hinter dem Pult schob ein Klemmbrett über die Platte, in dem mehrere Blätter eines Computerausdrucks steckten, legte einen Kugelschreiber darauf und deutete mit seiner Hand auf die Papiere.

»Unterzeichnen Sie da! Auf jeder Seite jeweils rechts unten!«, befahl er dazu knapp.

Lenas Hände zitterten so stark vor Erregung, dass sie nur schwer umblättern konnte und ihre Unterschrift sah beinahe unleserlich aus. Es waren drei dicht auf Hebräisch beschriebene Seiten, die sie nicht verstand. Nachdem sie unterschrieben hatte, lehnte sie sich auf das Dokument und sah den Mann an.

»Was steht da?«

»Lesen Sie.«

»Ich kann leider nicht Hebräisch.«

»Es ist die Übernahme Ihrer Sachen.«

»Drei dicht bedruckte Seiten für die drei Dinge?«

»Es ist auch eine Art Erklärung.«

»Welche Art von Erklärung?«

»Dass Sie entsprechend korrekt behandelt wurden.«

In Lena stieg ein unheimlicher Hass auf. Sie konnte sich nur mit Mühe beherrschen. Am liebsten hätte sie die drei Blätter zerrissen.

»Die Papiere«, sagte er schroff, »oder Sie warten bis morgen in Ihrer Zelle auf einen Übersetzer!«

Lena schob ihm mit einer angewiderten Bewegung das Klemmbrett über das Pult und griff nach ihren Sachen.

»Fick dich«, murmelte sie dazu unhörbar.

Einer der beiden Männer ging an ihr vorbei und öffnete eine Tür. Er deutete ihr hinauszugehen. Lena kam in eine Art Schuppen, wo einige Laster und auch der alte VW-Bus standen, in dem man sie vor drei Tagen hergebracht hatte.

Den nehmen sie, dachte Lena im Vorbeigehen, wenn sie unschuldige Bürger ohne viel Aufsehen kidnappen wollen, so wie mich. Bitterkeit stieg in ihr auf.

Der Mann, diesmal berührte er sie nicht, sondern wies ihr nur den Weg durch die Halle, schob eine schwere Stahlschiebetür einen Spalt auf und ließ sie hinaus. Der Schuppen musste genau an einer Ecke des Lagers stehen, denn an beiden Seiten endete die Mauer. Ihr versagten beinahe die Knie, so froh war sie, auf der Straße zu stehen, ohne Umzäunung und mit freiem Blick auf das entfernte Dorf in der Ebene. Sie blickte sich ratlos um – es war sehr kalt, sie noch immer barfuß, ohne einen Cent in der Tasche und nicht wissend wohin. Was sollte sie jetzt machen und wo waren die Leute von der amerikanischen Botschaft?

Im gleichen Augenblick blinkten die Scheinwerfer eines Fahrzeugs, das am Straßenrand parkte, die hintere Tür sprang auf. Eine Gestalt stieg aus und kam mit einer Decke in der Hand auf sie zu – es war Hawk. Lena konnte es in ihrer Verwirrung überhaupt nicht fassen, stand nur da und begann hemmungslos zu weinen.

Er sagte kein Wort, legte ihr sanft die Decke über die Schultern, um sie zu wärmen, rubbelte ihren Rücken und zog sie ins Auto. Die Limousine setzte sich sofort in Bewegung, der Fahrer wusste, wohin es ging. Er fuhr eine kurze Strecke in Richtung der kleinen Stadt und dann auf einer Schnellstraße mit hohem Tempo weg von dem furchtbaren Kerker.

Hawk legte väterlich den Arm um Lena und sie lehnte minutenlang an seiner Brust und heulte. Langsam ließ die Anspannung nach. Die weichen Autoteppiche waren eine Wohltat für ihre klammen, geschundenen Füße. Jetzt bemerkte sie auch, dass ihre Jeans innen feucht waren. Sie musste vor Angst in die Hose gepinkelt haben, als die Männer sie über den Lagerplatz schleiften. Während sie versuchte, die Decke darüberzuschlagen, schämte sie sich und hoffte, dass Hawk es nicht bemerkt hatte.

Der reichte ihr ein Taschentuch. Sie rieb ihre Wangen trocken, setzte sich auf und sah ihn an.

»Danke!«, sagte sie und drückte das Tuch nochmals fest gegen die Augen, um nicht wieder loszuheulen. Dann atmete sie tief durch und strich mit den Fingern ihre Haare nach hinten. »Ich sehe bestimmt grässlich aus.«

»Nach einer heißen Dusche wieder ganz bezaubernd«, kam es herzlich vom Nebensitz.

Sie musste lachen, das erste Mal seit Tagen. Sie liebte seine kleine Notlüge und diese ruhige, angenehme Stimme.

»Was ist das für ein Loch, wo ich war? So etwas dürfte es nicht geben! Darüber sollte man einmal etwas Saftiges schreiben! Es ist fürchterlich da drinnen ...«

»Ich höre mit Freuden, dass Ihr beherzter Schwung bereits wieder zurückkehrt. Es ist eine militärische Einrichtung mit der Kennung Facility 1391, in einschlägigen Kreisen besser bekannt als *THE CAMP*.«

»Ein Gefängnis?«

Hawk nickte im Dunkeln. »Ein Militärgefängnis mit höchster Sicherheitsstufe, das man jahrelang mit einem enormen Aufwand geheim hielt und das Gelände aus Landkarten und Luftaufnahmen entfernte. Die israelische Variante der Guantanamo Bay, nur dass hier hauptsächlich Palästinenser festgehalten werden. Die verschiedenen Geheimdienste nutzen solche

Camps gerne auch für ihre Zwecke, da sie dort außerhalb der normalen Gerichtsbarkeit agieren können. Menschenrechtsverletzungen sind vermutlich an der Tagesordnung.«

»Garantiert! Die sagen nichts, reißen dich mitten in der Nacht hoch, treten dich zu einem Verhör ...«

»Sie arbeiten mit der Angst. Leider das effizienteste Mittel, um Menschen gefügig zu machen. Das Lager gehört zur Aufklärung der Streitkräfte und die sind nicht zimperlich bei der Beschaffung von Informationen.«

Lena kämpfte wieder mit den Tränen.

Hawk fasste aufmunternd ihre Hände. »Aber jetzt genug davon, es ist auch gleichgültig. Sie sind in Sicherheit.«

»Wo sind wir eigentlich?«

»Etwa fünfzig Kilometer südlich von Haifa. Die Armee hat die Anlage in der Nähe der Küste zwischen zwei kleinen Orten und einem Fußballclub für Jugendliche versteckt.«

»Ich bin so froh, dass Sie mich da herausbekommen haben.« Lena lehnte sich an ihn. »Das war bestimmt nicht einfach.«

»Ach, nicht der Rede wert. Ich habe im Büro des hiesigen Premierministers zufällig einen lieben alten Freund, dem ich einmal bei Reagan behilflich war, aber das ist Schnee von gestern. Sie sind draußen, das ist alles, was zählt.«

»Wie haben Sie überhaupt davon erfahren?«

»Ihre Freundin hat mich verständigt, nachdem meine Skype-Adresse noch irgendwo in dem Computer gespeichert war.«

In Lena stieg es siedend heiß auf, Esther hatte sie vollkommen verdrängt. Sie schnellte in die Höhe.

»Esther und Josh! Die Arschlöcher, die mich verschleppt haben, sind in deren Haus eingebrochen. Die beiden werden jetzt extreme Schwierigkeiten bekommen ...«

»Nein, werden sie nicht«, sagte Hawk beruhigend, »das ist schon in Ordnung gebracht. Sie werden ein Schreiben erhalten, dass es sich um einen Irrtum handelte und bekommen auch den Schaden ersetzt. Ich war auf einen kurzen Besuch bei den beiden, bevor ich herkam, um Sie abzuholen. Richtig liebenswürdige Freunde haben Sie da.«

»Sie waren dort?«

»Na, irgendjemand musste doch Ihre Sachen holen ...«

»Sie haben meinen Koffer?«, fragte sie ungläubig.

»Er ist hinten im Gepäckraum.«

Sie glaubte es kaum, sie konnte sich umziehen, heraus aus den dreckigen Klamotten und der Erinnerung an die letzten drei Tage. Lena atmete erleichtert auf, zog Hawk spontan zu sich und gab ihm einen dicken Kuss auf die Wange.

»Bei diesem Trinkgeld ist der Beruf eines Pagen eine echte Alternative«, brummte er und grinste zum Fenster hinaus.

Entlang der Straße passierten sie eine Siedlung. Lena verspürte eine bleierne Müdigkeit.

»Wo fahren wir denn hin?«, fragte sie, während sie sich in die Polster der Limousine kuschelte.

»Zur Küste, wir sind gleich da.«

»In ein Hotel?« Endlich schlafen, dachte sie dabei.

»Nicht ganz. Auf ein Boot, aber auch dort werden Sie Ihre Ruhe und ein weiches Bett haben.«

»Mir ist alles recht«, meinte sie.

Gleich darauf verließ der Fahrer die Schnellstraße, auf der sie seit zwanzig Minuten Richtung Küste fuhren, und bog in eine Zufahrtsstraße ein. Die Gegend wirkte gepflegt, es gab eine gleichmäßig helle Straßenbeleuchtung und seitlich der Fahrbahn standen Palmenreihen. Ihr Weg endete an der Einfahrt zu einer Hafenanlage, über der die israelische Flagge wehte. Sie stand weit offen und der Wachposten deutete dem Fahrer, ohne Stopp einfach durchzufahren.

Hawk bemerkte im Licht der Einfahrt Lenas misstrauischen Blick auf das Wächterhaus.

»Keine Angst, es ist nur ein staatliches Kraftwerk und das ist der Nachtportier«, beruhigte er sie, »wir haben nichts mit den Leuten zu tun, es gibt lediglich ein Verladebecken, das wir aus Gefälligkeit verwenden dürfen. Wir sind über das Außenministerium als anonymer Schutztransport avisiert, niemand wird sich um uns kümmern.«

»Anonym?« Lena verstand nicht, was er meinte.

»Das ist Teil des Deals gewesen, damit wir Sie da herausbekommen – Sie verlassen noch in der Nacht das Land, ohne die üblichen Grenzübergänge zu berühren, bewahren über Ihren Aufenthalt absolutes Stillschweigen und reisen vorerst nicht mehr nach Israel.«

»Aber, das ist doch ...« Lenas Augen funkelten. Obwohl ihr Unrecht geschehen war, belegte man sie mit Verboten und verwies sie wie einen Übeltäter des Landes?

»Ich habe persönlich dafür garantiert, Lena«, unterbrach sie Hawk schnell.

Lena kämpfte mit ihrem Unwillen über die bodenlose Frechheit und sah zum Seitenfenster hinaus. Trotzdem musste sie klein beigeben, sie durfte Hawk keinesfalls in Schwierigkeiten bringen.

»Ich werde mich daran halten«, sagte sie schließlich.

Sie fuhren an hohen Tanks vorbei zu einem Hafenbecken, über das in einigen Metern Höhe eine Pipeline lief. An der dockten größere Schiffe zur direkten Entladung an und befüllten die Kessel mit Treibstoff für die Generatoren. Unter dem riesigen Rohr hindurch ging es zu einer langen Mole, an deren Ende zwei Frachter lagen. Als sie näher kamen, bemerkte Lena ganz draußen die schlanke weiße Yacht. Sie setzte sich auf und starrte nach vorne zum Pier – da lag die Senyana. Wie war das möglich?

»Es ist mir gelungen, Van Nyms zu erreichen, nachdem ich erfahren hatte, dass Sie in der Klemme sitzen«, sagte Hawk, amüsiert über Lenas verblüfftes Gesicht, »und er war so freundlich, die kleine Reise zu unternehmen, um uns abzuholen. Zufällig war er geschäftlich in Zypern, ein Katzensprung für das schnelle Boot.«

Sie hielten längsseits des Schiffes. Neben der eleganten englischen Sunseeker-Yacht mit ihren vierunddreißig Metern Länge wirkte die Limousine winzig. Der Chauffeur stieg aus, ging nach hinten und holte Lenas Koffer. Hawk half ihr aus dem Fahrzeug.

»Es ist ziemlich kalt, Sie können die Decke gerne behalten«, sagte er.

Sie nickte dankend. Anders wäre es auch nicht möglich gewesen, dachte sie bei sich und nahm noch ihren Laptop von der Rückbank.

Während sie die seitliche Treppe am Heck der Yacht emporstieg, Hawk hatte bereits ihren Koffer aus dem Wagen genommen und ging voraus, starteten die beiden Motoren der Yacht. Die wuchtigen Vibrationen beim Anspringen fühlten sich für Lena gut an, das erinnerte sie an ihr Motorrad. Sie liebte schwere Maschinen, die gaben ihr das Empfinden, in heiklen Situationen genügend Power zu haben, um schnell wegzukommen – genauso wie jetzt auch.

Sie war noch nicht ganz oben, als das Wasser hinter ihr hochschäumte und sich die Senyana langsam vom Pier löste. Unten wendete die Limousine und verschwand wieder hinter den Tanks des Kraftwerks. Lena war glücklich, das Land zu verlassen, aber sie war auch traurig, Esther und Josh nicht mehr getroffen zu haben. Wie lange würde es wohl dauern, bis sie die beiden wiedersehen würde? Konnte sie ihnen die Unruhe überhaupt erklären, die sie in das beschauliche Leben der beiden gebracht hatte? Sie schaute zurück. Und was wäre gewesen, wenn es Esther nicht gelungen wäre, Hawk zu alarmieren?

Ein Arm streckte sich ihr entgegen, zugleich sagte eine Stimme mit holländischem Akzent: »Bitte kommen Sie an Bord.«

Sie griff nach der Hand, hielt die Decke um ihre Schultern fest, und schwang sich über die letzte Stufe auf das Deck.

»Es ist mir eine Freude, dass wir uns wiedersehen«, sagte Van Nyms und nickte freundlich zur Begrüßung, »trotz der unerfreulichen Umstände. Aber in ein paar Minuten sind wir in internationalen Gewässern und zu Ihrer Beruhigung auch ganz formal aus dem Land.«

Lena drückte seine Hand. Am liebsten hätte sie ihn umarmt, aber der sportliche Niederländer wahrte eine höfliche Distanz.

»Ich weiß gar nicht, wie ich Ihnen ...« Lena fehlten im Augenblick die Worte.

»Nicht der Rede wert«, winkte er ab, »es ist ein wunderbarer Ausflug.«

Van Nyms ging nach vorn auf die beleuchtete Flybridge, dem offenen Kommandostand der Yacht, und gab seinem Kapitän ein Zeichen, der daraufhin die beiden Hebel für die Motoren auf Anschlag schob. Lena musste die Reling packen, um stehen zu bleiben. Die fünftausend PS hoben den Bug des Neunzig-Tonnen-Schiffs energisch aus dem Wasser und würden sie innerhalb von sechs Minuten aus der Drei-Meilen-Zone und aus dem Einflussbereich Israels bringen.

Hawk kam zurück an Deck, er hatte ein Glas mit einem scharfen Getränk in der Hand und reichte es Lena.

»Nehmen Sie einen Schluck, das wärmt«, meinte er. »Ihren Koffer habe ich unten in die erste Kabine gelegt. Der Steward bringt Ihnen dann frische Handtücher und was Sie sonst noch brauchen.«

Sie lehnte sich an ihn, hielt das Gesicht in den Wind und schloss die Augen. Bis sie auf dem freien Meer waren, würde sie hier stehen bleiben und erst dann hinuntergehen, eine heiße Dusche nehmen und die letzten Tage abwaschen.

*

In Jerusalem im Außenministerium läutete der private Anschluss Ben-Ilans. Die Leitung lief nicht über die Zentrale des Büros, sondern ermöglichte eine direkte Verbindung nach draußen, ohne in den Sicherheitslisten erfasst zu werden. Die Nummer des Telefons kannten nur wenige ausgewählte Personen, wie Ariel Friedman, der Leiter der Anti-Terror-Einheit.

»Gab es Komplikationen?«, fragte Ben-Ilan, wie immer knapp, anstelle einer Begrüßung.

»Keine«, antwortete Friedman militärisch, »hat ganz ohne Probleme unterzeichnet, wie Sie vorausgesehen haben. Der Amerikaner hat sie mit einem Auto der Botschaft abgeholt.«

»Wir sind dabei nicht in Erscheinung getreten?«

»Korrekt. Keiner unserer Leute war bei der Übernahme anwesend«, bestätigte Friedman. »Der Diensthabende der Bereitschaft hat die Entlassung erledigt. Er hat die Reporterin einfach hinaus auf die Straße stellen lassen.«

»Gut. Wo ist sie jetzt?«

»Das Boot ist raus, sie dürften demnächst aus unserer Zuständigkeit sein.«

»Ist die Küstenwache benachrichtigt?«

»Jawohl, es wird keinen Kontakt geben, die Radaraufzeichnung wird gelöscht und der Pier geräumt – offiziell gibt es die Sache nicht.«

»Zumindest einer, der funktioniert«, murmelte Ben-Ilan. Laut sagte er: »Die Papiere, sind die bei Ihnen?«

»Soeben mit dem Armeekurier eingetroffen. Ich sende sie gleich per Mail.«

Wenige Minuten später hielt Ben-Ilan die drei Seiten in Händen, die Lena vor ihrer Entlassung unterschreiben musste. Er überflog nochmals den Text, den er am Vortag selbst entworfen hatte. Demnach wurde sie wegen Drogenbesitzes verhaftet, wegen ihrer britischen Staatszugehörigkeit jedoch wieder freigelassen – mit dem Ersuchen, das Land sofort zu verlassen.

Durch dieses Geständnis würde ihr niemand mehr glauben, falls etwas von der Inhaftierung an die Öffentlichkeit drang. Ein Problem schien damit aus der Welt geschafft.

*

Nachdem sich die weiße Yacht vom Pier gelöst hatte und Fahrt aufnahm, legte der Wachposten an der Hafeneinfahrt sein Fernglas zur Seite und wählte wie befohlen eine Nummer.

»Sie haben abgelegt«, sagte er auf die Mailbox, drückte die Raute-Taste und legte auf. Dann schaltete er seinen kleinen Fernseher wieder ein und holte sich die Thermoskanne mit dem heißen Tee. Sein Job war erledigt.

»Jetzt gehörst du mir«, sagte Gazzarah zufrieden, als er die Meldung weitergeleitet bekam.

Er ging hinüber in den abhörsicheren Raum, um Yafnes Kontaktmann in England zu verständigen, dass es noch eine geringfügige Ergänzung zum Auftrag gab.

20

Ein leichtes Schaukeln der Senyana weckte Lena. Sie schlug die Augen auf und streckte sich ausgiebig, dann stand sie aus dem Kingsize-Bett auf und ging zum Fenster. Durch den weichen Teppichboden spürte sie die Motoren angenehm vibrieren. Sie zog die Jalousien hoch und ließ die Sonne hereinfluten. In dem breiten, getönten Glasstreifen war ein Bullauge eingelassen, das sich öffnen ließ. Lena klappte es auf und streckte den Kopf hinaus. Die Luft roch würzig frisch nach Salzwasser. Die Brise strömte angenehm über ihr Gesicht, das Meer lag spiegelglatt bis zum Horizont, nur der Bug des Schiffes türmte eine beachtliche Welle auf. Sie mussten demnach mit hohem Speed laufen.

Lena blieb einige Minuten in der offenen Luke lehnen, bevor sie das Fenster wieder schloss und unter die Dusche ging. Das hatte sie zwar schon gleich bei ihrer Ankunft getan, aber nach dem Dreck der letzten Tage musste sie nochmals den heißen Strahl auf ihrer Haut spüren. Auch war sie in der Nacht zu müde gewesen, um sich ausgiebig zu pflegen und ihre Verletzungen zu betrachten, die zum Glück nicht so arg waren. Ihr Cut auf der Stirn sah gut abgeheilt aus, nur die Haut rundum war dunkel gefärbt, der Knöchel ging wieder zu belasten, lediglich die Fußsohlen waren aufgescheuert und brannten. Lena cremte sich ausgiebig ein, um den Gestank des finsteren Lochs loszuwerden. Es würde mehrere Tage dauern, bis sie ihn zur Gänze aus ihrer Nase bekam.

Danach suchte sie frische Wäsche im Koffer und nahm eine helle Hose mit Pulli und darüber ihre rote Lederjacke. Jeans, Sweater und Unterwäsche, die sie in den letzten Tagen getragen hatte, entsorgte sie durch das Bullauge.

Man wird mir die Umweltverschmutzung verzeihen, dachte sie, aber ich will die Sachen nicht einmal mehr sehen.

Sie wollte nicht sofort hinauf an Deck gehen, sondern noch etwas alleine sein, sich organisieren, die Gedanken in Ruhe ordnen. Sie setzte sich aufs Bett, inspizierte ihr Handy und den Laptop. Sie war überzeugt, dass man alle Daten aus den Geräten kopiert hatte und überlegte, ob sie jetzt jeden Kontakt aus ihren Listen verständigen sollte.

Als Journalistin war man in einem derartigen Fall in einer großen Zwickmühle. Sagte man den wichtigen Leuten: Deine vertraulichen Daten, die du mir gegeben hast, liegen beim israelischen Geheimdienst auf, so bekam man nie wieder ein Interview und von manchen bestimmt eine Klage an den Hals. Sagte man nichts und es kam heraus, war der Schaden noch größer.

Ihr Handy schien so weit unversehrt, sie nahm das Ladegerät aus dem Koffer und suchte eine Steckdose. Mit dem Laptop erlebte sie eine Überraschung, als sie ihn hochfuhr. Die Festplatte war leer – nicht nur die Bilder und Artikel waren weg, wovon es Kopien auf dem Computer in der Redaktion gab, sondern auch ihre Mails suchte sie vergeblich. Das traf Lena hart, da sie von denen nur selten Updates machte.

»Diese Schweine«, murmelte sie, »wo bekomme ich nur die ganzen Briefe wieder her?«

Sie verschob die Entscheidung, was zu tun sei, auf später, denn vorerst begann sie der Hunger zu quälen. Sie klappte den Laptop zu und ging nach oben.

Die Sonne stand hoch, es musste gegen Mittag sein. Auf dem hinteren Deck war der Tisch gedeckt. Lena ging durch die Glastür, die automatisch zur Seite glitt, nach draußen. Schon bei ihrem ersten Besuch auf der Yacht, im Hafen von Marseille, hatte sie die Schiffsterrasse mit der hellen Ledergarnitur auf den dunklen Holzplanken bewundert.

Damals erfuhr Hawk, dass der korrupte Waffenproduzent Bronsteen ein Treffen mit Van Nyms arrangiert hatte, um Diamanten aus afrikanischen Minen illegal abzustoßen. Ruud van Nyms aus Amsterdam, dem die Senyana gehörte, handelte mit Edelsteinen und mischte gelegentlich auch bei nicht ganz sauberen Geschäften mit. Die Herkunft von Bronsteens Steinen war ihm aber dann doch zu konfliktbehaftet. Daher überließ er Hawk und Lena das Feld, die Bronsteen sein schmutziges Handwerk legten. Für Lena mehr als eine Genugtuung, da seine gewissenlosen Deals auch Schuld am Tod von Niels trugen, dessen Verlust sie bis heute nicht ganz verkraftet hatte.

Jetzt saßen Hawk und Van Nyms unter einem Sonnensegel und begrüßten sie herzlich, als sie zu ihnen kam.

»Ausgeschlafen?«, fragte Van Nyms höflich, dabei deutete er auf einen freien Fauteuil und den bereitstehenden Lunch. »Bitte, greifen Sie zu.«

Er hatte diese völlige Entspanntheit eines wohlhabenden Lebemannes, wirkte selbstsicher, trug einen legeren Seglerpulli und war bester Laune. Seine elegante, schlanke Erscheinung erinnerte Lena an den Stardirigenten Herbert von Karajan in seinen besten Jahren.

Sie setzte sich und griff herzhaft zu. Der Steward brachte noch frischen Kaffee, die Männer waren bereits bei einem Glas Wein. Lena gewann den Eindruck, als hätten sich die beiden angefreundet.

»Wie spät ist es?«, fragte Lena nach einer Tasse Kaffee und zwei Sandwichs.

»Kurz vor elf«, sagte Van Nyms, »in einer knappen Stunde sind wir da.«

»Aha, und wo? Es tut mir leid, aber ich habe in den letzten Tagen etwas die Orientierung verloren.«

»In Zypern.«

»Da waren wir recht flott unterwegs«, meinte Lena, »oder habe ich so lange geschlafen?«

»Keine Angst, es waren gerade mal sechs Stunden, Sie haben

nichts Wichtiges versäumt«, sagte Van Nyms und lächelte, »die zweihundert Seemeilen sind wirklich keine Strecke für die Senyana. Aber ich lasse Sie beide jetzt alleine, Sie werden einiges zu besprechen haben. Ich kümmere mich mit dem Kapitän um die Formalitäten für Ihr Anlanden.«

»Wem sind Sie denn diesmal auf die Zehen getreten bei Ihren Recherchen?«, fragte Hawk, nachdem sie alleine waren.

»Ich fürchte allen«, antwortete Lena, »aber entscheidend für die Verhaftung wird wohl die Anti-Terror-Einheit gewesen sein.«

Hawk schüttelte den Kopf und lachte. »Sie fangen auch immer gleich ganz oben an.«

Lena grinste säuerlich. Ihr war nicht zum Scherzen zumute. Dann berichtete sie Hawk über ihre Recherchen und welche Schlüsse sie daraus zog.

»Ich bin felsenfest überzeugt, dass dieser Yafne, über den mir Brösig-Bieler in Potsdam erzählt hat, als Bombenbauer hinter den verschiedenen Anschlägen steckt«, schloss sie. »Er war an dem Institut, wo man die explosive Verbindung entwickelt hat, kannte die Berechnungen, konnte sich bei dem getarnten Chemiekonzern, der in Wirklichkeit bestimmt Kampfstoffe herstellt, die Ingredienzien unauffällig abzweigen und hatte damit alle Möglichkeiten, den Dreck zu bauen.«

»Und sein Tod?«

»War nur vorgetäuscht. Darüber habe ich lange nachgedacht, aber er passt perfekt ins Bild. Was gibt es Besseres für seine Auftraggeber, als wenn er nicht mehr nachverfolgbar ist?«

Hawk nickte.

»Trotzdem ...« Lena sprang auf. Das Thema hatte sie so gepackt, dass sie einfach nicht still sitzen konnte. Sie lehnte sich gegen das Geländer der Reling. »Jemand, der in Wahrheit noch lebt, kann nicht komplett von der Bildfläche verschwinden.

Auch wenn er seine Identität gewechselt hat, wohnt er irgendwo, arbeitet etwas, geht einkaufen, ist krankenversichert ... Ob er will oder nicht – er erzeugt Spuren, die zu ihm führen!«

»Ich gebe Ihnen recht und vielleicht haben wir so eine Spur schon entdeckt«, sagte Hawk und kam zu ihr an die Brüstung.

»Und welche?«

»Es besteht die Möglichkeit, dass unser Mann wieder aktiv werden wird ...«

»Sie meinen, ein weiterer Anschlag?«

»Das könnte sein.«

Lena wurde blass. »Wie haben Sie es erfahren?«

»Nachdem ich nicht wusste, ob ich Sie da heil herausbekomme, habe ich zur Sicherheit Colonel Palmer im Pentagon eingeweiht und ihm erzählt, welchen Überlegungen wir nachgehen. Er hat uns ja schon früher geholfen und verschaffte mir auch diesmal eine gewisse Rückendeckung. Bei der Gelegenheit verriet er mir, dass die NSA kürzlich eine verschlüsselte Nachricht abfing, die genau zu Ihren Überlegungen passt. Die Codierung war allerdings zu perfekt, so gelang es nicht, sie zur Gänze zu knacken.«

»Was weiß man denn?«

Hawk zog einen kleinen Zettel aus der Tasche seiner Jacke und überflog die Notiz. »Der Text enthält in einer Passage: *Paket mit der üblichen Ware*, etwas von *dringender Fertigstellung* sowie *unmittelbar* und ein weiteres Wort, das *Cymik* lautet.«

»Wenn wir das unserem Mann zuordnen«, sagte Lena betroffen, »bedeutet die *übliche Ware* demnach, eine Bombe mit dem bekannten NHS-Sprengsatz. Sie muss dringend fertig werden muss, da sie unmittelbar, also demnächst, zum Einsatz kommen wird.«

»Ganz so unerfreulich würde ich es nicht sehen. Es sind doch nur ein paar Worte. Der Text war um einiges länger und vermutlich eine ganz harmlose Kommunikation.«

»Und *Cymik*?«

»Ist die hebräische Bezeichnung für Chemiker ...«

Lena schluckte. »Da hört es auf, harmlos zu sein. Über wann und wo gibt es keine Info?«

»Leider nicht, sonst wäre man im Pentagon sofort aktiv geworden, so aber liegt der Text herum und gilt als nicht lesbar«, meinte Hawk mit Bedauern in der Stimme. Dann setzte er nachdenklich hinzu: »Einen Hinweis zum Ort gibt es möglicherweise ...«

»Und welchen?«

»Die Nachricht wurde zunächst zur Verschleierung über viele Stationen geschickt, was sich nur mehr an Kennungen feststellen lässt, die nicht vollständig zu verbergen sind. Zum Schluss wurde es aber, soviel die NSA dechiffrieren konnte, an einen englischen Serverpark geroutet. Dort verliert sich die Spur, es ist jedoch anzunehmen, dass der Empfänger in Großbritannien sitzt.«

»Bei uns? Irre!«

»Bedauerlicherweise auch ein weiterer Grund für das Pentagon, vorläufig nichts zu unternehmen.«

Lena spazierte an Deck auf und ab, es arbeitete in ihr. Für sie stand fest, dass die abgefangene Nachricht nur in eine Richtung zu deuten war. Der Gedanke an einen weiteren Anschlag, der sich ankündigte, ohne dass sie ihn verhindern konnte, bedrückte sie.

Hawk, der in seinen vielen Jahren im Weißen Haus mehrere Präsidenten hatte kommen und gehen sehen, war es gewohnt, ständig mit angeblich brisanten Neuigkeiten konfrontiert zu werden. Er sah die Dinge demnach lockerer und ließ sich von Lenas Unruhe nicht anstecken.

»Verbringen Sie zunächst friedliche Tage in England und entspannen Sie sich nach der Aufregung«, meinte er nach einer Weile, »dann sieht die Welt wieder besser aus. Ich habe, während Sie noch schliefen, zwei Tickets für die Nachmittagsmaschine nach London gebucht.«

»Sie fliegen nicht zurück nach Washington?«, fragte Lena überrascht und unterbrach ihre Wanderung.

»Nicht sofort, ich bin – wie jedes Jahr – über die Feiertage bei meiner Schwester und ihrem Mann in Aberdeen. Unser jährliches Treffen, das halten wir schon seit Jahrzehnten so.«

»Da könnten wir Silvester zusammen verbringen?« Lena freute sich über die Aussicht.

»Sorry, aber ich bleibe nur die Weihnachtswoche über in Schottland. Zum Jahreswechsel bin ich dann wieder in den Staaten, um den Neujahrsbrunch im Weißen Haus nicht zu versäumen. Ein wichtiger Termin für die Pflege von Kontakten.«

»Na ja, vielleicht finden wir davor noch eine Gelegenheit. Sobald wir zurück sind, überlege ich, wie es mit der Story weitergeht und dann telefonieren wir.«

Hawk nickte und deutete auf das Flugzeug, das im Landeanflug über sie hinwegschwebte. »Sie sollten packen, wir sind fast da.«

Pünktlich, wie von Van Nyms angekündigt, hob sich der flache Küstenstreifen der langgezogenen Bucht von Larnaca vor dem Horizont aus dem Meer. Sie hatten für die Strecke von Israel tatsächlich nur sieben Stunden gebraucht. Kurz darauf stoppte die Senyana vor Zypern. Der Kapitän verständigte die Hafendienste und ein kleines Boot kam aus der Marina, um sie an Land zu bringen. Van Nyms kam auf das Hinterdeck.

»Sie gehen nicht an Land?«, fragte Lena.

»Nein, ich bin noch zwei Tage auf See unterwegs nach Triest, wo ich mit Freunden das Weihnachtsfest verbringe, also etwas unter Zeitdruck. Ich hoffe, es macht Ihnen keine Umstände, auf den Zubringerdienst umzusteigen?«

»Ich bitte Sie«, sagte Lena. Sie nahm seine Hand und zog ihn spontan zu sich. Die Umarmung musste jetzt sein, auch wenn er sich betont reserviert gab. »Ich war es doch, die Ihren ganzen Zeitplan durcheinandergebracht hat. Sie haben mich da herausgeholt und ich weiß nicht, wie ich mich jemals dafür revanchieren kann.«

»Indem Sie mir versprechen, nie über mich zu schreiben ...?« Er schmunzelte und erwiderte ihre Umarmung.

Sie lachte herzlich. »Das kann ich nun wieder nicht garantieren!«

Es war zwei Uhr mittags, als Lena und Hawk die Formalitäten erledigt hatten und mit einem Taxi zum Larnaca International Airport fuhren.

Lena bewunderte Hawks Vertrauen in reibungslose Abläufe. Er hatte auf dem 14:50 Flug der British Airways noch zwei Business-Tickets bekommen und diese gebucht – für neunhundert Euro pro Stück. Hätte sich bei der Einreise im Hafen nur das kleinste Problem ergeben, wären sie zu spät gekommen. Aber sie trafen exakt zum letzten Check-in am Flughafen ein. Es war ein herrlicher Tag bei frühlingshaften achtzehn Grad.

In London stand das Thermometer dagegen bei null, als sie am frühen Abend in Heathrow landeten. Lena kramte ihren Mantel aus dem Koffer und wechselte auch auf wärmere Schuhe. Hawk, dessen Anschlussflug nach Aberdeen erst drei Stunden später vom gleichen Terminal ging, begleitete Lena noch ein Stück über die endlosen Runways. Sie nahmen Kaffee und Snack im *Huxleys*, einem gemütlichen Coffeeshop.

Bei der Verabschiedung war Lena traurig, dass sie sich wieder trennten. Sie wusste genau, was sie Hawk verdankte und schauderte bei der Vorstellung, was ohne ihn alles mit ihr geschehen wäre.

»Danke«, sagte sie leise und drückte das Taschentuch auf

ihre Nase, das er ihr in der Nacht im Auto gegeben hatte, »dass Sie extra wegen mir um die halbe Welt geflogen sind.«

»Schon gut«, sagte er und zwinkerte fröhlich, »machen Sie sich deswegen keine Gedanken mehr. Ich war sowieso auf dem Weg nach Schottland, da liegt Israel praktisch um die Ecke!«

21

Lena freute es überhaupt nicht, ihr Haus festlich zu schmücken. Die weihnachtliche Stimmung, die sie vor ihrer Abreise empfunden hatte, wollte sich nicht mehr einstellen – zu viele negative Eindrücke lagen dazwischen. Lustlos saß sie in ihrer Veranda, schlürfte Tee mit Rum und starrte in den Garten hinaus. Von dem heimelig anmutenden Schnee sah man nichts mehr, es war feuchtkalt und regnete.

Auch nicht geeignet, die Laune zu verbessern, dachte sie. Sie benutzte den Vormittag dazu, ihre Bilder wieder auf den Laptop zu spielen und die Mails so gut es ging zu ergänzen. Dabei beschloss sie, vorerst noch keinem von der Plünderung ihrer Telefondaten zu erzählen. Die privaten Leute waren für den Geheimdienst uninteressant und die Nummern der Politiker kannten die sowieso.

Während sie am Computer saß, ließ ihr die Nachricht von Hawk über eine bevorstehende neuerliche Verschwörung keine Ruhe. Die ganze Zeit über versuchte sie, einen Ansatzpunkt zu finden, eine Unstimmigkeit, einen Hinweis. Sie blätterte mehrmals die Unterlagen durch, ohne auf eine heiße Spur oder den zündenden Funken zu stoßen. Schließlich zog sie sich an und fuhr in die Redaktion – möglicherweise fand sie ja dort noch etwas in den Meldungen. Zumindest würde sie am Tag vor Weihnachten unter Menschen sein.

Es bohrte in ihrem Kopf, dass sie das Fest in diesem Jahr zum ersten Mal alleine verbringen würde. Solange sie sich zurückerinnern konnte, war sie entweder in einer Beziehung gewesen oder zu ihren Verwandten nach Aalborg gefahren. Nur, für Dänemark war es zu spät und Niels war ...

Sie ließ das Seitenfenster des Mini hinunter und drehte das Radio lauter, um die miese Stimmung zu vertreiben. London kam ihr trist vor, der dichte Mittagsverkehr in der City nervte sie und die Vorstellung, einsam in ihrem Haus zu sitzen, machte ihr Angst.

»Hallo, Ruth«, begrüßte sie Shyams Mutter, die ihr im Büro entgegenkam.

»Lena?« Ruth klang überrascht. »Ich dachte, du bist in Israel und bleibst über die Feiertage?«

»War ich auch, musste aber wegen größerer Schwierigkeiten sehr schnell das Land verlassen.«

»Was war los?« Ruth klang besorgt. »Shyam hat mir schon erzählt, dass ihr wegen deiner neuen Idee heftig diskutiert habt und du dann zornig raus bist.«

»Und danach ins offene Messer gelaufen. Das wäre auch eine Story wert.«

Lena hängte ihre Daunenjacke auf die Garderobe und nahm ihre Mütze ab. Ruth bemerkte den Cut auf der Stirn.

»Oh, das sieht schmerzhaft aus!« Sie ging hin und betrachtete Lenas Verletzung im Licht. »Gestürzt?«

»Gewehrkolben!«

»Das darf doch nicht wahr sein.« Sie hakte sich bei Lena ein und zog sie in ihr Büro. »Jetzt setz dich zu mir und erzähle ...«

»Ich wollte eigentlich Shyam sprechen.«

»Der ist noch nicht da. Er hat ein Treffen im Marriott und kommt später. Du kannst mir einstweilen deine Erlebnisse berichten.«

Lena war froh, freundlich empfangen zu werden. Sie setzte sich auf das Sofa in Ruths Zimmer. Die Räumlichkeiten der Redaktion waren streng sachlich und zweckmäßig eingerichtet. Shyam besaß einen Hang zu moderner Innenarchitektur, die distanziert und kühl wirkte. Ruths Büro hingegen, mit dem Sofa, den dunklen Möbeln und den schweren Vorhängen, strahlte die Atmosphäre eines Wohnzimmers aus. Jeder, der hereinkam, fühlte sich sofort wohl. Lena wollte ihr Büro ebenfalls gemütlich einrichten, ein paar Bilder an die Wand hängen und ihren geliebten dunkelroten Gabbeh vor den Schreibtisch legen, hatte sich aber bisher noch keine Zeit dafür genommen.

Ruth brachte herrlich duftende, kleine Fruchtpasteten und Pralinen aus der Küche. »Die verkosten wir jetzt. Ich habe sie extra bei *La Maison* am Piccadilly für unsere kleine Feier am Nachmittag besorgt. Schön, dass du auch dabei sein kannst.«

Sie tranken Tee, Lena schwelgte in herrlichen Orangengelees und redete sich den Frust von der Seele, mit ihrer Recherche festzustecken.

Etwas später kam Shyam dazu, der wieder gewohnt höflich war und die schroffe Unterhaltung vor ihrer Abreise mit keinem Wort erwähnte. Lena fasste für ihn und Ruth die Lage zusammen, erzählte von dem angeblich toten Yafne, der mutmaßlich in England unter falschem Namen lebte und für den Mossad oder andere Geheimdienste Bomben baute, dann von der abgefangenen Nachricht und dem möglichen Hinweis auf ein weiteres Attentat.

Ihr grauenhaftes Intermezzo in dem israelischen Camp streifte sie nur mit einigen Sätzen, um nicht wieder Diskussionen über die Grenzen des Journalismus führen zu müssen. Zudem hatte sie von Shyam noch keine Zusage für das Thema und wollte ihn nicht unnötig gegen den Stoff aufbringen.

Er reagierte reserviert und Lena gewann den Eindruck, er war sauer, weil sie die Sache trotz seiner Ablehnung verfolgte.

»Wenn ich das richtig verstehe, dann meinst du, es gibt einen Wissenschaftler, der seit längerem tot ist, in Wahrheit aber noch lebt, einen falschen Namen angenommen hat, unter dem er nach England gezogen ist, um unter einem anderen Decknamen Bomben für Terroristen zu bauen?« Er versuchte vorurteilsfrei zu klingen, was ihm sichtlich schwerfiel.

»So wie du das sagst, klingt es seltsam«, antwortete Lena

leicht verstimmt, gab sich jedoch Mühe, es Shyam nicht merken zu lassen, »aber es ist genau so.«

»Und dann«, fuhr Shyam fort, ein spöttischer Unterton war nun nicht mehr zu überhören, »sucht er sich arabische Mitbürger, die er für die Durchführung der Attentate benutzt und die auch auf ihn hereinfallen, damit man es nachher der Al-Qaida, dem IS oder irgendwelchen Terroristen in die Schuhe schieben kann.«

»Er sucht gar nicht, er baut die Dinger nur. Den Rest erledigen die Geheimdienste selbst.«

»Wer soll dieser mysteriöse Mann im Hintergrund sein, der uns demnächst in den Abgrund stürzt?«, fragte Ruth, die versuchte, einen weiteren Streit der beiden zu verhindern.

»Ich habe keine Ahnung«, antwortete Lena. »Noch nicht!«

Shyam stand auf. »Es könnte aber – und ich möchte jetzt ganz objektiv bleiben – auch ein ausgemachter Schwachsinn sein. Das musst du doch zugeben, oder?«

»Ja verdammt, das könnte sein«, sagte Lena scharf, »eindeutige Beweise gibt es keine, aber um die zu finden, muss man dranbleiben. Da geht es gar nicht mehr um eine blöde Reportage, sondern um das Leben von Menschen, falls ich mit meinen Vermutungen recht habe.«

Shyam setzte sich auf die Kante von Ruths Schreibtisch. Eine Weile war es still in dem Raum, dann versuchte Ruth einzulenken: »Was willst du weiter tun?«

»Keine Ahnung, das ist es ja, was mich bedrückt.« Lena lehnte sich in dem Sofa zurück und starrte vor sich hin. »Egal, welche Richtung ich verfolge, alles führt in eine Sackgasse.«

»Ich schiebe meine Bedenken gegen den Stoff einmal zur Seite und mache dir einen Vorschlag«, sagte Shyam und klang wieder kollegial, »wir verfassen einen Bericht über die Gala der EU-Politiker. Die findet diesmal im noblen Prestonfield in Edinburgh statt. Übernimm das doch.«

»Was soll ich damit?« Lena überraschte so ein plattes Angebot. Worauf wollte Shyam hinaus? »Ich bin nicht hier, um irgendwelche aktuellen Reportagen zu machen, schon gar nicht Society-Events oder Weihnachtsfeiern ...«

»Sorry, ich wollte dir keinen Anfängerjob anbieten«, sagte er schnell, »ich glaube, dass es dich auch bei deinen Recherchen weiterbringen würde. Immerhin finden im Zuge des Treffens verschiedene Gespräche über zukünftige Weichenstellungen statt und die wichtigen Leute aus den EU-Kommissionen sind anwesend. Wir konnten ein ausführliches Interview mit Jan Nimhaaven arrangieren, einem Delegationsleiter für außenpolitische Fragen, der übrigens schon wieder an einem konkreten Gesetzesentwurf gegen Israel feilt.«

»Der Holländer ist natürlich interessant, auch was den letzten Anschlag in Beirut betrifft«, überlegte Lena, »der greift solche Sachen jedes Mal sofort auf.«

»Und er liebt Verschwörungstheorien ...«

Lena grinste kurz über die spitze Bemerkung, ging aber nicht darauf ein. »Wenn ich mich richtig erinnere, sollte das doch Clarks Interview werden.«

»Das stimmt«, sagte Ruth und goss sich noch Tee nach, »aber der ist mit dem Jahresabschluss beschäftigt und hat gemeint, er wäre erfreut, den Job abzugeben.«

»Er wird auch so während der Feiertage die meiste Zeit im Büro verbringen müssen.« Shyam nahm sich jetzt auch ein Konfekt vom Tisch und blieb vor Lena stehen. »Also, was meinst du?«

Lena überdachte kurz ihre Lage: In London versäumte sie in den nächsten Tagen nichts, das weitere Stochern in immer denselben Dokumenten machte wenig Sinn und vielleicht brachte das Gespräch mit Nimhaaven für ihre Überlegungen neue Ansatzpunkte.

»Na gut, es ist eine Chance, für kurze Zeit aus London und

meinem leeren Haus wegzukommen«, stimmte sie zu, das Interview und den Bericht zu übernehmen.

Shyam wirkte erleichtert. »Dann informiere ich Nimhaaven über den Wechsel und sage Clark, dass er dir das Material für den Termin übergeben soll. Er wird froh sein, das entlastet ihn wirklich sehr.«

»Nebenbei kannst du dort ausspannen. Da kommst du auch für deine Story auf frische Gedanken und hast Zeit, alles zu überlegen«, sagte Ruth und stellte die Schachteln mit den Süßigkeiten übereinander. »Bitte bringe sie wieder in die Küche hinaus, sonst sind die Kartons leer, bevor unsere Feier beginnt.«

Lena lachte und räumte das Teegeschirr ab.

»Du bist über die ganze Situation nicht glücklich, das sehe ich dir an«, sagte Ruth, als Lena draußen war.

»Ich mag solche Themen einfach nicht.« Shyam setzte sich ihr gegenüber. »Gerade wenn es mit Israel zu tun hat, ist das Interesse enorm. Da beobachtet die halbe Welt, was gesagt wird. Gibt es nur die leisesten Zweifel, ist man schnell in einer unseriösen Ecke. So etwas kann gefährlich sein für uns als Firma. Wenn sie nur solche Dinge machen will, werde ich über eine weitere Zusammenarbeit ernsthaft nachdenken müssen.«

»Jetzt mach dir deswegen keinen Stress und genieße einfach die Feiertage, sie wird ihre Meinung bestimmt noch ändern.«

»Du hast recht, ich bin ab morgen eine Woche mit Freunden zum Skilaufen in der Schweiz. Danach sehen wir weiter.«

*

Ron Gazzarahs Büro in Tel Aviv lag nicht in der zentralen Verwaltung des Mossad, sondern einige Straßen abseits, in einem unauffälligen Gebäude am Hamedina Park. Für ihn hatte dies den Vorteil, dass er – unbeobachtet von Kollegen – große Freiheiten für seine inoffiziellen Nebengeschäfte genoss. Der Nachteil war, dass man ohne größere Personenkontrolle bis zu ihm vordringen konnte.

Gazzarahs Mitarbeiter, der im Vorraum saß und die Funktion eines Privatsekretärs ausübte, pochte vorsichtig an die Tür des Chefs. Es ging gegen Abend und Gazzarah war den ganzen Tag über in einer Laune gewesen, in der man ihn besser nicht störte. Aber der laute, grobschlächtige Mann ließ sich nicht abwimmeln.

Noch bevor von drinnen eine Reaktion auf das Klopfen kam, schob Doug den Angestellten mit einer forschen Geste zur Seite und marschierte durch die Tür.

»Hallo Ronny«, sagte er und ging, ohne eine Einladung oder Zustimmung abzuwarten, bis nach vorn zum Schreibtisch.

Gazzarah sah kurz irritiert auf, dann deutete er seinem Sekretär.

»Schon gut, lassen Sie uns allein.«

»Wir müssen reden«, bellte Doug, zog einen der Besucherstühle zu sich und ließ sich mit einem deutlich unfreundlichen Schnaufen hineinfallen. Er nahm einen Packen Fotos aus seiner Jackentasche und schmiss sie auf Gazzarahs Tisch.

Gazzarahs Augen wurden schmal. »Was soll ich damit? Wieso wagst du es nach der Scheiße, die du abgeliefert hast, überhaupt hierherzukommen?«

»Scheiße? Ich!?«, schrie der Kanadier unbeherrscht auf. »Ihr habt das angerichtet, da, sieh dir die Bilder an!«

Er nahm einige der Abzüge, auf denen die Straße in Beirut zu sehen war, wo das Massaker stattgefunden hatte. Andere wieder zeigten mehrere verbrannte Körper.

»*Hier:* die Straße. Einen besseren Platz für einen Hinterhalt gibt es gar nicht! *Hier:* mein Team. Es wurde erschossen und dann außerhalb der Stadt in einer Müllsenke angezündet! *Und hier:* mein LKW mit dem toten Fahrer. Den haben sie von hinten erstochen!« Er knallte die Fotos einzeln auf Gazzarahs Tischplatte und fuhr heftig mit den Fingern darüber. »Du hast meine Mannschaft in eine Falle laufen lassen, weil sicher irgendeines deiner Arschlöcher geplaudert hat. Die von der Hisbollah waren voll informiert, dass wir kommen würden. Sie haben nur darauf gewartet, uns abzuschlachten. Keiner hat überlebt! Ich war nachher dort, habe mir den Wahnsinn angesehen und die Fotos gemacht.«

Gazzarah war vollkommen überrumpelt von Dougs Angriff, trotzdem durfte er ein derartiges Benehmen nicht akzeptieren. Er stand auf, beugte sich weit über seinen Schreibtisch und sah Doug feindselig an.

»Ich habe dich gewarnt, dass ich davor ein Team verloren hatte, womit wohl klar gewesen sein dürfte, wie heikel die Lage ist. Hast du gedacht, das wird ein gemütlicher Spaziergang? Abgesehen davon, unser Schaden ist durch deine stümperhafte Aktion um vieles größer – man bringt Israel direkt mit dem Anschlag in Verbindung.«

»Eure gekidnappten Soldaten, die die Hisbollah hingelegt hat, willst du mir auch noch in die Schuhe schieben?« Doug war außer sich vor Wut. »Das ist stark!«

»Am besten, du verschwindest schleunigst und lässt dich nie wieder blicken«, gab Gazzarah giftig zurück.

»Im Gegenteil! Wir sind da ahnungslos hineingeraten, meine Männer wurden förmlich hingerichtet und es hat überdies eine Stange Geld gekostet. Du gibst mir jetzt sofort die versprochenen Kooperationsverträge als fixer Partner für Kanada. Die brauche ich für meine Geldgeber.«

»Es gibt keine Verträge, es gibt *nie wieder* einen Auftrag für dich. Und wenn du noch einmal die Frechheit hast, mich zu belästigen, lasse ich dich für den Rest deines Lebens ins Camp werfen.« Gazzarah drückte einen Kontakt auf der Unterseite seines Schreibtisches, der eine Verbindung zu den Sicherheitsleuten herstellte. »Habe ich mich klar genug ausgedrückt für dein erbärmliches Söldnergehirn?«

Doug schnellte aggressiv in die Höhe und kam um den Tisch. »Ich lasse mich nicht so einfach abspeisen! Ich verlange, dass du unsere Vereinbarung einhältst. Die Scheiße war allein deine Schuld.«

Es hatte den Anschein, als wolle er sich auf Gazzarah stürzen. Da sprang die Tür auf und zwei Securitys kamen herein. Doug fuhr herum.

»Du willst mich einfach hinauswerfen?«

»Aber jederzeit!«

»Dazu weiß ich zu viel! Kapiert?«, sagte er drohend.

Gazzarah machte nur eine wegwerfende Handbewegung, die beiden packten Doug und zerrten ihn gewaltsam aus dem Büro.

»Lasst mich los, ihr Idioten«, fuhr Doug die Sicherheitsleute an, dann schrie er über die Schulter zurück: »Glaub ja nicht, dass ich das auf mir sitzen lasse!«

»Ja, ja!« Gazzarah drosch die Tür zu, ging zurück zum Schreibtisch und fegte die Fotos mit einer energischen Bewegung in den Papierkorb.

22

In der Innenstadt der Themsemetropole herrschte am Nachmittag von Heiligabend das übliche hektische Treiben. Die halbe Stadt schien auf den Beinen, um noch Geschenke zu besorgen, die man im Festtagstrubel vergessen hatte oder letzte Einkäufe für das abendliche Dinner zu tätigen. Mittendrin bummelten Leute, die alles erledigt hatten und die Atmosphäre zwischen den Buden der vielen Weihnachtsmärkte genießen wollten. Sie kümmerten sich wenig um die Geschäftigkeit der anderen, was für Staus auf den Straßen und manch unfreundlichen Zuruf sorgte.

Lena hatte am Vormittag ihr Haus auf Hochglanz geputzt, holte sich mittags – gleich um die Ecke an der Heath Road – eine Frühlingsrolle aus dem Chinarestaurant, setzte sich dann in ihren Mini und fuhr in Richtung Zentrum. Während der ziellosen Spazierfahrt kam ihr die Idee, nach den beiden Motorrädern zu sehen, die in der Garage am Fluss standen. Niels hatte die gleiche rote Suzuki Rennmaschine besessen wie Lena. Nach seinem tragischen Tod überließen ihr die Angehörigen, die um die Leidenschaft der beiden wussten, das Motorrad.

Sie vermied den direkten Weg durch die verstopfte Innenstadt und kurvte stattdessen über einen Umweg zur Londoner *Isle of Dogs*. Der Name war irreführend – vielmehr handelte es sich um einen Stadtteil, der durch die Schleife am Nordufer des Themseverlaufs gebildet wurde. Er lag nur einige Kilometer von der City entfernt, direkt gegenüber von Greenwich. In dem Arbeiterviertel standen noch die niederen Hallen der alten Fabriken, weshalb die Wasserarme oft als beliebte Filmkulisse dienten.

Tom Burdon, ein Journalist und Kollege Lenas, der in dem Gewirr von kleinen Straßen einen gemieteten Lagerraum für seine beiden Oldtimer besaß, hatte ihr angeboten, die Motorräder über den Winter bei ihm unterzustellen. Lena kannte Tom von einigen ihrer früheren Recherchen. Ehemals bekannt für seine Artikel zu brisante Themen ging er nun als Buchautor gerne politischen Verflechtungen nach, die auch Lena brennend interessierten. Sein letztes Buch, über die Spekulationen rund um 9/11, hatte ihr einen wichtigen Denkanstoß zu ihrem Bericht geliefert.

Sie bog in die Zufahrtsstraße zu den Laderampen ein, fuhr an einer Reihe schmaler Häuser mit Vorgarten vorbei, bis zu dem länglichen Schuppen aus roten Backsteinziegeln. Hier ließ sie den Mini ausrollen. Früher wurden darin Güter für die Industrie gelagert, heute waren die schweren Holztüren durch Garagentore ersetzt und die Innenräume mit hohen Regalwänden unterteilt, um sie getrennt vermieten zu können. Toms Doppelgarage war die letzte in der Reihe, was den Vorteil hatte, dass man davor auch parken konnte, ohne die Durchfahrt zu behindern.

Bereits von weitem sah Lena, dass die Einfahrt nur angelehnt war – Tom musste da sein. Sie stieg aus und zog das Tor hoch.

»Tom?«

Die große Werkstattleuchte an der Decke war abgedreht, es brannten nur die Lampen neben der Tür. Eine Gestalt löste sich aus dem Halbdunkel vor dem Fenster am entfernten Ende des Schuppens.

»Welch hoher Besuch in der einsamen Hütte!« Er kam zum Eingang und drückte sie herzlich. »Was führt Sie an diesem Tag in die Gegend?«

»Ich war allein unterwegs und bin dann irgendwie hier gelandet«, sagte sie und freute sich über die Gesellschaft.

»Mir ging es ebenso, ich habe eine ausgedehnte Wanderung entlang der Themse unternommen, die mich zwangsläufig herbrachte. Schön, dass Sie da sind.«

»Sie haben Ihre beiden Lieblinge weihnachtlich poliert?« Lena deutete auf Toms Oldtimer – ein dunkelgraues 1964er Austin Healey Cabrio mit verchromten Speichenrädern und ein Alfa Romeo Spider aus den frühen Siebzigern.

»Um ehrlich zu sein, ist das noch der restliche Glanz vom Frühjahrsputz. Ich bin heuer fast nicht dazu gekommen, sie zu fahren. Aber kommen Sie ...«

Er ging zurück zur anderen Seite, wo eine breite Glasfläche den Blick auf die ehemaligen Laderampen freigab. Lenas Motorräder standen abgedeckt seitlich daneben. Die Fensterbank war einen Meter tief und bot die einzige Sitzgelegenheit in der sonst leeren Garage. Draußen begann es dämmrig zu werden. Über den rostigen Kränen brannten Bogenlampen, die ein oranges Licht auf die Eisengestelle warfen. Die Szenerie wirkte abweisend, wie eine surreale Filmkulisse.

»Wo haben Sie sich denn da verletzt?«, wollte Tom wissen, als er Lenas Cut bemerkte.

»Ich mich nicht«, sagte sie und verzog säuerlich den Mund, »man hat mich niedergeschlagen.«

Er lehnte sich zurück und schüttelte den Kopf. »Wo haben Sie Ihre wunderschöne Nase wieder hineingesteckt?«

»In ein Militärgefängnis in Israel, aber das ist keine Weihnachtsgeschichte.«

Sie setzten sich auf eine Decke, die in der Fensternische lag. Obwohl ein Heizstrahler am Boden lief, war es ziemlich kalt. Er packte seine Pfeife aus und begann, sie mit Tabak zu stopfen. Lena betrachtete ihn dabei von der Seite. Sie mochte seine bedächtige Art. Tom war nur zehn Jahre älter als sie, aber mit seinen dichten grau melierten Haaren und dem Faible für dunkle Tweedhosen und alte Cabrios strahlte er eine Ruhe aus, in der man sich gut aufgehoben fühlte. Es lag auch daran, ging ihr durch den Kopf, dass er vieles, worüber sie sich aufregte, gar nicht so ernst nahm.

»Wollten Sie nicht etwas erzählen ...?«, fragte er und schmunzelte, da er ihren Blick bemerkt hatte. Er zog an der Pfeife und das feine Aroma des Tabaks füllte den Raum.

»O ja«, antwortete sie schnell.

»Dann kommen Sie, wir finden sicher einen angenehmeren Ort als diese triste Garage.«

Sie ließen den Mini stehen und spazierten über die Holzbrücke, die über den schmalen Wasserarm führte. Dort gab es eine große Straßenkreuzung mit einer Verkehrsinsel, auf der Verkaufsstände mit Christbaumschmuck, buntem Holzspielzeug und warmen Wollmützen standen. Tom wies auf das kleine Pub an der Ecke.

»Möchten Sie einen wärmenden Schluck?«

»Gerne! Ich bin ziemlich durchgefroren.«

Sie setzten sich an die Holztheke des urigen Lokals und Lena schilderte ihre Recherchen bei Brösig-Bieler in Potsdam, den Aufenthalt in Israel und ihre Suche nach Yafne.

»Darüber würde ich gerne mehr wissen«, sagte Tom nach einem Tee und einer Portion herzhafter *Scotch Eggs*. »Was halten Sie davon, wenn wir den heutigen Abend gemeinsam verbringen? Natürlich nur, falls Sie nichts Besseres vorhaben.«

»Gerne, aber ich will Sie nicht ...«

»Keine Spur. Es ist reiner Eigennutz«, bemerkte er aufmunternd, »um Weihnachten nicht alleine zu verbringen.«

»Dann besorgen wir zuerst noch einen Baum, da Sie bestimmt keinen zu Hause haben.«

Als sie aus dem Pub kamen, war es vier vorüber und die Besitzer der Buden packten zusammen. Zu Lenas Enttäuschung war auch der Händler mit den Bäumen schon weg.

»Schade«, meinte sie und sah sich ratlos um, »ohne Baum ist es nur ein halbes Fest.«

»Ich versuche was«, sagte Tom.

Er ging zu dem Händler mit den Christbaumkugeln, der

soeben sein Verkaufspult verlud. Über dem Stand war ein Vordach, worauf zwei Weihnachtsbäume als Dekoration steckten. Sie verhandelten eine Weile, dann kletterte der Mann auf die Leiter und holte einen der Bäume herunter. Tom stapfte damit zufrieden zurück zu Lena und stellte ihn vor sie hin.

»Bitte sehr«, sagte er stolz, »nur zehn Pfund und geschmückt ist er auch schon.«

Lena lachte laut auf, denn das, was vor ihr stand, ging ihr gerade bis zum Knie. Es war gewickelter Draht mit struppigen grünen Plastiknadeln und gold blinkenden Fäden darüber. Sie hob das zerzauste Etwas hoch und betrachtete es von allen Seiten.

»Na gut, dann geben wir diesem *Baum* ein Zuhause!«

Sie bummelten zurück zum Auto und Lena fuhr entlang der Themse nach Barking, dem Vorort, wo Toms Haus lag. Wie schon bei ihren früheren Treffen wunderte sie sich auch diesmal über die Gegend, in die er sich zurückgezogen hatte. Der große Schrottplatz an der Kreuzung, an der sie abbiegen musste, war unbeleuchtet und die Autoleichen kauerten wie urzeitliche Tiere hinter dem Drahtgitter. Die Straße führte weiter durch die östlichen Docks von London, dahinter ragten die Stellwerke des Frachtenbahnhofs auf.

»Wie hat es Sie überhaupt in dieses gottverlassene Viertel verschlagen?«, wollte Lena wissen. Eine Frage, die sie Tom schon öfter stellen wollte.

»Anfangs war es bloß Zufall. Nach meinen Recherchen zum Unfall von Lady Diana, die manchen Herren im Secret Service zu heikel gewesen sein dürften, war ich anscheinend zum Staatsfeind geworden. Binnen weniger Tage verlor ich den Job beim Fernsehen, die Bank sperrte alle Konten und der Kredit für meine Wohnung wurde fällig gestellt. Ich stand auf der Straße und überlebte nur mit Hilfe eines Freundes, der mir die Möglichkeit gab, vorerst in seinem Lager zu wohnen.«

»Hatten Sie damals keine Beziehung? Solche Zeiten überlebt man doch zu zweit leichter.«

»Meine Freundin arbeitete in der gleichen Redaktion und verabschiedete sich, unmittelbar nachdem ich den Job verlor.« Tom klang bitter.

Lena nickte, solche Enttäuschungen kannte sie gut.

»Ich hatte von der ganzen Szene die Nase voll und widmete mich nur mehr meinen Büchern, für die sich zum Glück auch die Leute interessierten«, fuhr er fort. »Ich kaufte das Lager und habe es zu einem richtigen Haus umgebaut. Mittlerweile finde ich es perfekt – die Leute in der Gegend sind unkompliziert, niemand sucht nach mir und ich habe meine Ruhe.«

Lena hielt vor dem blauen Holzzaun von Toms Grundstück. Es hatte stark zu regnen begonnen. Er stieg aus, kam um das Auto herum, nahm sie schützend unter seine Lederjacke und sie liefen über den Vorplatz zu dem flachen Bau. Er hielt ihr die Tür auf und Lena schlüpfte hinein. Von außen hatte das Haus noch den spröden Charme eines Magazins, drinnen war es hingegen sehr gemütlich. Im Arbeitszimmer warf er ein Stück Holz in den offenen Kamin, in dem noch ein dicker Ast glühte.

»Der Vorteil einer großen Feuerstelle«, bemerkte er zufrieden, »die riesigen Scheite halten einen halben Tag. Aber bitte, machen Sie es sich bequem, ich muss noch kurz telefonieren.«

Er ging nach nebenan. Lena setzte sich zum Kamin, schlüpfte aus den Schuhen und stellte die Füße auf die wohlig warme Steinplatte vor den Flammen. Toms Arbeitsraum war einer der gemütlichsten Orte, die sie kannte. Dazu trug nicht nur das prasselnde Holz bei, sondern auch der ausladende Tisch, der voller Bücher war, der dunkle weiche Teppich und die alten Fauteuils.

»Wie kommen Sie darauf, dass wieder etwas in England geschehen könnte?«, fragte er, nachdem er zurück war und sich mit einer frischen Pfeife und seinem geliebten Whisky, ein alter

Single Malt von *Tobermory*, den Lena dankend ablehnte, in seinen Schaukelstuhl begeben hatte.

Sie zog Hawks Zettel mit dem Text der abgefangenen Nachricht aus ihrer Tasche und hielt ihn Tom hin. »Das muss eine Art Auftrag sein, den die NSA abgefangen hat, er ging an einen englischen Server, der Empfänger sitzt also hier.«

Tom las und wirkte aufgeregt. »Ich befürchte, dass Sie mit Ihrem Verdacht richtigliegen. Anders kann man den Text nicht verstehen, auch wenn noch vieles codiert ist. Was bedeutet dieses *Cymik*?«

»Das dürfte der Deckname des Empfängers sein. Es ist Hebräisch und heißt so viel wie Chemiker.«

Tom pfiff leise durch die Zähne. »Was wiederum auf diesen Yafne hinweisen würde.«

»Hawk denkt, die Nachricht könnte auch harmlos sein.«

»Glaube ich nicht. Es macht mich wütend, dass wir nicht mehr wissen.« Tom stand auf, nahm einen tiefen Schluck Whisky und begann auf und ab zu gehen. »Ein siebenter Juli darf sich nicht wiederholen. Es war grauenhaft, ich bekomme den Tag bis heute nicht aus dem Kopf!«

»Sie waren dort?«

»Nicht nur dort, ich war drinnen, in der verdammten Röhre der Piccadilly Line bei den Verletzten.«

Lena schaute bestürzt, das hatte Tom ihr noch nie erzählt. »Wahnsinn ...«

»Das kann man sagen – Wahnsinn. Das einzige Wort, das passt. Ich war unterwegs zur Uni, um Material aus der Bibliothek zu holen. Ich war spät dran. Zu meinem Glück, denn ich habe den Zug verpasst und war noch ziemlich sauer deswegen. Dann, Sekunden später, kam diese Detonation – ich dachte an einen Zusammenstoß, bin in die Röhre gelaufen, wollte helfen. Doch der Waggon war völlig zerstört und überall lagen Leichenteile. Aber da war dieses Kind, dieses Mädchen ...«

»Mädchen?«

»Die Mutter war tot, zerrissen von der Bombe. Sie trug ein gelbes Sommertop – die Farbe werde ich nie vergessen!« Tom war stehen geblieben und starrte zum Fenster hinaus in den dunklen Vorhof.

»Das Mädchen, was war mit ihr?«, fragte Lena leise.

»Sie hatte davor in der Station aus dem Wagen heraus gelacht, weil ich den Zug verpasste und jetzt lag sie einfach da, unter einem Teil der Seitenwand, blutüberströmt, aber sie atmete.«

»Konnten Sie sie retten?«

Tom leerte sein Glas und drehte sich um. »Ich habe sie hervorgezogen und in ein Spital gebracht. Sie hat es überlebt.« Er setzte sich gegenüber von Lena auf einen Fauteuil und sah sie an. Seine Augen glänzten feucht. »Am nächsten Tag habe ich sie im Krankenhaus besucht, ihr Vater war auch dort, hat mich umarmt und gesagt, seine Frau sei unter den Opfern, aber man würde ihn nicht zu ihr lassen. Er hat geweint. Ich hatte nicht die Kraft, ihm zu sagen, dass sie kein Gesicht mehr hatte ...«

Lena hatte seine Hände genommen und sie saßen schweigend.

»Darum verstehe ich sehr gut«, sagte er schließlich, »wenn Sie mit dem Verlust von Niels nicht abschließen können. Es ist schwer, sich von so einschneidenden Erlebnissen zu lösen. Ich habe seit diesem Tag in der U-Bahn keine echte Beziehung mehr geführt, wollte keine Nähe mehr zulassen, aus Angst vor einem derartigen Verlust.«

»Ich nehme jetzt doch einen«, sagte Lena und deutete auf Toms leeres Whiskyglas. Er stand auf und schenkte ihr ein. Lena nippte von dem süßlich herben Getränk. »Was wurde aus dem Mädchen?«

»Aus Eireen ...?« Toms Züge hellten sich auf. »So heißt sie und ist ein prächtiges Mädchen von vierzehn Jahren, mitten in der Pubertät. Sie besucht mich häufig. Ich habe ihr zum Geburtstag ein Nabelpiercing bezahlt. Ihr Vater, mit dem ich mich übrigens auch gut verstehe, darf das natürlich nicht wissen ...«

Sie lachten. Durch die Geschichte von dem Mädchen entdeckte Lena an dem sonst so sachlichen Tom eine neue, gefühlvolle Seite. Sie fühlte sich ihm sehr nahe.

Ein Läuten an der Tür unterbrach den Moment.

Tom ging hinaus und kam kurz darauf mit einem vollen Tablett zurück, von dem aus sich ein herrlicher Duft im Raum verbreitete.

»Ich habe vorhin bei einem Restaurant angerufen, damit sie uns was vorbeibringen. Ich hoffe, Sie mögen gefüllten Truthahn mit Backpflaumen«, sagte er und stellte das Tablett auf den Esstisch im Nebenzimmer. »Zum Nachtisch gibt es Plumpudding und Eierpunsch.«

Und wie Lena das mochte. Sie hatte außer dem Frühstück und dem Snack im Pub noch nichts im Magen.

Beim Essen war die nachdenkliche Stimmung verflogen. Vielmehr versuchten sie, aus dem Puzzle der verschiedenen Informationen, ein mögliches Szenario zu entwickeln. Wie für Hawk war auch für Tom die entscheidende Frage, wer von dem Terror profitierte.

»Beim Anschlag auf die Londoner Underground, der mich aufgrund der Erlebnisse noch lange beschäftigt hat, liegt der Nutzen eindeutig aufseiten Israels«, erklärte er. »In Großbritannien wurden davor Stimmen über den Sinn der Kämpfe im Irak laut und bei der G8-Gipfelkonferenz, die zur gleichen Zeit stattfand, verhandelte man über eine Finanzspritze von drei Milliarden Dollar für die Gebiete der Palästinenser.«

»Ich weiß«, Lena nahm sich noch etwas von der Truthahnfülle, »nachher waren die Themen mit einem Schlag vom Tisch, die Gelder wurden eingefroren ...«

»Was Israel in der Palästina-Frage sehr gelegen kam«,

ergänzte er, »und die britische Regierung nahm mit aller Härte weiter am Krieg gegen den Terror teil.«

»Das wiederum schuf eine verstärkte Allianz gegen die arabischen Länder, von denen sich Israel bedroht fühlt.«

»Das sind die allgemein bekannten Sachverhalte.«

»Ist dahinter noch mehr abgelaufen?«

Tom nickte. »Es gab Gerüchte auf mehreren Ebenen. Besonders seltsam erschien mir ein Zeitungsartikel, der in Jerusalem vier Stunden nach den Anschlägen erschien und Details enthielt, die noch gar nicht bekannt sein konnten. Der muss bereits davor geschrieben und irrtümlich zu früh veröffentlicht worden sein. Was die Frage aufwirft, was hat der Verfasser gewusst und von wem?«

»Erstaunlich«, murmelte Lena, »welche Bedeutung in scheinbar kleinen Irrtümern steckt.«

»Natürlich benutzte auch die britische Regierung den Vorfall für weitreichende Einschränkungen, strengere Überwachung und die weitere Kriegsbeteiligung«, fuhr er fort. »Terrorbekämpfung ist für Regierungen ein Freibrief für derartige Maßnahmen. Es gäbe da noch vieles, aber das bringt uns bei unserer Frage nicht weiter, denn die lautet: Wo ist dieser Yafne und ist er wieder aktiv?«

Lena nickte und begann den Tisch abzuräumen. Tom stand auf und ging in die Küche, um Kaffee zu machen.

»Nur etwas Zucker und keine Milch – richtig?«

»Sehr aufmerksam.« Sie war überrascht, dass er sich daran noch erinnerte.

23

Adam Young kam aus der Bank am Square, dem zentralen Platz von Aberfeldy, wo er rasch vor den Feiertagen einige Überweisungen aufgegeben hatte. Er würde die nächsten Tage weg sein und war gerade noch rechtzeitig vor Schalterschluss gekommen. Die Banken machten auch am Heiligen Abend pünktlich um drei Uhr zu und der Filialleiter sperrte direkt hinter ihm ab. Adam spazierte zum Parkplatz vor der Kirche, die schon vor langer Zeit bankrottgegangen und von der Gemeindeverwaltung übernommen worden war. Sie beherbergte jetzt die Touristeninformation für Besucher der kleinen Marktstadt.

Aberfeldy, mitten in dem rauen, kahlen Bergpanorama des schottischen Hochlands, litt unter extremer Landflucht. Dagegen halfen auch die Folder für die Besichtigung der lokalen Brauerei oder die Reiseveranstalter, die Trekking-Touren durch die Highlands anboten, nichts. Die jungen Leute der einheimischen Bevölkerung verließen die Gegend und zogen in die großen Städte Glasgow oder Edinburgh, die nur eine gute Autostunde entfernt lagen. Als Austausch dafür kamen viele stressgeplagte Städter. Sie suchten einen Platz in der für sie melancholischen Wildnis, voller Geschichten von Poltergeistern, in der ausgedehnte Schafweiden die Selbstfindung nach dem letzten Burn-out erleichterten.

Adam hatte keinen Blick für die reizvolle Umgebung. Er lebte seit elf Jahren in dem Ort und betrieb eine Immobilienverwaltung. So war er die meiste Zeit unterwegs, besichtigte zum Verkauf stehende Cottages im umliegenden Farmland, fuhr mit Interessenten herum oder besorgte Möbel für Renovierungen. Die Landschaft bot ihm nichts Neues mehr. Im Gegenteil – er litt unter der schottischen Nässe; kein Tag verging ohne feuchte Schuhe, klamme Überkleider oder dunkle

Wasserflecke auf der Lederpolsterung seines Land Rovers. Auch jetzt begann es wieder zu nieseln. Er holte den Schirm aus dem Auto, der kein großer Schutz war. Durch den ständigen Wind von den Hügeln sprühte der feine Regen von allen Seiten. Während er ihn aufspannte, ließ er Judy, seine schwarze Labradorhündin, aus dem Fahrzeugheck, die ihn bei seinen Einkäufen begleitete. Gemeinsam liefen sie zum Pub in die Dunkeld Street, vorbei am Kino, das lange Zeit leer gestanden hatte und erst vor zwei Jahren durch eine private Initiative – an der sich Adam mit entsprechenden Spenden beteiligte – wiedereröffnet werden konnte. Heute hatte es geschlossen, aber an den kommenden Feiertagen gab es einen Abend mit keltischer Volksmusik und die Übertragung einer Aufführung des Moskauer Bolschoi-Balletts. Beide Programme interessierten ihn wenig, so bedauerte er es nicht, sie zu versäumen.

Er lebte alleine und besuchte die Veranstaltungen nur deshalb, um nicht als Eigenbrötler zu gelten. Sonst vermied er engeren Kontakt mit den Leuten des Ortes. Die Schotten waren leicht aufzuregen, erbosten sich schnell über Zustände, redeten tagelang darüber, nur weiter unternahmen sie nichts. Zwischen den cholerischen Schüben wirkten sie umgänglich, aber verschlossen, und waren recht schwer von Antrieb. Sie duldeten die Dinge, so wie sie kamen, sprachen nie über sich selbst, nahmen aber regen Anteil am Schicksal der anderen. Auf Adam wirkte dies wie bei einem Kartenspiel, man versuchte, alles über das Blatt des Mitspielers herauszubekommen, ließ sich selbst aber nicht in die Karten schauen.

»Hi, Adam.« Der Barkeeper wischte die Theke trocken und polierte die verchromten Zapfhähne der Biere. »Noch unterwegs?«

»Ja, ich treffe Miss Amy.«

Das Pub im Schiehallion Hotel war bis auf ein paar Gäste und den alten Biggs, der wie immer leicht angetrunken in einer

Ecke lehnte, leer. Adam suchte mit Blicken den Raum nach seiner Bekannten ab, die er an einem Tisch in der Nische vor dem Fenster fand.

»Ein halbes Pint vom Lager an den Tisch«, sagte er, schlüpfte aus seiner Regenjacke und deutete auf den Hund, »und bitte eine große Schüssel mit Wasser.«

Judy sprang an der älteren Dame ungestüm hoch.

»Ja, ist ja gut, meine Schöne ...«, sagte Miss Amy freudig und streichelte sie, »ja, du kommst ja mit mir ...«

»Danke, Miss Amy«, sagte Adam, nachdem er sich gesetzt hatte und sein Bier gekommen war. »Ich wüsste nicht, was ich ohne Sie tun würde.«

Miss Amy hatte einen Strickladen in der Stadt, wo sie Wolle, Knöpfe und Zubehör verkaufte. Viele ihrer Kundinnen kamen aber auch bloß des Tees, der leckeren süßen Plätzchen und der Neuigkeiten wegen; Amy war eine Institution, wenn es um den lokalen Tratsch ging. Und sie liebte Judy, seit sich die Labradorhündin als ungestümer Welpe von der Leine losgemacht hatte, in den Laden stürmte und in einem Berg von Wollknäueln für Verwüstung sorgte. Adam, der sein Haus um die Ecke von Amys Laden hatte, war das unangenehm gewesen. Er stellte aber sehr bald fest, welchen Vorteil eine Bekanntschaft mit der alten Dame barg: Alles, was er ihr erzählte, wusste am nächsten Tag die ganze Nachbarschaft. Das machte ihn automatisch zu einem Mitglied der Gemeinde, ohne dass er viel von sich erzählen musste. Wenn Miss Amy sagte, dass er wieder einmal mehrere Tage unterwegs war, um wichtige Klienten beim Kauf eines Anwesens zu beraten, dann glaubte man das. Außerdem konnte er Judy jederzeit bei ihr lassen, wenn er fortmusste.

»Aber das ist doch selbstverständlich«, sagte Amy und kraulte Judy hinter den Ohren. »Wie lange werden Sie weg sein?«

»Diesmal nur zwei Tage. Ein Geschäftsmann aus China

kommt nach London, um ein Lokal zu kaufen, und möchte mich bei den Verträgen gerne dabeihaben.«

»Der muss ausgerechnet zu Weihnachten kommen?« Miss Amy klang ungläubig. »Feiert der denn nicht?«

»In China gibt es leider keine Weihnachten, die feiern auch erst einige Wochen nach uns Neujahr«, er legte die Stirn in Falten, »wir kleinen Geschäftsleute müssen dann eben springen. Dabei arbeiten wir ohnehin nur für die Steuer, aber das kennen Sie ja!«

Das leuchtete Amy ein. »Sie Armer! Da wird unsere Runde aber traurig sein, dass wir Sie morgen nicht zum Tee haben.«

Mit *unsere Runde* waren die ältlichen Freundinnen gemeint, die sich regelmäßig bei ihr trafen und bei denen er manchmal für einen Tee sitzen blieb, wenn er Judy abholte.

»Ich muss jetzt aber«, sagte er, warf einige Münzen auf den Tisch, nickte Miss Amy zu und tätschelte seinen Hund. »Brav sein, Judy! Und Ihnen, Miss Amy, ein frohes Fest.«

Der kleine Supermarkt, er musste noch dünnen Draht und zwei flache Batterien kaufen, lag auf dem Weg. Bevor er zur Kasse ging, suchte er sich ein Fertiggericht im Tiefkühler aus. Nach den Besorgungen fuhr er über Bridge End und die Kenmore Street, vorbei an den einstöckigen Steinhäusern, den kurzen Weg zu seinem Grundstück. Hier hatte er sein Büro, über dem er auch wohnte.

Früher hatte er höhere Ziele gehabt, aber jetzt passte die Branche gut zu seinem Leben, das eine hohe Mobilität erforderte. In einem normalen Beruf wäre es unmöglich, öfter im Jahr weg zu sein, ohne dass die Leute Fragen stellen würden, im Immobiliengeschäft hingegen gehörte das zum Alltag.

Wie jedes Mal, wenn er die Strecke fuhr und ihn das eintönig graue Aussehen der niederen Bauten an die Orte seiner Jugend erinnerte, musste er an die Zeit in Israel denken. Die Straßenzüge in den Städten im Westjordanland hatten beinahe die gleiche Farbe. Er war als Kind orthodoxer Eltern in einer Siedlung in Palästina aufgewachsen. Es waren fromme Menschen, sein Vater schlachtete Tiere nach altem koscherem Ritus. Schon da faszinierte es ihn, wie lange der Körper der Tiere zuckte, wie die Augen aufgingen, während das Blut aus der geöffneten Kehle schoss und sich das Leben aus ihnen fortstahl. Der kleine Adam war hinter seiner Mutter gestanden und hatte dem Vater beeindruckt zugesehen, wie er mit dem kurzen Schnitt etwas so Endgültiges tat.

Mit achtzehn absolvierte er seinen Militärdienst auf einer geschützten Position und – trotz des tobenden Golfkriegs und der irakischen Raketeneinschläge – ohne einen Schuss auf Feinde abgeben zu müssen. Gleich danach widmete er sich dem Chemiestudium, für das er ein außergewöhnliches Talent mitbrachte. Wissenschaftlich faszinierte ihn von Anfang an die Wirkung von einzelnen Stoffen in komplexen Strukturen. Darüber schrieb er auch seine Diplomarbeit, wofür er mit einem Stipendium und einer Assistentenstelle am bekannten Rutfeld-Institut belohnt wurde. Sehr bald hielt er alles außerhalb seiner Arbeit für uninteressant. Zu Menschen fand er immer schwerer Kontakt und eine Beziehung zu führen, hatte ihn nie gereizt.

Ein wichtiges Ereignis für den Dreißigjährigen war der 11. September 2001. Gebannt saß er im Labor vor den Bildern des Anschlags in New York. Das, was er sah, war für ihn von unerhörter Macht und hatte eine bizarre Ästhetik. Nicht die großen Ideen waren im Leben entscheidend, begriff er in diesen Momenten, sondern das Erkennen der eigenen Begabung. Am nächsten Tag rief er seinen Bekannten an, der ihm schon mehrmals Kontakt zu Leuten angeboten hatte, die lohnende Jobs für seine speziellen Fähigkeiten wüssten. Bald darauf wechselte er in die Agrarindustrie, wo es Zugang zu dem benötigten Material, ohne die strengen Kontrollen des Instituts, gab.

Über den alten Freund lief alles problemlos, wie mit einer Agentur. Seine ersten großen Aufträge erledigte er für Tschetschenen und eine arabische Gruppierung in England, die sich der Al-Qaida nahe fühlte. Danach blieb er in Großbritannien, um Problemen mit dem Mossad zu entgehen, der ihn ob seiner Aktivitäten bereits auf einer schwarzen Liste hatte. Sein inszenierter Tod war schließlich das Arrangement, mit dem auch der Geheimdienst leben konnte, der ihn später sogar für eigene Ziele zu beschäftigen begann.

Adam bog in die offene Einfahrt, stellte den Land Rover in den Carport im Hof seines Hauses und schüttelte drinnen den Regen ab.

»Sauwetter«, murmelte er dabei, holte eine trockene Weste aus dem Schrank und schlüpfte in die warmen Hausschuhe.

Das Foto auf der Packung der Lachsfilets mit Honigsauce auf wildem Senf hatte Adam angesprochen. Er steckte sie für die angegebenen zehn Minuten in die Mikrowelle, aber der Fisch war trocken wie Papier und die Senfsauce ohne Geschmack. Er aß missgelaunt und erledigte noch einige Büroarbeiten für seine Steuererklärung, der Jahreswechsel stand bevor.

Danach holte er die Batterien und den Draht aus seinem Regenmantel. Er musste noch einiges für den anstehenden Auftrag fertig machen und er hatte kein gutes Gefühl bei der Sache. Bevor er in den Keller ging, wo sich eine kleine Werkstatt befand, löschte er das Licht – Strom war teuer in Schottland.

24

»Wenn die Vermutung stimmt, dass sich etwas anbahnt«, überlegte Tom, als sie mit frischem Kaffee in den Tassen im Arbeitszimmer saßen und er seine Pfeife neu stopfte, »was wären die Gründe?«

»Unmittelbar kann es dabei nur um die massive Kritik der EU an Israel wegen des Blutbades in Beirut gehen, in das angeblich israelische Soldaten verwickelt waren«, sagte Lena sofort darauf.

»Das ist ein gutes Motiv und es passt zur angespannten Situation. Die Zeichen stehen schon seit längerem auf Sturm, was auch kein Zufall ist, so kurzsichtig wie beide Seiten derzeit agieren – die Israelis mit ihrer Siedlungspolitik und die Union mit taktischen Strafmaßnahmen anstelle gezielter Verhandlungen. Eine Verschärfung der starren Zollpolitik und eine weitere finanzielle Beschneidung der bilateralen Projekte könnte Israel nur schwer verkraften.« Er nippte vom Kaffee. »Es wäre interessant herauszufinden, wer in Brüssel für diese harte Gangart verantwortlich ist ...«

»Das kann ich beantworten«, warf Lena ein, »federführend ist da ein niederländischer Abgeordneter in der außenpolitischen Delegation.«

»Doch nicht etwa dieser Jan Nimhaaven, vom rechten Flügel, der als Antisemit verschrien ist?«

»Genau der. Er hat eine eigene Arbeitsgruppe zu dem Zweck eingerichtet.«

»Weiß man, was da in nächster Zeit ansteht?«

»Ein Gesetzesentwurf für ausgedehnte Sanktionen, die schon einem Boykott gleichkommen würden, den er Anfang nächsten Jahres einbringen will. Er möchte ihn noch dieses Jahr fertigstellen und hat eine Sondersitzung einberufen.«

»Wo soll die sein?« Tom klang wie elektrisiert.

»Im Rahmen der Weihnachtsgala in Edinburgh.«

»Die ist wann?«

»Am zweiten Feiertag, im Prestonfield ...«

Tom sprang auf und nahm den Zettel mit Hawks Notiz, den Lena auf dem Tisch liegen gelassen hatte. »Der Empfänger des Auftrags sitzt bei uns im Land! *Dringende Fertigstellung* heißt, dass alles vorbereitet ist! Und Weihnachten wäre *unmittelbar*!«

Lena war sprachlos und wurde blass.

»Es kann nicht anders sein!« Tom ging hinüber zum Kamin und lehnte sich daneben an die warme Mauer. »Es findet in den nächsten Wochen kein weiterer Event mit ähnlicher Bedeutung statt. Auch einen besseren Ort als ein internationales Hotel an den Feiertagen, wo sich die Delegierten treffen, gibt es nicht. Die Sicherheitsleute sind mit dem Normalbetrieb schon überfordert. Wenn Yafne tatsächlich in England lebt und wieder etwas vorbereitet, dann passiert es übermorgen in Edinburgh und zwar, um die Sanktionen zu verhindern.«

»Dort soll ich auch hin! Ein Interview machen ...« Lena stotterte beinahe, so aufgeregt war sie. »Mit Nimhaaven, genau deswegen!«

»Sie?!« Tom konnte es nicht fassen. »Für wen?«

»Für Shyam Barod. Er hat ein Redaktionsbüro, bei dem ich derzeit arbeite.«

»Kenne ich«, sagte Tom und zog so heftig an der Pfeife, dass er husten musste. »Und wieso machen Sie ein Interview für den aktuellen Dienst?«

»Na ja, ich stecke mit meinen Recherchen zu Yafne in der Sackgasse und Shyam meinte, das Gespräch könnte mich vermutlich weiterbringen. Dabei bin ich überzeugt, dass er die ganze Theorie für verrückt hält und an einen einzelnen Bombenleger hinter den Attentaten gar nicht glaubt.«

»Es ist auch gleichgültig, was er darüber denkt. Der Termin

mit Nimhaaven ist ein reines Ablenkungsmanöver, es soll Sie nur beschäftigen und auf andere Gedanken bringen. Barod macht bestimmt nichts, was die Israelis auch nur irgendwie belasten könnte ...«

Lena schaute irritiert. »Wieso das?«

»Ich habe einmal für ein Buch über die jüdische Kommune in Stamford Hill recherchiert. Das ist Londons Quadratmeile der jüdischen Frömmigkeit.« Toms saloppe Formulierung amüsierte Lena. »Da gibt es siebzig Synagogen. Die Gottesfürchtigen der orthodoxen Gemeinschaft bleiben untereinander und verschont von weltlicher Dekadenz.«

Das Feuer war heruntergebrannt, es wurde kühl im Zimmer. Lena stand auf und lehnte sich zu Tom an den warmen Kamin.

»Aber was hat das mit den Barods zu tun?«, fragte sie. »Das ist doch eine indische Familie.«

»Der Vater ist Inder, der lebt sein eigenes Leben mit dem Handelshaus. Shyams Mutter hingegen stammt aus Israel. Sie ist eine geborene Cohen, Ruth Cohen aus Tel Aviv. Sie hat in London studiert, ist danach geblieben und war vor ihrer Ehe mit Shyams Vater bei verschiedenen Organisationen aktiv, wo sie ziemlich vehement die israelischen Standpunkte vertrat.«

»Das hätte ich nie gedacht, weil sie keinen solchen Eindruck auf mich macht«, staunte Lena. »Sie hilft Shyam in der Firma, hält sich aber vollkommen aus seinen Entscheidungen heraus.«

»Trotzdem hätte er es ohne ihre Beziehungen nicht so schnell geschafft, Karriere zu machen. Über ihre Kontakte in Stamford hat er Zugang zu sehr einflussreichen Leuten. Darüber wird natürlich nach außen hin nicht gesprochen.« Tom klopfte seine Pfeife am Kaminsims aus. Es war mittlerweile zehn geworden. »So, jetzt aber Schluss damit. Heute ist Heiligabend – wir haben noch Pudding und Eierpunsch. Im Leben gibt es wichtigere Dinge als Politik. Wir machen es uns gemütlich und Sie bleiben dann einfach hier.«

»Das nehme ich gerne an«, antwortete sie und zupfte den kleinen Christbaum zurecht, während er in die Küche ging, um den Nachtisch zu holen.

Später saßen sie in eine Decke gehüllt mit dem warmen Punsch auf der Couch und im Fernsehen lief *White Christmas* mit Bing Crosby. Keiner der beiden achtete sonderlich darauf. Sie genossen die Nähe des anderen und hingen ihren Gedanken nach. Lena hatte den Kopf an seiner Schulter liegen und fühlte sich geborgen.

»Du wirst doch nicht nach Edinburgh fahren?«, sagte er irgendwann in die Stille und legte den Arm um sie.

»O ja! Nur werde ich dort ein Interview machen, das niemand erwartet ...«

»Und was, wenn das mit der Bombe stimmt? Du bist dann mittendrin!«

»Dann musst du eben mitkommen und auf mich aufpassen«, sagte sie sanft und drehte sich zu ihm.

*

Die entfernten Geräusche der Kräne in den Docks – die Verlader im Londoner East End arbeiten auch feiertags – weckten Lena. Es war stockdunkel vor den Fenstern, nur von weitem leuchteten die Bogenlampen des Hafens. Tom, der an die Störung gewöhnt war, schlief noch fest.

Lena sah auf die Uhr – halb acht. Sie schlüpfte unter der Decke hervor, nahm ihre Kleidung und huschte leise ins Badezimmer. Nach einer ausgiebigen heißen Dusche ging sie in die Küche und suchte Tabs für die Kaffeemaschine, die in einer Schüssel auf der Anrichte lagen. Der frische Kaffee verbreitete einen angenehmen Duft. Da sich ihr Magen mit deutlichem Knurren bemerkbar machte, nahm sie ein Stück Weißbrot, bestrich es mit Butter und ging hinüber ins Wohnzimmer. Es war ziemlich kalt. Sie öffnete dennoch ein Fenster und ließ die frische, feuchte Dezemberluft in den Raum. Sie lehnte sich, das wärmende Gebräu schlürfend, an den Flügel und ließ mit einem wohligen Gefühl die letzten Stunden an sich vorüberziehen. Es war so, als würde sie Tom schon eine Ewigkeit kennen.

Das Feuer im Kamin war heruntergebrannt, nur noch an wenigen Stellen glühte es. Lena schloss das Fenster und nahm einige kleine Scheite, die daneben in einer Mauernische aufgeschichtet waren. Sie legte das Holz auf die glühenden Stellen, um damit die Flammen wieder in Schwung zu bringen.

Jetzt, wo ihr Kopf langsam klar wurde, überdachte sie das Gespräch vom Vorabend. Toms Bemerkungen über Shyam und seine Mutter fielen ihr ein, die für Lena ziemlich überraschend waren. Sie fühlte sich in dem Team wohl, alle arbeiteten sehr professionell und auch Shyam wirkte in seinen Entscheidungen unabhängig. Nie hätte sie angenommen, dass er wegen Ruths Herkunft eine Reportage blockieren würde. Außer es steckte bei ihm mehr dahinter und der Geschäftsmann war nur Fassade, wie sie es schon bei Bronsteen erlebt hatte. Ohne dass sie wollte, begann es in ihr zu arbeiten.

Auf dem Arbeitstisch stand ein Computer, der lief. Entweder hatte Tom vergessen ihn abzuschalten oder er ließ ihn einfach ständig auf Stand-by. Sie setzte sich mit der Tasse in seinen Ledersessel und bewegte die Maus. Sofort sprang der Monitor an. Lena fand das Icon für das Internet und zögerte – sie hatte Scheu davor, was sie erwarten würde. Schließlich siegte die Neugierde, ob die Überlegungen stimmten und ob es über Shyam etwas herauszufinden gab.

Um neun schlurfte Tom mit zerzausten Haaren ins Arbeitszimmer. Als er sah, dass Lena in seinen Computer versunken war, ging er weiter in die Küche, um ein ausgiebiges Frühstück zuzubereiten. Wenig später durchzog der herrliche Geruch von knusprig gebratenem Schinken und frischen Brötchen das Haus. Sie unterbrach ihre Recherchen und kam zum Essen.

»Was quält dich so sehr, dass du am Christmas Day dort weitermachst, wo du Heiligabend aufgehört hast?«, fragte Tom amüsiert und schob ihr den Brotkorb über den Tisch.

»Unser Gespräch von gestern über Shyam«, sagte sie und langte herzhaft zu.

»Das habe ich befürchtet ...«

»Er ist eine sehr ambivalente Persönlichkeit.«

»Was bedeutet, du hast etwas Spannendes entdeckt?«

»Auf jeden Fall, ich habe herausgefunden, dass nicht nur Ruth aus Israel stammt, wie du gesagt hast, sondern auch Shyam dort auffallend verwurzelt ist. Das Widersprüchliche ist, dass er nie darüber spricht und behauptet, er wäre in allen Dingen objektiv. Es werden aber nur selten Berichte gemacht, die mit Israel zu tun haben, schon gar keine kritischen. Ich habe mir die Veröffentlichungen der Redaktion eben angesehen.«

»Ich lag also richtig mit meiner Annahme?«

»Vollkommen!«

»Und in welcher Hinsicht ist er in Israel verwurzelt?«

»Er hat dort längere Zeit studiert und als Assistent gearbeitet, bevor er in London das Redaktionsbüro gründete.« Lena aß mit Hingabe und nahm sich noch vom Rührei. »Köstlich!«

Tom ließ die Gabel sinken. »Du willst sagen, Shyam war davor nicht nur in Deutschland, sondern auch in Israel?«

»Genau so ist es.«

»Aber soviel bekannt ist, hat er doch nach Cambridge an der Humboldt-Universität in Berlin Politikwissenschaften studiert und dort auch abgeschlossen.«

»Nur fast«, sagte sie kauend, »er hat zwar in Berlin promoviert, doch als Doktorand war er für drei Jahre auf Austausch an der Uni in Tel Aviv.«

»Interessant.«

»Es kommt noch besser – der Professor, bei dem er Assistent war, unterrichtete nicht nur in Tel Aviv, er arbeitete zur gleichen Zeit auch in Haifa am Rutfeld-Institut in der Forschung!«

Tom blieb der Mund offen stehen.

»Und jetzt rate mal, was das Thema von Shyams Dissertation war!«

»Sag ...«

Lena nahm den Notizzettel, den sie vom Computer mitgenommen hatte, und las: »Die Macht orthodoxer Netzwerke in den Regierungen des Nahen Ostens.«

»Sensationell!« Tom fasste es nicht. »Dann kam er zurück und eröffnete mit dem Geld des Vaters und den guten Beziehungen seiner Mutter ein Redaktionsbüro in der Medienbranche.«

»Was folgte, war eine Blitzkarriere«, ergänzte Lena. »Übrigens hat die Firma – das habe ich über das Handelsregister gefunden – noch einen stillen Teilhaber im Ausland mit dreißig Prozent, der nicht näher genannt ist.«

Tom lehnte sich zu ihr. »Was schließt du daraus? Du glaubst doch nicht etwa, dass Shyam hinter den Anschlägen steckt?«

»Ich bin mir nicht sicher, aber möglich wäre es. Ich habe in dieser Richtung schon so viel erlebt, dass mich gar nichts mehr wundert.«

»Aber warum stellt er dann jemand wie dich ein? Von dir ist bekannt, dass du solchen Dingen nachgehst.«

»Um mich unter Kontrolle zu haben«, Lena stellte die Teller weg und goss sich noch Kaffee nach, »um zu verhindern, dass ich bestimmte Sachen recherchiere, die seine Aktivitäten betreffen könnten.«

»Ist das nicht ein wenig weit hergeholt?«, meinte Tom, ging hinüber ins Arbeitszimmer und holte seine Pfeife vom Kamin.

»Er war es doch, der keinesfalls wollte, dass ich mich mit den

Londoner Anschlägen befasse. Er wollte um jeden Preis verhindern, dass ich nach Israel fliege.« Lena stand mit dem Kaffee auf und kam hinter ihm her. »Und – das habe ich genau geprüft – bei keinem der Anschläge, bei denen wir vermuten, dass Yafne die Bombe gebaut hat, gab es eine Berichterstattung seitens unserer Firma!«

»Das würde aber heißen«, Tom nahm seinen Tabak, warf noch ein Scheit in den Kamin und setzte sich nachdenklich an den Schreibtisch, »er benutzt dich für den Job in Edinburgh, um dich in eine Falle zu locken, damit deine Überlegungen niemals an die Öffentlichkeit dringen.«

Jetzt war es an Lena, sprachlos zu sein.

»Es ist bloß eine konsequente Überlegung«, sagte Tom und suchte in seiner Hosentasche nach Streichhölzern. »Wenn deine Annahmen stimmen, dass es dort den nächsten Anschlag gibt und Shyam dahintersteckt, ist es nur logisch, dabei auch gleich das Problem Lena zu lösen.«

Im Raum war es totenstill.

»Was jetzt?«, fragte Tom, zündete die Pfeife an und hüllte sich paffend mit blauem Dunst ein.

»Wenn es so ist, dann soll er ruhig glauben, dass seine Pläne aufgehen. Noch hat er keine Ahnung von unseren Überlegungen. Ich fahre morgen wie geplant nach Edinburgh, aber nicht des Interviews wegen.«

»Das meinst du nicht im Ernst, oder?«

»Doch! Stell dir vor, dort passiert etwas, das ich hätte verhindern können. Damit könnte ich nicht leben ...«

»Was immer du machst, ich bin dabei. Nur hoffe ich für uns, dass du falschliegst.«

»Ich rufe Hawk an«, Lenas Gedanken liefen bereits auf Hochtouren, »sein Schwager war irgendwas in der Verwaltung. Der kann uns helfen, damit die vom Hotel nicht glauben, wir sind verrückt.«

Tom starrte vor sich hin. »Was geschieht, wenn wir Yafne nicht rechtzeitig finden?«

»Das Risiko müssen wir eingehen«, meinte Lena dazu. Tom hob kurz die Augenbrauen ob ihrer lässigen Bemerkung, aber Lena war nicht mehr zu bremsen. Sie stellte die Tasse auf dem Schreibtisch ab. »Dann fahre ich jetzt nach Hause, damit ich aus den Klamotten herauskomme und packe ein paar Sachen für morgen ein.«

»Und kommst dann wieder ...?«

Statt einer Antwort ging sie hinüber zu ihm und küsste ihn.

»Wolltest du nicht Hawk anrufen?«, rief er ihr nach, während sie bereits zur Tür hinauslief.

»Das mache ich von daheim aus.«

25

Es war Boxing Day, der Geschenkschachteltag, wie die Briten den zweiten Feiertag nach Heiligabend bezeichnen. Der Name entstand aus dem Brauch, dass die Arbeiter an diesem Tag von ihren Brötchengebern Geschenke bekamen – kleine Schachteln, die ein weihnachtliches Trinkgeld enthielten. In den herrschaftlichen Häusern hingegen gestattete man den Bediensteten, die sonst an Feiertagen durcharbeiten mussten, einen Besuch bei der eigenen Familie, um dort die Päckchen für die Kinder auszuteilen.

Adam Young verstaute früh am Morgen alles, was er für die Lieferung vorbereitet hatte, im Laderaum des weißen Renault Kangoo, der für Transporte von sperrigen Dingen in seiner Garage stand. Dann belegte er Sandwichs mit Thunfisch für die anstehende Fahrt und steckte sie, zusammen mit einer Thermoskanne heißen Tees, in eine Einkaufstüte. Die kam auf den Beifahrersitz.

Der Vorort von Aberfeldy schlief noch an diesem Feiertag, als Adam durch die Gassen kurvte und die Ausfahrt Richtung Süden nahm. Er vermied den Highway und gondelte über die schmalen Landstraßen entlang der Hügelketten. Er war so oft durch die Highlands gefahren, dass er die Gegend wie seine Westentasche kannte und wusste, welche Route er nehmen konnte, ohne gesehen zu werden. Bevor er in die Ebene kam, hielt er in einem kleinen Wäldchen bei Glendevon. Gleich dahinter, bei der malerischen alten Steinbrücke, lag versteckt die Einfahrt in einen Forstweg. Er ließ den Transporter hineinrollen und stellte ihn ab.

Adam stieg aus und sah sich um, alles war ruhig und menschenleer. Er öffnete die seitliche Schiebetür des Fahrzeugs und nahm zwei längliche Magnettafeln heraus, die er an den Seiten des Renaults befestigte. Dann wechselte er die Kennzeichen, wickelte die abgenommenen Schilder in Packpapier ein und verstaute sie in einer Seitentasche neben der Ladefläche. Auf der Uhr im Auto war es halb zehn vorüber.

Noch etwas zu zeitig, dachte er. Er lehnte sich gemütlich an die Motorhaube, trank einen Schluck Tee und verzehrte die Brote. Bevor er weiterfuhr, holte er noch einen alten grauen Overall aus dem Laderaum, den er überzog, und eine schwarze Schirmkappe mit einem großen Logo – dem gleichen wie auf den Magnettafeln. Pünktlich um zehn fuhr Adam weiter. Er hatte noch etwa eine Stunde Fahrzeit und wollte seine Lieferung kurz vor Mittag abgeben, wenn an dem Bestimmungsort der größte Trubel herrschte.

Das Auto, das den Waldweg verließ und gegen Edinburgh fuhr, war jetzt das Zustellfahrzeug einer Mietfirma für Partymöbel und der Mann, der es lenkte, ein einfacher Lieferant. Bei der Auffahrt Kinross fuhr er auf die M90.

*

Lena und Tom nahmen den Flug der British um zehn vor acht von Heathrow. Lena brauchte keine zwanzig Minuten bis zum Flughafen, der Verkehr am Feiertag um sieben war gleich null. Sie stellte den Mini auf den Parkplatz des Terminals. Die Maschine startete pünktlich und war nur spärlich besetzt – Lena hatte eine ganze Reihe für sich. Sie ließ sich eine Decke bringen, verzichtete auf den Snack und verschlief die die eineinhalb Stunden. In Edinburgh besorgte sie noch zwei *Coffee to go*, während Tom einen Vauxhall Astra bei einem lokalen Autoverleih mietete.

»Ausgeschlafen?«, fragte er, als sie vom Flughafengelände Richtung Stadt fuhren.

»Ja, danke.« Lena gähnte herzhaft und nippte vom Kaffee.

»Ich hoffe, Hawks Schwager konnte mit dem Hotel etwas arrangieren, damit wir Zugang zu den Unterlagen bekommen, meine Presseakkreditierung nützt da nichts.«

Tom nahm nicht die Schnellstraße über den Außenring, sondern fuhr die Strecke durch die Stadt über Balgreen und dann entlang des bekannten Haymarkets. Hier, inmitten der typisch dreistöckigen Wohnhausreihen aus graubraunen Steinquadern, entstand ein neues Geschäftsviertel. Lena kannte die Stadt mit ihren endlosen, gleichförmigen Straßenzügen von vielen Besuchen. Auch wenn die UNESCO Edinburgh zum Weltkulturerbe erklärt hatte, auf Lena wirkte es abweisend und deprimierend, dagegen halfen auch herrschaftliche Gebäude und Parks nichts. Die wuchtigen dunklen Bauten ließen ihr keinen Raum – unvorstellbar für sie, in solch einer Gegend zu leben.

»Nach dem, was du erzählt hast, bin ich schon gespannt auf Hawk«, sagte Tom, als sie bei einer roten Ampel vor dem Edinburgh Castle hielten. »Ich spüre, du freust dich, ihn zu treffen.«

Lena nickte. »Er ist in letzter Zeit sehr wichtig geworden für mich. Ohne seine Verbindungen säße ich noch in dem Loch in Israel.«

»Seine Schwester wohnt schon lange in Aberdeen?«

»Seit über dreißig Jahren. Hawks Mutter und seine zweite Schwester sind schon gestorben. Katja, so heißt sie, ist seine einzige Verwandte. Sie heiratete nach dem Tod der Mutter nach Schottland und lebt seitdem in Aberdeen. Ihr Mann arbeitete bei der Stadtverwaltung, ist aber schon in Rente. Jedes Jahr kommt Hawk zu Weihnachten herüber nach Schottland und sie verbringen die Feiertage gemeinsam.«

»Schöner Brauch.«

Er bog rechts ab, umrundete die Altstadt und steuerte vorbei an der alten Universität hinauf Richtung Arthur's Seat, dem buckligen Hausberg der Städter, zum Prestonfield. An den Abhängen standen viele alte Herrschaftshäuser mit Türmchen und Zinnen, die meisten davon noble Pensionen, jedes eine perfekte Kulisse für Fantasy-Filme. Doch alle waren aus den gleichen braunen Steinen wie die Wohnhausreihen in der Stadt.

Lena atmete auf, als Tom in die Zufahrt zum Hotel einbog. Das *Prestonfield House Edinburgh* lag in einem weiten Park, umrundet von weiten Baumreihen und Rasenflächen, die trotz des Winterwetters gepflegt aussahen. Und – es hatte eine weiße Fassade.

»Ein wundervoller Tagungsort«, meinte Lena, während er den Astra zum Parkplatz an der Seite des Anwesens steuerte. »Ich habe auf der Webseite auch von der langen Tradition des Schlosses gelesen, die bis ins Mittelalter zurückreicht. Stell dir vor, da hat vielleicht auch Shakespeare übernachtet oder Maria Stuart ein Bankett gegeben, deren Gemälde noch in einem nach ihr benannten Speisezimmer hängt.«

Tom schmunzelte. »Wenn du einen Job brauchst, könntest du als Reiseleiterin anheuern.«

Sie knuffte ihn in die Seite. »Ich finde so eine alte Chronik eben bemerkenswert. Ich überlasse dir gerne die moderne Suite von Elton John und residiere in den Räumen des Earls of Huntington.«

»Für zweihundert Pfund pro Nacht ...«

»Da kannst du bestenfalls auf dem Sofa hinter der Rezeption nächtigen!«, witzelte Lena, während sie zu dem Vorbau mit den Steinsäulen gingen, unter dem der Eingang lag.

Hawk erwartete Lena und Tom in der Halle. Er lehnte mit lässig überkreuzten Beinen in einem Fauteuil des Foyers. Lena musste kurz darüber lächeln, wie stilvoll passend er zu jeder Gelegenheit gekleidet war. Trug er an Bord der Senyana sportliche Jeans und einen marineblauen Troyer, war er nun – ganz schottischer Gentleman – in graue Winterhose und sportliches Wollsakko mit Ledereinsätzen gekleidet. Neben ihm saß sein Schwager, ein korpulenter Mann in Cordjacke, Knickerbocker und karierten Kniestrümpfen. Als sie Lena und Tom sahen, standen sie auf und kamen ihnen entgegen.

»Irgendwie habe ich geahnt, dass ich Sie bald wiedersehe, obwohl ich Ihnen doch strikte Feiertagsruhe verordnet habe«, sagte Hawk schmunzelnd nach der allgemeinen Begrüßung. »Mein Schwager Finlay konnte einen Termin bei einem der Direktoren des Hauses arrangieren, den er glücklicherweise von früher kennt.«

Lena, für die von der Redaktion reserviert worden war, checkte schnell in das Zimmer ein. Dann nahmen sie die Treppe hinauf zu den Räumlichkeiten der Administration. Finlay, der Lena auf Anhieb sympathisch war, erzählte, dass er vor seiner Pensionierung in der Verwaltung des City Councils tätig war. Als offizielle Verstärkung zu dem Treffen mit dem Hoteldirektor hatte er seinen langjährigen Freund Patrick, einen hohen Polizeibeamten aus Edinburgh, gebeten mitzukommen.

»Damit sollten wir die nötige Unterstützung haben«, sagte Finlay abschließend. »Die Leute in der Leitung von noblen Häusern sind nämlich nicht einfach.«

»Darum hoffe ich, dass Sie mit Ihrem Verdacht recht haben«, raunte Hawk Lena auf der Treppe leise ins Ohr, »sonst stehen wir vor einer Blamage.«

»Verzeihen Sie«, sagte der Direktor. Wie von Finlay erwartet, klang er pikiert. »Unsere Gäste, die kennen wir seit Jahren. Da lege ich meine Hand ins Feuer. Die Daten der Buchungen gebe ich Ihnen keinesfalls.«

Alle standen in dem Büro herum und Lena hatte soeben erklärt, worum es ging und in welcher Gefahr sich das Hotel befinden könnte. Der Hotelchef, ein jüngerer Mann mit blasiertem Blick, schaute ungläubig in die Runde. Man sah, dass er die Annahme, man könnte in *seinem* Prestonfield eine Bombe legen, für absurd hielt.

»Was ist mit dem Personal?«, fragte Tom.

»Na, das ist stark«, kam es prompt zurück, »man sieht, Sie haben keine Vorstellung, welch strikten Auswahlkriterien die Mitarbeiter in einem Haus wie dem unseren unterworfen werden. Im Prestonfield zu arbeiten heißt, eine Reihe von erstklassigen Referenzen vorzuweisen.«

Lena verdrehte die Augen, sie konnte diese Borniertheit kaum fassen. Bevor sie aber etwas zu sagen vermochte, ging Patrick einen Schritt auf den Direktor zu, den er um einen ganzen Kopf überragte, und hielt ihm seinen Polizeiausweis vors Gesicht.

»Wenn Sie die Erhebungen blockieren, sich der Verdacht dann aber bestätigt und ein Anschlag verübt wird«, sagte er ruhig, aber betont scharf und sah dabei den Manager unverwandt an, »werde ich dafür sorgen, dass man Sie wegen Beihilfe zu einer terroristischen Aktion anklagt!«

Der Direktor wand sich. »Ich will doch damit nur ausdrücken, dass uns sowohl die Stammgäste als auch unser Personal jahrelang bekannt sind.«

»Und die zusätzlichen Kräfte?«, warf Finlay ein.

»Was meinen Sie?«

»Für diesen großen Event gibt es doch sicher eine Menge Leihpersonal.«

»Schon, wir sind ausgebucht und zu der Feier kommen noch etwa vierzig Gäste von außerhalb, da braucht man in allen Bereichen Leute zur Aushilfe ...«

»Und Sie wissen, wer die Leute sind?«, fragte Lena.

»Selbstredend, ohne unsere Genehmigung gibt es kein ...«

»Dann möchte ich sofort die Aufstellung sehen, wer heute außer Ihrer eigenen Mannschaft noch im Hotel ist!« Lenas Tonfall duldete keinen Widerspruch.

Zehn Minuten später standen sie vor den Listen, die ihnen der Hoteldirektor, ohne eine weitere Bemerkung zu machen, in sein Besprechungszimmer hatte bringen lassen. Es gab jede Menge Personal für Küche und Service, für die Bar, für den Empfangsbereich, dazu zwei Lieferdienste, Tontechniker für die Verkabelung der Lautsprecheranlage sowie Leute für die Videowall und Ordner für die Parkplätze.

»Wonach suchen wir eigentlich?«, sagte Tom leise zu Lena und blickte sie fragend an. »Einen Aaron Yafne wirst du in der Aufstellung nicht finden.«

Lena zuckte die Achseln und blätterte ziellos in dem Verzeichnis. Es war zwölf Uhr vorüber, die Gäste, die im Hotel nächtigten, würden demnächst eintreffen, Lena musste sich noch auf das Interview mit Nimhaaven vorbereiten, das für den späten Nachmittag angesetzt war. Um acht begann dann der Event. Sie wurde langsam unruhig.

»Lassen Sie einmal schauen ...« Hawk zog die Listen zu sich und legte dann die Blätter mit dem Servicepersonal und den Küchenhilfen zur Seite. »Die Kräfte für die Bedienung kommen erst kurz vor den Feierlichkeiten. Da ist schon alles voll mit Leuten und man kann nichts mehr unbeobachtet tun. Und in der Küche arbeiten sie bereits, auch sind die Aushilfen dort ständig im Blickfeld des Hauspersonals.«

»Wenn Sie recht haben«, meinte Lena, »was ich hoffe, scheidet eine große Zahl aus.«

»Dann können wir noch die Lieferdienste und die Parkordner weggeben«, sagte Tom und zog die Seiten heraus, »die haben im Haus nichts verloren und würden sofort auffallen.«

Hawk sah Lena an. »Wo machen Sie das Interview mit dem Holländer?«

»Im Zimmer.«

»In Ihrem oder in seinem?«

»In seinem. Er hat eines der Luxuszimmer mit Arbeitsraum gebucht, in der zweiten Etage, wenn ich mich richtig erinnere.« Lena suchte nach ihren Notizen.

Hawk sah die Tabellen mit den noch verbliebenen Zusatzkräften durch, bei denen auch jeweils der betreffende Zeitplan für die Arbeiten stand.

»Sie machen ein Videointerview?«, fragte er, was Lena bejahte. »Es gibt drei Leute, die Kabel legen und die Technik herrichten.«

»Sie glauben doch nicht ...«, fuhr Lena hoch und wurde blass, »wann arbeiten die dort?«

»Laut dieser Aufzeichnungen gerade jetzt.«

Tom war schon an der Tür. »Dann sehen wir uns das an. Wo sind die Räume?«

Lena kam hinter den beiden her und blätterte im Gehen nach der Zimmernummer. »Im zweiten Geschoss des Seitentrakts, ziemlich weit hinten.«

»Wir gehen inzwischen hinunter«, rief ihnen Finlay noch nach und nahm mit Patrick die Treppe zur Halle, »sobald Nimhaaven eintrifft, informieren wir ihn.«

26

Nachdem er die Sachen abgeliefert hatte, ging Adam guter Dinge zurück zum Lieferwagen. Die Techniker von Videofirmen arbeiteten in der Regel sehr zuverlässig und würden alles genau nach seiner Anweisung aufstellen.

Die Entscheidung, knapp vor Mittag zu kommen, war richtig gewesen. Es herrschte Hochbetrieb in der Vorbereitung für die abendliche Gala der EU-Abgeordneten; überall im Haus werkten Leute an der Dekoration und die Zutaten für die Küche wurden gebracht. Der Transporter war inmitten der anderen Zustelldienste überhaupt nicht aufgefallen.

Auch seine Überlegung, dass sich alle Securitys auf die ehemaligen Stallungen des Grundstücks konzentrieren würden, in denen am Abend der Event stattfand, stellte sich als richtig heraus. Niemand hatte das Haupthaus beachtet. Der heikle Teil seines Auftrags schien damit erledigt, ohne dass ein Problem aufgetaucht war. Je beschäftigter Menschen sind, desto unaufmerksamer werden sie, das wusste Adam von allen seinen Einsätzen. Gleichgültig, ob sie noch rasch etwas für ein Fest fertig machen mussten, ob sie telefonierend durch den Verkehr liefen oder ob sie in der U-Bahn mit dem Kopf schon ganz woanders waren – sie blendeten die Umgebung einfach aus.

Adam fuhr den Zubringer zum Hotel zurück, bog dann nach rechts ein und nahm eine Querstraße. Am nächsten freien Platz stellte er den Renault am Straßenrand ab. Die Gegend war ziemlich zugeparkt, es gab einen Golfclub, direkt neben dem Hotel, mehrere kleine Privatpensionen für weniger zahlungskräftige Gäste und viele Einfamilienhäuser. Das Auto würde nicht auffallen und stand nur fünf Gehminuten vom Hotel entfernt. Nahe genug, um schnell verschwinden zu können. Er schlüpfte noch im Wagen aus dem Overall und warf ihn zusammen mit der Schirmkappe hinter die Sitze. Unter der Arbeitsmontur trug er ein weißes Hemd mit Krawatte und eine schwarze Hose. Nachdem er ausgestiegen war, holte er noch ein elegantes Sakko und einen Trenchcoat aus dem Laderaum und zog beides an.

Als Spaziergänger, der den Feiertag genoss, schlenderte er die Straße zurück zum Hotel. Er wollte in dem asiatischen Lokal beim Golfclub noch eine Kleinigkeit essen, bevor er zurück ins Hotel ging, um einen Drink an der Bar zu nehmen. Dort würde er warten, bis seine Zielpersonen beim Interview saßen, sein Werk vollenden und im allgemeinen Chaos verschwinden.

*

Lena, Tom und Hawk kamen in Eile zu Nimhaavens Zimmer. Im Vorraum arbeiteten zwei Techniker, die Scheinwerferkabel verlegten und Stative einrichteten, ein weiterer baute einen Monitor auf, damit der Kameramann die Aufnahme während Lenas Interview kontrollieren konnte.

Tom las die Namensschilder der Männer, verglich sie mit den Aufstellungen des Hotels, während Lena den Arbeitern sagte, dass sie die Reporterin für das Interview sei und sich genau erklären ließ, was sie taten. Hawk ging umher und sah sich um. Alles schien bestens in Ordnung zu sein, die Leute waren angekündigt – einen der Techniker kannte Lena von früheren Dreharbeiten – und im Raum gab es nichts Ungewöhnliches. Sie wirkte darüber beinahe frustriert.

»Nichts zu finden, das gibt's doch nicht«, meinte sie und ließ sich auf dem Flur vor den Räumlichkeiten auf einen der Stühle fallen, die dort standen.

Tom beendete seinen Rundgang, indem er noch hinter alle Vorhänge schaute und kam ebenfalls auf den Gang hinaus. Er zuckte mit den Achseln.

»Vermutlich irren wir uns«, sagte er und setzte sich auf den Stuhl neben Lena, »sei doch froh.«

»Das wäre ich auch, wenn es so wäre. Nur traue ich dem Frieden nicht.«

Hawk, der sich in die Tür gelehnt hatte, machte mit einem Mal einen Schritt nach vorn und schaute mehrmals in beide Richtungen in den Korridor.

»Seltsam«, murmelte er dabei, »sehr seltsam.«

»Was überlegen Sie?«, fragte Lena

»Ich dachte nur ...«

»Was denn?«

»Nirgendwo sonst in den Gängen stehen Stühle, das sind die beiden einzigen.«

Einer der Techniker, der eben seine Sachen aufräumte, kam aus dem Zimmer und hörte, was Hawk sagte. Er blieb stehen und tippte sich an die Stirn.

»Stimmt, die hätte ich beinahe vergessen! Entschuldigen Sie«, er deutete Lena und Tom, sie mögen aufstehen, »die muss ich noch hineinstellen, sie wurden für das Interview gebracht.«

Lena und Tom standen auf und der Mann wollte die Stühle nehmen. Hawk sprang dazwischen und fasste den Mann beim Arm.

»Lassen Sie das stehen«, sagte er dazu scharf.

»Na hören Sie ...«

»Wer hat die gebracht und wann?«

»Was weiß ich? Vor einer Viertelstunde, irgend so eine Mietfirma.« Er ging zu den Fenstern und deutete hinunter auf den Parkplatz. »Ein weißer Kastenwagen. Dort hat er geparkt.«

Hawk war mit zwei Schritten bei ihm. »Wo?«

»Da unten! Der ist aber schon wieder weg.«

»Dass es ein weißer Transporter war, wissen Sie genau?«

»Ja! Ich bin doch nicht blöd!« Er schüttelte verstimmt den Kopf. »Ich habe sogar geholfen, die Sachen heraufzutragen.«

Lena tippte Hawk auf die Schulter. »Was stört Sie daran?«

Er drehte sich zu ihr. »In den Zimmern stehen jede Menge Fauteuils herum. Da frage ich mich, warum mietet man zwei einzelne Polsterstühle für ein kurzes Interview?«

»Sie meinen doch nicht ...?« Lena wurde blass.

Tom, der noch bei den Stühlen stand, griff sich einen, hob ihn hoch und sah sich die Unterseite an. Zunächst war nichts Auffallendes zu bemerken, als er damit aber zum Fenster ins Licht kam, erkannte man einen unscheinbaren braunen Packen, der in den Gurten der Bespannung steckte. Er war mit einem Stoffstück befestigt, das ihn annähernd verdeckte. An der Seite glänzte etwas – ein winziger Metallstift.

Sie starrten auf die Unterseite des Möbels. Hawk fing sich als Erster.

»Wissen Sie, wo der Mann hingefahren ist, der das geliefert hat?«, fragte er den Techniker.

»Keine Ahnung. Nach Hause, nehme ich an. Die meisten Leute haben am Feiertag etwas Besseres zu tun als wir vom Fernsehen«, sagte er darauf, räumte die Kabelkiste weiter ein und fragte sich offensichtlich, was an einem Sessel so aufregend sein sollte.

Tom nahm nun auch den zweiten Stuhl, dort war ebenfalls so ein Bündel in den Gurten und auch hier stand ein Metallstift heraus.

»Wenn es das ist, was ich denke«, sagte Tom leise zu Hawk und deutete auf den Stift, »dann sind das Antennen für eine Fernzündung.«

»Bitte stell das hin!« Lena hatte die Bemerkung gehört und war so aufgeregt, dass sich ihre Stimme überschlug.

Tom scheuchte die Arbeiter aus den Räumlichkeiten, stellte die beiden Stühle ins Bad, schloss alle Türen und sperrte das Zimmer ab. Hawk stand beim Fenster und blickte überlegend hinaus.

»Wir brauchen das *Bomb Squad* für die Entschärfung«, sagte Tom zu ihm.

Hawk nickte in Gedanken. »Das kann ich gemeinsam mit Patrick organisieren. Sie beide sehen sich so lange im Hotel um. Da wird es einen ziemlichen Wirbel geben. Schade, dass wir ihn aufschrecken müssen ...«

»Aufschrecken?« Lena klang missmutig. »Das Arschloch ist doch schon lange weg!«

»Nein, das Auto ist weg, er ist noch da.«

Lena schluckte, als sie begriff, was er damit andeutete.

»Er wartet in der Nähe«, sagte sie betroffen, »bis Nimhaaven und ich in Position sind, um dann ...«

Hawk, Finlay und Patrick zogen sich mit dem Hotelmanager, der nun die Verzweiflung in Person war und zeterte, man möge den Hotelgästen nichts von den Bomben erzählen, in dessen Büro zurück.

»Wir könnten«, meinte er gestikulierend, »die Dinger einfach fortschaffen, am besten ohne jeden Skandal.«

»Aber, wie stellen Sie sich das denn vor?«, sagte Finlay darauf schroff.

»Neben dem Haus ist ein schmaler Grünstreifen, ein Ausläufer des Golfplatzes, dahinter geht es eine Böschung hinunter zu einem Teich«, schnappte er aufgeregt, »dort haben wir eine Hütte mit Geräten, die ist zum Absperren, sonst ist da überhaupt nichts und ...«

»So war das nicht gemeint«, fiel ihm Finlay ins Wort und unterbrach den Redeschwall. »Wir können die Angelegenheit doch nicht vertuschen! Sie müssen verrückt sein! Denken Sie nur an die Verantwortung, die Sie als Hoteldirektor haben.«

»Denke ich ja«, der Manager wand sich unsicher unter Finlays scharfem Blick, »und zwar ausschließlich. Sie müssen mich verstehen, es geht um den guten Ruf des Hauses. Bomben im Prestonfield – Undenkbar! Versetzen Sie sich bitte einmal in meine Lage.«

»Was glauben Sie, in welcher Lage Sie erst sind, wenn Sie das Zeug wegbringen?«, warf Hawk ein, der bisher geschwiegen hatte. »Damit würden Sie Spuren an einem Tatort zerstören, wichtiges Beweismaterial wegbringen und sich der Gefährdung von Menschen schuldig machen. Ganz abgesehen davon, was auf Sie zukommt, wenn es doch noch eine weitere Bombe gibt – das wäre dann sogar Beihilfe zum Mord!«

»Wieso? Sie haben gesagt, dass sich der Anschlag gegen einen der Abgeordneten richtet«, argumentierte er, »die Gefahr ist jetzt gebannt, was soll noch sein?«

»Genug damit«, sagte Patrick laut, der dem Gespräch gefolgt war und dem nun die Geduld riss, »ich verständige jetzt die Kollegen. Basta.«

Lena und Tom hatten die Diskussion nicht abgewartet. Lena war überzeugt, sie würden Yafne bestimmt erkennen. Die beiden liefen also durchs Haus, um eine Person zu entdecken, die sich verdächtig machte, nicht hierher passte oder sonst wie auffiel. Dabei hielten sie die Verbindung über ihre Handys.

Tom ging durch die öffentlich zugänglichen Räume im Parterre und im ersten Stock. Er kontrollierte auch die Waschräume, hielt sich das Handy ans Ohr, während er mit der zweiten Hand alle Türen aufstieß und hineinschaute. Einmal landete er aus Versehen auf der Damentoilette, was lautstarke Proteste zur Folge hatte. Lena war in den Obergeschossen bei den Zimmern unterwegs, wo einiges an Betrieb war, da bereits viele der Gäste eintrafen. Sie musste öfter die Hand schützend über das Headset halten, um Tom zu verstehen.

Sie wussten, dass ihre Zeit, den Bombenleger zu finden, sehr knapp war. Sobald die Einheiten der Polizei eintrafen und mit der Räumung des Hauses begannen, würde er untertauchen, dann bestand keine Chance mehr. Doch die fieberhafte Suche blieb erst einmal erfolglos.

*

Adam hatte in dem Restaurant eine Frühlingsrolle und danach gebackenes Huhn gegessen, kaufte sich auf dem Weg noch eine Zeitung – *The Independent* schien ihm angemessen – und schlenderte zurück zum Prestonfield. Er nahm nicht den direkten Zugang auf das Gelände, sondern spazierte über den Parkstreifen beim Golfplatz zum Hotel. Sollte ihn jemand zufällig kommen sehen, würde derjenige glauben, er käme vom Clubhaus, das auch im Winter durchgehend geöffnet hatte, selbst wenn ein Spiel aus Wettergründen nicht möglich war.

Er ging durch die große Eingangshalle, legte seinen Trenchcoat ab und blickte sich in den verschiedenen Räumen um. Er war das erste Mal in dem Hotel, normalerweise mied er öffentliche Orte. Die barocken Möbel, die vielen Farben der unterschiedlichen Tapeten und die bestickten Stoffbezüge kamen ihm reichlich kitschig vor, allerdings konnte er es nicht vor sich verbergen, dass der überladene Stil eine ganz eigene Gemütlichkeit ausstrahlte. Die Art von ruhigem Wohlbehagen, das er in seinem Leben nie wirklich gesucht hatte, manchmal aber doch vermisste.

Auf seinem kleinen Rundgang wurde Adam ständig vom livrierten Servicepersonal begrüßt – eine übertriebene Höflichkeit, die ihm zuwider war. Er hielt nach einer Bar Ausschau, die es in dem Haus anscheinend nicht gab. Also entschied er, sich im großen Gesellschaftsraum einen Platz zu suchen – dem *Tapestry Room,* der in schweren barocken Rottönen gehalten war und in dessen Mitte ein großer Christbaum mit Glaskugeln und Glimmerkerzen stand.

Er drehte sich noch zu einem Spiegel, der im Seitengang zu

den Toiletten hing, um seine Krawatte zu richten, da wurde er von hinten angerempelt.

»Verzeihen Sie«, sagte der große, grau melierte Mann, der telefonierend aus einem der Gänge herauskam und ihn beinahe umgerannt hätte.

»Keine Ursache«, meinte Adam. Er lächelte säuerlich, bemühte sich höflich zu bleiben und hob seine Zeitung auf, die ihm durch den Stoß hinuntergefallen war. »Sie haben viel zu tun und ich halte mit meiner Bummelei alles auf.«

Der andere hob noch einmal entschuldigend die Arme und hastete weiter.

Adam schüttelte ärgerlich den Kopf, richtete sein Sakko und ging hinein. In dem dicht besetzten Aufenthaltsraum herrschte reichlich Betrieb. Eine gute Gelegenheit, in der Menge unterzutauchen – unter vielen Menschen blieb man ungestört. Er fand einen kleinen Tisch bei einer Fensternische, der noch frei war und halb versteckt neben schweren Vorhängen stand.

Ein ausgezeichneter Platz, dachte er und bestellte *Cranachan* – den traditionellen schottischen Nachtisch mit Honig, Sahne und Himbeeren – mit einem Glas Portwein. Nach dem chinesischen Essen war ihm nach Nachtisch zumute.

27

Der Trupp des *Bomb Squads* kam ohne Aufsehen mit zwei neutralen Einsatzfahrzeugen, die eine geeignete Panzerung für den Transport gefährlicher Stoffe hatten. Sie trugen Schutzkleidung und eine Alukiste. Patrick arbeitete gemeinsam mit den beiden Spezialisten für die Entschärfung die Vorgehensweise aus, die Sprengsätze zuerst ohne Panik aus dem Haus zu bringen und dann erst die allgemeine Evakuierung und Durchsuchung anzuordnen.

Finlay und Hawk begleiteten sie zu Nimhaavens Zimmer, mussten aber davor zurückbleiben. Die Beamten nahmen ihre dicken Schutzschilde und begutachteten den Sprengstoff. Sie kamen zu der Überzeugung, dass die verwendete Verbindung nur mit Zünder gefährlich sei. Sie entfernten deshalb zuerst die Metallstifte, schnitten die beiden Pakete mit äußerster Vorsicht von den Stühlen und verwahrten sie in einem Stahlgefäß, das vor Zündung von außen schützte und auch eine Explosion hemmen würde. Nach einer halben Stunde war alles in ein Fahrzeug verladen und wurde zur Vernichtung in ein Speziallabor gebracht.

Hawk versicherte dem Spezialkommando mehrmals, die Gefahr für die Gäste sei damit gebannt und außer den beiden präparierten Stühlen gäbe es garantiert keine weiteren Sprengsätze. Trotzdem entschied die angerückte Terroreinheit, dass die Evakuierung und eine systematische Durchsuchung des Hauses für die Sicherheit unabdingbar wären.

Hawk sah auf seine Uhr, kurz vor zwei. Er hatte von Lena und Tom noch nichts gehört. Ihre Suche dürfte erfolglos gewesen sein, vermutete er.

Damit hatte er recht. Die beiden trafen sich unten vor dem *Whisky Room,* einem der kleinen Publikumsräume mit hohen

Chesterfield-Eckbänken und einer Sitzgarnitur, deren Lehnen und Beine aus Rentier-Geweihen geformt waren.

»Absolut nichts Ungewöhnliches zu bemerken«, keuchte Lena, die eben die Stufen herunterkam, aufgeregt. »Es ist zum Verzweifeln. Und bei dir?«

Tom zuckte nur mit den Achseln.

»Vergessen wir's. Ich bestelle mir noch einen Single Malt, bevor sie beginnen, das Hotel zu evakuieren«, sagte er genervt, setzte sich in einen der Rentierstühle und atmete durch.

»Du hast recht, es ist chancenlos.« Lena ließ sich auf den Fauteuil gegenüber fallen.

»Wenn wir wenigstens wüssten, nach wem wir suchen. So rennen wir nur sinnlos unschuldige Gäste über den Haufen, wie ich den von vorhin.« Er vergaß für einen Augenblick seine Anspannung, lachte kurz auf und erzählte von dem Zusammenstoß. »Der hat vor Schreck sogar seine Zeitung ...«

In der Sekunde, als er das sagte, stockte Tom. Er fuhr sich mit der Hand übers Gesicht und starrte Lena an.

»Was ist los? Du schaust, als hättest du einen Geist gesehen!«

»O Gott!«, sagte er leise. »Einen Geist nicht, aber unseren Mann ...«

»Waaas?!« Lena fuhr kerzengerade in die Höhe.

»Mir war gleich so, als ob ich mich an irgendetwas erinnern würde, habe das aber in der Eile dann nicht weiter beachtet.«

»Woran erinnerst du dich? Sag schon!«

»Das Tattoo, es ist das Tattoo, das ich schon einmal gesehen habe, am Bahnsteig der Piccadilly Line, am Morgen des siebenten Juli, nach dem Anschlag.«

»Das gibt's doch nicht ...!« Sie sprang auf.

»Doch! Ich bin ganz sicher. Der Mann stand am Bahnsteig, als ich mit Eireen gerannt kam. Du weißt, das verletzte Mädchen aus dem Zug.« Lena nickte. Tom stand ebenfalls auf. »Er streckte mir den Arm entgegen, half mir auf die Plattform und hatte diese Tätowierung. Ich habe mich damals noch gewundert, dass sie mir in dem Trubel überhaupt auffiel, aber sie ist wirklich wunderschön: Viele feine Linien, die wie ein Armband rund um das Handgelenk laufen. Die gibt es garantiert nur einmal.«

»Und die hast du eben wieder gesehen?«

Tom nickte.

»Wie sieht der Mann aus?«, Lena klang aufgeregt, ihre Stimme belegt.

»Er ist mittelgroß, dunkelhaarig und schlank, Mitte vierzig und hat einen schmalen Oberlippenbart. Wenn ich mich richtig erinnere, trägt er ein braunes Flanellsakko.«

*

Zwei große Männer in dunklen Drillich-Hosen und Schutzwesten kamen in die Hotelhalle und bauten sich neben den Türen auf. Sie wirkten wie grobe Fremdkörper in dem behaglichen Ambiente. Die Leute verstummten und blickten zur Tür. Auch Adam, der hinter dem Vorhang neben der Fensternische in der Zeitung geblättert hatte, ließ diese sinken. Er hatte gedacht, in Ruhe auszutrinken und dann zur Rezeption zu schauen, ob Nimhaaven schon eingetroffen war und wann das Interview stattfinden würde. Aber nun lief etwas schief, das fühlte er sofort.

Einer der Männer an den Türen sagte nun mit lauter, aber betont beruhigender Stimme, dass es eine Bombendrohung gab und wies die Gäste an, ohne Panik das Hotel sofort zu verlassen. Dazu machte er eine eindeutige Handbewegung Richtung Vordereingang.

Entgegen der Anweisung zur Besonnenheit sprangen die Besucher auf und drängten hinaus, zwei ältere Damen begannen aus Angst zu heulen, ein Mann schimpfte vernehmlich über die

Zumutung und meinte, er werde seine Drinks keinesfalls bezahlen.

Adam blickte sich vorsichtig um und schloss sich einer Gruppe von mehreren gut gekleideten Herren an, die relativ gelassen den Raum verließen. Draußen auf dem Gang herrschte ein ziemliches Durcheinander.

Tom, der mit Lena im Durchgang stand und die Vorbeigehenden musterte, erkannte den Mann mit dem Tattoo sofort wieder. Er fasste Lena beim Arm.

»Da, der da vorne ...«, sagte er und deutete zu einer Gruppe von Leuten, die sich zum Ausgang bewegten.

Lena konnte nicht erkennen, wen Tom meinte, rief aber spontan hinter den Hinauseilenden her: »Yafne! Aaron Yafne!«

Der Ruf traf Adam unvermutet. Ohne es zu wollen, fuhr er herum, als er den Namen wieder hörte, den er schon seit Jahren nicht mehr verwendete. Es war diese unwillkürliche Reaktion, die ihn verriet.

Zugleich sah er, dass der Mann, der ihn vorhin angerempelt hatte, auf ihn zustürmte. Daneben kam diese Halberg, die das Interview mit Nimhaaven machen sollte. Er kannte ihr Gesicht von Fotos aus der Presse.

Nur fort, zuckte es durch seinen Kopf. Er sah, dass gleich links ein Flur abzweigte, der nach hinten ins Haus führte, wo es eine Tür nach draußen geben musste.

»Ihr müsst mich erst kriegen«, murmelte er und schaute gehetzt den Korridor hinunter.

Kein Mensch war zu sehen, alle gingen in die andere Richtung. Bevor Tom ihn erreichte, spurtete Adam los und rannte so schnell er konnte in den Seitengang hinein. Gleichzeitig verfluchte er alle, die ihn genötigt hatten, die Durchführung selbst zu übernehmen. Sein unbestimmtes, inneres Gefühl, dass etwas schiefgehen würde, bestätigte sich eben. Er konnte sich nicht vorstellen, woher die Journalistin seinen alten Namen wusste. Aber solche Dinge geschahen und dann traf es die Leute, die an vorderster Front standen – denen in Beirut war es nicht anders ergangen. Er hätte ablehnen und der Mann im Hintergrund bleiben sollen!

Aber wenn sie mich fassen, dachte er zornig, rollen Köpfe, dafür werde ich sorgen. Vorerst gab es aber noch die Chance zu entkommen. Fieberhaft arbeitete sein Gehirn, während er weiter durch den Gang stürmte – Was war mit den beiden Sprengsätzen? Waren die noch im Haus?

Adam hoffte es, denn was er jetzt brauchte, war Verwirrung. Er musste die Bomben hochjagen, dann würde die Bestürzung groß genug sein und er konnte den Tumult ausnutzen, um hinaus auf die Straße zu verschwinden. Davor musste er allerdings noch den Mann loswerden, der ihm im Nacken saß, sonst konnte er nicht zurück zum Auto.

Der Korridor mündete in einem Quergang. Adam schaute nach rechts und sah am Ende des Gangs eine Glastür. Da ging es ins Freie. Im Weiterhasten griff er in sein Sakko nach der Fernbedienung für die Bomben und riss sie heraus, um den Sprengstoff zu zünden.

Es war der erste Einsatz von Officer Paul Natham. Der Sechsundzwanzigjährige war zwei Jahre im Streifendienst gewesen, absolvierte dann die Polizeiakademie mit Auszeichnung und wurde eine Woche vor Weihnachten der neuen Abteilung zugeteilt. Offiziell begann sein Dienst erst Anfang des neuen Jahres, aber für den Einsatz waren alle verfügbaren Kräfte mobilisiert worden, so kam auch er mit.

Gehen Sie nach hinten, hatte der Leiter des Kommandos gesagt, falls Gäste irrtümlich dort hinausgehen möchten, schicken Sie diese zurück. Er wollte dem unerfahrenen Kollegen eine Aufgabe außerhalb des eigentlichen Geschehens übertragen.

Paul ging verstimmt über den Befehl zu dem bezeichneten Ausgang. Eine Tür bewachen – so hatte er sich den Dienst bei der Spezialeinheit nicht vorgestellt. Der Augenblick, in dem er die Tür öffnete, veränderte hingegen alles. Ein Mann kam in wilder Hast auf ihn zugelaufen, weiter hinten rannte gestikulierend ein zweiter – es sah eindeutig nach Verfolgung aus.

Der junge Officer griff automatisch zur Waffe, rief den ersten Laufenden an, um ihn zu stoppen. Der Mann blieb aber nicht stehen, sondern fuhr vielmehr unter sein Sakko und zog etwas Längliches heraus. Es konnte nur eine Waffe sein, das Licht war schlecht in dem Korridor.

Instinktiv, wie in hunderten Übungsstunden trainiert, legte Paul an. Er wollte schießen. Es ging nicht! Die Figuren, auf die er sonst feuerte, waren aus Pappe. Nie hätte er gedacht, dass es da so einen Unterschied gäbe. Aber der Fremde kam rasend schnell näher, Paul musste eine Entscheidung treffen.

»Auf die Beine, nur auf die Beine«, murmelte er zu sich, schloss die Augen und drückte ab.

Adam tippte mehrmals auf den Zündknopf, während er weiterlief. Er war so konzentriert darauf, die Detonation zu hören, dass er weder den Schatten, der den Ausgang verdunkelte, noch das Schreien wahrnahm. Er wartete auf die Explosion und war in Gedanken bereits draußen aus dem Haus.

Dann, er war nur mehr wenige Schritte vom Ausgang entfernt, hörte er es ... Doch es war nicht oben, sondern unmittelbar vor ihm und seine Brust traf ein Schlag, als wäre er gegen eine Mauer geknallt.

Adams Flucht endete unmittelbar vor der Tür in die Freiheit. Seine Füße stolperten, wie über eine unsichtbare Hürde, der Körper drehte sich, durch die Wucht des großkalibrigen Geschosses, in einer fast tänzerischen Bewegung über die linke Schulter nach hinten. Ohne einen Laut von sich zu geben fiel er mit dem Gesicht nach unten auf den rot gestreiften Teppich – den verkrampften Finger noch auf dem Auslöseknopf.

Judy hat es bei Miss Amy sicher sehr gut, war sein letzter Gedanke. Dann wurde es still.

Während Officer Paul Natham, der den Flüchtenden in seiner Aufregung mitten in die Brust geschossen und tödlich verwundet hatte, zitternd zu seinem Kommandanten lief, um Meldung zu erstatten, blieb Tom schwer atmend bei Adam zurück. Er kniete schweißüberströmt neben dem Bombenleger und nutzte die Gelegenheit, dessen Taschen zu durchsuchen. Lena, die Tom nachgekommen war, stoppte in einiger Entfernung. Sie sah die Blutlache, die sich unter dem liegenden Körper in den Teppich zu saugen begann, und wandte sich ab.

28

»So, die Leiche ist weggeschafft und unser Spezialtrupp mit den Spürhunden ist mit der Durchsuchung des Hotels fertig. Wir können die Leute wieder hereinlassen«, sagte Patrick eine Stunde später. Er kam durchgefroren in die Räume der Verwaltung, wo sich alle versammelt hatten, zog seinen Mantel aus und wärmte seine Hände über der Zentralheizung. »Was gibt es bei euch?«

»Einer der Beamten ist mit dem Autoschlüssel losgegangen und hat den Lieferwagen zwei Straßen weiter abgestellt gefunden«, berichtete Finlay, der mit einem Tee am Fenster lehnte, »er hatte Kennzeichen montiert, die schon vor längerer Zeit als gestohlen gemeldet wurden. Die richtigen Nummernschilder lagen aber hinten im Laderaum. Demnach gehört das Fahrzeug einem Adam Young, Immobilienmakler aus Aberfeldy, das liegt weiter nördlich in den Highlands. Die lokale Polizei ist jetzt dort und durchsucht das Haus. Wir sollten demnächst hören, ob sie was gefunden haben.«

»Adam Young?«, wiederholte Patrick überlegend. »Nie gehört den Namen. Ich könnte mich nicht erinnern, dass so jemand bei uns in der Gegend aufgefallen wäre. Terrorist?«

»Soviel wir wissen, ein Zulieferer für solche Individuen«, sagte Lena, die neben Finlay stand, »ein Sprengstoffexperte und mitverantwortlich für mehrere solcher Bluttaten. Leute wie der sind nach außen hin meistens unscheinbar.«

»Wie soll der früher geheißen haben?«

»Aaron Yafne, ursprünglich stammt er aus Israel.«

»Sagt mir auch nichts.« Patrick zuckte mit den Achseln.

»Der neue Name folgt aber einem altbekannten Muster«, meinte Hawk im Hintergrund, »Adam Young hat die gleichen Anfangsbuchstaben. Sehr oft versuchen Menschen, wenn sie ihre Identität wechseln müssen, zumindest die Initialen zu behalten. Unverständlich ist mir nur, dass er diesmal selbst in Erscheinung getreten ist.«

»Ist er aber! Wir wissen jetzt definitiv, dass es sich tatsächlich um unseren Mann handelt!« Tom kam eben mit dem Kommandanten des Spezialtrupps aus dem Nebenzimmer. »Wir haben gerade die Information der Polizei aus Aberfeldy erhalten. Das Haus hat unterhalb des Immobilienbüros einen Kellerraum, in dem noch einiges von dem Zeug lagert, das offensichtlich zum Bau der Sprengsätze in den Stühlen verwendet wurde. Alles wurde sichergestellt.«

Lena schien über die Nachricht erleichtert zu sein, ihr Gesicht entspannte sich merklich.

»Darüber hinaus«, fuhr Tom fort, »haben die Beamten etwas gefunden, was sie gar nicht fassen konnten: einen Ordner voll mit Drucken – Daten, Orte, Kontakte. Mutmaßlich handelt es sich dabei um das Archiv seiner Aufträge. Ob das stimmt, wird noch geprüft. Auf meinen Wunsch hat man uns die zwei letzten Dokumente gefaxt, sie beziehen sich auf den heutigen Tag.«

Tom hielt die Papiere in die Runde. Lena griff sofort zu, nahm ein Fax an sich und las. Es war die Nachricht, von der Hawk ihr an Bord der Senyana erzählt hatte, nur diesmal war der Text zur Gänze lesbar.

Eine Zielperson. Paket mit üblicher Ware.
Fertigstellung hat oberste Priorität.
Beauftragung kann unmittelbar erfolgen.
Genauer Termin wird noch bekannt gegeben.
Übermittlung Zielkoordinaten demnächst.
Enoch.

»Die genauen Daten zu Ort und Termin kamen einige Tage später«, sagte Tom, »da ist dann auch die Rede von einer zweiten Zielperson.«

»Damit war wohl ich gemeint«, sagte Lena knapp.

»Das hat er offen in seinem Haus liegen lassen?«, überlegte Hawk. »Seltsam, es sieht so aus, als wollte er, dass seine Auftraggeber gefunden werden.«

»Da müsste man aber zuerst den Unterzeichner entschlüsseln, sagt Ihnen *Enoch* etwas?«

Hawk schüttelte den Kopf. »Eine biblische Figur – Vater von Methusalem und Vorfahre Noahs. Er verschwand noch vor seinem Tod spurlos von der Erde und war unauffindbar. Keine schlechte Wahl für einen Decknamen. Wer da dahintersteckt hat einige Kenntnis vom Alten Testament, aber wer das sein könnte ...?«

»Wir haben etwas Besseres als Bibelkunde«, sagte Patrick, der sich von Tom das zweite Dokument genommen hatte, »die Informationen liefen zuerst über verschlüsselte Mails, da dieser Adam Young aber alles im decodierten Klartext ausgedruckt hat, steht in der Statuszeile die korrekte Kennung des Senders – IP-Adresse und Server.«

»Auf meinem ebenfalls«, rief Lena, die den Eintrag nun auch auf ihrem Ausdruck sah. Sie verglich die beiden Zeilen – sie waren identisch.

Patrick ging zum Computer des Hotelmanagers. Der hatte, ohne eine weitere Bemerkung zu machen, das Feld geräumt. Patrick tippte auf Google *Search for IP's* und gab dann die Details in die Suchmaske ein. Die Antwort kam innerhalb von Sekunden mit dem Ort und allen wichtigen Daten.

»Und ...?«, fragte Finlay ungeduldig.

»Genau dafür liebe ich das Internet«, meinte Patrick, »der Server steht in Almondbury, das ist irgend so ein Kaff in Yorkshire zwischen Manchester und Leeds.«

»Ich weiß genau, wo das ist«, platzte Lena betroffen heraus. Alle sahen sie an. »Die Barods haben dort ihr Landhaus und eine große Koppel mit Pferden.«

Sie ließ sich auf einen Sessel fallen.

»Können Sie uns bitte einen Augenblick alleine lassen?«, ersuchte Tom die Versammelten höflich und deutete, sie mögen kurz hinausgehen. Nur Hawk blieb.

»Jetzt wisst ihr, warum mir Shyam den Job aufgedrängt hat«, sagte Lena, als sie alleine waren, und starrte ernüchtert vor sich hin. »Es ist genau so, wie ich befürchtet habe. In einer tollen Firma bin ich da wieder gelandet.«

Tom setzte sich still neben Lena und nahm beruhigend ihre Hand. Ihr standen vor Enttäuschung und Zorn die Tränen in den Augen.

»Es gibt nur diese Möglichkeit, kein Mensch sonst hat gewusst, wo ich bin und dass *ich* das Gespräch mit Nimhaaven machen werde.« Sie unterbrach sich und sah auf die Uhr. »Das Interview ...«

Es war kurz vor vier, das Interview mit Nimhaaven war für sechs angesetzt, da sollte sie damit auf Sendung gehen. Und erst dann hätte das Attentat stattfinden sollen. Sie wischte sich energisch übers Gesicht, sprang auf und lief zur Tür.

»Er wartet, ich bin überzeugt, er wartet!« Sie rief Patrick herein und baute sich vor ihm auf. Ihre Augen sprühten sofort wieder vor Aufregung. »Der Absender dieser Mails wartet auf eine Vollzugsmeldung von Adam Young. Die lokale Presse ist wegen des Feiertags erst vorhin angerückt, bis die mit den News auf Sendung sind, dauert es noch. Unser Mann hat demnach keine Ahnung, was geschehen ist. Schaffen wir es, vor den sechs Uhr Nachrichten in Almondbury zu sein?«

»Mit dem Helikopter kein Problem.« Patrick verstand sofort, was Lena meinte und hatte seine Hand schon am Telefon. »Das sind keine hundertachtzig Meilen, in einer knappen Stunde können wir dort sein.«

Während sie warteten, nahm Tom nochmals die beiden Ausdrucke. Er legte sie nebeneinander und betrachtete sie. Lena ging unterdessen unruhig auf und ab. Mit einem Mal schlug er sich mit der Hand auf die Stirn.

»Natürlich«, sagte er dazu, »dass ich da nicht gleich draufgekommen bin.«

»Der Helikopter ist da«, rief Patrick im gleichen Moment.

»Worauf gekommen?«, wollte Lena von Tom wissen, während sie sich mit einem Wink von Hawk verabschiedeten und hinausliefen.

»Ich sag's dir unterwegs.«

»Viel Glück«, rief ihnen Hawk nach, da waren sie aber bereits beim Hubschrauber, der alles übertönte.

*

Viertel nach vier kam Jan Nimhaaven zum Prestonfield. Als sein Taxi in die Einfahrt bog, war die Evakuierung eben aufgehoben worden und die Gäste dabei, sich zurück in das Haus zu begeben. Alles lief beinahe wieder normal. Die Besucher erfuhren erst am Abend aus den Berichten im Fernsehen von einem Toten im Hotel und wunderten sich, dass sie davon nichts bemerkt hatten.

Nimhaaven war von dem Flug in der überfüllten Maschine von Brüssel gestresst und dementsprechend mies aufgelegt. Die Menschenmenge in der Auffahrt ließ seine Laune nun vollends auf den Nullpunkt sinken.

»Ich dachte, das wäre ein exklusives Haus«, murmelte er zwischen den Zähnen, zahlte das Taxi ohne Trinkgeld und wuchtete das Travellerbag vom Rücksitz. Sein hohes Übergewicht machte ihm auf Reisen zu schaffen, er schwitzte und schnaufte, als er die Leute zur Seite schob und sich zur Rezeption durchkämpfte.

»Wir mussten Ihnen leider ein anderes Zimmer geben«, erfuhr er beim Check-in, »es hat eine Bombendrohung gegeben.

Entschuldigen Sie bitte die Unannehmlichkeiten, aber es dient nur Ihrer Sicherheit.«

Wortlos nahm er die Schlüsselkarte und ließ sich von einem der Hotelpagen zu den Räumen führen. Dort warf er erst mal seine Kleidung auf das Bett, duschte und bestellte sich ein ordentliches Menü – Rumpsteak auf grünen Bohnen mit Röstkartoffeln und Karamellcreme mit Biskuit als Dessert. Nach der Reise und dem dürftigen Essen im Flieger hatte er richtig Hunger.

Anschließend ging er seine Statements für das Interview durch. Als er sich wunderte, wo das Fernsehen so lange blieb – es war unterdessen fünf geworden – läutete das Telefon am Sekretär.

»Herr Nimhaaven?«, fragte eine männliche Stimme.

»Ja?«

»Ich muss Sie darüber informieren, dass Ihr Interview aus technischen Gründen leider nicht stattfinden kann.«

»Das geht nicht. Es ist fix vereinbart und soll um sechs gesendet werden.«

»Man wird einen Ersatztermin finden.«

»Und wann?« Nimhaaven klang verdrießlich.

»Ich bin nur der Manager des Hauses, das entzieht sich meiner Kenntnis, ich habe lediglich den Auftrag ...«

»Schon gut, wo ist diese Journalistin? Sie soll gefälligst antanzen und mir das selbst erklären.«

»Frau Halberg hat das Haus verlassen. Es ist wegen der Bombendrohung.«

»Und was hat die mit mir zu tun?«

»Ihre Räume war davon betroffen.«

»Lächerlich!« Nimhaaven glaubte kein Wort.

»Frau Halberg lässt bestellen ...«

Mehr hörte Nimhaaven nicht, da er den Hörer zornig auf die Gabel schmiss. Dann eben nicht, es gab hunderte Agenturen und Sender, die sich bei ihm um eine Stellungnahme anstellen würden, sobald er seinen Gesetzesentwurf für die Maßnahmen gegen Israel eingebracht haben würde.

Jedenfalls konnte er ein solches Benehmen – gegen seine Person, als EU-Politiker und Leiter einer Delegation – nicht dulden. Und dann die billige Ausrede mit der Bombe. Diese Halberg sollte noch von ihm hören, er würde sich an höherer Stelle beschweren, damit sie einen Denkzettel bekam.

29

Der Helikopter mit Lena, Tom und Patrick landete bereits zwanzig Minuten vor sechs auf einem Sportplatz an der Straße von Almondbury nach Waterloo. Die Einrichtung gehörte zur öffentlichen Verwaltung und war im Winter geschlossen. Der Pilot hatte während des Flugs den regionalen Polizeichef aus dem Distrikt Huddersfield verständigt, der zwei zivile Einsatzfahrzeuge der Yorkshire Police mit einem Chief Inspector und drei Mann abstellte, die schon warteten.

Die Ankommenden stiegen zu den Polizisten in die Fahrzeuge, die sich ohne Blaulicht in Bewegung setzten. Die Strecke zum Anwesen der Barods war kurz, sie brauchten nur fünf Minuten. Obwohl Patrick in dem Landesteil keine Befugnisse hatte, überließ man ihm als Ranghöchsten die Verantwortung für den Einsatz.

Außerhalb des Ortes fuhren sie einen sanften Hügel hinauf und nahmen die Abzweigung auf eine bewaldete Kuppe. Die Zufahrt ging über eine weite Grünfläche, führte vorbei an niedrigen Stallungen mit mehreren Schuppen und einer Koppel. Es musste ein herrliches Gebiet zum Reiten sein, das konnte Lena selbst in der Dunkelheit erkennen. Die Straße mündete neben einer Lichtung, auf der ein altes Herrenhaus stand. Die Fahrzeuge hielten unter den letzten Bäumen.

Lena stieg mit gemischten Gefühlen hinter Tom aus. Patrick gab einige Anweisungen und die Polizisten liefen an die Seiten des Gebäudes. Der Chief Inspector begleitete die kleine Gruppe zum Haus. Lena läutete. Kurz darauf näherten sich Schritte und das Licht über der Tür flammte auf.

»Lena?!« Es war Ruth, die öffnete.

»Überrascht?«

»Ja sehr!« Sie klang aufgeräumt. »Es freut mich natürlich,

wenn du uns besuchst, aber ich bin allein. Mein Mann ist in London und Shyam ist bis Silvester mit Freunden zum Skifahren in der Schweiz. Wenn du zu ihm willst ...«

»Nein, wir möchten zu dir«, sagte Lena, ohne auf den verbindlichen Ton einzugehen.

»Wir?«

Lena machte einen Schritt auf Ruth zu und deutete hinter sich. Tom, Patrick und der Chief Inspector, die an der Seite gestanden hatten, kamen nun ebenfalls in den Türbereich. Ruth sah die drei und hob den Kopf. Ihr Blick wurde seltsam starr. Für einige Sekunden herrschte eisiges Schweigen.

»Dürfen wir hineinkommen, Ruth?«, fragte Lena. »Oder sollte ich besser sagen: *Enoch* ...«

Ruth stand wie angewurzelt. Dann nickte sie wortlos, so als wäre etwas eingetreten, das sie schon lange erwartet hatte. Sie führte Lena und die Männer ins Haus, durch den Vorraum bis zum Salon, wo ein Fernseher lief. Sie bot ihnen Platz an und sagte in der Küche Bescheid, das Mädchen möge Tee für die Gäste bringen.

»Wir sind nicht zum Tee gekommen«, sagte Lena, blieb stehen und deutete auf den Bildschirm. »Auf das Interview wirst du leider umsonst warten!«

»Das dachte ich mir bereits«, antwortete Ruth. Sie schaltete das Gerät aus und strich sich mit einer fahrigen Geste die silberne Strähne in ihren Haaren zurecht. »Wie bist du dahintergekommen?«

»Zuerst kamen mir einige Zusammenhänge seltsam vor, als ich daraufhin im Internet über dich und Shyam recherchiert habe, ist mir manches klar geworden. Letztlich war es aber ein glücklicher Zufall, dass wir bei unserer Suche im Hotel diesen Adam Young als Yafne erkannten. Er war der Schlüssel und hatte in seinem Haus ein komplettes Archiv mit allen Aufträgen angelegt.«

Ruth zuckte unmerklich zusammen.

»So sind wir auf euren Server gekommen«, setzte Lena hinzu. »Zuerst dachte ich, es wäre Shyam, bis wir bemerkten ...«

»Dass *Enoch* ein Anagramm Ihres Mädchennamens Cohen ist«, ergänzte Tom, »Ruth Cohen, die junge Studentin und politische Aktivistin. Sie kamen aus Tel Aviv, um hier zu studieren, später wurden Sie dann Mrs. Barod.«

»Und mit wem habe ich das Vergnügen?«

»Tom Burdon.«

»Ah! Na dann haben sich ja die Richtigen gefunden!« Ruth klang abfällig.

Ein Augenblick lastender Stille entstand. Dann fragte Lena, die nicht fassen konnte, wie scheinbar gelassen Ruth die Sache nahm: »Warum?«

»Da fragst du noch?« Ruths Stimme wurde scharf und klang aufgebracht. »Ihr Europäer seid wirklich wie die Amerikaner! Ihr spielt euch auf, mischt euch überall ein, kritisiert jeden, der nicht so denkt, wie ihr es gerne hättet. Mit Sanktionen versucht ihr, Einfluss auf die Politik anderer Länder zu nehmen. Ihr bedroht unser Existenzrecht!«

»Aber niemand stellt Israel in Frage. Es ist ein herrliches Land mit wunderbaren Menschen.«

»Eben«, konterte Ruth sofort, »daher muss jemand dafür sorgen, dass es auch so bleibt!«

»In einem demokratischen Land ist das aber die Aufgabe der gewählten Politiker.«

»Die sind zu schwach, solange sie glauben, mit Kompromissen ließen sich Ergebnisse erzielen. Da braucht es eine eindeutigere Sprache!«

»Gewalt?«, entgegnete Lena bestürzt. Sie begriff, dass Ruth sich offenbar einer radikalen Gruppierung zugehörig fühlte. »Ist das eure Sprache?«

»Wenn es nicht anders geht ...«

»Das ist doch Wahnsinn! Ihr versucht etwas zu erzwingen, aber dadurch wird es erst recht unmöglich. Die Regierungen bemühen sich seit Jahren um einen Konsens. Ihr macht alles zunichte, was in den Verhandlungen erreicht wurde.«

»Wenn ich das schon höre! Wir machen uns klein, wir geben nach, werden Schritt für Schritt aus dem Weg verhandelt – und wofür? Für ein paar Gefälligkeiten? Dass wir vielleicht etwas ruhiger schlafen dürfen?«

»Es gibt Menschen, denen wäre das genug!«

»Das mag ja so sein, aber ich kann es mir nicht so leicht machen. Für Freiheit gibt es keine Gegenleistung.«

»Und diese Freiheit sollen eure Aktionen bewirken? Damit schürt ihr doch nur die Feindseligkeit. In Wahrheit schadet es beiden Seiten und ruiniert alle Anstrengungen auf Frieden!«

Ruth unterbrach den hitzigen Wortwechsel und ging zur Terrassentür. Sie sah eine Weile gedankenverloren hinaus.

»Frieden? Glaubst du wirklich daran? Die äußeren Umstände ändern sich und die Mittel, doch die Haltung der Menschen bleibt dieselbe. Es geht um die Unterdrückung, unter der wir immer und überall gelitten haben, um Einschüchterung, die sich bis heute fortsetzt. Das Gefühl, ständig von Feinden umgeben zu sein.« Sie bemerkte die beiden Polizisten, die draußen an der Seite der Terrasse standen. In ihrem Gesicht lag ein bitterer Ausdruck. »Aber davon verstehst du nichts. Du machst darüber eine Reportage oder zwei Spalten in einer Sonntagsbeilage und gehst dann unbeschwert in dein Lieblingsrestaurant. Unser Leben ist in deinem bestenfalls eine Headline.«

Ruth drehte sich zurück zum Raum, kam zu Lena und blieb dicht vor ihr stehen.

»Mach also nicht uns den Vorwurf, wenn die Lunte brennt. Wir haben sie nicht angezündet und ihr tut nichts, um sie zu löschen!«

Lena hielt dem unerbitttlichen Blick stand, sagte aber nichts.

»Halte meine Familie da heraus, die haben keine Ahnung.« Ruth senkte ihre Stimme. »Und nimm es nicht persönlich, du hast dir einfach das falsche Thema ausgesucht. Sonst hättest du eine große Zukunft bei uns haben können.«

»Was bist du nur für ein Mensch?«, entfuhr es Lena, von der Bemerkung erschüttert.

Statt einer Antwort drehte Ruth sich zu Patrick und dem Polizisten um.

»Ich habe nichts getan, außer Nachrichten weiterzugeben, den Rest müssen Sie mit meinen Anwälten besprechen«, sagte sie gefasst und ging zur Treppe ins Obergeschoss, »ich hole meinen Mantel, dann können wir gehen.«

Der Chief Inspector fuhr mit Ruth zum Haftrichter nach Huddersfield und Patrick suchte mit den Polizisten im Haus nach belastendem Material. Lena nahm sich nun doch einen Tee aus der Kanne, die das Mädchen gebracht hatte. Sie setzte sich auf eine Couch und schüttelte den Kopf.

»Von Ruth hätte ich das nie gedacht. Sie war so nett und zuvorkommend. Sie gab mir das Gefühl, dass sie mich wirklich mochte ...«

»Das kann auch sehr gut sein, solange du dich außerhalb der Absichten bewegt hast, die die Gruppe hinter ihr verfolgt.« Tom zündete seine Pfeife an, öffnete die Terrassentür einen Spalt und lehnte sich in den Rahmen. »Als du jedoch versucht hast, ihre Pläne zu durchkreuzen, bist du ins Schussfeld dieser Leute geraten und Ruth erledigte wie gewohnt ihre Aufgabe.«

Lena rührte im Tee. »Für solche Dinge gibt es einfach keine Rechtfertigung. So verblendet kann man gar nicht sein, das nicht zu begreifen.«

»Das ist deine Sichtweise, innerhalb ihres Weltbildes ist alles, was sie tut, richtig und logisch.«

»Verteidigst du sie am Ende noch?«

»Nein, überhaupt nicht. Nur wird niemand als Terrorist geboren, das wird man durch Umfeld und Erlebnisse. Darauf bin ich bei den Recherchen zu meinen Büchern jedes Mal gestoßen. Solche Menschen erleben die Realität wie durch einen Filter, der ihr Handeln als passend erscheinen lässt und im Alltag wird das einfach ausgeblendet. So schaffen sie es, nach außen hin ein unauffälliges und perfekt angepasstes Leben zu führen.«

»Das ist jetzt hoffentlich vorbei, wenn die Sache vor Gericht kommt.«

»So weit ist es noch lange nicht. Ich könnte mir vorstellen, dass es zu gar keiner Anklage kommt.«

»Das kann doch nur ein schlechter Witz sein!«, wandte Lena heftig ein. »Welcher Anwalt sollte das schaffen?«

»Es ist keine Frage der Anwälte. Es wird enormen Druck von politischer Seite geben, diese Affäre niederzuschlagen. Immerhin geht es bei ihr um ein Mitglied der sogenannten besseren Gesellschaft mit genügend Einfluss. Wer weiß, wer da alles mit drinnen hängt, wer davon profitiert oder davon gewusst hat.« Er zog mit Genuss an der Pfeife. »Ganz zu schweigen von möglichen diplomatischen Verwicklungen. Wahrscheinlich weist man sie nur aus oder macht sonst einen Kuhhandel.«

»Sagenhaft! Die Maschinerie der Vertuschung läuft wieder an.« Lena trank den Tee in einem Zug aus, stand auf und ging zu ihm hinüber. »Die ganzen Hintergründe sind eigenartig und wenig greifbar. Es ist unklar, wer alles in diese furchtbaren Aktionen verwickelt ist. Leute wie Yafne sind schließlich nur Handlanger, die Spitze des Eisbergs, aber wer steht dahinter? Ist es eine anarchistische Vereinigung, machen Mitglieder von Regierungen da mit oder sind es nur einzelne Fanatiker?«

»Von allem etwas, würde ich meinen. Ein dicht verzweigtes Geflecht von Interessen, die ineinandergreifen. Wer mit den Anschlägen vom siebenten Juli tatsächlich etwas zu tun hat, wird man nie erfahren. Sogar Yafne könnte damals rein zufällig am Bahnsteig der Underground gewesen sein.«

»Es ist demnach also tatsächlich so, wie Brösig-Bieler sagte: Eigentlich weißt du nie, wer dir gegenübersteht und welche Ziele er verfolgt. Das ist, wie in Sand zu greifen.«

Tom nickte. »Genau so ist die Welt der internationalen Politik auch angelegt – als unüberschaubare Grauzone. Jeder ist in mehreren Seilschaften, beruft sich auf die anderen, keiner übernimmt Verantwortung.«

»Aber irgendjemand muss doch ...«

Tom legte beruhigend seinen Arm um sie. Lena lehnte sich an ihn und schaute gedankenverloren hinaus in die Nacht.

Epilog

»Ein wunderbares Heim haben Sie«, sagte Hawk, als er nach einem kleinen Rundgang durch Lenas Haus in die Veranda kam. Er war nach den turbulenten Tagen doch in England geblieben, um mit ihr und Tom Silvester zu feiern. »Auch der Vorort ist zauberhaft, wie ein kleines Dorf.«

»Deswegen habe ich es gekauft.« Lena nippte vom Rum-Orangen-Topf, ihrem Lieblingsgetränk zum Jahreswechsel. »Irgendwie erinnert mich die Gegend an Dänemark. Darum werde ich das Haus auch behalten und vermieten, wenn wir übersiedeln.«

»Sie gehen weg von England?«

Lena nickte. »Ja, im Frühjahr. Ich bin froh, nach den ganzen Aufregungen eine Weile von London wegzukommen. Tom hat noch ein Domizil in Südtirol, das er bereits vor vielen Jahren von einem Onkel geerbt hat.«

»Es steht seit damals leer und ich hatte bisher keinen Grund gesehen es herzurichten«, sagte Tom, der aus der Küche kam und sich zu den beiden gesellte. Er zog Lena an sich. »Ich glaube, es ist ein guter Platz, um neu anzufangen.«

»Ich dachte mir schon so etwas«, Hawk betrachtete die beiden mit einem vergnügten Zwinkern, »das ging aber rasant!«

»Ich bin da vollkommen unschuldig«, sagte Tom und hob lachend die Hände, was ihm einen sanften Rippenstoß von Lena eintrug.

»Ich werde endlich einmal die Zweisamkeit in Ruhe genießen können«, meinte sie, „Tom schreibt an seinem neuen Buch und ich werde mich ausschließlich der Gartenpflege widmen.«

»Daran hege ich so meine Zweifel ...« Hawk grinste und nahm sich auch vom heißen Rumtopf.

Lena deutete plötzlich auf den Fernseher, der nebenbei lief. Es gab die Abendnachrichten und über dem Sprecher war ein Bild eingeblendet. Es zeigte einen Mann mit schlankem Gesicht und einer runden Brille.

»Den kenne ich!«, rief Lena bestürzt. »Der hat mich im Militärgefängnis in Israel verhört!«

Sie lief hinüber und drehte den Ton lauter.

»... beide bei einer Inspektion am Golan, von einer Miliz der Hisbollah getötet wurden«, sagte der Sprecher gerade. »Es handelt sich dabei um Ron Gazzarah, den leitenden Angestellten eines militärischen Betriebes und seinen Begleiter. Man vermutet dahinter einen Racheakt des Hisbollah-Führers Hamid al-Arim für den erst kürzlich vereitelten Anschlag in Beirut. Wir schalten jetzt ins Außenministerium nach Jerusalem, wo es dazu eine offizielle Erklärung gibt.«

Moshe Ben-Ilan ging gemessenen Schritts zum Rednerpult im Press Room, der bis auf den letzten Platz gefüllt war. Er hasste Auftritte vor versammelten Journalisten, da kamen oft spontane Fragen, die vorher nicht eingereicht und abgesegnet waren. Er hatte sich deshalb entschlossen, heute keine Fragen zuzulassen, sondern nur die vorbereitete Erklärung abzugeben.

»Meine Damen und Herren von der Presse«, begann er, »Sie werden verstehen, dass ich zu dem Vorfall an der Grenze zum Libanon keinerlei Auskunft geben kann. Die Untersuchungen laufen und sind die Angelegenheit der Armee. Ich möchte nur ausdrücklich betonen: Das Opfer stand in keinem Zusammenhang mit der Regierung und war in keinerlei offiziellem Auftrag unterwegs.

Sollte sich der Verdacht erhärten, dass er oder sogar eine konservativ-nationale Verbindung hinter dem versuchten Anschlag in Beirut stehen, werden wir das mit großer Entschlossenheit verfolgen. Nach möglichen Mitgliedern einer solchen Gruppierung wird bereits gefahndet.

Die Regierung lehnt jegliche Beteiligung an den Vorgängen ab und verurteilt diese auf das Schärfste. Sie stehen im Widerspruch zur angestrebten Entspannung in der Region.

Weitere Fragen kann ich im Moment nicht beantworten. Ich danke Ihnen.«

Ben-Ilan trat mit einem kurzen Nicken vom Rednerpult zurück. Die Journalisten drängten in dem Saal nach vorn und versuchten, Fragen zu stellen. Ben-Ilan ließ sich davon aber nicht beeindrucken und verschwand, ohne noch eine weitere Stellungnahme abzugeben, in den Gängen des Ministeriums. Das Fernsehen schaltete zurück ins Studio zu den weiteren Nachrichten des Tages.

Lena drehte den Ton wieder leiser und kam mit einem ärgerlichen Kopfschütteln zurück.

»In keinerlei Zusammenhang! Das ist wieder typisch. Zu mir hat dieser Gazzarah beim Verhör gesagt, er käme vom Ministerium, aber jetzt putzen sich natürlich alle ab und stehen selbst sauber da.«

»Weil das Vertrauen in den Staat nicht erschüttert werden darf«, griff Hawk den Gedanken auf. »Die Menschen brauchen den Glauben an diese höhere Instanz. Das gibt Sicherheit, auch wenn sie ihnen nur eingeredet wird.«

»Eine ziemlich naive Annahme, dass sich Staaten an die eigenen Gesetze halten.«

»Aber«, warf Tom ein, »die altbewährte Methode, um zur Tagesordnung überzugehen und die Augen zu verschließen.«

»Umso wichtiger sind Berichte wie die Ihren, die versuchen, das aufzugreifen«, meinte Hawk zu Lena und nahm sich noch ein volles Glas von dem heißen süßen Getränk. »Haben Sie sich schon entschlossen, ob Sie die Story über die Anschläge vom siebenten Juli machen?«

»Das war von Anfang an mein Plan und daran hat sich nichts geändert.«

»Sehr klug, sind die Tatsachen einmal öffentlich bekannt, nimmt das den Druck. Das gibt auch eine gewisse Sicherheit.

Wo werden Sie die Schwerpunkte setzen?«

»Nachdem vieles undurchsichtig bleibt und die wahren Drahtzieher zu gut geschützt sind, werde ich mich auf die Fragen zu den Ereignissen konzentrieren, die bis heute nicht beantwortet wurden. Vor allem die Frage, wer von diesen grauenvollen Taten profitiert.«

»Das ist auch das Einzige, was Medien leisten können«, warf Tom ein, »nämlich dafür zu sorgen, dass Dinge im Gespräch bleiben.«

»Was man nicht unterschätzen sollte«, meinte Hawk. »Wie steht denn Shyam jetzt dazu?«

»Er will die Reportage bringen und hat mir seine volle Unterstützung zugesagt.« Lena schmunzelte. »Der Beweggrund liegt auf der Hand ...«

Hawk nickte. »Weil es vermutlich die einzige Chance für ihn ist, nicht gemeinsam mit seiner Mutter unterzugehen.«

»Genau das denke ich auch, aber gerade das missfällt mir daran.«

»Es klingt, als würden Sie überlegen, es mit neuen Partnern zu versuchen. Gibt es schon eine konkrete Idee?«

»Ja, ich möchte es wieder direkt mit einem Sender machen, ohne Agentur oder Redaktion dazwischen. Ich habe gestern mit einem alten Bekannten von der RAI in Bozen telefoniert. Die Italiener planen eine neue politische Sendereihe und da wäre das Thema ein ausgezeichneter Einstieg für mich.«

»Ich habe es gewusst!« Hawk beugte sich vor und lachte. »Sie werden doch jemand für die Gartenpflege brauchen ...«

Facts

Ausschnitte aus Pressemeldungen

Mutmaßlicher Bombenbauer lehrte in Leeds

Ein mutmaßlicher Komplize der Londoner Selbstmordattentäter ist in Kairo festgenommen worden. Es handelt sich um einen 33-jährigen Chemiker, der an der Universität von Leeds unterrichtete.

Er war wenige Tage vor den Attentaten aus der nordenglischen Stadt verschwunden. Laut einem Bericht der *Times* wurden in seiner Wohnung noch Spuren des Sprengstoffs gefunden.

Quelle: Neue Züricher Zeitung, Juli 2005

Entführung israelischer Soldaten

Nach der Entführung von zwei israelischen Soldaten durch die libanesische Hisbollah-Miliz setzt Israel trotz internationaler Kritik die Angriffe auf die südlichen Vorstädte von Beirut fort. Dort soll die Hisbollah ihr Hauptquartier haben und Waffen in den Wohnhäusern lagern.

Israel hat nun auch den Chef der Hisbollah ins Visier genommen und droht mit gezielter Tötung. Israel werde zum passenden Zeitpunkt »die Rechnung begleichen«.

Quelle: ORF, Juli 2006

The Big Bäng

Ein Forscherteam hat zufällig einen besonders explosiven Sprengstoff entdeckt, der die siebenfache Sprengkraft von TNT hat. »Es könnte sich um das stärkste chemische Sprengmaterial handeln, das je gefunden wurde«, sagte der Leiter des Labors. »Die Reaktion dauert nur eine Mikro-Sekunde und es kommt zu einer gewaltigen Explosion.« Über die zufällige Entdeckung berichtete das britische Wissenschaftsmagazin *New Scientist* erst drei Jahre später .

Quelle: New Scientist, Aug. 2001

Facts

Ausschnitte aus Pressemeldungen

Söldnertruppen

Das Unternehmen, dessen Söldner die Bluttat von Bagdad anrichteten, einigte sich mit der amerikanischen Regierung auf einen Vergleich: Gegen eine Zahlung von 42 Millionen Dollar wurde auf die Anklage wegen 288 Verstößen gegen geltende Gesetze verzichtet. Laut eigener Darstellung ist die Firma noch immer als »Dienstleister« weltweit für staatliche wie kommerzielle Auftraggeber aktiv und übernimmt dabei auch weiterhin militärische Operationen.

Quelle: FAZ, Okt. 2014

EU-Sanktionen gegen Israel

Im November 2015 stellte die EU-Kommission in einer Mitteilung fest: Die Bezeichnung *Made in Israel* sei für Produkte aus dem Westjordanland und aus Palästina unzutreffend und irreführend. Sie seien als Produkte aus diesen Regionen zu kennzeichnen.

Israelische Politiker reagierten verärgert, der EU-Botschafter wurde in das israelische Außenministerium zitiert. Premier Netanyahu verglich die Regelungen mit dem Boykott jüdischer Produkte durch die Nazis.

Quelle: Der Standard, Nov. 2015

Geheimes EU-Dokument

Laut einer Aussage eines EU-Diplomaten, gegenüber der israelischen Tageszeitung »Haaretz«, hat die EU ein geheimes Dokument an die Mitgliedsstaaten verteilt. Demnach könnte die EU weitere Sanktionen verhängen, sollte Israel mit weiteren Siedlungsaktivitäten im Westjordanland eine Zwei-Staaten-Lösung torpedieren.

Israels Außenminister reagierte empört auf die Pläne der EU. Der Vorsitzende der ultrarechten Partei Israels fügte hinzu: »Hier wird es keine Kompromisse geben.«

Quelle: EurActiv, Nov. 2014

»Beklemmend wie bei Nybørg reale Fakten zu einer Story mit Hochspannung werden.«

ERNEST NYBØRG

LENA HALBERG
PARIS '97

In der Nacht von Lady Dianas Tragödie stirbt auch ein Fotograf einen mysteriösen Tod. Hatte er etwas auf seinem Film, wofür er sterben musste?

Die Fernsehreporterin Lena Halberg stößt Jahre später überraschend auf Fakten zu dem Vorfall. Mit journalistischem Spürsinn deckt sie unglaubliche Machenschaften der Rüstungsindustrie auf, die bis in höchste politische Kreise reichen. Gegen alle Warnungen stellt sie die gefährliche Frage: Wer war der Waffenlobby im Weg?

Lena entgeht nur knapp einem Anschlag und hat nurmehr eine Chance: Sie muss ihr Wissen an die Öffentlichkeit bringen, bevor sie selbst zum Opfer wird.

Der erste Teil der Halberg-Trilogie, erschienen im Verlag Edition AV.

ISBN 978-3-86841-125-6